山东青年政治学院博士科研启动项目(XXPY20055)

파금과 염상섭 소설의 시공간적 구조에 대한 비교 연구

최미란 저

민 족 출 판 사

머리말

중국의 근현대문학의 대표적인 작가 중의 한 사람인 파금과 한국의 대표적인 작가 염상섭의 가족사소설을 연구 테마로 잡고 단편적으로 연구를 한 지도 어언간 몇 년의 세월이 흘렀다. 필자는 석사, 박사학위를 모두 한국학중앙연구원에서 수여받을 수 있는 행운의 기회를 갖게 되었다. 석사학위논문(2007)에서는 「김순석의 시 연구」라는 제목으로, 조선의 대표적인 작가 김순석의 시들 가운데서 주로 1950년대에 창작한 시에 초점을 맞춰 그의 시 세계와 문학적 특성을 규명하였다. 박사학위논문(2011)에서는 「김억의 한시 번역과 창작시의 관계 연구」라는 제목으로, 주로 시인이 1925년을 기준으로 서구 시를 번역하던 데로부터 한시를 번역하게 된 원인과 한시 번역의 태도, 번역 한시와 창작시의 연관성을 전반적으로 조명하였다.

석사, 박사학위논문에서 주로 한국 근현대 시에 대한 연구에 관심을 기울인 관계로, 한국 근현대 소설에 대한 연구의 필요성을 느껴 이후의 연구 방향을 소설 연구로 돌렸다. 일반적으로 석사, 박사학위논문의 연구 방향이 앞으로의 연구 방향을 결정한다고 할 수 있기에 시가 연구에서 소설 연구로 방향을 바꾼다는 것은 쉬운 일이 아니었다. 그것도 터득하기 어려운 시공간적 연구 방법을 도입해서 새로운 이론적 높이에서 작품의 인물들을 재조명하고 작가의 내면세계에 다가가야 하기 때문이다. 처음에는 파금의 『家』와 염상섭의 『삼대』에만 연구 범위를 제한했었는데, 사실은 파금의 가족사소설은 『家』, 『春』, 『秋』를 다 포함시켜야 高氏 가족이 멸망하는 과정을 완전히 보여 줄 수 있다. 염상섭의 가족사소설도 역시 『삼대』와 『무화과』를 모두 포함시켜야 작가의 의도와 정신세계에 더 접근할 수 있는 것이다. 이 작품들은 모두 장편소설이기도 하지만 두 작가 모두 소설을 상당히 길게 쓰는 작가들이기 때문에 텍스트를 파악하는 데 많은 어려움을 겪을 수밖에 없었다.

본고는 1930년대 중국과 한국의 대표적 가족사소설 파금의 『激流三部曲』(『家』, 『春』, 『秋』)과 염상섭의 『삼대』, 『무화과』에 대해서 시공간적 구조의 측면에서 비교, 연구하였다. 그 텍스트로는 중국 인민문학출판사(2012년)에서 출판한 『家』, 『春』, 『秋』와 한국 도서출판 빛샘(2000년)에서 출판한 『삼대』, 한국 동아출판사(1995년)에서 출판한 『무화과』를 연구 대상으로 선택하였다. 이왕의 연구들은 주로 주제 분석, 인물유형 분석, 페미니즘 분석, 사회학적 분석방법으로 두 작가에 대한 개별 연구를 진행하고 비교분석함으로써 중・한 문학의 공통점과 차이점을 규명하고 두 나라의 문학 나아가서 문화의 영향 관계에 대해 깊이 있는 분석을 진행하였다. 본 연구는 기존의 연구 방법과는 다른 시간적 구조와 공간적 구조 속에서 두 작가의 공통점과 차이점을 분석하여 두 작가의 내면세계에 한 걸음 다가가는 데 중점을 두었다.

우선, 현대소설의 시간구조를 서사학적 방법론, 해석학적 방법론 두 가지 측면에서 접근하여 작품의 시간적 구조에 대해 해석하였다. 우선 소설에서 시간적 구조는 공간적 구조와 마찬가지로 중요한 위치에 있다. 이런 의미에서 본고는 서사의 서술 순서에 따라 전진적 시간구조, 역진적 시간구조, 복합적 시간구조 세 가지로 나누며, 시간문제를 구체적으로 분석할 때는 시간구조의 대표적 이론가 쥬네뜨의 이론을 거론하였다. 쥬네뜨는 스토리에서 사건이 일어나는 순서와 서술에서 사건이 일어나는 순서는 어떻게 다른가, 둘 사이에서 사건이 일어나는 빈도수는 어떤가 하는 관점에서 등장인물과 시술자의 관계를 서술한다.

이어, 서사학적 이론을 리쾨르의 '긴장'과 '이완'이라는 해석학적 이론을 결부시켰다. 리쾨르는 체험된 시간은 불협화음을 이루고 균열된 시간의 체험이며 균열은 무의미와 혼돈을 의미하는바, 이것을 '이완'이라고 주장하였다. 하지만 인간에게는 그러한 균열과 혼돈과 불협화음을 이겨내려는 의지가 있다. 이러한 의지에 따른 체험은 인간으로 하여금 정신의 긴장을 다시 체험하게 한다. 때문에 인간은 현재를 중심으로, 과거와 미래에 대한 긴장과 이완의 체험을 하게 된다.

다음, 공간의식과 현대소설의 공간개념과 그 특성에 대해 고찰하였다. 고대에는 공간 이론을 형성하는 데에 신학이 중요한 요소로 작용했다. '유대신학'에서는 장소를 신의 이름으로 대신하였다. 윌리엄 길버트는 "공간은 자연 안에 어떤 것이 될 수 없고 아무것도 아니며, 힘을 가지고 있지 않다."고 주장하면서 공간과 신학을 분리시켰다. 후에 뉴턴이 공간의 독립성과 자율성을 내세운 절대공간의 개념을 세웠다. 뉴턴은 절대공간은 그 본성 때문에 어떤 외적인 것과는 관계되지 않으며 언제나 움직이지 않으며, 상대적 공간은 절대적 공간들의 움직일 수 있는 차원이나 움직일 수 있는 척도라고 말했다. 이어 칸트는 공간을 객관적이거나 실재적이지 않고 주관적이고 관념적인 공간이라고 주장한다. 이러한 공간 이론을 소설에서도 적용하기 시작하여 많은 소설가들은 소설이 공간에 의존하는바, 작가가 소설 곳곳에 공간을 설정해 놓는다고 주장한다. 때문에 소설 분석에서 공간적 구조 분석은 매우 중요한 의미를 지닌다.

그다음, 파금의 『激流三部曲』과 염상섭의 『삼대』, 『무화과』의 시간적 구조양상에 대한 비교, 고찰을 진행하였다. 두 작가의 작품 모두 서사구조에서 전진적 시간구조양상에 속하며, 이 작품들을 쥬네뜨의 이론에 따라 시간의 순서, 지속, 빈도 등 측면에서 분석, 고찰한 후 발화자 즉 서술자의 각도에서 초점화의 다양화 여부 등을 고찰하여 작품의 긴장과 이완 여부를 밝혀냄으로써 작품의 화음 혹은 불협화음 여부를 고찰하였다.

마지막으로, 파금의 『激流三部曲』과 염상섭의 『삼대』, 『무화과』의 공간적 구조양상에 대해 비교, 분석하였다. 두 작가의 작품의 공간을 ① 제1세대 공간, 즉 봉건 대가족의 창달 추구와 사치함의 공간(堂屋) / 신분 상승과 재산 보존의 공간 및 가부장 권리의 박탈 공간(사랑) / 권력 다툼과 환멸의 공간(안방) / 암투와 불안의 무질서 공간(안방); ② 제2세대 공간, 즉 봉건 사대부 계층의 기생충적 공간(金陵公寓, 小公馆) / 개화기 지식인의 퇴폐적 향락의 공간(화개동, X동); ③ 제3세대 공간, 즉 나약함과 무저항의 공간(觉新) / 화해, 통합과 '심퍼사이저'의 공간(덕기, 이원영); ④ 신여성의 공간, 즉 혼인과 인격적 자유 추구의 공간(张蕴华) / 자아각성과 민족주의 각성의 공간(홍경애, 이문경); ⑤ 사회적 단면인 사회주의적 공간, 즉 무정부주의 유토피아적 공간 / 민족주의와 사회주의 절충적 공간 등 5가지 공간으로 나누어 각 공간의 공통점과 차이점을 규명하였다.

필자는 앞으로의 보다 진전된 파금과 염상섭에 대한 연구를 위해서 다음과 같은 연구 과제가 필요하다고 생각한다. 먼저 본 연구에서 텍스트를 파금의 『激流三部曲』과 염상섭의 『삼대』, 『무화과』에 초점을 맞추었기 때문에 연구 범위를 확대하여 전반적인 작품 내에서 두 작가의 의식 세계를 파악할 필요성이 있다고 생각한다. 또한 이 작품들을 대상으로 한 근현대 중·한 소설의 비교 연구이기 때문에 기타 작가들과의 비교 연구도 필요한 부분이다. 더 나아가서 중·한 근현대 작가들의 영향 관계를 전반적으로 조명할 필요도 있다고 본다.

박사를 졸업한 지 어느덧 10여 년이 지난 지금에 와서 보니, 학문에 있어서 자신의 부족함을 많이 느끼게 된다. 겸손한 자세로 부단히 시야를 넓히고 철학적인 사고를 해야만 높은 학문의 경지에 도달할 수 있을 것이다. 끝으로 이 책의 출판에 지지와 성원을 아끼지 않은 여러분께 감사의 인사를 드린다. 특히 이 책이 출판되도록 후원해준 산동청년정치학원 및 이 책의 편집, 출판을 맡아준 민족출판사에 깊은 감사의 마음을 전한다.

최미란

2024년 7월 5일

차례

1. 서론

1.1. 연구 목적

중국과 한국은 역사적으로는 물론 지리적으로도 밀접한 관련이 있다는 것은 누구나 인정하는 사실이다. 때문에 문학에 있어서도 밀접한 연관이 있기 마련이다. 이러한 상황은 양국의 현대문학에 대한 비교 연구가 활발히 진행됨이 마땅함을 보여 준다. 이는 양국의 문학에 대한 이해를 더 넓히는 데 큰 기여를 할 뿐만 아니라, 동양 문학 더 나아가서 전 세계의 문학을 이해하는 데도 큰 도움을 주게 될 것이다. 특히 양국의 문화교류에 있어서 비교문학적인 시각이 매우 중요하다. 비교문학적인 시각을 통해 두 나라 문학에 대한 이해를 넓히고 중국과 한국 문학의 영향 관계를 새롭게 인식함이 무엇보다 중요하다. 이러한 비교문학적 교류는 중국과 한국 문학의 발전에 큰 힘을 이바지할 것이다.

이런 관점에서 본고는 중국과 한국의 대표적인 장편소설 파금의 『激流三部曲』과 염상섭의 『삼대』, 『무화과』에 대한 비교 연구를 시도해 보고자 한다. 파금의 최초의 장편소설이며 대표작이기도 한 『家』는 중국 신문학사상 기념비적 저작[1])으로서 후속 편 『春』,

1) 陈丹晨, 『巴金评传』, 石家庄： 河北人民出版社, 1981:139.

『秋』와 함께 근현대 중국 소설 중 가장 길고 가장 심혈을 기울인 야심작 가운데 하나이다.[2] 염상섭의 『삼대』는 한국 근대소설의 대표작이라 할 수 있다. 『삼대』는 장편으로서의 규모에 있어서나 구성의 치밀성에 있어서나, 또 내용상의 풍요로움에 있어서나 한국 소설사에서 우뚝 솟은 봉우리라고 규정되고 있다.[3] 『무화과』 역시 『삼대』의 후속 편으로서, 당대를 살아가는 인간들의 존재 방식과 역사적 과정을 잘 그려냈다. 본고에서는 파금의 『激流三部曲』과 염상섭의 『삼대』, 『무화과』에 대한 비교 연구를 시간구조와 공간구조를 통해 입증하고자 한다. 이 두 작가의 작품은 모두 사회 전반에 깊이 뿌리박혀 있는 봉건제도의 폐해를 전형적인 봉건 대가정을 통해 보여 주고 있다. 이러한 주제사상을 시간구조 및 공간구조에 대한 연구를 통해 증명하고자 한다.

우선, 소설에서 시간의 구조가 중요한 위치에 있다는 것은 모든 연구자들이 인정하는 부분이다. 왜냐하면 서사에서 시간의 문제는 가장 근원적인 문제이기 때문이다. 시간은 인간 경험의 가장 기본적인 범주의 하나로써 서사의 근거를 이룬다고 할 수 있다.[4] 모든 이야기의 근원 상황에는 시간이 문제이고, 이것은 이야기의 형상화 작업이 이루어져야 한다는 것을 의미한다. 한용환의 『소설학 사전』에 의하면 시간은 소설의 내용 차원인 이야기의 현상을 가능케 하는 원인일뿐더러 이야기의 의미를 결정하고 조정하기도 하는 결정적 요인이다.

시간이라고 하는 인식의 틀 혹은 소설적 요소를 제거해 버리고

2) 夏志道, 『中国现代小说史』, 上海: 复旦大学出版社, 2005:177.
3) 김윤식, 『염상섭 연구』, 서울: 서울대학교 출판부, 1987:509.
4) 성현경 외, 『전환기의 서사 담론』, 서강대학교 인문과학연구소, 1998:41.

나면 소설은 구조적으로 와해되어 버리기 때문에 시간과 서사는 동전의 양면과 같은 것이다. 이러한 논리적 토대를 바탕으로 하여 시간은 대체로 두 가지 형식으로 분할된다. 서술의 시간과 허구의 시간(장리카드루), 담론의 시간과 이야기의 시간(채트먼), 연대기적 시간과 의사 연대기적(허구적) 시간(멘딜로우), 말하는 시간과 말해진 대상들의 시간(크리스티앙 메츠)들과 같은 분류는 소설을 시간의 구조 속에서 이해하고자 하는 구조주의적 관점의 산물들이다.[5] 서사에서 시간적 구성은 연대기적으로 이루어질 수도 있고, 그렇지 않을 수도 있다. 시간구성은 작가가 어떤 방식을 선택하여 줄거리를 전개하는가에 따라 결정된다. 따라서 시간구성이란 표현방식은 그 나름대로의 다양성과 유연성을 지니고 있기 때문에 인간의 복잡 미묘한 심리를 표현하는 데 매우 적합한 양식이 된다.

다음, 소설에서 공간은 일반적으로 사건이 일어나고 행동이 벌어지는 장소를 의미한다. 다시 말하면 집, 아파트, 길 등 인물이 행동하는 구체적이고 정확한 지점을 말할뿐더러 지방, 사막, 섬, 대륙 등 가시적인 장소들도 가리킨다. 이러한 소설 공간은 롤랑 부르뇌프의 주장대로 "여러 가지 형태로 표현되고 다양한 의미를 지니며 심지어는 작품의 존재 이유가 되기도 하는 중요한 소설 구성 요소"[6]가 된다. 소설에서의 공간은 인물의 행위와 사건이 전개되는 배경이나 장소만을 나타내는 것이 아니라 그럴싸한 핍진성이 뒷받침되어야 한다. 사건들의 시간적, 인과적 흐름을 깨뜨리는

---

5) 한용환, 『소설학 사전』, 서울: 고려원, 1992:271.

6) 롤랑 부르뇌프・레알 웨레 공저, 『현대소설론』, 김화영 역, 서울: 문학사상사, 1989:148.

균열과 틈새들을 메울 단서들을 제공함으로써 의미의 재구축이 가능하게 되는 것은 이런 공간이 존재하기 때문이다. 소설이 외부 현실에서 관찰된 행위를 모방하는 것이 아니라 오히려 행위의 요소들을 창조하고, 기록된 역사의 지면이 아니라 독자의 상상력 내에서 시간과 시퀀스, 인과관계에 의존해서 전개된다는 것은 바로 이를 지적한 것이다.7) 따라서 소설에 있어서 공간은 부차적이거나 불필요한 요소인 것이 아니라 중요한 요소, 즉 존재의 이유이기도 하다.

일반적으로 소설에서 다루는 공간은 크게 두 가지로 나뉜다. 첫째, 프랑크에 의해서 주목되기 시작한 것으로, 텍스트 독서의 비평적 방법으로서의 공간성8)이다. 「율리스즈」와 프루스트의 「잃어버린 시간을 찾아서」에서는 공간의 순간적 인식이 나타난다. 이것이 바로 '공간성'의 문제이다. 둘째, 공간은 인물과 그 인물의 행위를 포함하는 공간, 흔히 장면, 배경, 환경, 분위기와 같은 의미로 사용되는 공간이다. 인간은 공간과 실존적 관계에 있고, 공간에 대한 인식이 곧 자신의 삶의 인식이기에 작품에 나타난 공간의 구조와 의미를 찾아보는 것과 등장인물의 행위 의미를 찾아보는 것은 작가의 내면세계까지도 찾아보는 지름길이 되는 것이다.9)

이러한 의미에서 공간은 인물들의 의식적인 측면에서의 '내면적 공간'과 실제 세계에 드러나 있는 '외면적 공간'으로 구분할 수

7) 한국소설학회 편, 『공간의 시학』, 서울: 예림기획, 2002:43.
8) 송명희, 『현대소설 이론과 분석』, 서울: 푸른사상, 2006:153.
9) 이재인 등, 『현대소설의 이해』, 서울: 문학사상사, 1996: 292-293.

있다. 공간 인식은 인물들의 외면적 공간에 대한 내면적 공간의 인식을 통해 표현된다. 공간 인식의 규명은 소설 속의 인물, 더 나아가서 작가의 공간적 인식에 관한 규명을 통해 이루어지기 때문에 내면 공간에 대한 규명을 반드시 거쳐야 한다. 따라서 본고는 파금의 『激流三部曲』과 염상섭의 『삼대』, 『무화과』를 대상 텍스트로, 작품 속에 나타난 시간적 구조와 공간적 구조의 특성, 기능에 대한 고찰을 통하여 중·한 사실주의 소설가의 가족사소설에 대한 문학적 의의를 밝히려는 데 그 목적과 의의가 있다.

1.2. 연구사 검토

중국과 한국의 현대문학에 대한 비교적 측면에서의 연구는 양적으로 볼 때 그리 많지 않다. 기존의 연구에는 채만식과 노사, 이기영과 모순, 강경애와 소홍 등 작가에 관한 비교 연구는 있었지만, 염상섭과 파금에 대한 비교 연구는 많지 않다. 파금과 염상섭에 대한 개별적인 연구는 비교적 활발히 진행되었다. 우선 두 작가에 대한 연구 상황을 살펴보기로 한다. 학계에서 파금에 대한 연구는 1980년대에 들어와서 본격적으로 시작되었으며 2000년대에 와서는 이전에 비해 많이 늘어났음을 보아낼 수 있다. 1981년에 陈丹晨의 『巴金评传』[10]을 시작으로 1982년에는

10) 陈丹晨, 『巴金评传』, 石家庄: 河北人民出版社, 1981.

李存光[11]이, 1983년에는 谭兴国[12]과 张慧珠[13]가 연이어 저서를 출판하였다. 陈丹晨은 파금의 생애를 상세하게 서술하는 한편『家』가 봉건 가부장적 가족제도가 인간의 청춘과 의지, 생명을 말살하는 불합리한 측면을 통렬하게 비판함을 지적하면서 로신의『狂人日记』에 이어 중국 신문학 운동의 기념비적인 작품으로 평가하였다.

汪应果[14]는 고씨(高氏) 가족을 대표로 하는 봉건적 대가족제도의 전제주의적 특징을 분석하면서 파금이 이 작품을 통해서 봉건적 대가족의 해체가 불가피하다고 지적하였다. 谭兴国은『家』가 파금의 작품 중에서 영향력이 가장 큰 작품으로 평가받게 된 요인이 이 작품에 나타난 강렬한 반봉건 사상 때문인 것으로 보고, 고씨 가문의 '창날-해체'의 과정에 대한 재현을 통해 가부장적 가족제도를 위시한 중국 종법 사회의 폐단을 폭로함으로써, 이와 같은 가부장 제도의 멸망은 역사적인 필연이라는 것을 보여 주었다고 지적하였다.

파금에 대한 국내외 연구는 주로 파금『家』의 가족문화 연구에 집중되어 있는바, 주로 인물형상과 주제사상 분석에 치우치고 있음을 보아낼 수 있다. 张明健[15], 赵祖武[16], 姚健[17], 张民权[18],

---

11) 李存光,『巴金民主革命时期的文学道路』, 银川: 宁夏人民出版社, 1982.
12) 谭兴国,『巴金的生平和创作』, 成都: 四川人民出版社, 1983.
13) 张慧珠,『巴金创作论』, 成都: 四川人民出版社, 1983.
14) 汪应果,『巴金论』, 上海: 复旦大学出版社, 2009.
15) 张明健,「谈鸣凤之死」,『山西师范学院学报』, 1980, 21(3).
16) 赵祖武,「论高老太爷的临终发善」, 复旦学报, 1981(1).
17) 姚健,「试论觉新形象研究中的几个问题」,『中国现代文学研究丛刊』, 1982, 12(2).
18) 张民权,「巴金『激流三部曲』中的反面人物形象及其塑造」,『社会科学研究』, 1983(5).

李多文[19], 박난영[20], 박영숙[21], 서해인[22], 이병호[23], 박지혜[24], 강영아[25], 최연수[26], 이은정[27], 서유미[28] 등의 연구가 여기에 속한다. 최연수는 주요인물을 봉건제도의 통치자, 봉건제도의 저항자, 봉건제도의 희생자로 나누어 그 당시 격변하는 시대와 사회를 살아가는 다양한 군상들의 모습을 적나라하게 보여 주었으며, 각 인물들이 독특한 개성과 사상으로 그 시대에 어떻게 대처해 가는지를 분석하였다.

강영아는 觉新을 봉건예교의 희생자, 신구사상의 모순에 빠진 인물로 나누어 신구사상의 모순과 대립 속에서 觉新은 비록 무의식적으로 봉건제도와 봉건예교를 옹호하는 면이 있었지만 그의 주된 면

---

19) 李多文, 「时代的产儿——试论觉新的形象」, 『延边大学学报』, 1984.
20) 박난영, 「巴金의 『家』에 나타난 주제사상」, 고려대학교 석사학위논문, 1984.
박난영, 「파금의 삼부작 연구–작가의 아나키즘과 작품의 관계를 중심으로」, 고려대학교 박사학위논문, 1991.
21) 박영숙, 「巴金의 『家』에 대한 분석적 연구」, 숙명여자대학교 석사학위논문, 1992.
22) 서해인, 「巴金의 『家』연구: 인물의 성격분석을 중심으로」, 공주대학교 석사학위논문, 1993.
23) 이병호, 「巴金의 『家』의 가족사소설에 나타난 인물형상과 주제사상」, 『육사논문집』, 1999, 55(1).
24) 박지혜, 「巴金 『家』의 인물형상연구」, 울산대학교 석사학위논문, 2001.
25) 강영아, 「巴金 『家』 연구: 觉新의 인물형상을 중심으로」, 성균관대학교 석사학위논문, 2005.
26) 최연수, 「巴金 『家』의 주요인물형상 연구」, 경희대학교 석사학위논문, 2006.
27) 이은정, 「巴金 소설 『家』의 인물형상과 주제사상 연구」, 울산대학교 석사학위논문, 2006.
28) 서유미, 「巴金의 『家』에 나타난 인물갈등 구조 연구」, 경희대학교 석사학위논문, 2006.

을 보면 봉건제도와 봉건예교의 희생자라고 주장하였다. 이은정은 주제사상적 측면에서 봉건 전제제도에 대한 비판, 봉건예교 제도의 반대, 인간의 존엄성 추구, 여성의 인간화를 위한 노력으로 나누어 불합리한 봉건제도는 남성들의 삶을 억압하였지만 그보다도 더 강하게 여성들의 삶을 억압하고 그녀들을 고통으로 몰아넣었다고 분석하였다. 이외에, 예술적 성과에 대한 연구로는 이동화[29), 张挺[30)을 들 수 있다. 그들은 논문에서 다양한 예술적 성과를 연구했고, 그 속에 포함된 예술성과 작품성이 뛰어나다고 분석하였다.

파금에 대한 연구는『家』에 대한 연구뿐만 아니라, 가족사소설『激流三部曲』에 대한 국내외 연구도 어느 정도 이루어진 상태이다. 严丽珍[31), 于美娜[32), 时萍[33), 辛慧[34), 黄长华[35), 刘婷[36), 黄昱蘅[37), 熊婷[38), 李王华[39), 김인철[40), 박난영[41) 등 연구자들

29) 이동화, 「巴金연구 : 小说『家』를 중심으로」, 서울대학교 석사학위논문, 1985.
30) 张挺, 「试论『家』的艺术成就」, 『东岳论丛』, 1981(1).
31) 严丽珍, 「论巴金小说中的人物形象」, 复旦大学博士学位论文, 2008.
32) 于美娜, 「论巴金『激流三部曲』里的家长形象」, 『西部学刊』, 2020, 47(8).
33) 时萍, 「巴金『激流三部曲』中的女性意识与女性书写」, 『黑龙江教育学院学报』, 2019, 38(7).
34) 辛慧, 「论巴金小说的死亡悲剧艺术——以『激流三部曲』为例」, 『丝绸之路』, 2010(4).
35) 黄长华, 「巴金小说叙事研究」, 福建师范大学博士学位论文, 2011.
36) 刘婷, 「巴金『激流三部曲』词汇研究」, 河北大学硕士学位论文, 2013.
37) 黄昱蘅, 「论巴金小说中的公馆文化」, 四川师范大学硕士学位论文, 2019.
38) 熊婷, 「巴金小说的空间研究」, 西安工业大学硕士学位论文, 2022.
39) 李王华, 「建国前巴金小说中『家』的空间书写」, 河北师范大学硕士学位论文, 2022.
40) 김인철, 「『激流三部曲』이 반영한 사회문제」, 한국중국소설학회, 『중국소설논총』, 1996(5).
41) 박난영, 「巴金의 『激流三部曲』에 나타난 신세대의 형상 연구」, 혜전대학교 논문집, 1991, 13(1).

은 다양한 시각에서 『激流三部曲』에 대한 연구를 시도하였다. 严丽珍은 『激流三部曲』의 등장인물을 나약한 인물, 용감한 반역자, 이중성격의 소유자 등으로 분류하여 분석함으로써 파금의 문학관과 인생관을 도출해 냈다. 于美娜는 인물형상 중에서도 고씨 가문의 '가장'형 형상에 초점을 맞춰 봉건 가부장제의 추악한 본질 속에서 이 가족의 멸망은 필연임을 강조하였다. 时萍은 이 작품에 등장하는 여성 인물들의 성격과 특성을 분석함으로써, 여성의 자유를 압박하는 봉건제도를 비판하고 진보적인 젊은이들이 힘없는 여성들을 해방시켜주기 위해 노력을 기울인 데 대해 긍정적이라고 지적하였다.

刘婷은 이 작품을 언어적 측면에서 연구를 하였는바, 일상생활 용어, 사회생활 용어로 나누어 분석한 후 『金粉世家』의 언어적 특성과의 비교를 통해 정치적 특성, 경제적 특성, 문화적 및 민속적 특성을 비교, 분석하였다. 黄昱蘅은 公馆문화의 가족성, 사회성과 시대적 특성을 분석하는 것을 통하여 성도의 公馆은 지리적 제한성으로 인해 건축 면에서 전통적인 면을 보존하였으며, 또한 화려하고 한가로운 생활 방식과 민속적 특성이 있다는 결론을 내렸다. 熊婷은 공간적 시각에서 접근하여 公馆을 가족 질서의 예법 공간과 민족 국가의 정치적 공간, 심리적 상처의 공간으로 분류하여 공간과 서사의 관계, 공간과 인물의 관계, 공간과 문화의 관계를 고찰하였다. 李王华도 역시 '家'의 공간을 물리적 공간, 사회적 공간으로 나누어 봉건 가족제도의 부패성을 풍자, 비판하였다. 한국의 김인철은 이 작품에 반영된 봉건 가족제도와 사회적 문제를 비판하였으며, 박난영은 신세대, 즉 제3대의 인물형상에 대한 연구를 진행하였다. 한국의 연구는 중국의 연구에 비해 상대적으로 적은 편이다.

염상섭은 당시 한국의 식민지 사회를 생생히 증언하는 역사의 증인이라고 평가받았으며, 1931년에 발표한 『삼대』는 일제강점기의 암울한 현실과 당대 한국 사회의 제 모습을 사실적으로 그려냄으로써, 근현대 소설사의 가장 중요한 작품으로 평가되고 있다. 따라서 그의 문학은 많은 학자들에 의해 폭넓게 연구되어 왔다. 특히 한국 내 작가 연구로서는 최대 규모라고 할 수 있는 김종균의 『염상섭연구』[42]와 김윤식의 『염상섭연구』[43]가 발간되어 상당한 관심을 모은 바 있다. 또한 권영민의 『염상섭문학연구』[44], 유종호의 『염상섭』[45] 등도 있다. 이러한 연구 성과는 염상섭의 문학 세계를 학문의 차원에서 보다 면밀하게 체계화해 보고자 하는 한국 문학계의 요구를 그대로 반영한 것이며, 염상섭 문학의 폭과 깊이를 말해 주는 것이라고 할 수 있다.

김종균은 염상섭 문학의 독창성에 의미를 두고, 일본 문학과의 영향 관계에 대해 언급하였다. 김윤식은 염상섭의 방대한 전기적 자료와 그의 문학 세계에 대한 통찰을 통해 염상섭에게 새로운 점이 있다면, 그것은 일본과의 절대적인 영향 관계에서 형성된 근대적인 것이라는 해석을 내놓았다. 염상섭에 대한 연구는 상술한 통합적인 연구 외에, 인물형상과 주제사상, 사회학적인 측면에서의

---

42) 김종균, 『염상섭연구』, 서울: 고려대학교 출판부, 1974.
43) 김윤식, 『염상섭연구』, 서울: 서울대학교 출판부, 1987.
44) 권영민, 『염상섭문학연구』, 서울: 민음사, 1987.
45) 유종호, 『염상섭』, 서울: 서강대학교 출판부, 1998.

연구가 주를 이룬다고 볼 수 있다. 인물형상과 주제사상 면의 연구로는 董满[46], 유성희[47], 김정희[48], 장호익[49], 강수길[50], 김교금[51], 서종택[52], 최선동[53] 등을 들 수 있다. 董满은 염상섭의 소설 『삼대』의 주인공 조의관, 조상훈, 조덕기의 생애를 통해 인물형상에 대한 정신분석적인 접근을 시도하였다. 논문은 작품의 캐릭터의 성격과 그들의 살아온 환경에 근거하여 인물의 성격을 파악하고 가족이 몰락하게 된 원인을 밝혔다. 유성희는 작중 인물을 세대 간의 갈등을 중심으로 한 인물유형, 이념의 갈등을 중심으로 한 인물유형, 애정의 갈등을 중심으로 한 인물유형으로 구분하여 각 인물유형의 특징을 살피고, 이를 통하여 당대의 총체적인 삶을 파악함과 동시에 작품에 나타난 작가의식을 규명하였다.

강수길은 작품의 내적 현실에 초점을 맞추어 작품에 등장하는 인물들의 표면적 양상에서 인간관계를 규명하여 그 구조를 드러

---

46) 董满, 「廉想涉小说『三代』中的人物形象分析」, 四川外国语大学硕士学位论文, 2019.
47) 유성희, 「염상섭소설의 인물연구: 『삼대』를 중심으로」, 경북대학교 석사학위논문, 1988.
48) 김정희, 「염상섭의 소설에 나타난 인물연구: 『삼대』를 중심으로」, 연세대학교 석사학위논문, 1980.
49) 장호익, 「염상섭의 『삼대』에 나타난 성격연구」, 조선대학교 석사학위논문, 1986.
50) 강수길, 「염상섭의 『삼대』 연구」, 경희대학교 박사학위논문, 1990.
51) 김교금, 「염상섭 『삼대』 연구: 등장인물의 성격과 관계를 중심으로」, 연세대학교 석사학위논문, 1996.
52) 서종택, 『한국현대소설사론』, 서울: 고려대학교 출판부, 1999.
53) 최선동, 「염상섭의 『삼대』 연구: 등장인물의 성격, 갈등 양상과 문학교육 모색」, 아주대학교 석사학위논문, 2004.

내 보였다. 장호익은 작중 인물을 전통지향형, 과도기형, 현실중시형, 사회기생형 등 네 가지 유형으로 나누었다. 그는 작가가 식민지 사회구조 속에서 존재할 수 있는 인물들을 거의 다 거론하였으며, 이 인물들은 서로 엇갈려서 삼각관계를 이루어 대립과 갈등을 빚어내기도 하고 타협 혹은 공생하기도 하면서 작품 속의 사회를 구성하였다고 설명하였다. 사회적 측면에서의 연구로는 강귀자[54], 정혜선[55], 김경희[56], 김승환[57], 류보선[58], 박주택[59], 송경호[60], 이용군[61], 장병호[62], 김성연[63] 등을 들 수 있다. 이러한 연구들에서 조, 부, 손으로 이어지는 가족 간의 갈등과 시대의 흐름에 따른 사회적 변화를 반영하고 있으며, 또한 작품의 서사구조가 돈과 신구 세대의 갈등이라는 두 축으로 형성되었다고 보고 있다.

---

54) 강귀자, 「염상섭의 『삼대』 연구」, 명지대학교 석사학위논문, 1996.
55) 정혜선, 「1920년대 한국 사실주의문학에 나타난 사회변동과 세대문제에 대한 일고찰: 염상섭의 『삼대』를 중심으로」, 서울대학교 석사학위논문, 1983.
56) 김경희, 「염상섭 소설의 갈등구조 연구: 『삼대』를 중심으로」, 단국대학교 석사학위논문, 1986.
57) 김승환, 「염상섭의 가족주의 정신과 家사상」, 『염상섭문학연구』, 서울: 민음사, 1987.
58) 류보선, 「전망 부재의 공간으로서의 三代」, 한국현대문학연구회, 『한국근대장편소설 연구』, 서울: 모음사, 1992.
59) 박주택, 「염상섭의 『삼대』에 나타난 공간 연구」, 건국대학교 석사학위논문, 1993.
60) 송경호, 「염상섭의 『삼대』연구: 갈등양상을 중심으로」, 호남대학교 석사학위논문, 1995.
61) 이용군, 「염상섭의 『삼대』 연구—부성과 자식들의 관계를 중심으로」, 『숭실어문』, 숭실어문학회, 2001(17).
62) 장병호, 「염상섭소설 연구」, 한국교원대학교 석사학위논문, 1991.
63) 김성연, 「염상섭 가족사소설 연구」, 동덕여자대학교 박사학위논문, 2012.

김경희는 당시의 사회적 변동과 일제 식민지하의 어렵고 힘든 현실을 어떻게 인식하고 대응해 나갔는가를 고찰하였다. 그 결과 갈등 자체가 사회적 얽힘의 한 형식이면서 이 작품을 얽어매고 있는 주된 구조임을 밝혔다. 장병호는 일제 식민지 시대가 작중 인물의 갈등에 어떻게 영향 주는가를 살펴보았다. 강귀자는 1931년에 쓰인 이 작품은 항일 시대라는 역사적 상황 속에서 작가의 역사의식과 현실대응 방식, 그리고 당시 생활상을 폭넓게 반영하고 있다고 주장하였다. 또한 김성연은 1930년대 가족사소설의 구조적 특성과 식민지 자본주의라는 틀에서 『삼대』, 『무화과』, 『불연속선』을 전부 가족사소설로 규정하고 개인의 발전, 봉건주의의 붕괴, 식민지 자본주의의 확대라는 일련의 변화 과정을 고찰하였다. 이외에 공간적 시각으로 접근한 연구로는 최재경[64]의 논문을 들 수 있다. 이 논문은 1930년대라는 시대적 배경과 서울의 ×신문사와 조일사진관을 중심으로 한 공간적 배경이 『무화과』의 등장인물과의 상호 작용하에 어떠한 갈등 양상을 나타냈는지를 살펴보았다.

상술한 검토에서 보다시피, 파금의 『激流三部曲』과 염상섭의 『삼대』, 『무화과』에 대한 연구가 양적으로 보나 질적으로 보나 이미 상당한 수준에 이르렀음을 알 수 있다. 동시에 이 두 작가의 가족사소설에 대한 비교 연구자로는 강경구[65], 김성옥[66], 수해

64) 최재경, 「염상섭의 『무화과』 연구」, 경희대학교 석사학위논문, 2002.

65) 강경구, 「가족, 돈과 권력과 성의 삼중주: 巴金의 『家』와 염상섭 『삼대』의 비교연구」, 한국중국학회, 『중국학보』, 1999, 40(1).

66) 김성옥, 「염상섭의 『삼대』와 巴金의 『家』에 대한 비교 연구」, 고려대학교 석사학위논문, 2000.

국[67], 윤설[68], 선우금[69], 이정애[70], 호미[71], 송성실[72], 왕서[73], 나상우[74], 등려봉[75], 김성[76], 崔英姬[77], 郝君峰[78], 吴阳[79] 등이 있다.

윤설은 주제사상적 측면에서 봉건사회의 윤리적 가치관에 대한 비판과 봉건사회의 여성문제에 대한 비판으로 나누어 비교, 분석하였다. 두 작가의 작품은 모두 봉건 대가정 내에서 일어나는 갈등을 중심으로 전개되는바, 이것은 전제적인 사고를 지닌 가부장

---

67) 수해국, 「염상섭 『삼대』와 巴金 『家』의 대비연구」, 충남대학교 석사학위논문, 2008.
68) 윤설, 「巴金의 『家』와 염상섭의 『삼대』 주제사상 비교연구」, 경원대학교 석사학위논문, 2009.
69) 신우금, 「巴金의 『격류삼부곡』과 염상섭의 『삼대』의 비교연구: 여성의 혼인과 교육문제를 중심으로」, 숙명여자대학교 석사학위논문, 2003.
70) 이정애, 「염상섭의 『삼대』와 巴金의 『家』 리얼리즘 비교 연구: 인물 행적을 중심으로」, 울산대학교 석사학위논문, 2004.
71) 호미, 「염상섭과 빠진(巴金)의 가족사소설 비교 연구」, 서울대학교 박사학위논문, 2009.
72) 송성실, 「동아시아 전통가정의 현대로의 변화: 바진(巴金)의 『집(家)』과 염상섭의 『삼대』를 중심으로」, 수원대학교 석사학위논문, 2012.
73) 왕서, 「염상섭의 『삼대』와 巴金의 『家』의 비교 연구」, 부산대학교 석사학위논문, 2015.
74) 나상우, 「염상섭의 『삼대』와 巴金의 『家』에 나타난 지식인상 비교 연구」, 중앙대학교 석사학위논문, 2015.
75) 등려봉, 「중・한소설 『家』와 『삼대』의 인물형상 및 갈등구조 비교 연구」, 숭실대학교 석사학위논문, 2021.
76) 김성, 「염상섭과 바진(巴金) 문학의 비교연구—가족 서사로의 변모 양상을 중심으로」, 인하대학교 박사학위논문, 2020.
77) 崔英姬, 「中韩家族小说比较研究」, 吉林大学博士学位论文, 2011.
78) 郝君峰, 「30年代中韩家族小说的叙事比较」, 对外经济贸易大学硕士学位论文, 2006.
79) 吴阳, 「中韩现代家族小说比较」, 黑龙江大学硕士学位论文, 2012.

세대와 근대사상의 영향을 받은 신세대들 간의 봉건제도에 대한 윤리적 가치관의 차이로 인한 갈등이라고 분석한다. 또한 두 작가의 작품 모두 봉건제도하의 여성의 혼인과 교육문제를 끄집어내어 당시 사회현상을 강력하게 비판하였으며, 여성의 존엄성 회복을 위한 노력이 절실히 필요함을 강조한다.

수해국은 인물 분석의 측면에서, 작중 인물을 분석하는 과정에서 인물의 성격, 가족에서의 지위 및 윤리 관계의 태도 등에 근거하여 가족의 통치자, 가족의 타락자, 가족의 중간자, 가족의 반역자로 나누어 비교, 연구하였다. 호미는 가족사의 측면에서 주제 비교와 등장인물들을 비교하였다. 주제 비교는 가부장제 질서에 대한 대응 양상, 공적 사회 현실에 대한 인식과 방향 제시로 나누어 분석하였으며, 등장인물에 대한 비교는 남성 인물형상과 여성 인물형상으로 나누어 세밀하게 분석하였다. 가족의 역사를 소설화하는 것은 가족사소설의 기본적인 특징으로서, 이러한 가족사의 흐름을 근간으로 서사의 골격을 이룸과 동시에 당대의 시대적, 사회적 현실을 반영하기에 연구자는 가족사소설의 개념에 기대어 염상섭과 파금의 세계 인식과 그에 따른 현실대응 양상을 논의하였다. 왕서 역시도 인물형상과 세대 갈등, 시대 인식과 주제의식의 측면에서 염상섭의 『삼대』와 파금의 『家』에 대한 비교, 연구를 진행하였다. 그는 논문에서 염상섭과 파금이 전통적 가치관과 근대적 가치관이 충돌하던 시대의 작가이며 비슷한 주제로 당시 사회를 구현하였고, 비슷한 시대적 배경에서 비슷한 주제로 소설을 집필했다는 공통점이 있지만 상이한 문화 환경과 사회적 배경으로 다른 점도 엿볼 수 있다고 결론을 내렸다. 나상우는 『삼대』와

『家』에서의 지식인 상에 대해 비교하였다. 연구자는 시대의 변화로 인한 지식인의 세계관, 가치관 차이로 하여 나타나는 세대 간의 갈등 양상과 근대성을 지향하는 신세대 간의 사상의 분화로 인한 대립 양상을 두 부분으로 나누어 고찰하였다.

선우금은 페미니즘 각도에서, 여성의 혼인문제와 교육문제에 초점을 맞춰 그 양상을 살펴보았다. 연구자는 이 두 작가의 작품에는 봉건사회 속에서 자아 주체성을 확립한 여성과 그렇지 못하고 사회에 굴종하여 사회의 부속품이 되고 심지어 비극에 빠지는 여성이 그려져 있는데, 이 여성들의 모습으로부터 신세대의 여성은 남녀평등을 찾고 자신의 자아 주체성을 확립하여 사회의 주인이 되어야 한다고 피력하였다. 송성실은 두 작품을 중심으로 동아시아 전통 가정의 현대로의 변화에 대해 고찰하였다. 급변하는 20세기 20년대 사회 속의 인물들과 관념을 중심으로, 동아시아 전통 가정의 구성원들을 장악하고 있던 기존의 관념과 전통 사회가 현대사회로 넘어가면서 가정의 구성원들이 새롭게 추구하게 되는 새로운 관념에 대해 살펴보았다.

김성은 파금과 염상섭의 전체 작품을 대상으로 가족 서사에 이르는 과정을 고찰하였는바, 개성의 현실 지향과 내면 지향, 개성의 지향에서 가족 서사로의 변모 등 두 부분으로 나누어 분석하였다. 또한 두 작가는 소설의 현실성을 중요시하였지만 중국의 파금은 생활 그 자체에 기초한 반면 한국의 염상섭은 민족문제와 결부된 현실문제를 소설의 주요 주제로 하였다. 그러나 두 작가에게서는 공통점도 발견되는데 이는 문학의 공리성이라는 측면에서 두드러진다고 주장하였다.

상술한 연구들은 주로 주제 분석, 인물유형 분석, 페미니즘, 서사구조 등 방면에서 파금과 염상섭의 가족사소설을 비교, 분석하였다. 공간에 관련된 연구들이 간혹 진행되긴 했지만, 개별 작품에 대해 고찰했을 뿐 파금과 염상섭의 전반적인 가족사소설에 대한 시공간적인 연구는 이루어지지 않은 실정이다.

1.3. 연구 방법 및 연구 범위

본 연구는 1930년대 중국과 한국의 대표적 가족사소설 파금의 『激流三部曲』과 염상섭의 『삼대』, 『무화과』에 대해서 시공간적 구조의 측면에서 비교, 연구하고자 한다. 그 텍스트로는 인민문학출판사(2012년)에서 출판한 『家』, 『春』, 『秋』(『激流三部曲』)와 한국도서출판 빛샘(2000년)에서 출판한 『삼대』, 동아출판사(1995년)에서 출판한 『무화과』(상, 하)를 연구 대상으로 선택하였다.

제1장에서는 두 작가의 가족사소설의 연구 목적, 연구사 검도, 연구 범위를 확정한다. 중국과 한국은 지리적으로 인접한 나라로서, 역사적으로 밀접한 연관이 있기 때문에 정치, 경제, 문화 등 각 방면에서 교류가 빈번하였다. 때문에 고전문학뿐만 아니라 근현대문학에서도 연관성이 제시되고 있다. 이런 측면에서 비교문학적인 각도에서 1930년대 중국과 한국을 대표하는 가족사소설 파금의 『激流三部曲』과 염상섭의 『삼대』, 『무화과』를 비교, 분석하는 것은 동양 문학을 이해하는 데도 일정한 역할을 할 것임은 자명한 사실이다. 이런 의미에서 기존 연구사 검토를 진행한 기초

에서, 기존 연구에서 다루지 않은 시간적 구조와 공간적 구조 측면에서 두 작가의 작품을 비교, 분석하는 의의를 도출해 낸다.

제2장에서는 현대소설의 시공간적 구조에 대한 이론을 시간적 구조와 공간적 구조로 나누어 살펴본다.

우선, 현대소설의 시간적 구조를 서사학적 방법론, 해석학적 방법론 두 가지 측면에서 접근하여 작품의 시간적 구조에 대해 해석하고자 한다. 소설에서 공간적 구조와 마찬가지로 시간적 구조 역시 중요한 위치에 있다는 것은 대부분 연구자들이 인정하는 부분임에 틀림없다. 왜냐하면 서사에서 시간의 문제는 가장 근원적인 문제이며, 또한 철학적인 문제이기도 하기 때문이다. 철학적 시간은 인간의 기본적인 경험에 결부시켜 연구하게 되며, 따라서 시간을 논의할 때는 시간을 구성하는 인간의 의식을 파악하는 것이 선행 과제이기도 하다. 이러한 의미에서 본고는 서사의 서술 순서에 따라 텍스트를 전진적 시간구조, 역진적 시간구조, 복합적 시간구조 세 가지로 나누며, 시간문제를 구체적으로 분석할 때는 시간의 대표적 이론가 쥬네뜨의 이론을 거론한다. 쥬네뜨는 스토리에서 사건이 일어나는 순서와 서술에서 사건이 일어나는 순서는 어떻게 다른가, 둘 사이에서 사건이 일어나는 빈도수는 어떤가 하는 관점에서 등장인물과 서술자의 관계를 서술한다.

그리고 상술한 서사학적 이론을 리쾨르의 '긴장'과 '이완'이라는 해석학적 이론을 결부시킨다. 리쾨르는 아우구스티누스의 발견이 더없이 귀중한 것은, 그것이 시간의 연장을 정신의 이완으로 환원시킴으로써 세 겹의 현재의 한가운데, 즉 미래의 현재와 과거의 현재, 그리고 현재와 현재 사이에서 끊임없이 생겨나는 균열과 이완을 연결시킨 점이라고 지적하면서 기다림, 주의력 그리고 기억의 지향점들이 이루는 화음으로부터 끊임없이 불협화음이 태어나고 또 태어난다고 생각하였다.80) 다시 말하면 여기서 체험된 시간은 불협화음을 이루고 균열된 시간의 체험이다. 균열은 무의미와 혼돈을 의미한다. 그는 이것을 '이완'이라고 말한다. 하지만 인간에게는 균열과 혼돈과 불협화음을 이겨내려는 의지가 있다. 이러한 의지에 따른 체험은 인간으로 하여금 정신의 긴장을 다시 체험하게 한다. 때문에 인간은 현재를 중심으로, 과거와 미래에 대한 긴장과 이완의 체험을 하게 되는 것이다.

다음, 공간적 구조에 대한 이론에 대해서는 주로 공간의식과 현대소설의 공간개념과 특성을 다룬다. 고대에서부터 공간 이론이 형성되었고 칸트가 공간을 '절대공간'과 '상대공간'으로 나누면서, 공간 이론이 계속 발전되어 왔다. 이 공간 이론을 소설에서도 적용하기 시작하여 소설이 공간에 의존하는바, 작가가 소설 속에 공간을 설정해 놓는다고 주장한다. 따라서 공간을 수직공간과 수평공간, 물리적 공간과 심리적 공간, 서사공간과 서술공간 등등 여러 가지로 분류시켜 공간에 대한 연구를 많이 진행하였다. 이러한 의미에서 공간의식은 작가의 주제의식과 맞닿아 있기 때문에 소설 분석에서 공간적 구조 분석은 매우 중요한 의미를 지닌다고 할 수 있다.

제3장에서는 파금의 『激流三部曲』과 염상섭의 『삼대』, 『무화과』의 시간적 구조양상에 대해 비교, 분석한다. 두 작가의 작품 모두 서사구조에서 전진적 시간구조양상에 속하며, 이 작품들을 쥬네

80) 폴 리쾨르, 『시간과 이야기 1』, 김한식・이경래 역, 서울: 문학과지성사, 1999:61.

뜨의 이론에 따라 시간의 순서, 지속, 빈도 등 측면에서 분석, 고찰한 후 발화자, 즉 서술자의 각도에서 초점화의 다양화 여부 등을 고찰하여 작품의 긴장과 이완 여부를 밝힘으로써 작품의 화음 혹은 불협화음 여부를 고찰한다.

제4장에서는 파금의 『激流三部曲』과 염상섭의 『삼대』, 『무화과』의 공간적 구조양상에 대해 비교, 분석하였다. 두 작가의 작품의 공간을 ① 제1세대 공간, 즉 봉건 대가족의 창달 추구와 사치함의 공간(堂屋) / 신분 상승과 재산 보존의 공간 및 가부장 권리의 박탈 공간(사랑) / 권력 다툼과 환멸의 공간(안방) / 암투와 불안의 무질서 공간(안방); ② 제2세대 공간, 즉 봉건 사대부 계층의 기생충적 공간(金陵公寓, 小公馆) / 개화기 지식인의 퇴폐적 향락의 공간(화개동, X동); ③ 제3세대 공간, 즉 나약함과 무저항의 공간(觉新) / 화해, 통합과 '심퍼사이저'의 공간(덕기, 이원영); ④ 신여성의 공간, 즉 혼인과 인격적 자유 추구의 공간(张蕴华) / 자아각성과 민족주의 각성의 공간(홍경애, 이문경); ⑤ 사회적 단면인 사회주의적 공간, 즉 무정부주의 유토피아적 공간 / 민족주의와 사회주의 절충적 공간 등 5가지 공간으로 나누어 각 공간의 공통점과 차이점을 규명한다. 이 두 작가의 작품은 모두 가족사를 위주로 한 수평적 공간과 사회적 단면과의 수직적 공간으로 이루어져 있기 때문에 이러한 공간에 대한 분석을 통해 그 공통점과 차이점을 규명하는 작업은 매우 필요한 부분이라 여겨진다.

제5장에서는 제4장까지의 논의를 기초로 파금의 『激流三部曲』과 염상섭의 『삼대』, 『무화과』의 공통점과 차이점을 규명하여 본 연구의 논의를 종합하고 정리한다.

2. 시공간구조의 이론적 기초

2.1. 현대소설 시간구조 분석의 방법론

2.1.1. 현대소설 시간구조의 서사학적 방법론

시간은 철학적 문제인 것만큼 형이상학적 인식론에 대한 성찰이 많이 이루어진다. 이러한 성찰에서 베르자예프(Nicholas Berdyaev)의 논의는 주목할 만하다. 그는 시간을 크게 세 가지 범주로 나눈다. 자연과 사물의 무한한 반복을 가리키는 우주적 시간, 직선적이고 선조적인 흐름, 즉 국가와 문명과 종족들의 경과를 말하는 역사적 시간, 딜타이(Dilthey), 짐멜(Simmel), 베르그송(Bergsong) 등에 의해서 직관된 창조적 시간 혹은 비약으로서의 시간개념과 연관을 가지는 실존적 시간이 그것이다. 세 번째 범주의 시간은 하이데거(Heidegger)에 의해 '모든 존재 의미의 현상학적 지평'이라고 규정되는 존재론적 시간이기도 한, 실존의 절대적 근거로서의 시간을 가리킨다.[81] 이러한 철학적 시간은 주로 인간의 기본적인 경험에 결부시켜 연구하게 된다. 때문에 시간

81) 한용환, 『소설학 사전』, 서울: 고려원, 1992:271.

을 논의할 때는 시간을 구성하는 인간의 의식을 파악하는 것이 선행 과제로 주어진다. 한스 마이어호프는 시간을 인간의 '특수한 경험 양식' 중의 하나라고 정의했는데, 여기서 특수하다고 한 것은 인간이 다른 생물체들과 달리 자신의 현존재를 인식하고 있음을 의미한다고 할 수 있다.[82] 또한 컴멜은 "시간이 무엇인지 분명히 말할 수 있기 위해서는 동시에 자유와 인식이 무엇인가를 분명히 말해야 한다."고 주장한다. 또 이 세 가지는 동일한 뿌리를 가지고 있으며 근원적으로 관련되어 있어서 분리될 수 없다고 생각한다.[83]

따라서 우리가 시간을 구분하는 기준은 객관적이기보다는 주관성을 더 띠게 된다. 이것은 객관적인 시계에 의해서가 아니라 개인적 가치 기준에 의한 시간 평가를 말한다. 피어슨(Pearson)은 지각적 시간은 감각 인상의 순수한 계기의 순서에 의해 판단하지, 절대적 시간 간격을 포함하지 않는다고 말한다. 다시 말하면, 이것은 고정된 표준에 의해 측정되는 외부적 시간과는 대조적으로, 항상 변화하는 가치 기준에 의해 측정되는 외부적 시간과는 대조적으로, 항상 변화하는 가치 기준에 의해 측정되는 상대적이고 내적인 시간이다. 또한 주관적, 심리적 시간은 상황에 따라 상당히 변화한다. 시간이 흘러가는 속도는 사람에 따라 제각기 다르다. 그리고 같은 사람에게 있어서도 상황에 따라 모두 다르다. 왜냐하면 "각 개인은 자신의 지각의 양식으로서 시간과 공간을 가지고 다니기 때문이다."[84]

82) Meyerhoff Hans, 『문학과 시간현상학』, 김준오 역, 서울: 심상사, 1979: 44-126.
83) 컴멜, 『시간의 개념과 구조』, 권의무 역, 대구: 계명대학교 출판부, 1986:165.
84) AA 멘딜로우, 『시간과 소설』, 최향규 역, 서울: 대방출판사, 1983:126-127.

베르그송은 시간은 현재를 기준으로 한 개인에게 있어서 지속이든지 아니면 경과로 경험되는 것이라고 하였다. 이러한 시간의 지속과 경과는 여러 면에서 동일한 시간 운동이겠지만, 그것을 경험하는 사람들에게 있어서 그러한 운동은 생성과 소멸에 대치되는 하나의 삶의 운동인 것이다. 따라서 한 인간이 시간을 지속으로 경험하든가, 아니면 경과로써 경험하든가는 아무래도 좋을 문제는 아닌 것이다. 왜냐하면 어느 쪽의 시간 경험을 가질 것인가에 의해서 그 자신의 삶에 대한 본질적 국면이 드러나 그 시간 경험이 결정적인 자기 경험이 되기 때문이다.85)

포스트모더니즘은 무수한 반복과 지연 속에서 시간을 보존하고 영원화한다는 미명하에 시간을 매장하는 가장 섬세한 이론적 형태이다. 엡스타인은 현대사회에서 시간의 살인, 인종학살, 환경파괴 등이 무차별하게 일어나고 있다는 점을 지적하고, 그러한 현상은 추상적인 미래의 이름으로 과거의 사상들을 살인하는 행위라고 설명한다. 따라서 시간의 살인은 바로 자신이 살고 있던 시간 속에서 벗어나려는 사람들, 과거로부터 자신을 해방시키려 하는 사람들의 의식 속에서 일어나는 눈에 보이지 않는 개혁이라는 것이다. 이러한 사고는 인류문명은 끊임없이 발전한다는 발전론적 사고 속에서 비롯된 것이다. 엡스타인은 포스트모더니즘 이론가들은 어떤 식이 되었든 간에 시작이라는 것을 부정하면서 영원한 현재 속에 머물고 싶어 하는 사람들이라고 주장한다. 그러므로 그들이 꿈꾸는 것은 현재의 유토피아, 즉 지연으로서의 시간을 영위

85) 컴멜, 『시간의 개념과 구조』, 권의무 역, 대구: 계명대학교 출판부, 1986:19.

하려 한다는 것이다.[86)]

이처럼 객관적으로 측정할 수 없는 시간을 문학에서 취급할 수 있는 것은 오직 서술 활동을 통해서만 이루어질 수 있다. 서사에서 일반적으로 시간에 대해 이야기할 때는 시간의 개념 및 인식의 편차와 역사에 관심을 두기보다는 작가가 시간이라는 인식의 틀을 이용하여 이 세계를 어떤 방식으로 바라보는지, 혹은 이야기된 시간과 이야기하는 시간, 스토리 시간과 담론시간 사이의 불일치를 어떻게 미학적으로 조절할 수 있는지를 문제 삼는 것이다. 소설 연구의 초기 이론가인 퍼시 러보크(Percy Lubbock)는 소설에서 시간의 효과와 기능을 논의하는 과정에 소설에서 시간의 문제를 '작품 전체의 구성에 관한 문제'로 인식하고 톨스토이의 『전쟁과 평화』에서 시간의 경과와 시간의 효과는 주제의 핵심에 속하는 문제라고 언급한다.[87)] 서사는 대개 줄거리 속에서 사건들이 일관성 있게 조직되어야 한다. 작가는 줄거리의 일관성을 염두에 두고 서사를 구성해야 하고, 따라서 사건의 진행 과정인 시간의 문제를 매우 심각하게 고려해야 한다. 서사에서 시간에 대한 연구는 플롯 연구와 겹치기도 한다. 플롯은 물리적 시간성에서의 탈피를 내포하며, 그래서 현실이라는 규범으로부터 어느 정도 이탈하게 되는 것이기 때문이다.[88)]

현대의 많은 소설들은 사건 배열의 연대기적 질서를 거부한다.

---

86) 이베타 케라심추쿠 등, 『시간으로부터의 해방』, 류필하 역, 서울: 자인, 2000:112-115.
87) 페어시 라복크, 『소설기술론』, 송욱 역, 서울: 일조각, 1984:46.
88) 프랭크 커머드, 『종말의식과 인간적 시간: 허구이론의 연구』, 조초희 역, 서울: 문학과지성사, 1993:63.

즉, 서술 순서가 변화 없이 단선적으로만 진행되는 소설은 드물다는 것이다. 슈람케의 표현대로라면 현대소설의 사건은 시간에 대한 투쟁에서 실현될 수 있는 것이다.[89] 즉, 현대의 서사는 다양한 시간의 층위를 두어 이야기의 형식을 복합적으로 구성하며, 이를 통해 이야기를 입체적으로 조명할 수 있게 한다. 이야기는 여러 사건이 동시에 발생할 수 있지만, 서술할 때는 하나하나 차례에 따라 설명할 수밖에 없다. 때문에 서구의 이론가들은 서사시간을 서술하는 시간과 서술된 시간으로 나누어 두 시간 간격에서 발생하는 효과들을 설명한다. 서술하는 시간과 서술된 시간, 즉 이야기하는 시간과 이야기된 시간에 대한 구분을 가장 먼저 한 사람은 귄테 뮐러이다. 그는 '이야기한다'는 사실과 '이야기된' 내용은 현재화라고 하는 행위를 통해 구별하였다. 다음으로 쥬테트도 이러한 시간 구분을 통해 서사시간을 분석하였다. 리쾨르는 서사시간에 대한 분석은 '언술행위-언술-텍스트 세계'라는 세 층위를 다 검토해야 하는 것으로, 그 각각에는 서술하는 시간과 서술된 시간, 그리고 이 두 시간 간의 연접 / 이접에 의해 투사된 허구적 경험이 대응하는 것이어야 한다는 것이다.[90]

이러한 의미에서 작가는 시간의 짧거나 긴 간격을 묘사할 수 있고 시간으로 하여금 천천히 혹은 빠르게 흐르도록 할 수 있으며, 중단되지 않게 혹은 중단되게, 순차적 혹은 비순차적으로 흐르는

89) 위르겐 슈람케, 『현대소설의 이론』, 원당희·박병화 역, 서울: 문예출판사, 1995:161.
90) 폴 리쾨르, 『시간과 이야기 2』, 김한식·이경래 역, 서울: 문학과지성사, 2000:157-158.

모습으로 묘사할 수도 있다. 이는 현대소설에서 서사시간의 변화가 거의 불가피한 현상임을 설명한다. 서사시간은 우선 서술 순서에 따라 구분할 수 있다. 이야기를 연대기적으로 서술하느냐, 과거를 회상하며 서술하느냐, 혹은 현재, 과거, 미래를 뒤섞어서 서술하느냐에 따라 구분할 수 있다. 히그던의 구분은 가장 일반적인 서사시간의 층위에 대한 구분으로 본고는 사건의 서술 순서에 따라 전진적 시간구조, 역진적 시간구조, 복합적 시간구조 세 가지로 나눈다.

시간문제를 검토할 때 서사학에서 사용하는 시간의 분석은 주목할 만하다. 이에 대표적인 이론가로는 쥬네뜨를 꼽을 수 있다. 쥬네뜨는 프루스트의 『잃어버린 시간을 찾아서』를 분석하면서 서사체의 시간조작에 관련된 문제를 논의하였다. 그는 서사 내의 시간 관계를 순서, 지속, 빈도로 구별하였다. 그는 서사체의 구성은 이야기와 담론으로 되어 있다고 본다. 그는 이야기는 이야기되는 스토리와의 관계로, 담론은 이야기하는 서술 행위와의 관계로 설명하였다. 이러한 이야기와 담론의 구분은 후에 채트먼에게서도 받아들여지는데, 이 범주는 쥬네뜨가 벤베니스트의 구분을 일단 받아들인 것이라 할 수 있다. 러시아 형식주의자들은 슈제트와 파불라로 구분하고, 토도로프는 담론과 스토리로, 브르몽은 서술하는 이야기와 서술되는 이야기로 구분한다.

반면에 테다레 세그레는 담론(기표), 줄거리(문학적 구성의 질서에 따른 기의), 파불라(사건들의 논리적이고 시간적인 질서에 따른 기의) 삼분법을 제안한다. 즉, 담론의 시간은 독서의 시간을, 줄거리의 시간은 문학적 구성의 시간을, 파불라의 시간은 이야기

된 사건의 시간을 말하는 것이다.[91] 쥬네뜨의 시간 관계에 대한 구분법, 즉 순서, 지속, 빈도에서 순서는 사건의 발생 시간을, 지속은 그 사건이 얼마 동안 발생했으며, 빈도는 어느 정도 자주 발생했는가 하는 물음에 해답을 하는 것이다. 그의 구분에서 '순서'는 텍스트-시간과 스토리-시간 사이에서 시간의 불일치에 초점을 맞추어 소급 제시(회상, 과거)와 사전 제시(예상, 미래)를 시간조작의 주요 요인으로 생각하여 사건과 그 사건에 관한 이야기 사이의 수치상의 관계를 설명하는 것이다.

지속은 스토리시간과 서술시간의 길이를 분석하는 방법이다. 스토리시간과 서술시간은 반드시 일치하지 않으며, 스토리 시간이 서술시간보다 더 길 수도 있고 반대로 더 짧을 수도 있다. 이는 다섯 가지로 나누는바 서술시간, 즉 담론시간이 스토리 시간, 즉 이야기 시간보다 짧으면 요약으로, 담론시간이 0이면 생략으로, 담론시간과 이야기 시간이 동일하면 장면으로, 담론시간이 이야기 시간보다 길면 연장으로, 이야기 시간이 0이면 휴지로 나눌 수 있다.

빈도는 한 사건이 스토리 속에 나오는 횟수와 그것이 텍스트 속에서 서술되는 횟수와의 관계를 말하는 것이다. 쥬네뜨는 빈도를 단회 서술, 중첩 반복, 유추 반복으로 구분하였다. 단회 서술은 한 번 일어났던 일을 한 번 이야기하거나 혹은 N번 일어난 사건을 N번 서술하는 것을 말한다. 중첩 반복은 한 번 일어났던 일을 N번 반복하는 것을 말한다. 유추 반복은 N번 일어났던 일을 한 번에 이야기하는 것으로, 한 개인의 일상적인 습관이나 태도를 말할

91) 폴 리쾨르, 『시간과 이야기 2』, 김한식・이경래 역, 서울: 문학과지성사, 2000:169.

때, 또는 어떤 한 집단 내에서 세대와 세대 간의 순환적인 성질을 암시할 때 많이 사용한다.92)

쥬네뜨는 '시점'이라는 '보여 주기'와 '말하기' 양자를 구분하여 설명하는 데에 한계가 있음을 지적하고 '초점화'라는 용어를 사용하여 크게 세 가지로 구분한다. 첫 번째 유형은 '비초점 서술' 혹은 '제로 초점화로 된 서술'이다. 이는 일반적으로 전지적 서술과 비슷한 의미를 가진다. 다시 말하면 텍스트 내의 한 인물에만 초점이 맞춰져 있지 않고 전지적 서술자에 의해 서술된다. 두 번째 유형은 '내적 초점화'로 서술의 초점이 한 인물에만 한정되어 세부적인 인물의 경험을 서술할 때 사용된다. 세 번째 유형은 '외적 초점화'로 초점화가 텍스트 외부에 있다. 현대소설에서 이러한 세 가지 유형은 단일하게만 서술되지 않고 복합적으로 서술되기도 한다.

2.1.2. 현대소설 시간구조의 해석학적 방법론

소설의 시간을 서사론적으로 접근한 다음 단계는 해석학적으로 접근, 해석하는 방법이다. 본고는 해석학적 연구 방법으로는 리쾨르의 정신의 긴장과 이완의 개념을 적용하려 한다. 리쾨르는 아우구스티누스의 '고백록' 제11서에 담긴 '시간성'을 해석하면서 정신의 긴장과 이완으로 그 시간성을 이해한다. 아우구스티누스는 우리가 시간을 측정하는 것은 그것이 흘러가는 때라는 논제를 되살리는바, 그것은 아직 존재하지 않는 미래도, 이미 존재하지 않

92) 제라르 쥬네뜨, 『서사담론』, 권택영 역, 서울: 교보문고, 1992:84-90.

는 과거도, 연장을 갖지 않는 현재도 아닌 흘러가는 시간이기에 바로 흘러감 자체, 지나감 속에서 현대의 다원성과 그 찢김을 동시에 찾아야 한다고 주장한다.[93] 아우구스티누스에게 있어서 시간은 물리적이고 객관적인 시간이 아닌 정신적이고 현상학적인 시간이다. 따라서 아우구스티누스의 시간을 이해한다는 것은 그의 정신적 체험을 이해한다는 것이다. 그러나 리쾨르는 아우구스티누스의 시간에도 순수한 현상학은 존재하지 않는다는 주장을 펼친다. 그에게 있어서 시간은 외부에 있는 대상이 아니라 인간의 정신이 체험한다는 것이다.[94]

리쾨르는 현재의 시간을 중심축으로 과거와 미래를 이야기한다. 현재는 지나가는 중으로, 과거는 이미 지나간 것으로, 미래는 아직 오지 않은 것으로 본다. 현재란 이제 어떤 점, 더구나 흘러가는 어떤 점이 아니며, '현재의 긴장'인 것으로서, 그것은 현재를 통한 능동적인 이행이 되었기 때문이다. 현재는 단지 지나갈 뿐만 아니라 현재의 긴장은 미래를 줄여 과거를 늘리면서, 미래를 다 써버림으로 말미암아 모든 것이 과거가 될 때까지 미래를 과거 속에 흘러가게 한다. 분명 현재를 통한 과거로의 움직임이라는 준공간적인 비유가 소멸된 것은 아니다. 기실 '그러한 행동을 하는 정신'이 없다면 줄어드는 미래도 늘어나는 과거도 없을 것이다.[95]

---

93) 폴 리쾨르, 『시간과 이야기 1』, 김한식・이경래 역, 서울: 문학과지성사, 1999:52.

94) 폴 리쾨르, 『시간과 이야기 1』, 김한식・이경래 역, 서울: 문학과지성사, 1999:28-80.

95) 폴 리쾨르, 『시간과 이야기 1』, 김한식・이경래 역, 서울: 문학과지성사, 1999:57.

리쾨르는 아우구스티누스의 발견이 더없이 귀중한 것은, 그것이 시간의 연장을 정신의 이완으로 환원시킴으로써 세 겹의 현재의 한가운데, 즉 미래의 현재와 과거의 현재, 그리고 현재의 현재 사이에서 끊임없이 생겨나는 균열과 이완을 연결시킨 점이라고 지적하면서 기다림, 주의력 그리고 기억의 지향점들이 이루는 화음으로부터 끊임없이 불협화음이 태어나고 또 태어난다고 생각하였다.[96] 다시 말하면 여기서 체험된 시간은 불협화음을 이루고 균열된 시간의 체험이다. 균열은 무의미와 혼돈을 의미한다. 그는 이것을 '이완'이라고 말한다. 하지만 인간에게는 그러한 균열과 혼돈의 불협화음을 이겨내려는 의지가 있다. 이러한 의지에 따른 체험은 인간으로 하여금 정신의 긴장을 다시 체험하게 한다. 때문에 인간은 현재를 중심으로, 과거와 미래에 대한 긴장과 이완의 체험을 하게 되는 것이다.

여기에서 현재의 정신을 중심으로 과거와 미래를 재정립하는 새로운 시간관이 생긴다. 즉, 과거는 현재의 과거, 미래는 현재의 미래, 현재는 현재의 현재로 규정한다. 리쾨르의 "과거는 현재의 기억이며, 현재의 현재는 직관이며, 미래의 현재는 기다림"이 바로 그것이다.[97] 즉, 긴장은 기다림과 기억 그리고 주의력이 결합된 행동이라 할 수 있고, 이완이란 행동의 세 가지 양태의 균열과 불일치를 의미한다.[98] 사실 정신의 긴장과 이완에 대한 문제는

96) 폴 리쾨르, 『시간과 이야기 1』, 김한식・이경래 역, 서울: 문학과지성사, 1999:61.

97) 폴 리쾨르, 『시간과 이야기 1』, 김한식・이경래 역, 서울: 문학과지성사, 1999:42.

98) 폴 리쾨르, 『시간과 이야기 1』, 김한식・이경래 역, 서울: 문학과지성사, 1999:59.

그리 간단하게 정리될 문제가 아니다. 정신의 긴장과 이완의 문제는 많은 난제를 안고 있다는 것을 리쾨르는 인정하면서 다음과 같은 사실을 받아들인다면 시간에 대한 모순점이 다소 없어질 것이라고 이야기한다. 즉, 우리가 측정하는 것은 미래나 과거의 일이 아니라 그것에 대한 기다림과 추억이고, 그것은 바로 어떤 독특한 종류의 측정 가능한 공간을 제시하는 느낌들이며, 이러한 느낌들은 나아가고 또 나아가는 정신활동의 이면과 같다. 이 행동은 그 자체가 세 겹이며, 그리하여 긴장됨에 따라 이완된다.

현대 서사의 많은 작품들은 기다림, 직관, 기억의 정신적 체험이 일관적인 흐름을 갖는 긴장상태를 끊임없이 뒤흔들며 이완의 상태로 끌고 가려는 것이다. 이는 서술 순서가 뒤바뀐다든가 다양한 층위에서의 서술자의 발화, 심지어 사건의 급격한 감속이나 가속을 통해 독자가 정보를 이해하는 과정이 방해를 받을 때도 정신적 이완의 효과가 드러나는 것이다. 따라서 이완은 서사의 지연, 우회, 중단 그리고 사건의 계속적인 추구를 더디게 만드는 전략을 통해 드러나는 정신적 체험을 일컫는다고 하겠다.[99] 그러나 아무리 서사가 이완되었다고 해도 결국 최종 목적은 긴장을 이루는 데 있다. 이완, 긴장의 과정을 거쳐 독자를 결말로 이끌어 가는 작가야말로 서사 구성의 능력을 충분히 갖춘 작가임에 틀림이 없다.

2.1.3. 서사학적 방법론과 해석학적 방법론의 결부

이미 앞에서 언급한 바와 같이 본고는 이야기를 연대기적으로

---

99) 폴 리쾨르, 『시간과 이야기 1』, 김한식・이경래 역, 서울: 문학과지성사, 1999:105.

서술하느냐, 과거를 회상하며 서술하느냐, 혹은 현재와 과거 그리고 미래의 사건들을 뒤섞어서 서술하느냐에 따라 서사시간을 전진적 시간구조, 역진적 시간구조, 복합적 시간구조로 나눈다고 했다. 이러한 서사적 구분에 의하여 세부적인 시간 분석은 쥬네뜨의 순서, 지속, 빈도 등 구분에 따른다. 서사 분석을 위한 쥬네뜨의 세 가지 기본 분류는 '시간', '서술 전략', '서술자의 음성'이다. 이 가운데서 시간의 범주는 순서, 지속, 빈도로 도식화된다. 그는 형식의 측면에서 스토리의 시간과 담론(서술, 플롯)의 시간을 살핀다. 스토리에서 사건이 일어나는 순서와 서술에서 사건이 일어나는 순서는 어떻게 다른가, 둘 사이에서 사건이 지속되는 시간의 길이는 어떤가, 둘 사이에서 사건이 일어나는 빈도수는 어떤가 하는 관점에서 등장인물과 서술자의 틈새를 비집어 본 것이다.[100] 이러한 서사적 구조를 앞에서 설명한 리쾨르의 '긴장'과 '이완'의 해석학적 방법론에 결부시켜 작품을 통합적으로 분석하는 데에 중점을 두고 있다. 본고에서는 이야기나 정보가 서두에서 결말로 순차적으로 제시되면서 결말에 가까울수록 통합성을 더욱 추구한다면 긴장의 효과, 즉 화음으로 간주하며, 반대로 이야기나 정보가 서두에서 결말로 순차적으로 제시되지 않고 결말에 가까울수록 산만해진다면 이완의 효과, 즉 불협화음으로 간주하게 된다.

우선 먼저 서사적인 측면에서, 이야기가 연대기적으로, 순차적으로 제시되면서 결말로 갈수록 통합을 이룬다면 이는 긴장의 효과가 발생한다고 할 수 있다. 다음 지속의 측면에서 볼 때, 서사가

100) 송명희, 『현대소설의 이론과 분석』, 서울: 푸른사상, 2006:138-139.

진행되는 과정에 회상, 예시 등에 의해 서사가 중단되거나 중핵 사건보다 위성 사건이 더 많이 발생되는 경우에는 이완의 효과가 발생되며, 그 반대의 경우에는 당연히 긴장의 효과가 발생된다. 또한 빈도의 측면에서 볼 때, 전진적 시간구조에서 반복서술이 많으면 많을수록 이완의 결과를 초래하게 된다. 발화적 관점에서는 전진적 시간구조에서 초점의 가변성이 자주 발생할 경우에 이완의 효과가 발생하여 불협화음을 초래하며, 반대로 초점의 가변성이 적으면, 다시 말하면 단일 초점인 경우에는 긴장의 효과가 발생하여 화음을 초래하게 된다.

본고는 이러한 점에 주목하여 기본적인 시간구조양상을 히그던의 구분을 중심으로 전진적 시간구조, 역진적 시간구조, 복합적 시간구조로 명명하고 세부적인 시간구조에 대한 분석은 쥬네뜨의 순서, 지속, 빈도로 구분한다. 이러한 분석 후에 텍스트의 해석적 효과에 대해서는 리쾨르의 '긴장'과 '이완'의 개념으로 설명한다. 즉, 소설의 시간에 대한 서사론적 접근과 해석학적 접근을 동시에 적용시켜 두 작품에 대한 비교를 시도한다.101)

2.2. 공간 이론과 현대소설의 공간

2.2.1. 공간 이론

고대 그리스 시기부터 '공간'이란 개념에 대해 탐구하기 시작하였으며, 그 시기 공간 이론을 형성하는 데 신학이 중요한 요소로

---

101) 정재석, 「현대소설의 시간구조 연구」, 서강대학교 박사학위논문, 2000:9-35.

작용했다. 신화들은 정확한 지식의 결핍으로 번성한다. 따라서 과거의 서구인들은 극락도, 낙원, 서북 항로가 존재한다고 믿었다. 그들에 의하면, 신화는 증거나 감각에 의해 쉽게 입증이 될 수 있거나 잘못 증명될 수 있는 믿음은 아니다. 제기된 질문은 '서북 항로가 있는가?', '에티오피아에 천국이 있는가?'가 아니다. 오히려 이러한 장소들은 존재하는 것으로 추측되었고 문제는 그것들을 발견하는 것이었다. 유럽 사람들은 한때 서북 항로와 지상낙원 같은 장소의 실재성을 주장했었다. 그러한 장소들은 믿음의 복합체계의 결정적 용린들이었기 때문에 존재해야만 했으며, 지상낙원에 대한 생각을 버린다는 것은 세계를 보는 전체적인 방법을 위협했을지도 모른다.102)

따라서 신화적 공간은 두 가지로 분류되는바, 하나는 직접적인 경험에 의한 일상적인 공간의 개념적인 확장이며, 다른 하나는 세계관이나 우주론의 구성 요소로서 작용하며, 이것은 첫 번째 신화적 공간보다 분명하고 알기 쉽다. 세계관은 사람들의 환경을 인식하기 위한 다소간의 조직적인 시도이다. 이것이 존속되기 위해서는 자연과 사회는 체계가 있어야 하고 조화된 관계를 유지해야 한다. 모든 사람들은 그들의 환경에 질서와 적합성의 감각을 요구하지만, 모두가 조리 있는 우주 체계의 정교함에서 그것을 추구하는 것은 아니다. 일반적으로 복잡한 우주론은 크고 안정되며 정주적이고 사회와 관련이 있다. 그것들은 자연에 있어서의 인간의 장소에 대한 질문에 대답하려는 시도들이다.103)

---

102) Yi-Fu Tuan, 『공간과 장소』, 정영길 역, 서울: 태림문화사, 1995:107.
103) Yi-Fu Tuan, 『공간과 장소』, 정영길 역, 서울: 태림문화사, 1995:108-111.

윌리엄 길버트(William Gilbert)는 “공간은 자연 안에 어떤 것이 될 수 없고 아무것도 아니며, 힘을 가지고 있지 않다.”고 주장하면서 공간과 신학을 분리시켰다. 후에 뉴턴이 공간의 독립성과 자율성을 내세워 절대공간의 개념을 세웠다. 뉴턴은 절대공간은 그 본성 때문에 어떤 외적인 것과는 관계하지 않으며 언제나 움직이지 않으며, 상대공간은 절대공간들의 움직일 수 있는 차원이나 움직일 수 있는 척도라고 말했다.

칸트(Kant Lmmannel)는 이 절대공간과 상대공간의 개념을 지지했다. 칸트가 보기에 오른쪽과 왼쪽을 구분해 주는 것은 직접적 직관밖에 없었다. 이 차이는 개념적으로 정식화될 수 없다. 더 나아가서 그는 기하학에서 우리의 일반 개념들을 형성하고 그 개념들의 진술을 분명하게 하는 것은 직접적이라고 보았다. 칸트에게 있어서 공간은 경험 가능성의 조건이다. 그에게 공간개념 자체는 감각에서 생겨나지 않기에 객관적이거나 실재적이지 않고 주관적이고 관념적인 ‘순수 직관’이다.104) 즉, 공간은 개개인의 체험에 의해 결정된다. 때문에 개인이 느끼는 공간은 상대적으로 주관적임을 알 수 있다. 이러한 특징 때문에 공간은 전통을 계승하고 실체의 관점을 제공하는 기본 교재이다. 많은 사람들에게 있어서 공간, 예를 들어 주택은 거처일 뿐만 아니라 의식의 장소이며 경제활동의 장소이기도 하다. 그러한 주택은 의식될 수 있는 것보다도 생각을 더욱 효과적으로 전달할 수 있다. 그 상징들은 하나의 체계를 형성하며, 가족들의 여러 가지 생활 관계들을 거칠 때 그들에게 생생한 실제적인 것이 되며 더욱 큰 규모로, 거주지는 유력

---

104) 막스 야머, 『공간개념: 물리학에 나타난 공간론의 역사』, 이경직 역, 파주: 나남, 2008, 제1-5장 참조.

한 상징일 수도 있다.105)

계몽운동 사조를 거치면서 인간은 이성(理性)주의에 대해 추구하기 시작하였으며 19세기에 이르러 최고조에 도달하였다. 하지만 근대과학 문명이 발전함에 따라 인간은 이러한 극도의 이성주의는 허위적임을 인식하게 되었다. 이에 서로 다른 주장이 나왔으며, 비이성주의가 성행하기 시작하였다. 에드문트 후설(Edmund Husserl)은 비이성주의에 반대하면서 이성이 없으면 서구 세계가 없기에 진리를 추구하였다. 그는 공간 연구 영역에서 새로운 시각을 개척하였는바, 즉 공간과 신체의 연관성, 양자 간의 문제로부터 '공간'에 대해 연구하였다. 그의 영향으로 모리스 메를로 퐁티(Maurice Merleau-Ponty)는 '신체-주체'의 방식으로 현상학 시각으로 공간에 대해 의미를 부여하였다. 그는 공간을 신체적 공간, 객관적 공간, 지각 공간의 전환으로 분류하여 공간에 대한 인간의 감지력, 인지력에 대해 고찰하였다. 그 후에도 많은 학자들이 신체와 공간의 변증법적 연관성에 대해 깊이 있는 연구를 진행하여 공간 이론의 발전에 많은 공헌을 하였다.

이처럼 공간은 인류문명의 발전 과정에서 일관되어 왔지만 공간은 중심적인 위치에 있지 못했는바, 공간은 그저 경직되고 단조롭고 변증법적이지 않고 정지된 것으로 여겨졌으며, 반대로 시간은 풍부하고 생산적이고 생명력이 있으며 변증법적인 것106)으로

105) Yi-Fu Tuan, 『공간과 장소』, 정영길 역, 서울: 태림문화사, 1995:137.

106) 空间在以往被当作是僵死的、刻板的、非辩证的和静止的东西。相反, 时间却是丰富的、多产的、有生命力的、辩证的。(爱德华 W 苏贾, 『后现代地理学——重申批判社会理论中的空间』, 王文斌译, 北京: 商务印书馆, 2004:15.)

간주되었다. 20세기 하반기에 들어와서 '시간'을 중시하고 '공간'을 홀시하는 상황이 개변되기 시작하였다. 한 방면으로는 사람들이 인식의 변화를 거치면서 인성에 대해 중시를 하기 시작하였으며, 다른 한 방면으로는 전쟁으로 인해 세계정세가 변화하는 과정에서 일부 국가들은 재부를 축적하였으며 따라서 세계적 범위 내에서 자본주의가 확장되기 시작하였다. 이런 정세하에서 인류의 생존이 중요시되면서 사람들은 생존 공간에 대해 깊이 고민하였다. 미셸 푸코(Michel Foucault)는 많은 강연에서 공간에 대한 자신의 견해를 제기하였는바, 인류의 생존에 있어서 공간은 시간에 비해 더욱 밀접한 관계를 가진다고 주장하였다. 또한 그는 「부동한 공간의 정문과 상하문(不同空间的正文与上下文)」이라는 글에서 공간 중의 유토피아를 거론하기도 하였다.

가스통 바슐라르(Gaston Bachelard)는 『공간의 시학』에서 형상학과 심리학의 시각으로 '집'이란 공간에 대하여 장소적, 원형적 시각에서 분석하였다. 그는 집, 누각, 상자, 장롱, 구석, 새집, 조개껍질 등등은 모두 원형적 공간에 속하며, 이 공간들은 사적이거나 넓기나 내외적 등 다양한 특징을 지닌다고 생각하였다.107) 인간이 이러한 공간적 이미지에 대해 느끼고 받아들이는 형태는 대체적으로 비슷하다고 할 수 있지만, 개개인이 느끼는 감수는 어느

107) 从现象学和心理学的角度, 对"家屋"等空间一项进行了场所分析和原型分析。巴什拉认为, 家屋、阁楼、地窖、抽屉、匣盒、橱柜、介壳、窝巢、角落等, 都属于一系列空间方面的原型意象, 它们都具有某种私密感、浩瀚感、巨大感、内外感、圆整感。(龙迪勇, 『空间叙事学』, 北京: 三联书店, 2015:19.)

정도의 차이를 보인다. 이러한 심리적 반응은 거주공간에 대한 실제적인 느낌에 귀결된다고 할 수 있다. 대부분 사람들은 '집'이라는 공간을 언급하면 긍정적인 이미지를 떠올리기 마련이다. 예를 들면 동년을 보내던 집, 그 가운데서의 행복했던 추억, 안정감, 고요함을 느끼면서 이 세상에 대한 신뢰가 높아지게 된다. 하지만 반대로 어린 시절을 보낸 공간이 폭력에 시달리거나 보호를 받지 못했다면 원초적인 집이란 공간에 대해 부정적인 감정을 느끼면서 심지어는 세상에 대한 의심, 분노, 불안 등 심리적 불안감에 시달릴 수밖에 없다. 바슐라르의 공간 원형에 대한 현상학적 분석은 많은 학자들에게 영향을 주었으며, 문학이론 특히는 공간 이론의 발전에 큰 영향을 끼쳤나.

앙리 르페브르(Henri Lefebvre)는 『공간의 생산』에서 공간에 대한 간단하고 착오적이며 전통적인 사회정치적 견해를 반대하였다. 그는 사회적 공간은 간단한 '그릇'이나 물리적 공간이 아니라, 오히려 모순으로 점철되어 있다고 지적하였다.108) 앙리 르페브르는 사회적 공간은, 즉 사회의 결과물이라는 견해를 다음과 같은 네 가지 방면으로 설명하였다. 첫 번째는 물질적인 자연공간은 차츰 소실되고 있다. 두 번째는 부동한 사회는 특징과 생산 방식 또한 서로 다르다. 세 번째는 공간이 하나의 결과물이라고 한다면, 우리가 공간이란 이 결과물을 이해하고 해당 지식을 장악해야만 이 공간이 생산되는 과정을 재현할 수 있다. 네 번째는 각 시기의

108) 他认为，空间不仅仅是社会关系演变的静止的“容器”或“平台”，相反，当今的许多社会空间往往充满矛盾性地相互重叠、彼此渗透。(龙迪勇，『空间叙事学』，北京：三联书店，2015:20.)

사회마다 그의 생산방식에 적응되는 독특한 공간을 생산해 낸다면, 역사가 발전함에 따라 생산방식이 변화함에 따라 새로운 공간이 생산되기 마련이다. 그는 사회적 공간의 생산성 문제를 제기했을 뿐만 아니라 공간의 '기호'문제도 제기하였다.

이외에, 에드워드 소자(Edward W. Soja) 등 학자들도 자신의 논저와 논문에서 '공간구조'와 '공간범위'에 대해 담론하였다. 에드워드 소자는 앙리 르페브르의 학생이었기 때문에 공간 이론 연구에 있어서 앙리 르페브르의 영향을 많이 받았으며, 그 기초 위에서 자신의 관점을 더욱 확장시켰다. 에드워드 소자에 의하면 공간에 대한 전통적인 담론은 일반적으로 '제1공간'과 '제2공간'에 국한되어 있으며 이는 이원적인 구분 방식이라고 지적하였다. 제1공간은 '진실'한 공간이며, 공간의 구체적 형식화이다. 제2공간은 '상상적'인 공간으로서 주관성을 띠는바, 인간의 의식 형태 가운데의 공간성을 가리키며 도시공간은 상상과 관념의 영역으로서, 상상적인 공간이다. 그는 이원적인 공간 구분 방식에 제한성이 있다고 하면서 공간의 동적인 면을 강조하였고 '제3공간'의 사고방식을 제기하였다. 제3공간은 제1공간과 제2공간을 결부시킨 것으로 진실하면서도 상상적이며 포용적인 성격을 띤다. 그는 제3공간으로 공간구조 속의 불평등과 사람들의 경직된 사고 관념을 개변하려 함으로써 도시공간과 인류의 공간성에 대한 의미를 찾아내려 하였다.

프레드릭 제임스(Fredric R. Jameson)는 1980년대 전에는 주로 문학이론에 주목하였는바, 『맑스주의와 형식』(1971), 『언어의 속박(牢笼)』(1972), 『정치무의식』(1981) 등 "맑스주의 삼부곡"을 출판하였다. 1980년대 후부터 그는 문화비평으로 연구 방향을 돌리면서 1982년에 「포스트모더니즘과 소비사회」라는 제목으로의 강연을 시작으로 그의 연구는 포스트모더니즘에 중점을 두었다. 그에 의하면 공간은 자본주의 생산방식의 산물로서, 포스트모더니즘 공간은 하나의 문화의식 형태거나 혹은 문화적 환상이 아니라 확실한 역사 및 사회경제 현실을 근거로 하며 따라서 이는 자본주의가 전 세계적 범위 내에서 발전한 역사상에서 세 번째로 규모가 확장된 산물이다.[109] 때문에 그의 공간 이론은 포스트모더니즘과 긴밀히 연관되어 있으며, 포스트모더니즘의 문화의 특징도 공간을 통해 체현되었다고 할 수 있다.

2.2.2. 현대소설의 공간

소설은 시간과 더불어 공간의 제한을 받으며 한정된 범주에서 창조된다. 특히 작가의 공간의식에 의하여 지배된다. 작가가 제한해 놓은 배경 안에서 인물의 성격이 창조되고, 그 성격 창조의 범주 내에서 액션도 가능해진다. 이렇듯 소설은 처음부터 공간에 의존한다. 작가가 소설 속에 설정해 놓은 이러한 공간은 가공적인 것이다. 소설의 공간은 작가가 창조한 공간으로, 소설의 인물만이 살아가는 매우 제한된 공간이다. 소설의 공간은 시간과 함께 존재한다. 또한 그 공간은 작품의 한 요소가 되는 공간이므로 작가의

109) 后现代或者称为跨国性的空间绝不仅是一种文化意识形态或者文化幻象, 而是有确切的历史(以及社会经济)现实根据的-它是资本主义全球性发展历史上的第三次大规模扩张。(詹明信, 『晚期资本主义的文化逻辑』, 陈清侨 等译, 北京: 三联书店, 1997:506.)

창작계획에 의해 마련된 일종의 제작된 무대적 공간이면서 예술적 공간이다.110)

소설은 인간의 삶과 세계 현상을 대상으로 하여 형상화했기 때문에 공간을 배제할 수 없다. 소설은 인간의 삶 자체에 대한 탐구이기 때문에 진실성이 있는 허구 세계를 떠나서 생존할 수 없다. 이러한 소설의 공간은 작품의 배경이 되는 외재적 공간과 작품의 서사를 이루는 내재적 공간의 이중성을 띠고 있다. 작품 배경으로서 외재적 공간은 작가의 창작 의도를 충족해 주거나 그 동기가 된다. 어떤 특정 공간에 대한 작가의 관심에서 작품이 창작되었을 경우, 작품은 그 특정한 공간에 대한 탐구의 결과가 된다. 한 작품의 전체적 배경은 작가의 탐구 대상이 되면서 작품의 주제와 밀접한 관계를 맺는다. 항상 세계에 대한 작가의 관심은 이 공간성을 떠나지 못하기 때문에 소설은 특정 공간에 대한 작가 인식을 허구화한 것이라고 말할 수 있다.111)

소설의 공간은 작중 인물, 대상, 배경 등의 영역으로서 허구적 세계를 구성하는 중요한 공간이다. 그럼에도 불구하고 소설 공간의 의미를 정확히 이해하는 것은 그리 간단한 일이 아니다. 일반적으로 공간이란 말은 장소, 배경, 장면, 위치, 방향, 운동, 분할, 조망 풍경, 지형, 환경 등을 포괄하는 것으로서 매우 복합적인 양상이 된다. 그리고 이런 공간이 소설의 기능과 더불어 구조의 틀 속에 들어오게 되면 그 양상은 더욱 복잡해지게 된다. 즉, 공간은 공간 자체로만 독립되는 것이 아니라 시간과 결합하게 되고 등장

110) 현길언, 『한국 현대소설론』, 서울: 태학사, 2003:197.
111) 현길언, 『한국 현대소설론』, 서울: 태학사, 2003:197-201.

인물의 행위와 연결되어서 그 의미가 다양하게 변형되기 때문이다. 그런 점에서 소설의 공간을 논의한다는 것은 소설의 모든 것을 논의해야 하는 결과가 된다.112) 즉, 소설에서의 공간은 인물이 서 있는 장소와 배경으로서의 의미론적 측면에서부터 소설의 구조적 특성, 서술 방식의 특성, 나아가 하나의 세계가 구축되어 독자에게 전달되는 과정을 포괄하는 개념이다.

소설에서 공간이 지니는 의미가 이처럼 큰 것은 공간과 인간과의 관계를 고쳐야 할 때 매우 당연한 일이라 할 수 있다. 즉, 인간은 공간에서 행위를 하고, 공간을 지각하고, 공간에 존재한다. 그리고 경우에 따라서는 공간을 창조하기도 한다. 즉, 인간과 공간은 실존적 관계이다. 인간이 일정한 대상을 향하여 정위할 때 의미 있는 공간이 탄생된다. 지금까지는 무의미하고 산재되었으며 중성이었던 공간이 상징적이고 의미 있는 실존적 공간이 된 것이다.113) 이처럼 공간의 속성은 결코 단일 개념이 아니다. 때문에 공간을 보는 각도나 방법이 다름에 따라 공간의 속성도 달라지기 마련이다. 이런 분류 기준에 있어서 가장 중심적인 의식이 이항대립의 원리라고 할 수 있다.

예술 텍스트의 내적 요소가 이항적 의미대립의 원리 지배를 받는다는 것은 별로 새로운 주장은 아니다. 동양철학의 기조가 음과 양의 조화에 있음을 상기할 때 우리는 이미 오래전부터 세계의 모

---

112) 홍성암, 「소설의 공간 설정과 작가의식」, 『현대소설연구』, 한국현대소설학회, 1996(5):51.

113) 이경희 외, 『문학 상상력과 공간: 서정주 · 이용악 · 박상륭 · 이태준의 작품 읽기』, 파주: 창비, 1992:175.

든 현상을 이항적 의미대립으로 파악하고 있었다고 보아야 하기 때문이다. 소설에서의 공간을 이항적 의미대립의 양상으로 유형화한다면 다음의 여러 양상을 발견하게 된다. 즉, 축소 지향의 공간과 확대 지향의 공간으로 나누어 볼 수 있다. 축소 지향의 공간이 자신의 신변, 즉 집, 방, 책상, 서랍, 구석으로 좁혀지는 공간이라면 확대 지향의 공간은 집을 벗어나서 마을, 성곽, 도시, 나라, 세계, 우주로 확대되는 공간이다.

수직공간과 수평공간으로 나눌 수도 있다. 이는 바슐라르의 탐색에서도 살필 수 있다. 그는 수평공간에서의 삶의 풍요로움과 안정을, 수직공간에서 영혼의 울림, 즉 의식의 각성을 탐색해 낸다. 그리하여 수평공간인 정신의 표면적인 풍요로움과 수직공간인 영혼의 깊이가 교차하는 곳에 인간의 실존공간이 있음을 설명한다.[114] 또한 물리적 공간과 심리적 공간으로 나눌 수 있다. 물리적 공간은 계측할 수 있고 전후좌우 또는 상방, 중방, 하방의 방위성을 지니는 것으로 누구에게나 지각되는 종류이다. 이에 비해서 심리적 공간은 인식적 공간이며, 개인이 창조한 가상공간이다.

그 밖에도 문학적인 관점에서 살피면 서사공간, 서술공간이 가능하고 작자공간과 독자공간이 가능하다. 서사공간이 소설에서 취급하고 있는 사건의 전 과정을 말한다면 서술공간은 서술되고 있는 허구의 공간이라 할 수 있다. 즉, 의미의 공간이다. 이에 비하여 작자공간은 작자의 표현공간이고, 독자공간은 그 소설이 환기하는 공간에 대해 독자가 재구성한 의미의 공간이라 할 수 있

114) 이경희 외, 『문학 상상력과 공간: 서정주·이용악·박상륭·이태준의 작품 읽기』, 파주: 창비, 1992:47-47.

다.115) 소설에서 중요시되는 공간은 일반적으로 텍스트 내 인물의 심리적 공간을 말한다. 때문에 작가나 작중 인물이 공간을 어떻게 인식하는가를 파악해 내는 것이 가장 중요하다. 즉, 공간의식을 정확히 분석해 내는 것이 선행 과제로 대두된다. 여기에서의 '작가의 공간의식'은 장소적 의미만은 결코 아니다. 작가의 상상력이나 주제의식과 맥이 닿아있는 것으로 이해해야 한다. 작가의 주제의식은 단적으로 세계, 삶, 인간을 파악하는 시각이나 구조에서 나온다고 볼 수 있다.

일반적으로 소설적 '공간'이라는 개념은 여러 가지로 변화를 겪어 왔다. 부르뇌프와 월레에 의하면 17세기의 소설에서는 장소와 묘사가 그저 일반적인 몇 마디에 그치는 것이 상례였다. 그러나 18세기 특히 19세기에 오면서 장소의 묘사는 점차로 커다란 중요성을 갖게 되어 그저 간단한 그림배경 정도로 간주해 버릴 수는 없는 위치를 점한다.116) 작중 인물은 공간을 만들기도 하지만 공간이 작중 인물의 성격을 만들기도 한다. 뿐만 아니라 공간의 상징성을 통해 작중 인물의 심리나 운명을 독자들이 추측하거나 사건 전개를 예측하는 복선으로 활용할 수도 있다.

이 밖에 작가나 작중 인물이 공간에다가 형이상학적인 의미를 담고자 하는 경우도 있다. 때문에 공간의 중요성은 점점 더 확대되어 감을 확인할 수 있다. 이런 의미에서 볼 때, 공간은 단순한

115) 홍성암, 「소설의 공간 설정과 작가의식」, 『현대소설연구』, 한국현대소설학회, 1996(5):53-55.

116) 롤랑 브르뇌프·레알 월레, 『현대소설론』, 김화영 역, 서울: 현대문학, 1996:208-209.

배경과 장소의 의미가 아니라 인물의 내적 세계를 반영하는 상징이며 또 행위의 기점으로서 구조나 이동 자체가 서사 진행의 원동력이자 의미 생산의 출발점이 되기도 한다.[117] 소설의 '공간'에 대한 연구는 실제로는 작가의식과 작가가 보여 주려고 하는 주제의식에 대한 연구이다. 그렇기 때문에 소설을 연구함에 있어서, 공간연구는 시간연구와 함께 매우 중요한 부분이라고 할 수 있다.

본고는 파금의 『激流三部曲』과 염상섭의 『삼대』, 『무화과』에 나타난 시간적, 공간적 구조를 비교, 분석함으로써 작가의 의식세계와 아울러 작품세계의 근본적인 특징을 밝혀내며, 이를 통해서 두 작가가 견지하고 있는 작품의식도 함께 해명될 수 있을 것으로 기대된다.

117) 황도경, 「이상의 소설 공간 연구」, 이화여자대학교 박사학위논문, 1993:15.

3. 파금의 『激流三部曲』과 염상섭의 『삼대』, 『무화과』의 시간적 구조양상 비교

3.1. 『激流三部曲』의 시간적 구조양상

3.1.1. 전진적 시간구조의 양상

파금은 중국의 현대문학을 개척한 선구자의 한 사람으로서, 그의 대표작은 『激流三部曲』인바, 그중 성과가 가장 높고 영향력이 가장 큰 작품이 『家』라고 할 수 있다. 『家』는 중국 문학사에서 『红楼梦』의 뒤를 이어 봉건 계급의 몰락사를 쓴 또 하나의 걸작이다. 이 작품은 사람을 잡아먹는 봉건사회의 본질과 봉건적 지배계급의 부패상을 심각하게 폭로하고 있다.[118] 이 작품도 염상섭의 작품과 마찬가지로 1930년대 중국 현대문학의 봉건 가족제도의 부패상을 다룬 장편소설인 것만큼, 구조적 특성의 중요한 요소 중 하나인 시간구조에 대한 분석이 필요하다. 『激流三部曲』은 『家』, 『春』, 『秋』 등 3부작으로 구성된 장편소설로서, 시간적 구조를 전반적으로 분석하기가 용이하지 않은 부분이 분명히 존재한다. 따

118) 김병활 주필, 『중국현대문학사』, 연길: 연변대학출판사, 2004:228.

라서 본고에서는 논의 전개의 편의를 위해 단락을 나눠 분석하고 자 한다. 우선 『家』에 대한 분류는 다음과 같다.

1. 고씨 집안에 대한 소개를 진행한다.(제1-3회)

-觉民, 觉慧 두 형제가 연기연습을 마치고 집으로 돌아오는 장면을 서술한다.(현재)

-저녁 식사를 하기 위해 밥상에 둘러앉은 여러 식구들과의 일상적인 대화 장면이 서술된다.(현재)

-觉慧가 자신이 다니는 외국인 전문대학에서 여학생을 모집한다는 소식을 琴에게 말하자, 琴은 그 학교에 다니고 싶어 하지만, 또 어머니가 반대할까 봐 걱정을 많이 한다.(현재)

-琴은 자신이 제1사범학교에 들어갈 때 친척들의 비난을 받은 상황을 말한다.(과거, 제3회)

2. 鸣凤이는 현재 하녀라는 자신의 상황에 대해 한탄한다.(현재, 제4회)

-자신이 하녀로 전락하기까지의 과정을 회억한다.(과거, 제4회)

-자신의 운명이 앞으로도 바뀌지 않을 것이라고 단언한다.(미래, 제4회)

3. 琴과 그녀의 모친이 고씨 댁에서 집으로 돌아온 후, 모친에게 외국인 전문대학에 갈 의향을 말하지만 반대를 당한다.(현재, 제5회)

-장씨 부인과 琴의 대화로 그녀가 여태껏 교육을 받아온 상황을 회억한다.(과거, 제6회)

4. (어렸을 때부터 현재까지의) 觉新의 성장 과정과 혼인, 현재의 상황을 장황하게 설명한다.(과거, 제6회)

5. 觉民, 觉慧, 琴, 劍云 등 젊은이들은 5・4운동의 영향을 받아 활동을 하고 있는데(일요일에) 그들은 觉新의 서촉실업회사 사무소에서 만나 신문, 잡지들을 열독한다.(현재, 제7회)

-劍云의 불행한 성장 과정을 요약해서 설명한다.(과거)

-琴은(며칠 전) 梅가 자신의 집에 왔던 상황을 설명한다.(과거)

-琴은(몇 년 전) 觉新과 觉慧의 결혼이 무산된 원인을 설명한다.(과거)

6. 학생들이 공연 도중에 병정들과의 충돌이 있었고, 학생들은 동맹휴학을 단행하여 투쟁한다.(현재, 제8-9회)

7. 觉慧는 학생운동에 가담했다는 이유로 조부한테 꾸중을 듣는다.(현재, 제9-11회)

-觉慧가 (어려서부터) 조부, 돌아가신 조모, 현재의 첩 등에 대해 장황하게 설명한다.(과거, 제9회)

-조부의 제한으로 집에 갇혀 있던 觉慧는 鸣凤과 사랑을 속삭인다.(현재)

-집에 갇혀 있는 觉慧는 하루 일과를 일기에 담는다.(일인칭 시점, 제11회)

-觉慧는 부친이 살아생전에 함께 생활하던 그때를 회상한다.(과거, 제12회)

-觉新과 觉慧의 대화로 어린 시절을 회억하고 행복에 대해 논의한다.(과거, 제12회)

8. 설명절이 임박하여 고씨네 가족들은 모두 모여 명절을 축하한다.(현재, 제13-14회)

-觉新은 괴로워하며 觉慧와 梅에 대한 이야기를 나눈다.(과거, 제14회)

-고씨네 가족들은 高老太爷의 지휘하에 조상에 대한 제사를 지낸다.(현재, 제15회)

-觉民 형제는 장씨네 집에 명절 인사를 하러 왔다가 친정에 돌아온 梅 누나를 만나 대화를 나눈다.(현재, 제15회)

-고씨 가족들은 짝을 지어 마작판을 벌인다.(현재, 제17회)

-(초여드레 날) 저녁에 화원에서 화포놀이를 한다.(현재, 17회)

-(초아흐레 날) 용등놀이를 하는데, 克定은 하인들에게 화포를 쏘아 상처를 입게 함으로써 잔혹성을 드러내 보인다.(현재, 제18회)

9. 군벌들 간의 싸움으로 고씨 가족들은 피난을 간다.(현재, 제19-21회)

10. 梅와 觉新은 서로 만나 과거 일 때문에 슬퍼한다.(현재, 과거, 제21회)

11. (3, 4일이 지난 후) 피난 갔던 고씨 가족들이 저택으로 다시 돌아왔고, 군대가 고씨 저택에 주둔하겠다고 찾아온다.(현재, 제23회)

12. 梅는 瑞珏과의 대화를 통해 자신과 觉新의 과거를 설명하며 瑞珏은 그녀를 동정한다.(과거, 제24회)

13. 觉慧를 비롯한 진보적인 청년들이『黎明周报』를 창간하여 단발문제 등 사회적 문제를 다룸으로써 진보적 사상을 전파한다.(현재, 제25회)

14. 冯노인의 첩으로 팔려 가게 된 鸣凤이 호수에 몸을 던져 목숨을 끊자 觉慧를 비롯한 청년들이 몹시 괴로워한다.(현재, 제26-27회)

- 鸣凤이 高老太爷의 집안에서 하인으로 보낸 인생을 회상한다.(과거)
- 鸣凤은 자신의 미래는 희망이 없다고 낙심한다.(미래)

15. 觉民과 觉慧는 길거리에 나왔다가 우연히 다섯째 숙부가 드나드는 金陵公寓를 발견하게 된다.(현재, 제28회)

16. 觉慧는 鸣凤의 죽음으로 인해 실의에 빠진 나머지 꿈에서 그녀를 만나서까지 슬퍼한다.(현재, 제28회)

17. 觉慧를 비롯한 진보적인 청년들이 발간한『黎明周报』가 폐간된다.(현재, 제29회)

18. 觉民과 觉慧는 다섯째 숙부가 드나드는 金陵公寓에 재차 가본다.(현재, 제29회)

19. 고씨 집안에서 高老太爷의 66세 생신 축하연이 성대하게 치러지는 가운데, 觉民 형제는 이런 상황에 아주 반감을 가진다.(현재, 제30회)

20. 高老太爷와 冯乐山은 觉民의 혼사를 서로 의논하여 결정하였으며, 이에 觉民은 반발하여 가출한다.(현재, 제30-31회)

-觉民은 琴과 아기자기한 사랑을 나누던 지난날을 회상한다.(과거, 제30회)

-觉民은 琴에게 현재 상황과 앞으로 일어날 일들에 대해 편지를 써 보낸다.(미래, 제30회)

21. 觉民과 琴은 서로 만나 梅의 병세가 심각함을 말한다.(과거, 제31회)

22. 梅의 병세가 더욱 악화되어 끝내 사망하자, 觉新은 매우 고통스러워 한다.(현재, 제31회)

23. 다섯째 숙부가 金陵公寓에 드나드는 비밀이 폭로되어 高老太爷한테 꾸중을 듣는다.(현재, 제33회)

-숙화의 말로 비밀이 폭로된다.(과거)

24. 高老太爷의 병세가 악화되어 끝내 사망에 이른다.(현재, 제34-35회)

-克定, 克安은 高老太爷의 병세가 악화된 상황에서도 金陵公寓에 계속 드나든다.(2번 반복)

-高老太爷가 세상을 뜬 후, 바로 재산을 분배한다.

25. 高老太爷가 세상을 뜬 후, 진씨(陈氏) 댁은 해산이 임박한 觉新의 아내를 집에서 내보낸다.(현재, 제36회)

-觉慧는 이런 상황을 보고 이 집에서 나가야겠다고 다짐한다.(미래)

26. 觉新의 아내는 해산하던 도중에 목숨을 잃는다.(현재, 제37회)

27. 觉新의 아내마저 사망하자 觉慧는 이 가정에서 탈출한다.(현재, 제28-40회)

다음은 『春』에 대한 분류이다. 이 작품 역시 『家』의 후속 편으로서, 33회에 달하는 장편소설에 속한다.

1. 고씨 집안의 일상적인 생활, 즉 淑英, 觉英, 觉群, 觉民, 觉新 등의 등장과 함께 평범한 일상을 보낸다.(현재, 제1회)

2. 琴이 고씨 집에 놀러 갔다가 거기서 밤을 지내게 되는데, 淑英이 진씨 집안과의 결혼문제 때문에 고민이 깊어 琴에게 털어놓는다.(현재, 제2-3회)

-고씨 화원의 봄날 저녁의 환경묘사.(2번 반복)

3. 이튿날 琴은 觉新과 그의 아들을 만나고 잠깐 애기를 나누다가 젊은이들과 함께 배를 탄다.(현재, 제4회)

4. 그날 점심 琴은 식사를 한 후 일상적인 얘기를 나누다가, 觉新의 두 사촌여동생 惠와 芸을 거론한다. 특히 惠의 결혼문제에 대해 거론한다. 觉新의 아들 海臣이 엄마를 그리워한다.(현재, 제5회)

5. 이튿날, 장씨(张氏)의 생일의식을 堂屋에서 진행, 冯老太爷에게 시집간 婉儿이 장씨의 생일을 축하하려고 고씨 집에 찾아온다.(현재, 제6회)

-婉儿의 힘든 시집살이, 임신.(과거)

6. 며칠 후, 周太太와 젊은이들이 일상대화를 하는 가운데서, 枚少爷가 학당을 가는 문제 때문에 자신의 부친과 갈등이 있음을 언급한다.(현재, 제7회)

7. 제3대 여성들은 집 안에서 마작을 놀고 있고, 翠环이 觉新에게 淑英의 결혼을 막아달라고 부탁하지만 그는 아무런 방법이 없다. 또한 觉新의 아들 海臣이 엄마가 보고 싶다고 조르자, 그는 괴로워한다.(반복)(현재, 제8회)

8. 冯乐山이 고씨 집에 淑英의 결혼문제를 의논하러 온다.(현재, 제9-10회)

-일년 전 高老太爷가 자살한 하녀 鸣凤 대신에 淑英의 하녀 婉儿을 冯乐山에게 시집보낸다. 克定이 자신 와이프의 하녀 喜儿을 범해 싸운다.(과거)

- 冯乐山에 대한 소개.(과거)

-克安도 밖에서 여자를 범한 일이 있다.(과거, 6. 7년 전)

9. 陈姨太는 高老太爷가 세상을 떠난 후 이 집안에서의 지위가 낮아져, 王氏, 克安과 싸운다.(현재, 제11회)

10. 琴, 觉民 등 젊은이들이 공원에서 만나 신문을 어떻게 꾸려나갈 것인가를 토론한다.(현재, 제12회)

-克定의 여자문제.(현재)

11. 觉新의 아들 海臣이 큰 병에 걸려 사망한다.(현재, 제13-14회)

12. 淑英은 공원에서의 집회 때문에 부친에게 꾸중을 듣는다.(현재, 제15회)

-고씨 댁의 환경묘사.(반복)

13. 주씨(周氏) 방에 모여 여러 사람들이 惠의 결혼문제를 의논한다.(현재, 제16회)

-고씨 댁의 환경묘사.(반복)

14. 이튿날 觉新은 周公馆에 가서 枚少爷를 보고 집에 돌아와 자신의 아들 생각을 한다.(현재, 제17회)

-고씨 댁의 환경묘사.(반복)

15. 며칠 후 고씨 댁에서 젊은이들이 모여 있다가 觉慧의 편지를 받는다. 그는 편지에서 봉건적인 혼인제도를 비판한다. 그들은 배를 타면서 惠의 결혼에 관련된 내용을 서로 얘기한다.(현재, 제18회)

16. 얼마 지나지 않아, 惠는 끝내 결혼한다.(현재, 제19-20회)

17. 琴, 觉民 등은 신문사의 일을 열심히 해 나간다.(현재, 제21회)

18. 觉民과 觉慧는 편지를 서로 주고받으며 각자의 상황을 상대방에게 전한다.(현재와 과거, 제22회)

19. 惠의 결혼 생활이 순탄치 않아서 결국 병에 걸리게 된다.(현재, 제24-25회)

20. 淑英은 琴의 도움으로 극장에 가서 극을 보면서 자신의 무지함을 깨닫는다.(현재, 제26-27회)

21. 몇 달 후, 고씨 집안의 2대 여성들은 여전히 마작을 놀고 있고, 며칠 후 세상을 떠난 조모의 생일이라 堂屋에 격식을 차린다.(현재, 제28회)

22. 얼마 후 惠가 병에 걸려, 사망하자 觉新을 비롯한 젊은이들이 매우 슬퍼한다.(현재, 제29-33회)

마지막 부분은 『秋』에 대한 분류이다. 이 작품 역시도 『春』의 후속 편으로서, 50회에 달하는 장편소설에 속한다.

1. 觉新이 상해에 있는 동생 觉慧에게 편지를 쓴다.(현재, 제1회)

-枚少爷의 결혼이 임박되었음을 거론.

2. 며칠 후 일요일에 觉民을 비롯한 친구들이 고씨 화원에서 서로 일상적인 대화를 나눈다. 克定이 서화를 판 사건 때문에 다른 형제들과 모순이 생긴다.(현재, 제2회)

-克定과 '礼拜一'라는 여자와의 문제.(과거)

-고씨 화원의 환경묘사.

-克定이 서화 한 폭을 팔아버렸다.(과거)

3. 이튿날 젊은이들은 고씨 집에 모여 하루를 같이 보낸다.(현재, 제3-7회)

-고씨 화원에서 젊은이들은 배를 탄다.

-枚少爷가 자신의 부친이 정한 혼사에 반대할 힘이 없어 상심해한다.

-喜儿이 아들을 낳았다.(과거)

4. 枚少爷가 약혼을 하게 되자, 觉新이 자책한다.(현재, 제8회)

5. 그날 오후에 청년들은 집회를 소집하였으며, 신문사 출간 2주년을 경축할 데 대해 논의한다.(현재, 제9회)

6. 고씨 집에서 觉新을 비롯한 사촌형제들이 惠의 죽음에 괴로워 귀신놀음을 한 후, 芸이 집에 돌아가서 이 상황을 할머니한테 말하자, 할머니는 믿지 않는다.(현재, 제10-11회)

7. 觉民이 琴과 함께 자신의 방에 돌아와 일을 하고 있었으며, 봉건제도의 부패성을 비판한다.(현재, 제12회)

8. 단오절이 다가오자 고씨 집안에서는 명절준비를 하고 있었으며, 그 가운데서 克定이 땅을 판 것을 알게 된다.(현재, 과거, 제13회)

9. 克明이 자신의 아들이 春兰을 희롱했다는 말을 듣고 아들을 때리며 책망한다. 또한 이 일 때문에 克明부부는 신씨(沈氏)와 모순이 생긴다. 신씨와 왕씨(王氏)도 관계가 좋지 않다.(현재, 제14-16회)

10. 단오절을 온 집 식구들이 모여 지낸다.(현재, 제17회)

11. 克定, 克安이 여성들을 집에 초청하여 흥청망청 마시며 퇴폐적인 향락을 즐긴다.(현재, 제18-19회)

12. 며칠 후에 枚少爷가 결혼한다.(현재, 제20-22회)

13. 克安이 기생 张碧秀를 데리고 옷감 사러 간다.(현재, 제23회)

14. 觉民이 신문사에 가서 일을 본다.(현재, 제24-25회)

15. 陈姨太는 손자를 입양하는 것 때문에 觉新에게 자문을 구한다.(현재, 제26-27회)

16. 초아흐레에 惠의 영구 안장문제 때문에 주씨 집안에서 惠의 시집과 의논한다.(현재, 제28회)

17. 고씨 집안의 2대와 3대 여성들 사이의 모순이 심해지고 觉新이 고씨 집안의 2대와 3대 사이의 모순 때문에 괴로워한다.(현재, 제29-31회)

-淑华가 克安의 여자문제를 거론한다.(과거, 반복)

-陈姨太의 처지가 예전보다 못하다.(과거)

-倩儿 병에 걸리다.(현재)

18. 琴은 觉民에게 동생 觉慧가 있는 상해로 가기를 권한나.(현재, 제32회)

19. 젊은이들은 利群周报社 2주년 기념회를 준비하고 행사를 진행하며, 觉新이 사회주의 운동에 대해 반대한다.(현재, 제33-36회)

-倩儿 병이 더욱 심해지다.(반복, 제36회)

20. 장씨(张氏)가 觉新과 翠环을 맺어주려 하며, 倩儿이 사망한다.(현재, 반복, 제37회)

-翠环의 과거.

21. 觉新이 주씨네 집에 周老太太를 보러 간 과정에서 枚少爷의 결혼이 행복하지 않음을 확인하다.(현재, 제38회)

22. 觉新이 고모 장씨네 집에 가서 倩儿의 사망과 克定, 克安의 여자문제를 언급한다.(현재, 과거, 제39회)

-琴과 觉民은 서로의 사랑을 다시 한번 확인한다.(반복, 현재)

23. 제2세대들은 고씨 댁에 모여 마작을 놀고, 젊은이들은 枚少爷가 몸이 안 좋다는 소식을 듣는다.(현재, 제40-41회)

-고씨 댁의 환경묘사.(반복)

24. 주씨(周氏)가 枚少爷가 가련하다고 언급하고 淑华가 학당에 들어

가겠다고 말하며, 제2세대들이 서로 싸운다. 또한 淑贞이 우물에 뛰어들어 자살한다.(현재, 반복, 제42회)

25. 淑贞의 영구는 한 절에 옮겨지고 그녀의 모친 沈氏는 매우 괴로워한다.(현재, 제43회)

-제2세대들은 公馆을 팔 계획을 세운다.

-제3세대들은 제2세대들이 公馆을 팔 계획을 듣고 분노한다.

26. 克安이 기생의 집에서 아편을 피우면서 즐기는 것을 제3세대한테 들킨다.(현재, 제44회)

-克安은 주식을 이미 팔고 公馆을 팔 것을 주장한다.(반복)

27. 克明은 집안일 때문에 매우 괴로워한다.(현재, 제45회)

-克明은 公馆을 파는 데에 반대한다.(반복)

-과거의 안 좋은 일을 회억한다.(과거)

28. 몸이 안 좋던 枚少爷가 결국은 사망하고, 회사에 불이 붙자 이 집안의 모순은 극에 달한다.(현재, 반복, 제46-48회)

-沈氏가 집 팔 것을 주장한다.(반복)

29. 克明이 사망하자, 이 公馆을 팔고 재산을 분배하고 각자 살길을 떠난다.(현재, 반복, 제49-50회)

상술한 내용에서 보다시피, 『激流三部曲』은 각각 1년 혹은 2년 정도의 시간, 즉 고씨(高氏) 가문이 흥하던 데로부터 쇠퇴해 가는 과정, 즉 제1세대의 사망, 제2세대의 사망을 거쳐 완전히 멸망해 가는 과정을 순차적으로 서술했음을 보아낼 수 있다. 서론에서 설명하다시피, 본고는 기본적인 시간구조의 양상을 히그던의 구분을 중심으로 전진적 시간구조, 역진적 시간구조, 복합적 시간구조로 구분한다. 히그던의 구분에 의하면 이 작품은 사건에 대한 담론이 이야기 현재를 순차적으로 이루고 사건 전개의 과정이 중요시되며, 이 사건들이 결말에 가까울수록 통합적인 양상을 보이기 때문에 전진적 시간구조양상에 포함시켰다. 이러한 기본적인 서사구조가 전진적 양상을 보인다면, 아래에 구체적으로 쥬네뜨의 순서, 지속, 빈도의 측면에서 작품을 분석하고자 한다.

3.1.2. 시간의 순서 — 역전, 예시적 양상

파금의 『激流三部曲』의 이야기 줄거리는 주로 두 가지로 살펴볼 수 있다. 하나는 봉건적 사대부 출신인 高老太爷 같이 권위적인 봉건사상을 철저히 고수하여 새로운 변화를 부정하는 제1세대와 근대적 자의식을 형성하지 못하고 高老太爷의 봉건 사대부적 사고방식과 생활 방식을 그대로 답습하여 정신적, 도덕적으로 타락해 가는 제2세대인 克安, 克定 형제, 가부장적 가족 질서를 비판하고 개인의 권리와 개성 해방을 적극적으로 추구하는 제3세대 등 고씨 가족 3대의 가치관의 갈등을 중심으로 한 줄거리이며, 다른 하나는 觉慧, 觉民, 劍云 등 젊은이들이 5·4운동의 영향으로 동맹휴학하고 투쟁하는 부차적 줄거리이다.

파금의 『家』를 분석해 보면 시간역전[119] 현상이 자주 일어남을

119) 역전은 이야기가 시작된 시점보다 앞서 일어났던 일이 이야기가 진행되는 중간에 끼어드는 것을 말한다. 이때 진행되던 원래의 사건서술은 일단 보류되고 앞서 있었던 사건이 전개되거나 언급된다. 하나의 소설에 하나의 역전만 있는 경우도 있지만, 여러 개의 역전이 나타나는 경우도

쉽게 보아낼 수 있다. 파금 『家』의 기본적인 서사를 그 시간의 흐름에 따라 살펴보면, 담론시간을 대략 일 년 정도로 추측할 수 있는 반면에 서술시간이 담론시간에 비해 훨씬 길게 나타났음을 알 수 있다. 이는 사건이 진행되면서 인물의 기억 속에, 혹은 서술자의 적극적인 간섭에 의해 과거의 일들이 많이 삽입되기 때문이다. 그러한 사건들의 조직적인 연관성이 발견되어야 시간의 역전 현상이 전체적인 구조로 통합될 수 있다. 이 소설 자체가 장편이기 때문에 잉여성이 발생하는 것은 어쩔 수 없는 상황일 수도 있다. 소설의 모든 구조가 다 조직적일 수는 없지만 소설의 잉여성이 적으면 적을수록 독자에게 정보를 전달하는 과정이 긴장해지고, 반대로 소설의 잉여성이 크면 클수록 독자에게 정보를 전달하는 과정이 느슨해질 수밖에 없다. 이런 의미에서 이 소설은 시간의 역전 현상이 자주 발생하는바, 역전 현상은 주로 회상과 대화를 통해 구

있다. 역전은 소설적 현재에 과거 사건을 덧붙임으로써 사건 이해에 필요한 설명을 제공해 준다. …… 제라르 쥬네뜨는 역전의 내용이 되는 사건이 소설이 시작된 시점보다 앞서 일어났느냐, 그렇지 않느냐에 따라 역전을 세 가지로 구분한다. 첫째, '외적 역전'이다. 역전의 내용이 되는 사건이 소설이 시작된 시점보다 먼저 일어난 경우다. 말하자면 역전의 내용이 소설 바깥에 위치하게 되는 것이다. …… 둘째, '내적 역전'이다. 역전의 내용이 되는 사건이 소설의 시작 시점보다 후에 일어난 경우다. …… 말하자면 역전의 내용이 소설적 현재 내에 존재하는 것이다. …… 셋째, '혼합적 역전'이다. 이것은 역전의 내용이 되는 사건이 소설의 시작 시점보다 먼저 시작되어 소설의 시작 시점보다 후에 완결되는 경우다. 말하자면 역전의 내용이 되는 사건이 시간적으로 소설 바깥에서 시작되어 소설 안까지 걸쳐 있는 것이다.(김천혜, 『소설구조의 이론』, 서울: 문학과지성사, 1990:49-51.)

체적으로 드러난다. 회상과 대화들은 기본적인 서사와 직접적인 연관이 있기 때문에 전반적인 소설과 유기적인 연관성을 지닌다.

自从他有记忆以来，他的脑子里就有一个相貌庄严的祖父的影子。祖父是全家所崇拜、敬畏的人，常常带着凛然不可侵犯的神气。他跟祖父见面时很少谈过五句以上的话。每天早晚他照例到祖父房里去请安两次。此外，他无论在什么地方，只要看见祖父走来，就设法躲开，因为有祖父在场，他感觉拘束。祖父似乎是一个完全不亲切的人。

……(省略)……

"爷爷从前原也是荒唐的人，他到后来才变为道貌俨然的。"他又记起来：在祖父自己的诗集里也曾有不少赠校书的诗句，而且受他赠诗的，又并不止某某校书一个人。他又想："这是三十岁以前的事。大概他上了年纪以后，才成了讲道德说仁义的顽固人物。"

但是……近年来，祖父偶尔也跟唱小旦的戏子往来，还有过一次祖父和四叔把一个出名的小旦叫到家里来化妆照相，他曾亲眼看见那个小旦在客厅里梳头擦粉。这样的事在省城里并不奇怪。……(省略)……据说这是风雅的事。祖父原也是名士，印过两卷《遁斋诗集》送朋友，又喜欢收藏书画，所以在这一点上也未能免俗。"但是风雅的事又怎么能够同卫道的精神并存不悖呢？"这就是他的年轻的心所不了解的了。

祖父还有一个姨太太。这个女人虽然常常浓妆艳抹，一身香气，可是并没有一点爱娇。她讲起话来，总是尖声尖气，扭扭捏捏。她是在祖母去世以后买来服侍祖父的。祖父好像很喜欢她，同她在一起过了将近十年。她还生过一个六叔，但是六叔只活到五岁就生病死了。他想起祖父具着赏玩书画的心情同这个姨太太在一起生活的事，不觉哑然失笑了。120)

---

120) 巴金，『家』，北京：人民文学出版社，2012:52-53.

이 부분은 고씨 집안에서 절대적인 권위를 고수하고 있는 高老太爷에 대한 소개와 그의 가치관을 설명하는 부분으로서, 이 소설의 기본 서사와의 연관성이 비교적 높은 부분이라 할 수 있다. 서술시간은 비교적 긴바, 회상 부분이 소설이 시작되기 전부터 소설이 시작된 후까지 계속 이어지기 때문에 혼합적 역전에 속한다. 이 작품은 삼인칭 전지적 시점으로서 화자가 작중 인물의 마음속을 훤히 들여다본다. 이 부분은 觉慧의 시각으로 조부인 高老太爷의 과거를 회상하는 부분인데, 조부의 절대적 권위에 대해서는 간략하게 설명하고 기생들과의 방탕한 생활과 조모가 세상을 뜬 후 맞이한 첩에 대해서는 상세하게 설명하였다.

이 부분은 전지적 시점으로서, 화자가 표면에 드러나 있다. 화자는 高老太爷에 대해 엄숙하고 '온 집안 식구들이 숭배하고 존경하는 대상'으로 평가하고 있다. 이런 조부의 위엄 때문에 觉慧는 高老太爷 앞에서 구속을 받는 것처럼 거북해한다. 화자가 전지전능한 존재로서, 내석 초섬화의 각도에서 그의 심리를 남김없이 독자들에게 보여 주기 때문에 독자들의 흥미를 떨어뜨릴 수밖에 없다. 또한 서조모의 대화를 빌어 高老太爷가 젊어서부터 현재까지 기생들과의 부화방탕한 생활이 이어져 왔음을 보여 준다. 뿐더러 조모가 세상을 뜬 후 조부가 맞아들인 첩에 대해 좋지 않은 시선을 보낸다. 주로 부정적 이미지를 나타내는 표현을 사용한 것으로 보아 이 가족 내에서 그녀의 위치가 아주 낮음을 판단할 수 있다. 이 부분은 서술기간이 비교적 긴 데 반해 담론시간이 상대적으로 짧다. 때문에 비록 삼인칭 무제한적 서술 방식을 취하여 잉여성이 보이긴 하지만 일정한 긴장성도 유지하고 있는 대목이다.

상술한 부분은 가족의 기본 서사와 긴밀한 관련이 있는 인물 高老太爷의 과거와 그의 봉건적 가부장 제도를 최고의 진리로 삼고 있는 내용에 대한 회상 부분이다. 이 작품의 주요 갈등은 제1세대와 제3세대 간의 '낡은 것'과 '새것' 간의 '이원대립'적 성격을 띤다고 할 수 있다. 때문에 제3세대인 觉新도 당연히 중요한 인물이라고 할 수 있다. 다음에 觉新과 연관된 회상 부분을 살펴보기로 한다.

> 高觉新是觉民弟兄所称为"大哥"的人。他和觉民、觉慧虽然是同一个母亲所生，而且生活在同一个家庭里，可是他们的处境并不相同。觉新在这一房里是长子，在这个大家庭里又是长房的长孙。就因为这个缘故，在他出世的时候，他的命运便决定了。
>
> ……(省略)……
>
> 他在爱的环境中渐渐地长成， 到了进中学的年纪。在中学里他是一个成绩优良的学生，四年课程修满毕业的时候又名列第一。他对于化学很感兴趣，打算毕业以后再到上海或北京的有名的大学里继续研究，他还想到德国去留学。他的脑子里充满了美丽的幻想。在那个时期中他是一般同学所最羡慕的人。
>
> 然而噩运来了。在中学肄业的四年中间他失掉了母亲，后来父亲又娶了一个年轻的继母。这个继母还是他的死去的母亲的堂妹。环境似乎改变了一点， 至少他失去了一样东西。……(省略)……同时他还有一个能够了解他、安慰他的人，那是他的一个表妹。
>
> 但是，有一天他的幻梦终于被打破了，很残酷地打破了。事实是这样：他在师友的赞誉中得到毕业文凭归来后的那天晚上，父亲把他叫到房里去对他说："你现在中学毕业了。我已经给你看定了一门亲事。你爷爷希望有一个重孙，我也希望早日抱孙。你现在已经到了成家的年纪，我想早日给你接亲，

也算了结我一桩心事。……(省略)……”

然而现在父亲却给他挑选了另一个他不认识的姑娘，并且还决定就在年内结婚，他的升学的希望成了泡影，而他所要娶的又不是他所中意的那个“她”。对于他，这实在是一个大的打击。他的前程断送了。他的美妙的幻梦破灭了。他绝望地痛哭，他关上门，他用铺盖蒙住头痛哭。他不反抗，也想不到反抗。他忍受了。他顺从了父亲的意志，没有怨言。可是在心里他却为着自己痛哭，为着他所爱的少女痛哭。

……(省略)……

这样在十九岁的年纪他便大步走进社会了。他逐渐地熟习了这个环境，学到了新的生活方法，而且逐渐地把他在中学四年中所得到的学识忘掉。这种生活于他不再是陌生的了。他第一次领到三十元现金的薪水的时候，他心里充满着欢喜和悲哀，一方面因为这是自己第一次挣来的钱，另一方面却因为这是卖掉自己前程所得的代价。

……(省略)……

然而不过半年他一生中的另一个大变故又发生了：时疫夺去了父亲，他和弟妹们的哭声并不能够把父亲留住。父亲去了，把这一房的责任放在他的肩上。上面有一个继母，下面有两个在家的妹妹和两个在学校里读书的弟弟。这时候他还只有二十岁。……(省略)……这个大家庭是由四房组织成的。他的祖父本来有五个儿子，但是他的二叔很早就死了。在现有的四房中，除了他自己这一房外，三叔比较跟他接近，四叔和五叔对他不大好，尤其是四婶因为他的继母无意中得罪了她，在暗中跟他这一房闹得利害，五婶受到四婶的挑拨，也常常跟他的继母作对。由于她们的努力，许多关于他或者他这一房的闲话就流传出去了。

他的奋斗毫无结果。而且他也疲倦了。他想，这样不断地跟长辈冲突有什么好处呢？四婶和五婶，再加上一个陈姨太，她们永远是那样的女人。他不能够说服她们，他又何必自寻烦恼，浪费精力呢？于是他又发明了新的处事方法，或者更可以说是处家的方法。他极力避免跟她们冲突，他在可能的范围内极力敷衍她们，他对她们非常恭敬，他陪她们打牌，他替她们买东西。………

> 总之，他牺牲了一部分的时间去讨她们的欢心，只是为了想过几天安静的生活。……(省略)……
>
> 又过了一些时候，他的第一个婴儿出世了，这是一个男孩。他为了这件事情很感激他的妻，因为儿子的出世给他带来了莫大的欢喜。他觉得自己已经是没有希望的人了，以前的美妙的幻梦永远没有实现的机会了。……(省略)……儿子的幸福就是他自己的幸福。这样想着他得到了一点安慰。他觉得他的牺牲并不是完全白费的。
>
> 过了两年五四运动发生了。报纸上的如火如荼的记载唤醒了他的被忘却了的青春。他和他的两个兄弟一样贪婪地读着本地报纸上转载的北京消息，以及后来上海、南京两地六月初大罢市的新闻。本地报纸上又转载了《新青年》和《每周评论》里的文章。
>
> ……(省略)……
>
> 每天晚上，他和两个兄弟轮流地读这些书报，连通讯栏也不肯轻易放过。他们有时候还讨论这些书报中所论到的各种问题。他两个兄弟的思想比他的思想进步些。他们常常称他做刘半农的"作揖主义"的拥护者。他自己也常说他喜欢托尔斯泰的"无抵抗主义"。其实他并没有读过托尔斯泰自己关于这方面的文章，只是后来看到一篇《呆子伊凡的故事》。
>
> "作揖主义"和"无抵抗主义"对他的确有很大的用处，就是这样的"主义"把《新青年》的理论和他们这个大家庭的现实毫不冲突地结合起来。它给了他以安慰，使他一方面信服新的理论，一方面又顺应着旧的环境生活下去，自己并不觉得矛盾。于是他变成了一个有两重人格的人：在旧社会里，在旧家庭里他是一个暮气十足的少爷；他跟他的两个兄弟在一起的时候他又是一个新青年。[121]

아주 길게 인용된 이 부분은 제6회의 전반에 걸쳐 제3세대의 대표적 인물인 觉新의 어린 시절과 그의 결혼 생활, 사상에 대해 서

121) 巴金,『家』, 北京: 人民文学出版社, 2012:26-32.

술하는 부분으로서, 당연히 이 소설의 기본적인 서사와 연관성이 깊은 회상이라고 할 수 있다. 이 서사 역시 혼합적 회상으로 그 기간이 비교적 긴바, 그의 어린 시절과 성장 과정에 대해서는 상대적으로 간략하게 설명하고 이 작품의 가장 중요한 갈등 중의 하나인 그의 결혼문제와 장손으로서의 책임에 대해선 장황하게 서술하고 있다. 이 작품은 무제한적 전지적122) 서술 방식을 취하기 때문에 서술자는 그야말로 무제한의 초능력을 구사하여 작중 인물의 마음속에 들어가서 필요할 때는 누구의 마음속에나 들어가 그것을 독자에게 공개한다. 그리고 어디나 갈 수 있고 어디서 일어나는 일이든 다 알 수 있다. 서술자가 무제한의 능력과 특권을 가지고 있기에 독자의 궁금증을 그때그때 완전히 해소해 준다는 것은 다른 시점보다 월등히 낫다. 하지만 독자의 궁금증을 그때마다다 해소해 준다는 것이 언제나 장점으로 활용되는 것은 아니

122) 김천혜에 의하면 삼인칭 전지적 시점을 무제한적 전지 시점과 선택적 전지 시점으로 나눌 수 있다. 삼인칭 무제한적 전지 시점은 화자가 무제한의 초능력을 구사할 수 있는바, 작중 인물의 마음속에 들어감에 있어서 주인물과 주변 인물을 구별하지 않는다. 필요할 때는 누구의 마음속에나 들어가 그것을 독자에게 공개해 준다. 그리고 어디나 갈 수 있고 어디서 일어나는 일이든 다 알 수가 있다. 그러므로 화자는 무제한의 능력과 특권을 가지고 있다. 반면에 삼인칭 선택적 전지 시점은 화자가 여러 인물의 마음속에 들어가는 것이 아니고 자신이 선택한 한 인물의 마음속에만 들어가는 시점이다. 화자는 한 인물의 입장이 되어 그가 보고 듣고 생각한 것만을 기록하기 때문에 타 인물이 어떻게 생각하는지 독자에게 이야기해 줄 수가 없다. 말하자면 화자의 전지적 능력은 제한되어 있는 것이다. 그러므로 독자는 주인물과 심리적으로 밀착되어 동일시의 환상을 쉽게 일으킨다.(김천혜,『소설구조의 이론』, 서울: 문학과지성사, 1990:119-121.)

다.[123] 이 부분에서 서술자는 어린 시절부터 중학교를 졸업할 때까지의 과정을 비교적 간략하게 설명하고 있다. 觉新은 우선 유교적 도리를 중시하는 봉건적 가족의 장손으로서 "세상에 태어나면서부터 그의 운명은 결정되어 버렸다". 그는 용모가 준수하고 어릴 적부터 총명하기에 그에 대한 가족들의 기대가 아주 컸던 것이다. 그는 중학교 때도 성적이 우수하여 수석으로 졸업한 수재이다.

그 또한 졸업 후 외국에 유학 갈 희망에 부풀어 있었지만, 친모가 사망하고 계모가 들어오면서 그는 어쩔 수 없이 자신의 꿈을 포기할 수밖에 없는 상황에 처했다. 부계 혈연의 관계에 의해서 가족 내부의 서열 관계를 결정하는 가부장적 사회에서 장자는 태어나면서부터 가족을 보호해야 한다는 책임감을 부여받게 된다. 가문의 정통을 잇는 존재로서 이들 장자들은 어릴 때부터 가족 내부의 교육을 통해서 가족에 대한 책임과 의무 등 관념을 받아들이게 되는데 점차 일종의 '가족인간'으로 길들여지게 된다.[124] 이와 같은 가족에 대한 책임 및 의무감은 때로는 일종의 강박의식으로 나타나는데, 이러한 강박의식은 장기적으로 이들 장자들의 의식 속에 잠복되어 점차적으로 일종의 '장자 콤플렉스'를 형성하게 된다.[125]

때문에 觉新은 태어날 때부터 이미 비극적 운명이 결정되었다고 볼 수 있다. 서술자는 그의 어린 시절, 중학교 시절을 설명하고

123) 김천혜, 『소설구조의 이론』, 서울: 문학과지성사, 1990:119-120.
124) 马晓丽, 「论现代家族小说中的长子形象」, 西南师范大学硕士学位论文, 2004:44.
125) 赵德利, 「长子情结与人格悲剧: 二十世纪家族小说人物论之一」, 『社会科学』, 2001(1):77.

나서 그의 사랑과 결혼에 대해 서술하였다. 친모가 세상을 떠난 후 그의 꿈은 산산조각이 나고 말았으며, 그의 결혼문제에 대해서는 서술자가 직접 서술하지 않고 아버지의 대화로 결혼문제를 다루고 있다. 아버지의 대화에서 장남으로서의 막중한 책임감과 함께 그의 아름다운 미래와 꿈들은 산산조각이 나게 된다. 그의 혼사는 부친과 계모가 의논한 결과 며느릿감을 두 명으로 좁혔지만, 선뜻 판단하기 어려워서 '제비 뽑는 방법'으로 며느릿감을 선택했다. 다시 말하면 네모난 붉은 종잇조각에 각각 두 처녀의 성씨를 써서 그것을 둥글게 비벼 손에 쥐고 조상들의 신주 앞에 가서 정성껏 빈 후 마음 내키는 대로 그중 하나를 골라잡는 것이었다.

서술자는 이런 상황에 처한 觉新의 내적 초점으로 그의 고통스러운 심리를 표현했다. 그는 그저 문을 닫아걸고 이불을 뒤집어쓴 채 절망적으로 통곡했다. 그는 반항하지 않았으며 오로지 인내할 뿐이었다. 한마디 원망도 없이 부친의 뜻에 순종했다. 그러나 마음속으로 자기 자신을 위해, 그리고 사랑하는 그녀를 위해 울었다. 서술자는 그의 결혼에 대해 결정을 할 때에 부친을 등장시켰고 학업을 그만두고 서촉실업회사에 취직하여 가장 노릇을 하라고 권고할 때도 부친을 등장시켰다. 이는 서술자가 봉건 유교 도덕에 감히 저항할 수 없는 강력한 힘을 내세워 무조건 복종시키려는 데에 그 목적이 있다.

이어 서술자는 이 가족 내의 복잡한 구성 계도와 갈등을 전면에 드러내 놓고 설명함으로써 장손으로서의 힘든 부분을 드러내 보인다. "분투의 부담도 없이 그는 피로할 뿐이었"고, "어른들과 충돌한들 무슨 소용이 있겠는가라는 생각"도 들어서 될수록 그들과의 충돌과 마찰을 피하고 양보하는 쪽으로 향했다. 이처럼 아무런 희망도 꿈도 없는 비관적인 현실에서 살던 그에게 아들이 태어남으로써, 자신의 포부를 이 아이를 통해 실현할 수 있기를 희망했다. 그 후 5·4운동이 폭발하자 그는 『신청년』과 『주간평론』에 실렸던 진보적인 글들을 읽으면서 톨스토이의 무저항주의를 숭상하게 되었다. 그는 원치 않은 유학 포기, 결혼, 가족 내 구성원들 간의 갈등 등 여러 가지 불행과 압박을 '겸손주의'와 '무저항주의'로 위안을 얻으려 했으며, 결국에는 '이중인격'을 지닌 인물로 되어 버렸다. 서술자는 한 회에 걸쳐 觉新의 인생에 대해 장황하게 설명함으로써 결국 이중인격을 지닌 인물로 될 수밖에 없는 안타까운 상황을 독자들에게 보여 주었다. 또한 서술자는 이 부분에서 줄곧 주요 인물인 觉新의 내적 초점에서 벗어나지 않고 한 인물의 내면세계만 들여다보려 했다. 이는 비록 장면이기에 그 장황성을 배제할 수는 없지만 일정한 긴장성을 유지한다고 말할 수 있다.

이 부분은 위에서 밝힌 바와 같이 전체적으로 觉新의 어린 시절, 가족의 구성 계도, 그의 사랑이 없는 결혼, 유학 포기 등등 기본 서사와 얽힌 사건을 장황하게 설명하였다. 때문에 쥬네뜨의 구분에 따르면 혼합적 역전에 속한다. 즉, 이 작품의 시작은 觉民, 觉慧가 대학생으로 성장하여 연극 준비를 하다가, 눈발이 날리는 거리를 지나 고씨 댁으로 돌아가는 장면으로부터 시작된다. 이에 비해 역전된 부분은 작품이 시작되기 10여 년 전 그들 형제의 어린 시절부터 시작해서 觉新이 결혼한 후의 생활, 즉 현재까지 쭉 이어진다. 이것은 역전의 내용이 소설의 시작 시점인 현재보다 먼저 시작되어 소설이 이미 진행되어 온 현재까지도 지속되기 때문에 혼합적 역전에 속한다. 이러한 혼합적 역전은 사건의 기본 서사에 중요한 역할을 일으키며 앞으로 일어나게 될 사건들에 대해서도 원인 제시의 역할을 하게 된다.

상술한 회상 부분은 사건의 기본 서사와 연관성이 있는 사건으로서 중핵에 속한다. 파금 작품의 중핵 서사는 유교적인 도덕과 봉건 가부장적 가족 질서를 지키려는 구세대와 봉건세습적인 질서를 타파하려는 신세대 간의 갈등이라 할 수 있다. 상술한 두 역전은 모두 중핵 사건과 밀접한 연관을 갖는 서사이며, 다음 사건 역시 조(祖), 부(父), 손(孙)에서 부에 속하는 역전으로서 역시 중핵 사건과 연관성이 있는 부분이라 할 수 있다.

> 淑华开始卖弄似地说了下面的话: "五爸在外头讨了姨太太, 租了小公馆, 家里头没有一个人晓得。他把五婶陪嫁过来的金银首饰都拿去了, 说是借给别人做样子, 好久不还来。五婶向他追问, 他总是一味支吾着, 后来五婶追问得急了, 他才说是弄掉了。他这两个月整天不在家, 晚上回来的很晏, 五婶自己一天忙着打牌, 并不疑心什么。昨天早晨五婶在他的衣袋里偶尔找到一张女人的照片, 问他是哪个, 他不肯说。恰好五婶下午到商业场去买东西, 碰见一个女人坐着五爸的轿子, 在商业场门口下轿, 而且高忠还跟在后面。她今天便找个机会把高忠留在家里, 逼着他说出五爸的事情。高忠果然说出来了。五爸拿去的首饰, 有的是拿去当卖了, 有的是给那个新姨太了。五婶才跑去告诉爷爷。…… 五爸的新姨太是个妓女, 叫做什么'礼拜一'。……"[126]

이 부분은 다섯째 숙부에 대한 회상 부분으로서, 본 작품이 시작 전부터 현재까지 쭉 이어 오는 사건이기 때문에 역시 혼합적

---

126) 巴金, 『家』, 北京: 人民文学出版社, 2012:275.

회상에 속한다. 克定, 克安 형제는 부정적인 아버지 세대에 속하는 인물로서 중국의 봉건적인 전통 교육과 유교 윤리를 그대로 답습한 구식 지식인들이다. 이들은 사회 진출에 실패하고 집안에 들어앉게 된 주요 요인으로 근대사회의 이행 과정에서 중국 봉건사회 1300여 년 동안 지속되어 온 봉건관료를 선발하는 과거제가 폐지된 것을 들 수 있다.[127] 克安은 과거에 급제하고 관직을 얻지만 신해혁명이라는 혼란기에 처해 집안에 들어앉게 된다. 중국 현대사의 격변이 이들 구식 교육을 받은 지식인들의 신분 위기를 초래한 것이다.[128]

이 회상 부분은 서술자가 모습을 전면에 드러내지 않고 작중 인물 秀华의 발화를 통해 克定, 克安 형제의 타락상을 폭로한다. 서사담론의 시간이 비교적 긴 데 비해, 서술시간은 적당히 조절되어 작품의 긴장성을 어느 정도 유지하고 있다. 그들 형제는 기생충적 생활을 일삼으며 기생과 첩치가에 빠진 결과 아내의 패물마저 전당포에 팔아 무절제한 애욕을 추구하는 생활을 일삼아 왔다. 서술자는 秀华의 초점에서 사건을 다루다가 다시 觉慧의 초점으로 돌아와 이런 타락한 부친 세대에 대해 직접적인 비판을 한다. 그는 껍질만 남은 집안이 나날이 몰락의 길에 접어들고 있다는 것을 간파하면서 더 이상은 어떤 힘으로도 만회할 수 없다고 한탄한다. 뿐만 아니라 조부마저 집안이 멸망의 길을 걷고 있으며 자신만이

127) 周策纵, 『5·4운동: 근대 중국의 지식혁명』, 조병한 역, 서울: 광민사, 1981:19.

128) 호미, 「염상섭과 빠진(巴金)의 가족사소설 비교 연구」, 서울대학교 박사학위논문, 2009:101.

이 몰락해 가는 가정을 구할 수 있다고 생각하고 있었다. 이 부분은 서술자의 담론과 서술 시간 사이를 잘 간파한 부분이라 할 수 있지만 역시 서술자가 전지전능한 능력을 지니고 있다. 때문에 인물의 내면세계를 아낌없이 독자들에게 전달함으로써 이완되는 상황을 초래하게 되었다.

이 작품은 서술의 역전 현상이 회상뿐만 아니라 예시적인 모습도 보이고 있다. 이는 서술자가 적극적으로 독자에게 정보를 전달하면서 발생한다.

1. 她清清楚楚地知道自己的归宿绝不会是那样。事实会是：她到了相当的年纪，太太对她说："你的事情做够了。"一乘小轿子把她抬了出去，让她嫁给太太所选定的、她自己并不认识的一个男人，也许还是一个三四十岁的男人。于是她在那个人家里贫苦地生活下去，给他做事，给他生小孩，或者甚至在十几二十天以后又回到原来的公馆里伺候旧主人，所不同的是那个时候她可以得到一点工钱而且不至于常常挨骂。129)

2. 琴依旧用忧郁的调子说，"本来大舅已经托人去做过媒了。你大姨妈先有了允意，据说她后来把大表哥同梅表姐两人的八字拿去找人排了一下，说是两造的命相克，不能配合，否则女的会早死。因此她拒绝了这门亲事。130)

3. 回到自己的房里，觉慧突然感到了以前所不曾有过的孤寂，他的眼睛渐渐地湿了。他看人间好像是一个演悲剧的场所，那么多的眼泪，那么多的痛苦！许多的人生下来只是为着造就自己的灭亡，或者造就别人的灭亡。除了

129) 巴金,『家』, 北京: 人民文学出版社, 2012:19.
130) 巴金,『家』, 北京: 人民文学出版社, 2012:39-40.

> 这个，他们就不能够做任何事情。在痛苦中挣扎，结果仍然不免灭亡，而且甚至于连累了别人：他的大哥的命运明明白白地摆在他的眼前。而且他知道这不仅是他的大哥一个人的命运，许多许多的人都走着这同样的路。“人间为什么会有这样多的苦恼？”他这样想着，种种不如意的事情都集在他的心头来了。“为什么连袁成都懂得，大哥却不懂呢？”他怀疑地问自己。“无论如何，我不跟他们一样，我要走我自己的路，甚至于踏着他们的尸首，我也要向前走去。”他被痛苦包围着，几乎找不到一条出路，后来才拿了这样的话来鼓舞自己。[131)]

상술한 내용은 모두 예시[132)]적인 상황을 드러내는 부분으로써, 독자들에게 앞으로 일어날 일들에 대해서 암시적으로 제시하고 있음을 보아낼 수 있다. 예문 1에서 서술자는 하녀 鸣凤이 신분 차이에서 벗어나지 못하고 주인이 선택해 준 남자에게 시집을 가야 할 상황에 놓이게 됨을 미리 제시하고 있다. 鸣凤은 7년 전에 어머니를 여의고 이 집으로 팔려 와 심부름과 고된 일에 시달리면서도 세상의 모든 것은 전지전능하고 만사에 영험한 하느님이 정해 준 것으로 자기가 이런 처지에 놓인 것 역시도 타고난 팔자라고 여겼다. 때문에 서술자는 신분 간의 차이와 사랑 사이

---

131) 巴金,『家』, 北京: 人民文学出版社, 2012:301-302.

132) 예시는 시간 순서상 뒤에 일어날 일을 앞질러 미리 언급하는 것을 의미한다. 예시가 다음에 일어날 일을 미리 독자에게 알림으로써 독자의 흥미를 감소시키는 듯이 보이지만, 실제로는 보다 큰 효과를 노리거나 다른 종류의 효과를 노리는 것이 보통이다. 실제에 있어서 예시를 통해 긴장감이 더욱 고조되는 경우가 많다. 이때 독자는 '무엇이 일어날 것인가'에 대하여는 예시를 통해 전달받았기 때문에 별로 흥미가 없다. 그보다는 '어떻게 일어날 것인가'에 더 관심을 갖게 되는 것이다.(김천혜,『소설 구조의 이론』, 서울: 문학과지성사, 1990:52.)

에서 끊임없이 갈등했으며, 앞으로도 신분 상승의 결과를 얻을 수 없음을 미리 제시하고 있다. 결국 鸣凤은 70살이나 넘은 冯乐山한테 첩으로 팔려 가게 되자 호수에 몸을 던져 자살한다. 독자는 서술자의 확실한 예시[133]를 통해 觉慧와의 사랑이 이루어지지 않음을 인지하게 되며, 그런 결과로 전개되기까지의 과정에 흥미를 느끼게 된다. 래메르트의 예시 이론에 의하면, 이 부분은 도입적 예시에 속한다.

예문 2 부분은 서술자가 전면에 드러나지 않고 작중 인물 琴의 언어로 觉新과 梅의 결혼이 파탄된 원인을 설명하고 있다. 이 부분은 회상과 예언이 복합된 부분이라 할 수 있다. 觉新과 梅의 혼사는 이미 지난 과거, 즉 회상에 속하지만, 그 과거 속에는 앞으로 발생하게 될 사건이 미리 예시되고 있다. 이 두 남녀는 서로 깊이 사랑하지만, 전근대적 가부장 사회에서의 혼인의 형식은 개인의 감정 요소가 전혀 고려되지 않는 가족 구속적인 결혼이며 혼인의 당사자는 자신의 배우자를 선택할 권한이 없다. 따라서 단순히 두 사람의 애정에서 출발한 觉新과 梅의 혼인에 대한 요구가 가부장적 가족 윤리를 엄수하는 고씨 집안에서 쉽게 승낙될 리 없다.[134]

133) 래메르트는 예시를 '미래 확실한 예시'와 '미래 불확실한 예시'로 나눈다. 그리고 미래 확실한 예시를 작품 내의 위치에 따라 앞부분에 나오는 것을 '도입적 예시', 마지막에 나오는 것을 '종결적 예시', 중간에 끼어드는 것을 '삽입적 예시'라고 부르고 있다. ……(생략)……미래 불확실한 예시란 꿈·예언·신탁·경고·저주·축복 등을 통해 미래가 암시되는 경우를 의미한다.(김천혜, 『소설 구조의 이론』, 서울: 문학과지성사, 1990: 53-54.)

134) 호미, 「염상섭과 빠진(巴金)의 가족사소설 비교 연구」, 서울대학교 박사학위논문, 2009:106.

이 두 남녀의 혼인이 파탄된 원인은 두 가지로 볼 수 있는데, 하나는 두 사람의 궁합이 서로 상극이어서 결혼하면 여자 쪽이 일찍 죽는다는 것이며, 다른 하나는 두 집안 어른들이 서로 마작을 하다가 분란이 생겨서 혼사를 거절하는 것으로 보복했다는 것이다. 점쟁이는 觉新과 梅가 결혼하면, 여자 측이 단명한다고 예언했지만, 결과는 사랑하는 두 남녀가 결혼하지 못하여 여자 측이 죽게 된다. 이는 서술자가 작품에 아이러니를 부여하여 사랑과 혼인문제에 있어서 봉건 가부장적 가족 질서의 불합리와 억압을 폭로, 비판하려는 데 그 취지가 있다.

예문 3 부분은 高老太爷의 시신이 집에 있는 동안, '피의 재앙'을 면하기 위해 觉新의 아내를 성 밖으로 쫓아내지만 그는 군소리 한마디도 하지 못하는 장면을 제삼자의 입장에서 지켜보던 觉慧가 격분을 금치 못하는 대목이다. 이 부분에서 서술자는 삼인칭에서 일인칭으로 바꾸어 독백의 형식을 취하고 있는바, 미래 확실한 예시로 표현된다. 결국 觉慧는 작품의 결론 부분에서 끝내 가출을 한다. 이는 사랑과 혼인을 절대적으로 통제하는 전통적인 가족 윤리의식에서 벗어나 새로운 사회질서를 창출하려 함을 보여 준다.

『春』 역시도 시간의 역전 현상이 일어나는바, 주로 회상을 통해 구체적으로 표현된다.

전반적으로 보면 『家』에 비해 역전 현상이 드물게 일어난다.

1. 不到一年前淑华房里的婢女鸣凤因为不愿意做冯乐山的姨太太就在这个花园里投湖自尽。但是这样不能够使祖父不把淑英房的婢女婉儿送到冯家去做牺牲品。前些时候淑英母亲张氏的生日，婉儿还到公馆里来拜寿。婉儿痛苦地诉说了自己在冯家的生活情形，也讲到陈家的事。这些话淑英的母亲也听见过了，父亲也应该知道。然而这依旧不能够叫父亲不听从冯乐山的话，父亲仍然要把她嫁到陈家去。冯乐山，这个人是她的灾祸的根源。……(省略)……

冯乐山，著名的绅士，孔教会会长，新文化运动的敌人，欺负孤儿寡妇、出卖朋友的伪君子(他已经知道这件事了)！他恨这个六十一岁的老头子比恨别的保守派都厉害。一年前他曾经被祖父强迫着同冯乐山的侄孙女订婚，后来还是靠着他自己的奋斗得到了胜利。[135)]

2. 婉儿摇摇头说，低声答道："冯老太太阴险，就数她的名堂多。她折磨起人来，真有本事。她骂人，啥子下流话都骂得出。不过她不打人。在人前，她还会装一副菩萨相。我的伤都是冯老太爷打的。他不但打人，他还要咬人。我从没有见过像他这样的怪物！他高兴的时候，就把你当成宝贝一样，还肯花功夫叫你读诗写字。他发火起来，简直不是人，是禽兽。乱打乱咬，啥子事都做得出来。我膀子上的伤就是他拿着棍子打出来的！牙齿印也是他咬出来的。有时候我真恨死他。不过恨也不中用，他们人多，老太爷，老太太，老爷，太太，孙少爷……都是一鼻孔出气的。我又是孤零零一个人，又无亲无戚。[136)]

3. 还有，你来信责备我没有告诉你今年五一节我们在街上散发传单的情形。说句实话，我从来不曾有过这样的经验。我很兴奋，也有点紧张。但是我做得好。我们都做得好。……(省略)……五叔公然把喜儿收房做姨太太；近来又有人说四叔和带七妹的杨奶妈有什么关系，所以杨奶妈特宠而骄，非常气派。他们专干丢脸的事。三叔表面上十分严峻，那一派道学气叫人看

135) 巴金,『春』, 北京: 人民文学出版社, 2012:116-117.
136) 巴金,『春』, 北京: 人民文学出版社, 2012:78.

了又好气又好笑。……(省略)……

《极乐地》已经出版了。我们大家都很高兴。……(省略)……昨天是星期日，我们在惠如家里举行《夜未央》的服装排演。我们大家整整忙了一天，总算把三幕剧拍完了。大家觉得相当满意。……(省略)……

大哥近来总是愁眉苦脸，整天长吁短叹。最近他好像要得神经病了。四婶那次闹过以后不多久，有一天晚上已经打过三更，电灯也熄了，他一个人忽然跑到大厅上他的轿子里面坐起来，他一声不响地坐了许久，用一根棍子把轿帘上的玻璃都打碎了。[137)]

예문 1과 예문 2는 冯乐山과 婉儿에 관련된 회상 부분으로서, 『春』이 시작되기 전부터 현재까지 이어져 온 사건이기 때문에 역시도 혼합적 회상에 속한다. 冯乐山은 孔教会의 회장으로서, 신문화운동을 반대하는 수구파의 대표적인 인물이다. 일 년 전에 淑华의 하녀 鸣凤이 그에게 시집가는 것을 거부하여 호수에 몸을 던져 자결하자, 다른 하녀 婉儿을 鸣凤 대신에 늙은이에게 시집을 보낸 것이다. 婉儿은 冯老太太에게 시달림을 받아야 했는바, 그녀의 눈에 비친 冯老太太는 음험하고 막말을 일삼는 그런 인물이었다. 그녀는 冯老太太의 구박을 받아야 할 뿐만 아니라, 冯乐山에게 더욱 심한 폭행을 당하기도 한다. 그는 婉儿을 기분에 따라 마음대로 때리거나 심지어는 물기까지 하여 온몸은 상처투성이로 얼룩지게 했는바, 노인은 인간의 탈을 쓴 짐승에 불과했다. 이런 상황에서 그녀는 항상 혼자였고 힘들고 외로웠다. 이 부분은 서사담론이 비교적 길지만, 서술시간은 적당히 조절되었기 때문에 작품의 긴장성은 유지되고 있다고 할 수 있다.

---

137) 巴金, 『春』, 北京: 人民文学出版社, 2012:296-304.

예문 3은 觉民이 상해에 가 있는 觉慧에게 편지를 쓰는 부분이다. 이 부분은 『春』이 시작된 후의 근래의 상황을 회상한 부분이기 때문에 내적 역전에 속한다. 이 부분은 근래에 발생한 고씨 가문의 내용을 이것저것 언급하고 있다. 5.1절에 觉民을 포함한 젊은이들이 전단지를 뿌린 내용을 언급하면서 자신들이 하는 일에 대해 자부심을 느낀다. 또한, 다섯째 숙부의 여자문제, 넷째 숙부의 여자문제에 대해 셋째 숙부가 매우 기분이 언짢아한다는 내용이다. 이외에, 『极乐地』의 출판 문제, 연극 『夜未央』에 관련된 문제를 언급하면서 자신들의 사회주의 운동이 잘 진척되고 있음을 전하고 있다. 마지막으로 주둔군이 밭의 세금을 과하게 받아들이는 데다 수재를 당해 집안의 상황이 어려워져 觉新이 고민이 이만저만이 아님을 언급하였다. 이 부분은 7페이지에 걸쳐 장황하게 설명하고 있기 때문에 작품의 긴장성을 떨어뜨리는 결과를 초래한다.

『激流三部曲』의 마지막 작품은 『秋』로서, 소설은 500페이지에 달하는바, 앞의 두 작품에 비해서도 내용이 더욱 많다고 할 수 있다. 이 작품도 역시 역전 현상이 어느 정도 나타나는바, 주로 과거를 회상하는 부분에서 보아낼 수 있다.

> 1. "四妹, 什么事? 你为什么这样难过? "淑华同情地问道。"妈前天晚上因为'礼拜一'的事情跟爹吵架, 爹赌气走了, 两晚上都没有回来……"淑贞抽泣地说。"那么, 五婶就拿你出气是不是? "觉民在旁边插嘴问道。……"骂你? 你又没有惹到她! "淑华不平地说。"妈怪我不是一个男子。她说她受爹的气都是我带给她的"淑贞老老实实地说。138)

138) 巴金, 『秋』, 北京: 人民文学出版社, 2012:14.

2. 克明板着面孔不睬他。他若无其事地在克安旁边一把椅子上坐下来。高忠看见克定这样镇静，脸上也露出了一丝笑意。“五弟，金冬心写的隶书单条哪儿去了？”克安不高兴地问了一句。“原来是问金冬心的字。我拿去卖了，一个朋友喜欢它，向我买，”克定没有一点困难地答道。“卖了？哪个要你卖的？”克明压下愤怒，厉声问道。“我自己卖的”克定轻快地回答，他的流动的眼光向四周看。“我们高家没有这种规矩！爹辛辛苦苦收集来的字画我们已经分过一次了。就只剩下这十多幅，这是纪念品。你不能够随便拿出去卖掉！”克明拍着炕几骂道。139)

3. 淑华穷根究底地问道：“三爸跟你谈过什么事吗？”“还不是五爸的事！”觉新顺口答道。他不想隐瞒，而且这时也来不及了，便说下去：“五爸把他名下的田卖了好些出去。”淑华略微感到失望。她说：“他卖他的田，你又何必着急！跟你有什么相干？”“他还是五十亩八十亩地卖，而且价钱又很便宜。他吃了别人的亏也不晓得。这太不应该！”140)

4. 在那位宠爱她的老太爷去世以后，她的处境就不及从前了。她不能不靠一些小的计谋和狡诈来保护自己的利益。她不能不时时提防别人，保护自己。她不能不常常借一个人的力量去对付另一个人，免得自己受到损害。……(省略)……

“二少爷，我问你，你是个明白事理的人。三姑娘说你们大嫂死得不明不白，是我害死她的。还把你四婶也骂在里头。‘血光之灾’的话又不是我一个人讲的。你四爸、五爸都相信。……(省略)……”141)

---

139) 巴金，『秋』，北京：人民文学出版社，2012:19-20.
140) 巴金，『秋』，北京：人民文学出版社，2012:130.
141) 巴金，『秋』，北京：人民文学出版社，2012:288.

상술한 예문들은 모두 소설이 시작되기 전부터 시작된 후까지 계속 이어지기 때문에 역시 혼합적 회상에 속한다고 할 수 있다. 예문 1은 淑华와 淑贞의 대화 부분으로서, 克定의 여자문제 때문에 집안에 분란이 생기고, 심지어 그녀의 모친은 그녀가 딸이기 때문에 남편이 바깥에 다른 여자가 있다고 분풀이를 한다. 예문 2와 예문 3은 克定이 기생과의 사치한 생활을 위해 서화와 땅의 일부를 판매한 것에 대해 집안 식구들이 질책하는 부분이다. 기생과의 방탕한 생활을 이어가기 위해서는 집안의 물건들을 하나씩 팔아넘기는 지경까지 이르게 된 것이다.

예문 4는 高老太爷가 세상을 떠난 후 그의 첩 陈姨太의 처지가 예전 같지 않음을 보여 주는 부분이다. 그녀는 이 집안에서 생존하고 자신의 이익을 챙기기 위해서는 교활한 방식을 취하지 않으면 안 되었다. 그녀는 觉新의 아내가 해산에 임박했을 때 집안에서 쫓아낸 사람이 자신이 아니라고 발뺌하기도 한다. 그 순간 고씨 집안사람들의 공격을 당하여 고립되기도 한다. 이 예문들은 모두 과거 회상에 속하긴 하지만 장황한 설명보다는 적정한 긴장을 유지하면서 사건을 서술했다고 말할 수 있다.

3.1.3. 시간의 지속 — 멈춤 양상

파금 작품의 담론시간을 '지속'의 측면에서 살펴보면, 이야기 시간의 길이는 대략 몇 개월밖에 안 되지만 담론시간은 비교적 길게 나타난다. 이는 등장인물의 현재 행위에 대한 역전 현상이 비교적 많이 일어남을 알 수 있다. 이 작품은 회상 부분이 자주 등장하고 서술자가 전지전능한 존재임을 시사한다. 때문에 필자는 이 작품을 순서의 측면으로 볼 때, 이야기 현재를 중심으로 한 전진적 시간구조로 보는 것이 비교적 합당하다고 본다. 이런 견지에서 볼 때, 『家』는 작중 여러 인물들의 초점에서 서술되기 때문에 담론의 잉여성이 드러나는 것은 자명한 사실이다. 상술한 바와 같이 이야기 시간이 몇 개월밖에 안 되지만, 작품의 원본은 350여 페이지, 번역본은 600여 페이지에 달한다. 때문에 이야기 현재의 시간이 많이 지연되었다고 볼 수 있다. 이는 담론시간과 이야기 시간의 불일치에서 야기되는 현상인바, 빈번한 과거 회상이라든지, 인물의 심리묘사, 편지, 일기 등 묘사가 너무 자세하게 설명되기 때문에 담론상의 감속이 너무 심해져 담론시간이 점점 더 길어지는 것과 밀접한 연관을 가진다.

1. 早晨我去给祖父请安。他在书房里面和四叔讲话。他叫四叔写一堂寿屏准备给他的老友冯乐山送去，庆祝冯乐山的六十寿诞，寿序是三叔起草的，祖父已经看过了。……(省略)……祖父方才给我的一本线装书，我看了封面上白纸签条的提名：《刘芷唐先生教孝戒淫浅训》，就觉得头痛，我连看也不要看就把书抛在桌上，一个人到花园里散步去。

在梅林里面看见嫂嫂带着不满四岁的海儿在折花。……(省略)……她把树上的一枝折了下来，望着我笑了笑，说："你大哥喜欢梅花，你没有留心到他房里放着几瓶梅花？……我常常给他折的。我怕鸣凤选的不如意，所以总是我自家来折。"……(省略)……

二哥近来很倾心于琴姐，他已经向我说过。但是听他谈话，他好像还没有向琴姐表示。他近来渐渐地变得奇怪了。他的心完全不在家里。……(省略)……鸣凤这几天似乎故意躲避我, 我也不知道是什么缘故。譬如今天, 她远远地看见我, 唤了一声就转身走了。……(省略)……

可是我心里依旧闷得难受, 似乎种种不如意的事情都到我的心头来了。房里永远是这样单调, 窗外永远是这样阴暗。我恨不得生了翅膀飞出去, 然而阴暗的房间把我关住了。我倒在床上, 开始呻吟起来。……(省略)……在午饭桌上听见继母对大哥谈起四婶、五婶、陈姨太她们的战略, 他们很正经地谈着, 我不觉失笑了。……(省略)……

我有两个哥哥: 大哥天天打牌, 为的是讨别人欢喜; 二哥现在天天到姑母家去教琴姐读英文, 晚上总不在家。我觉得我应该做一个和他们完全不同的人。唉, 这生活! 这就是我的一天的生活。像这样活下去, 我简直在浪费我的青春了。我不能这样屈服, 我一定要反抗, 反抗祖父的命令, 我一定要出去。[142)]

2. 她顺从地接受了一切灾祸, 她毫无怨言。后来她终于得到了安慰, 得到了纯洁的、男性的爱, 找到了她崇拜的英雄。她满足了。但是他的爱也不能拯救她, 反而给她添了一些痛苦的回忆。他的爱曾经允许过她许多美妙的幻梦, 然而它现在却把她丢进了黑暗的深渊。她爱生活, 她爱一切, 可是生活的门面面地关住了她, 只给她留下那一条坠落的路。她想到这里, 那条路便明显地在她的眼前伸展, 她带着恐怖地看了看自己的身子。……(省略)……

忽然她又站住了。她想她不能够就这样地死去, 她至少应该再见他一面, 把自己的心事告诉他, 他也许还有挽救的办法。她觉得他的接吻还在她的唇上燃烧, 他的面貌还在她的眼前荡漾。她太爱他了, 她不能够失掉他。在生活中她所得到的就只有他的爱。难道这一点她也没有权利享受? 为什么所有的人都还活着, 她在这样轻的年纪就应该离开这个世界? 这些问题一个一个在她的脑子里盘旋。[143)]

---

142) 巴金,『家』, 北京: 人民文学出版社, 2012:71-76.
143) 巴金,『家』, 北京: 人民文学出版社, 2012:205-206.

상술한 두 내용 중 예문 1은 학생운동에 참여했다가 조부한테 꾸지람을 듣고 집에 갇혀 있는 觉慧가 답답한 상황에서 일기를 쓴 부분이고, 예문 2는 鸣凤이 冯乐山한테 시집가게 되자 호수에 몸을 던져 자살하기 전 그의 심리묘사이다. 예문에서 서술자는 삼인칭에서 일인칭으로 바뀌어 집안에 갇힌 觉慧의 하루를 장황하게 서술하고 있다. 아침에 일어나서 할아버지께 문안드리러 간 상황, 매화 숲에서 형수님과의 대화, 觉民과 琴의 사랑문제, 鸣凤에 대한 나의 생각, 계모와 숙모, 첩 陈氏 간의 갈등문제, 觉新의 처세술 등등 아침에 눈을 떠서부터 저녁 잠들기 전까지의 모든 상황을 상세히 서술하고 있어, 담론시간은 하루밖에 안 되지만 서술시간은 상당히 긴 상황을 연출한다. 이는 작품의 긴장도를 약화시켜 독자들에게 지루한 느낌을 주게 된다.

예문 2도 역시 담론시간은 이틀 정도밖에 안 되지만, 그에 반해 서술시간은 상당히 길다. 전체 26회에 걸쳐 鸣凤이 자살하는 과정에 그의 복잡한 심리에 대해 상세하게 서술하고 있다. 전지적 서술자는 그녀의 초점으로, 그의 고통스러운 사랑을 전면에 드러내 보였으며, 자신이 사랑과 행복을 누릴 권리조차 없음을 한탄한다. 이 소설은 전지전능한 서술자가 여러 인물들의 마음속에 빈번히 들어가 그들이 처한 상황과 모든 심리를 남김없이 독자에게 전달하려다 보니, 감속이 자주 일어나게 되는 것이다.

발화자의 관점에서 보면, 이 작품은 서술 상황이 비교적 복잡한 바, 전지적 서술자에 의해 사건이 전개된다. 하지만 삼인칭 전지적 서술자이긴 하지만, 전반부에서 다양한 초점자가 등장하다가, 高老太爷 사망 후 재산 상속권이 장손인 觉新한테 넘어가지 못했으며, 또한 그의 아내마저 해산 도중에 목숨을 잃게 된다. 이는 고씨 가족 내에서 신구 세대의 교체가 제대로 이루어지지 못하고 희망이 보이지 않는 상황에서 제3세대의 철저한 저항을 요하기 때문에 후반부에서는 주 초점자가 觉新형제로 되는 서술 상황의 변화를 가져오게 되었다.

이 작품은 내용상 高老太爷의 사망과 그로 인한 觉新의 무저항주의와 읍례주의가 철저히 부정되며, 신구 세력 간의 갈등이 최고조에 달하는 것을 기점으로 하여 전반부와 후반부로 나눌 수 있다. 이 작품은 사실상 봉건 대지주 가정인 고씨네 일가의 신구 세력 간의 갈등을 주선으로 하여 봉건예교의 죄악을 폭로하였으며, 봉건세력의 필연적인 쇠락과 봉건가정의 붕괴144)를 보여 주는바, 첫 번째 갈등은 신구 세력 간의 갈등으로서 觉慧가 학생운동에 가담했다는 이유로 조부한테 꾸중을 듣고 집에 갇혀 있는 부분이다. 두 번째 갈등은 觉慧와 서로 사랑하는 관계인 고씨네 하인 鸣凤의 죽음, 高老太爷와 冯乐山의 의사로 觉民의 혼사가 결정되자 觉民의 가출, 梅의 병세가 악화되어 사방에 이른 사건 등 자유로운 사랑과 혼인이 제약을 받은 부분이다. 세 번째 갈등은 高老太爷가 사망하자, 신구 세력 간의 교체가 이루어지지 않고 오히려 觉新의 아내마저 해산 도중에 사망하는 극단적 상황으로 치닫는 부분이다. 가족 내에 발생한 이러한 갈등들은 高老太爷가 사망하고 나서

144) 김병활 주필, 『중국현대문학사』, 연길: 연변대학출판사, 2004:288.

오히려 더 극대화되는 효과를 초래했기 때문에 신구 세력 간의 갈등이 전혀 해결되지 않았음을 의미한다.

> “不行。单分田、分东西，不把古玩字画拿出来分，这样分家还是不彻底！”忽然从祖父的房里送出来克定的声音。“古玩字画是爹生平最喜欢的东西，他费了很大的苦心才收集起来，我们做儿子的不能随便分散”克明在房里解释道，他一面说话一面喘气。
>
> “我并不稀罕这些东西。不过现在不分，将来也会有人独吞的”克安生气地大声说。“凡是爹的东西, 都应该拿出来大家平分！”“好！你们主张分, 明天就分吧！凭良心说，我并没有独吞的心思,”克明说着，气恼地咳了两声嗽。“三哥，你当然不会独吞。你做律师有那么多的收入，还稀罕这一点小东西？”克定冷笑道。于是房里起了一阵响动，接着是几个女人说话的声音。忽然门帘一动，克定从房里走出来, 嘴里抱怨着：“什么遗命, 遗赠, 都是假造的！这样分法很不公平！”就往外面走了。
>
> 觉新神气沮丧地从房里走出来。“你们就在分家了！这么快！”觉慧讥笑地说。“我和妈不过做个傀儡罢了。我得了爷爷遗命所给的三千元西蜀商业公司的股票，四爸他们还不大肯承认”觉新痛苦地回答道。“姑妈呢？”觉民刚从外面走进来，听见觉新的话，就接口问道。“姑妈只得了一点东西，还有五百块钱的股票，这还是列在‘遗赠’里面的。陈姨太倒分得一所公馆，是爷爷遗命给她的。你要晓得我们家里就只有我们这一房跟姑妈的感情好，哪个肯替姑妈讲话？”觉新感叹地说。145)

이 부분은 高老太爷가 사망하자, 바로 재산을 분할하는 장면이다. 서술자는 觉慧의 초점으로, 관찰자의 시각에서 재산 분할 장면을 서

---

145) 巴金,『家』, 北京: 人民文学出版社, 2012:294-295.

술하고 있다. 서술자가 앞에서 작중 인물의 내면세계를 남김없이 독자들에게 드러내 보인 반면에, 이 부분은 비교적 객관적 서술 방식을 취하고 있다. 상술한 내용에서 보다시피, 장손인 觉新은 아무런 권한도 없이 그저 '허수아비'에 불과하다. 그는 할아버지의 유언으로 겨우 서촉실업회사의 주식 3,000원밖에 상속받지 못했다. 觉慧는 형의 고통스러워하는 모습에 조롱을 하는 듯한 표현을 한다.

신구 인물들 간의 갈등이 최고조에 달한 시점, 즉 高老太爷의 사망에 따라 그 서사기법도 상응한 변화를 가져온다. 즉, 전반부에서는 초점의 다양화를 보여 주어 작중 인물의 내면을 마음대로 드나들었는바, 서두 부분에서 전반을 관통시켰다고 할 수 있다.

1. 风刮得很紧，雪片像扯破了的棉絮一样在空中飞舞，没有目的地四处飘落。左右两边墙角各有一条白色的路，好像给中间满是水泥的石板路镶了两道宽边。街上有行人和两人抬的轿子。他们斗不过风雪，显出了畏缩的样子。雪片愈落愈多，白茫茫地布满在天空中，向四处落下，落在伞上，落在轿顶上，落在轿夫的笠上，落在行人的脸上。[146)]

2. "三弟，你不要怕"觉民安慰道。"再练习两三次，你就会记得很熟的。你只管放胆地去做。……老实说，朱先生把《宝岛》改编成剧本，就编得不好，演出来恐怕不会有什么好成绩。"觉慧不作声了。他感激哥哥的友爱。他在想要怎样才能够把那一幕戏演得好，博得来宾和同学们的称赞，讨得哥哥的欢喜。他这样想着，过了好些时候，他觉得自己渐渐地进入了一个奇异的境界。[147)]

---

146) 巴金,『家』, 北京: 人民文学出版社, 2012:1.
147) 巴金,『家』, 北京: 人民文学出版社, 2012:2.

3. 琴走在后面，觉民走到她的旁边低声对她说："琴妹，我们学堂明年暑假要招收女生。"她惊喜地回过头，脸上充满光辉, 一双水汪汪的大眼睛发光地盯着他的脸，好像得到了一个大喜讯似的。"真的？"她问道，还带了一点不相信的样子。她疑心他在跟她开玩笑。"当然是真的。你看我什么时候说过谎话？"觉民正经地说，又回头看一眼站在旁边的觉慧，加了一句；"你不相信，可以问三弟。"148)

4. 照理，她辛苦了一个整天，等太太小姐都睡好了，暂时地恢复了自己身体的自由，应该早点休息才是。然而在这些日子里，鸣凤似乎特别重视这些自由的时间。她要享受它们，不肯轻易把它们放过，所以她不愿意早睡。她在思索，她在回想。她在享受这种难得的"清闲"，没有人来打扰她，那些终日在耳边响着的命令和责骂的声音都消失了。149)

5. "哎，你不了解我，你的环境跟我的不同"觉新推开算盘，叹口气，望着觉慧说："你说得对，我的确怕听见人提起幸福，正因为我已经没有得到幸福的希望了。我一生就这样完结了。我不反抗，因为我不愿意反抗，我自己愿意做一个牺牲者。……我跟你们一样也做过美妙的梦，可是都被人打破了。我的希望没有一个实现过。我的幸福早就给人剥夺了。我并不怪别人。我是自愿地把担子从爹的肩膀上接过来的。我的痛苦你们不会了解。150)

이 작품은 觉民, 觉慧 형제가 공연 준비를 마치고 집으로 돌아가는 부분으로부터 시작된다. 예문 1은 서술자의 발화로 두 형제

148) 巴金,『家』, 北京: 人民文学出版社, 2012:7.
149) 巴金,『家』, 北京: 人民文学出版社, 2012:17.
150) 巴金,『家』, 北京: 人民文学出版社, 2012:82.

가 집으로 돌아가는 길에 대한 환경묘사이다. 세차다, 찢어지다, 질척거리다, 움츠리다 등 하강적 이미지를 사용하여 춥고 스산한 분위기를 조성한다. 이어 예문 2에서 觉民의 초점에서 다시 觉慧의 초점으로 돌아와, 두 형제가 모두 대학교에 다니며 영국 소설가 스티븐슨의 작품 『보물섬』 연극 준비를 하고 있으며, 두 형제의 우애가 두터움을 보여 준다.

예문 3은 觉慧의 초점에서 琴의 초점으로, 다시 觉慧의 초점으로 돌아가 觉民의 학교에서 내년 여름방학부터 여학생을 모집한다는 소식에 琴이 아주 기뻐하는 장면이다. 예문 4에서는 고씨 집안의 하녀 鸣凤의 초점으로 고된 시중 일을 마치고 잠자리에 누워서 속박과 구속에서 벗어나 잠시나마 자유로운 시간을 갖는 부분이며, 예문 5는 觉新의 초점으로 자신이 이 가정의 장손으로서, 본인의 꿈과 희망을 버리고 희생자가 된 것에 대해 괴로움을 토로하는 부분이다. 그는 아버지의 유언에 따라 자신의 인생을 희생하면서까지 이 가족을 지키려 하는 자신의 마음을 동생들이 몰라주는 것에 대해 고통스러워한다.

이처럼 파금의 작품은 초점이 한 인물에 제한되지 않고 여러 인물로 옮겨 다니면서 삼인칭 전지적 시점의 특성을 잘 보여 주고 있나. 서술사가 직접 사건을 서술하기도 하고 빌화자가 숨어서 다양한 초점자가 등장하기도 하지만, 결국은 논평적 발화자[151]로

151) 화자에는 논평적 화자와 중립적 화자 두 가지가 있다. 논평적 화자는 화자가 얼굴을 내밀고 자기주장을 피력하기 때문에 독자가 그의 존재를 쉽사리 의식하게 되며, 중립적 화자는 독자 앞에 자신의 모습을 드러내지 않기 때문에 독자가 화자의 존재를 거의 느끼지 못한다. 그러나 논평

되어 발화자의 목소리가 드러날 수밖에 없는 것이다. 이러한 발화자의 목소리가 잘 드러나 있는 부분은 풍경이나 정물이라 할 수 있는바, 이 작품에는 기술[152]로서의 풍경이나 정물 묘사가 많이 등장한다.

1. 门前又恢复了先前的静寂。这所公馆和别的公馆一样，门口也有一对石狮子，屋檐下也挂着一对大的红纸灯笼，只是门前台阶下多一对长方形大石缸，门前上挂着一副木对联，红漆底子上现出八个隶书黑字；“国恩家庆，人寿年丰。”两扇大门开在里面，门上各站了一位手执大刀的顶天立地的彩色门神。[153]

2. 琴穿了一件丹青湖绉棉袄，下面系着一条青裙。发鬓垂在两只耳边，

적이라거나 중립적이라는 표현은 어디까지나 상대적 표현이다. 어떠한 중립적 화자라도 소설에서 화자의 존재가 절대적으로 사라질 수 없고 다소는 독자의 의식에 잡힌다. 다시 말하면 화자가 아무리 얼굴을 내밀지 않는다 할지라도 독자는 이야기를 전해 주고 있는 화자의 존재를 어렴풋이나마 느끼는 것이다. 비록 동일시에 의하여 사건의 현장에 있는 듯한 환상을 갖게 되어 발화자의 존재를 잊어버린다 할지라도 전적으로 화자가 배제될 수는 없다. 그런 의미에서 절대적으로 중립적인 화자는 없다고 하겠다. …… 그리고 논평적 화자도 간간이 얼굴을 내밀 수 있을 뿐, 처음부터 끝까지 논평만으로 일관할 수는 없는 것이다. 그런 의미에서 절대적으로 논평적인 화자도 없다고 하겠다.(김천혜, 『소설 구조의 이론』, 서울: 문학과지성사, 1990:81-82.)

152) 기술은 풍경이나 정물을 주로 서술할 뿐만 아니라 인물의 외모나 성격, 사건의 배경, 사물의 성격 같은 것을 서술한다.…… 기술의 가장 큰 특징은 '서술되는 시간'이 흐르지 않는 것이다.(김천혜, 『소설 구조의 이론』, 서울: 문학과지성사, 1990:136-137.)

153) 巴金, 『家』, 北京: 人民文学出版社, 2012:4.

> 把她的鹅蛋形的面庞，显得恰到好处。整齐的前刘海下面，在两道修眉和一根略略高的鼻子的中间，不高不低地嵌着一对大眼。这对眼睛非常明亮，不仅给她的热烈、活泼的脸添了光彩，而且她一走进来，连这个房间也显得明亮多了。154)

예문 1은 정물 묘사에 속하고 예문 2는 인물의 외모 묘사에 속한다. 예문 1은 서두 부분에서 觉民형제가 연극 연습을 마치고 집으로 돌아온 후, 고씨 집 대문에 대한 묘사 부분이다. 이 부분에서 발화자가 표면에 드러나, 고씨 집 대문을 설명하고 있는데, 전형적인 중국 봉건 사대부 집안임을 입증하는바, 온통 붉은색과 주련, 채색 초상이 특징이다. 이때 사건 진행을 서술하는 것이 아니기 때문에 담론시간은 정지되고 서술시간만 흘러가고 있다. 예문 2는 어느 일요일 오후, 觉新의 서촉실업회사 사무실에 모인 觉民, 觉慧 친구들 사이에 끼인 琴의 외모에 대한 묘사 부분으로서, 작중 인물의 눈을 통해 지각하지 않고 발화자가 직접 서술하는 형식을 취했기 때문에 담론시간은 역시 정지되고 서술시간만 흘러가는, 즉 멈춤의 상황을 연출한다. 이는 담론시간과 서술시간의 괴리를 형성하면서 결국은 작품의 긴장도를 떨어뜨려 이완의 효과를 발생할 수밖에 없다.

『春』 역시도 『家』와 마찬가지로 작품의 이야기시간에 비해 서술시간이 훨씬 긴바, 거의 400페이지에 이른다. 이 작품은 『家』에 비해서 과거 서술이 좀 줄어든 데 반해, 현재에 대한 서술이 상당히 많은 부분을 차지한다. 이 역시도 담론시간과 이야기 시간의

---

154) 巴金, 『家』, 北京: 人民文学出版社, 2012:37.

불일치 현상이라고 할 수 있다.

1. 觉新红着脸，满头都是汗珠，站在床前。时而望着躺在床上的海臣，时而掉头茫然地看众人。海臣的脸比前一天消瘦多了。这个孩子半昏迷地躺在那里，眼睛露开一点缝，嘴也微微地张开。他不时发出"唔唔"的声音，那时手和脚便跟着搐动一下。……(省略)……

房里的光线渐渐地黯淡。人的面影显得模糊了。风从开着的窗和开着的门轻轻地吹入。暮色也跟着进来，一层一层地，堆满了房间。于是整个房间落进了黑暗里。电灯开始燃起来，椭圆形的灯泡里起了一圈暗红色的光。……(省略)……

祝医官走到方桌前，把注射针收拾好放回在大皮包里面，然后转身对觉新说："这一个是——脑膜炎。"他把手伸起指着头。"这个病——很厉害，很厉害。现在——恐怕太晚了，说不定，太晚了。"他困难地转动舌头，说着不大纯熟的中国话。……(省略)……觉新抬起头，看见觉民和剑云在面前，并不把他的泪痕狼藉的面孔躲闪开，却悲痛地简简单单说了一句"海儿死了。"……(省略)……"这全是你自己不好。你自己太软弱。你处处让人，处处牺牲自己。结果你究竟得到什么好处？在这个世界上做人应该硬一点才对"觉民带了点抱怨的语气开导说。[155)]

2. 淑英进戏园，这还是第一次。里面的一切对于她都是很新奇的。女宾的座位在楼上，她们坐的是右边的包厢。楼上观众不多，全是白衣青裙的女学生。楼下是男宾座，年轻的学生占了一大半，上座有八九成的光景。……(省略)……整个戏园的观众都注意地望着舞台，痴呆地凝视、倾听那两个人的一举一动、一言一语，他们想知道一个究竟。然而布幕不快不慢地合拢了，它掩盖了一切。于是爆竹似的掌声响遍了全个戏园。

155) 巴金,『春』, 北京: 人民文学出版社, 2012:168-188.

……(省略)……

她竟然从她的囚笼里伸出头来探望外面的世界了；淑英的想飞出囚笼的心愿也是一天一天地炽热起来。……(省略)……淑英非常热心地接受新的知识。她好像一个乞丐，对着面前的山珍海味，只图狼吞虎咽地大嚼，不知道节制。倒是琴和觉民有时候看见她用功过度反而劝她休息。[156]

예문 1은 13-14회에 걸쳐 觉新의 아들 海臣이 중병에 걸려 사망하는 과정을 서술한 부분이다. 海臣이 중병에 걸리자 觉新은 긴장한 마음으로 힘들어하는 아들을 두고 어찌할 바를 몰라 한다. 집안의 모든 어른들도 긴장의 끈을 놓지 못한다. 이런 긴장한 분위기를 집안의 어두운 불빛과 문 사이로 들어오는 바람에 대한 묘사를 통해 조그마한 희망이라도 가져보는 것이다. 하지만 의사의 진단에 의해 뇌막염임이 확정되고 아이를 살려 내기에는 이미 늦어 버렸음을 확인한다. 결국 아이는 생사고비를 넘기지 못하고 사망하고 만다. 슬퍼하는 觉新을 동생 觉民이 질책하기에 이른다. 그의 나약함을 질책하고 남을 위해 자신을 희생하는 행위를 질책한다. 이 부분은 화자의 서술, 대화, 환경묘사, 심리묘사 등을 통해 海臣의 사망을 서술함으로써 觉新의 나약함을 강조하는 일면 차츰 각성하는 과정을 표현하기 위한 장치이기도 하다. 하지만 상황한 시술 때문에 작품의 이완을 초래할 수밖에 없다.

예문 2는 淑英이 琴의 도움을 받아 극장에 가서 『夜未央』이라는 연극을 관람하는 부분이다. 이 부분 역시도 26-27회에 걸쳐 서술되어 있다. 淑英의 시각으로 극장의 구조와 관중들을 묘사하였

156) 巴金, 『春』, 北京: 人民文学出版社, 2012:325-343.

는바, 관중의 대부분은 학생이었으며, 사람들의 웃음소리와 말소리로 흥성거렸다. 그녀는 처음으로 연극을 구경하면서 자신의 무지를 깨닫고 좁은 세상에서 넓은 세상으로 나오게 되었으며, 새로운 지식과 사상을 급속히 받아들이기 시작하면서 봉건적 혼인제도에 의혹을 품고 저항하기에 이른다. 이 부분은 작품의 주제를 표현하는 데 비교적 중요한 내용이긴 하지만 예문 1과 마찬가지로 장황하게 서술되었음을 알 수 있다.

『秋』 역시도 500페이지에 달하는 장편으로서, 서술의 멈춤 현상이 나타나는데, 주로 현재에 대한 서술에서 그러한 현상이 많이 드러난다고 할 수 있다.

1. 淑华走在前面领头，其次是觉民；芸和琴一边谈话，一边跟随着他们。淑贞老是挨着琴走，不肯离开，有时还让琴牵着她的手。这个孤寂的女孩子永远把琴当作她的依靠，只有在琴的身边听见琴的清脆、活泼、有力的声音，她才感到快乐。……(省略)……

这一行人走出松林，到了湖滨。淑华第一个走上圆拱桥，看见对岸天井里有几个小孩蹲在一处。……(省略)……淑华走下天井，向着他们走过去。她看见觉群的一只手还伸在瓷凳的雕空的大花瓣里面。……(省略)……琴坚持自己的意见说。"自然也有些例外，可是并不多。随便举出例子，冯乐山，陈克家，下而至于郑国光的父亲，这班人都是他们所说的什么'当代大儒'，'当世奇才'。这班人什么坏事都做得出。除了害人而外这班人还能够做什么？"……(省略)……157)

2. 觉民到了利群周报社，黄存仁和张惠如正在里面小房间内看小册子的校

157) 巴金, 『秋』, 北京: 人民文学出版社, 2012:23-31.

样。陈迟在外面照料。黄存仁看见觉民，带笑地说一句；“你来得正好。等一会儿我们还要商量一件事情。”……(省略)……“这个问题我们上次已经向重庆提过了。这次存仁去一定可以讨论出具体的办法来。我看只有依靠阶级，革命才有希望。单靠我们这几个书生是没有办法的！”……(省略)……

琴在高家住了两夜。她回家第二天就发烧，在床上躺了十多天。她因病不能够参加《利群周报》两周年纪念会。那天觉民去得早。他到报社的时候，社里还只到了张慧如、方继舜几个人。……(省略)……这是他们新搬过来的双开间的铺面(就在旧地址的隔壁)。房间宽大。当中那张餐桌上铺了雪白的桌布，桌上正中放了一瓶鲜花。餐桌的四周安了许多可以折拢的椅子。刚刚粉刷过的白壁上有好几幅各国革命家的肖像，都是从一本叫做《世界六十名人》的大书上抽出来的。……(省略)……

众人中间做完了工作的便拿一张报纸来读。后来每个人的手里都有了一份纪念刊。他们仔细地读着，一个字也不肯遗漏。有的人还低声念出一些字句。渐渐地每个人的脸上都现出了满意的笑容。这样的笑容使这些脸显得更年轻，使这些眼睛更加灿烂。158)

예문 1은 젊은이들이 고씨 집에 모여 정원을 거니는 장면이다. 이 장면은 정원을 거닐 때의 일상적인 대화, 걸어가는 순서 등을 비교적 장황하게 설명하였다. 일상적인 대화를 하는 과정에서 그들은 유교의 불합리를 비판하고 격분해하며, 심지어는 유교가 '사람을 잡아먹는'다고까지 꼬집는다. 琴은 외국에서는 여자들도 인간 대접을 받고 자유가 있지만 중국에서는 '노리개'에 불과하다면서 분개한다.

예문 2는 利群周报社 설립 2주년 기념회를 준비하고 행사를 진행하는 과정을 서술한 부분이다. 이 부분 역시도 10여 페이지에

---

158) 巴金,『秋』, 北京: 人民文学出版社, 2012:323-337.

걸쳐 길게 서술하고 있다. 기념회를 준비하는 과정, 중경의 노동자계급의 노력에 이어 기념회 당일의 공간 설치 상황, 전반적인 행사 과정에 대해 상세하게 설명하고 있다. 때문에 서사시간이 사건의 시간에 비해 훨씬 길어져 역시 멈춤의 결과를 초래하게 된다.

3.1.4. 시간의 빈도—반복 양상

이 작품의 이완 효과는 지속의 측면뿐만 아니라 빈도[159] 측면에서도 나타나고 있는바, 특히 고씨 집안의 제사, 명절, 놀이, 식사, 장례식 등 풍속 묘사가 큰 비중을 차지한다. 이 작품은 봉건 가족사에 관련된 묘사인 것만큼 풍속 묘사가 당연히 빠질 수 없다. 가족의 관습은 공동체의 개변 과정에서 가족과 가족 구성원의 사회적 특징을 반영하며 공동사회의 정신적 기초를 정의하는 데에 있어서 주요한 계기를 마련한다.[160] 따라서 이 작품은 제사의식, 결혼식, 장례식 등 가족 행사를 묘사함으로써 가족의 사회적 특징을 반영하고 가족이 대변하고 있는 당시의 사회생활 방식 및

159) 빈도는 서술된 사건, 즉 담론과 그 사건들을 전하는 서술부분 사이의 관계적인 빈도를 의미한다.(제라르 쥬네뜨, 『서사담론』, 권택영 역, 서울: 교보문고, 1992:23-26.)
쥬네뜨는 한 번 일어난 일을 한 번 서술하고 N번 일어난 일을 N번 서술하는 단회 서술과 한 번 일어난 일을 N번 서술하는 중첩 반복서술, N번 일어난 일을 한 번 서술하는 요약 반복서술로 구분한다.(송명희, 『현대소설의 이론과 분석』, 서울: 푸른사상, 2007:147-148.)

160) 이상화, 「일제말 한국 가족사소설 연구」, 상명대학교 박사학위논문, 2003:16-17.

문화적 이데올로기를 상기토록 하고 있다.[161] 『家』의 서두에서부터 이 가족의 식사 장면이 등장한다.

> 1. 围着一张方桌坐了六个人，上面坐着他的继母周氏和姑母张太太，左边坐着张家的琴表姐和嫂嫂李瑞珏，下面坐着大哥觉新和妹妹淑华，右边的两个位子空着。他和觉民向姑母行了礼，又招呼了琴，便在那两个空位子上坐了。女佣张嫂连忙盛了两碗饭来。[162]

> 2. 正是吃年饭的时候。两张大圆桌摆在堂屋中间，桌上整齐地放着象牙筷子，和银制的杯匙、碟子。每个碟子下面压着一张红纸条，写上个人的称呼，如"老太爷""陈姨太"之类。……(省略)……上面一桌坐的全是长辈，按次序下去，是老太爷、陈姨太、大太太周氏、三老爷克明和三太太张氏，四老爷克安和四太太王氏、五老爷克定和五太太沈氏，另外还有一个客人就是觉新们的姑母张太太，恰恰是十个人。……(省略)……
>
> 老太爷端起酒杯，向四座一看，看见堂屋里挤满了人，到处都是笑脸，知道自已有这样多的子孙，明白他的"四世同堂"的希望已经实现，于是脸上浮出了满足的微笑，喝了一大口酒。[163]

> 3. 在高家，老爷、太太、少爷、小姐们齐集在堂屋里面，全换上了新衣服，太太们还系上了裙子。跟往常敬神的时候一样，男的站在左边，女的站在右边，两边各站了一大堆人。堂屋里，灯烛燃得跟白天一样地明亮，正中两扇正门大开。……(省略)……
>
> 供桌上放着一对大烛台和一个大香炉，朝里的一面和左右两面靠边放了

161) 호미, 「염상섭과 빠진(巴金)의 가족사소설 비교 연구」, 서울대학교 박사학위논문, 2009:16-17.

162) 巴金, 『家』, 北京: 人民文学出版社, 2012:6.

163) 巴金, 『家』, 北京: 人民文学出版社, 2012:86-87.

许多小酒杯，至于酒杯的数目，全家只有几个人知道。主持这个典礼的是克明，因为高老太爷觉得自己年纪大了，便把这些事情交给儿子去做，自己等到一切预备好了才出来给祖宗行礼，受儿孙们的拜贺。164)

4. 在初八日晚上，这些年轻人经过了两三天的布置以后，把长辈们都请到花园里来，说是看放烟火。长辈们拗不过他们的热烈的请求，果然都来了，只除了祖父，他受不住夜间的寒气，不肯来。花园里，从右边进去，回廊上的电灯都扭燃了。没有电灯的地方，如竹林、松林之类，树枝间挂了不少的小灯笼，红的、绿的、黄的，差不多各种颜色都有。众人最后到了晚香楼，楼房檐下原来挂得有几盏绿穗红罩的宫灯，现在里面都插上点燃了的蜡烛，射出黯淡的红光，给周围添上朦胧而奇幻的色彩，使人疑惑进入了梦中的境界。165)

5. 在初九这一天，觉英、觉群、觉世三弟兄从早晨一直忙到晚上，忙的是在马房里看轿夫们做花炮，和向人叙说看龙灯的事情。这天早晨五房的两个轿夫到花园内竹林里砍倒两根粗大的竹子，锯成短的竹筒，带到马房里去。于是各房的轿夫聚拢来帮忙：有的削竹筒；有的做引线；有的舂火药，还放了碎铜钱在里面舂，说是将来放出的火花便可以贴在人的肉体上面烧，不会落下来。大家热心地工作，为了这一夜的痛快和满足。很快地十几筒花炮就做成了。166)

6. 元宵节的夜晚，天气非常好。天空中有几颗发亮的星，寥寥几片白云，一轮满月像玉盘一样嵌在蓝色天幕里。这天晚上大家照例敬神，很快地行完了礼。觉英带了觉群到街上去看人烧灯笼。瑞珏和淑英姊妹们想到琴第

164) 巴金,『家』, 北京: 人民文学出版社, 2012:103.
165) 巴金,『家』, 北京: 人民文学出版社, 2012:122-123.
166) 巴金,『家』, 北京: 人民文学出版社, 2012:127.

> 二天就要回家去，都有一种惜别的心情，虽然两家相隔不远，但是她们少有机会跟琴在一起玩几个整天。而且元宵节一过，新年佳节就完了，各人都有自己的事情，再不能够像在新年里那样痛快地游玩了。167)

> 7. 在暑假期间高公馆里还有一件大事，高老太爷的六十六岁诞辰快到了。……(省略)……日期近了。礼物潮水似地接连涌来。……(省略)……中门内正对着堂屋的那块地方， 以门槛为界，布置了一个精致的戏台，把本城的各班名角，无论是唱京戏或川戏的，都请来唱三天戏。门槛外大厅上用蓝布帷围出了一块地方，作演员们的化妆房间，还另外在右面的小客厅里布置了两个专为著名旦角用的化妆室。168)

상술한 예문들에서는 식사, 놀이, 명절, 생일 등 중국의 세시 풍속에 대해 여러 차례 반복적으로 서술하고 있다. 이런 장면 묘사들은 봉건 대가정의 피라미드식 권력 구조를 보여 줄 뿐만 아니라, 가족 간의 친밀함을 높이는 데 긍정적인 효과를 보여 준다. 반면에 봉건 전제 가족의 사치하고 포악하며 타락한 생활상도 여실히 보여 준다. 서두에서부터 이 가족의 식사 상면이 비교적 상세하게 서술되었다. 이 작품은 삼인칭 전지적 시점이고, 경우에 따라서는 서술자가 겉에 드러나지 않는 상황도 있지만, 위의 풍속에 관련해서는 서술자가 직접 서술하는 방식을 취했으며, 최대한 객관적 입장을 유지하려 했다. 물론 일부 구절에서 작중 인물의 심리를 다소나마 드러내긴 했지만, 전반적인 내용에서 봤을 때는 관찰자의 시점에서 사건을 담론하고 있다.

세시 풍속에 대한 반복적인 서술과 장황한 설명은 중국의 봉건

167) 巴金,『家』, 北京: 人民文学出版社, 2012:133.
168) 巴金,『家』, 北京: 人民文学出版社, 2012:238.

사대부 가족들의 절대적 권위와 사치스러운 생활상에 비해 포악하고 부패한 부정적인 면을 서로 대조시키려는 서술자의 심정이 피력된 것으로 보인다. 이런 면에서 세시 풍속에 대한 반복적인 서술은 장점으로 작용하지만, 너무 장황하게 서술했다는 면에서 오히려 작품의 긴장도를 떨어뜨리는 결과도 초래하게 된다. 때문에 반복서술과 요약서술의 기법을 적당히 결부시켜 서술하는 부분도 어려운 부분임에 틀림없다.

『家』에서 세시 풍속에 대한 서술이 반복적으로 등장했다면, 『春』에서는 주로 고씨 댁의 환경묘사에 대한 서술이 반복적으로 등장한다. 물론 세시 풍속에 대한 서술도 여러 차례 등장하긴 하지만 高老太爷가 사망한 후부터 비교적 간략하게 서술하는 양상을 드러내 보인다.

1. 正是明媚的暮春天气。蓝色的天幕上嵌着一轮金光灿烂的太阳。几片白云像碧海上的白帆在空中飘游。空气是那么新鲜清爽。……(省略)……几个人进了花园。里面的景物并没有什么改变。只是在各处生命表现得更强烈一点。一切都向着茂盛的路上走。明艳的红色和绿色展示了生命的美丽与丰富。花欣然在开放，蝴蝶得意地在花间飞翔，雀鸟闲适地在枝头歌唱。这里没有悲哀，也没有怨愤；有的只是希望，那无穷的希望。……(省略)……淑英先前在拱桥上站了片刻，等候淑华她们。她埋头去看下面的流水。水很明亮，像一面镜子。桥身在水面映出来。她的头也出现了。起初脸庞不大清晰，后来她看得比较清楚了，但是它忽然变作了另一个人的脸，而且是鸣凤的脸。[169]

---

169) 巴金, 『春』, 北京: 人民文学出版社, 2012:204-205.

2. 淑英一行人进了花园。园里，葡萄架遮住了阳光，地上是一片绿影子。架上绿叶丛中结着一串一串的绿色小葡萄。她们走进梅林，只听见几声清脆的鸟叫。前面不多远便是湖水，右边有几座假山拦着路。她们转过假山，一片新绿展现在眼前。这是椭圆形的草坪。傍着假山长着各种草花，几只蝴蝶在花上盘旋飞舞。[170]

3. 觉新走进了花园。他看见月洞门微微掩着，没有加上门闩。他有点奇怪：什么人这时还到花园去？他也信步往里面走去。这晚月色甚好。觉新的心也被这月夜的静寂牵引去了。他一路上只顾观看四周景物，不知不觉地走入竹林里面。他快要走完竹林中的羊肠小径时，忽然听见前面溪边有人在讲话。他略略吃惊，但是马上明白了。那是惠和淑英的声音。[171]

예문 1은 淑英이가 공원에서 집회에 참가한 것 때문에 부친의 책망을 들은 후의 화원에 대한 환경묘사이다. 늦봄의 햇빛 찬란한 날씨와 청신한 공기, 살살 부는 바람은 그녀의 울적한 마음을 달래주기에 충분하다. 붉은색과 녹색으로 어우러진 아름다운 정원에 나비가 날아예고 새들도 지저귀는 안온한 정원에서 그들 젊은이들은 산책을 한다. 하지만 아치형 다리 밑의 맑은 호수를 보노라니 하녀 鸣凤이 늙은이에게 시집가는 것을 거부하면서 물에 뛰어들어 자살한 과거가 떠올라 괴로워한다. 아름다운 경치와 고뇌하고 있는 10대 청춘의 심리가 선명한 대조를 이루는 대목이다.

예문 2는 惠가 정략결혼에 대한 고민을 화원에서 淑英에게 털어놓는 장면이다. 예문 1과 마찬가지로 새들이 지저귀며 화초들이

170) 巴金, 『春』, 北京: 人民文学出版社, 2012:214-215.
171) 巴金, 『春』, 北京: 人民文学出版社, 2012:233.

만발한 아름다운 환경과 정략결혼에 대한 惠의 고민이 서로 대조되는 부분이다. 예문 3은 觉新의 시각으로 바라본 淑英과 惠의 대화이다. 대숲을 지나 좁은 골목을 따라가 보니 두 여인의 대화하는 목소리를 들을 수 있었다. 고요한 달빛과 그녀들의 대화, 즉 자신들의 나약함, 명에 따르겠다는 등 운명에 체념하는 듯한 대화는 여성들의 앞날에 대한 불안함과 실망을 여실히 보여 주고 있다. 비록 환경묘사가 여러 차례 반복되긴 하였지만, 길게 묘사하지 않고 비교적 간략하게 묘사했기 때문에 전반적인 작품의 흐름의 긴장도를 떨어뜨리지 않는다.

『秋』에도 반복적인 서술이 존재하는바, 본고에서는 주로 倩儿이 병에 걸려 사망하는 과정과 고씨 公馆을 팔아 버리는 과정에 대한 예문을 살펴보고자 한다.

1. "医生说不要紧，吃一两副药就好了。不过我们看见倩儿一天比一天更不行了。四太太起初还骂她装病，等到她实在爬不起来了，才没有管她。"翠环痛苦地说，同情激动着她的心，她不知不觉地想起了自己的身世。……(省略)……

这是一个更小的房间，而且比外面的一间更阴暗。房里只有一张方桌，两张床和两根板凳。倩儿睡在靠里面那张矮床上，床前板凳上放着一个空药碗。床头角落里还有一个马桶。淑华一进屋，便看见一张瘦小的黑脸静静地摆在枕头上。……(省略)……"三小姐，多谢你。不过我吃了药也不见效，只有一天比一天凶。我晓得我多半活不长了"倩儿绝望地说，她的眼里忽然淌出了泪水。172)

172) 巴金,『秋』, 北京: 人民文学出版社, 2012:307-311.

2. 觉新连忙走进另一间屋去。淑华跟着他跨过了门槛。屋里的情形跟淑华两次看见的差不多。床前那根板凳上仍然放着那个药碗。那张瘦小的黑脸仍然摆在床中枕头上，不过方桌上瓦灯盏发出的微光使人看不清楚脸上的表情。……(省略)……倩儿的眼睛睁开，黑眼珠往上翻，两颊深深地陷进去，仿佛成了两个黑洞，嘴微微在动，急促地呼吸着。……(省略)……"四婶还说是小病？人都快要死了！四婶还不赶紧想个法子？"觉新着急地辩道。"死了也是我花钱买来的丫头，用不着你操心！"王氏赌气地答道。[173]

3. 倩儿直伸伸地仰卧在光光的木板上面。还是那一头乱蓬蓬的头发，脸上没有血色，脸颊上皮贴着骨头做成两个小洞穴，眼睛微微睁开，嘴松松地闭着，明显地露出两片惨白色的嘴唇。两只手伸直地贴在身子两边。她似乎是在一阵痛苦的发作以后昏沉地睡去了。这并不是翠环想象中的死。这不像死。它并不怎么可怕，它却是一个可怜的景象。没有哭声，没有庄严的仪式。它甚至没有妨碍别人的生活。倩儿静悄悄地躺在那里，只像一个被抛弃的物件。……(省略)……[174]

4. 沈氏的注意力一直没有集中。这两个人你一句我一句地叽叽喳喳一来，反而把她的脑子更搅乱了。她听说"卖掉公馆"，便似懂非懂地插嘴说："把公馆卖掉？""当然！你难道还不晓得？五弟就没有告诉你？"王氏故意做出惊讶的神气说。"这还是五弟说起的。他一连几晚上到我屋里来，就是跟我商量这件事情。其实事情也不难办，就只有三哥会反对。但是哪个会怕他？公馆是大家的。分家就分个彻底。不分，未必就留给哪个人独吞？"她似乎真的动气了，两个颧骨高高地隆起在她那白粉盖满的脸上。……(省略)……

---

173) 巴金,『秋』, 北京: 人民文学出版社, 2012:348-350.
174) 巴金,『秋』, 北京: 人民文学出版社, 2012:362-365.

“他们自己都有小公馆，自然用不着这个地方了。说来说去无非为着几个钱。其实卖掉也好，这个公馆原是几个造孽钱换来的。”觉民气氛地说。“你不要说几个钱，每一房至少一万多块钱是分得到的。不过这些钱拿来有什么用？这个公馆就是爷爷的心血。他老人家辛苦一辈子，让我们大家享现成福。他们连他亲自设计修成的公馆也不肯给他留下，真是太不公平了,”觉新愤慨地说，他的额上立刻现出两三条皱纹。[175]

5.“你不要管我，我有正经事情。”克安掉头对张碧秀笑了笑，又掉过脸去继续对觉新说：“我有几千块钱你们公司的股票。我下一个月，节上缺钱用，我倒想把股票卖掉一半。你看，有没有人要？你给我想个法子。自从去年八月新米下树，到现在我还没有把租米收清。据刘升估计至多也不过前两年的五成，而且乡下‘棒客’太凶，军队团防派捐又重，有几处佃客还在说要退佃。这样下去，我们这般靠田产吃饭的人怎么的了？所以我主张还是早点把公馆卖掉，每房分个万把块钱，也可以拿来做点别的事情。我这个主张我想你一定很赞成。[176]

6. 克明又谈起家庭间的事情，也谈到过中秋节的准备，他吩咐了觉新一些话。觉新和张氏看见他的精神不好，几次劝他休息，他总是喘着气继续说下去。最后谈到克安们提议卖公馆的事，他愤慨地、坚决地说：“爹不愿意我们一家人就这样地分散，他的遗嘱上就说得明白，无论怎样不可以卖掉房子。他们这些不肖子弟拿了爹地钱，又不听爹的话。不管他们怎样在外头说闲话，我决不答应卖房子。他们要卖房子，除非等我死掉！”[177]

7. 她自怨自艾地说下去；“我只怪我自己不好，什么事都是我自己招惹来

---

175) 巴金,『秋』, 北京: 人民文学出版社, 2012:428-434.
176) 巴金,『秋』, 北京: 人民文学出版社, 2012:438.
177) 巴金,『秋』, 北京: 人民文学出版社, 2012:445.

的。我晓得我以后再同你五爸住在一起，也不会有好日子过。我自己又没儿没女。今天你五爸还对我说起卖房子的事情，他同四爸把买主都找到了，只有三爸不答应。五爸说三爸体子很坏，看样子一定活不久，只等三爸一死，就把公馆卖掉，每一房分个万把两万块钱。等到了搬了家，他要把礼拜一接来住在一起。我真害怕住到那一天！所以我还是早点走的好。……(省略)……"178)

예문 1부터 예문 3까지는 하녀 倩儿이 중병에 걸려서 사망하기까지의 과정을 반복적으로 설명하고 있으며, 예문 4부터 예문 7까지는 公馆을 팔려는 가족 구성원들과 그것을 반대하는 구성원들 간의 모순을 반복적으로 서술하고 있다. 예문 1은 하녀 翠环의 대화로부터 시작된다. 그녀의 말에 의하면 倩儿이 중병에 걸렸는데도 四太太는 전혀 신경을 쓰지 않는다. 倩儿의 신분은 하녀이기 때문에 그녀가 거주하는 공간은 매우 초라하고 어둡기까지 하다. 침대 옆에는 약을 다 마신 후의 빈 그릇이 덩그러니 놓여 있었고 그녀의 얼굴은 초췌하고 심지어는 검은색을 띠고 있었다. 그녀의 병이 중함을 보여 주는 장면이다.

예문 2는 병이 중하다는 소식을 듣고 觉新이 倩儿의 방에 가 보는 장면이다. 이 장면에서 그녀의 초췌한 모습, 심지어는 숨을 가쁘게 들이쉬는 상태를 보고 觉新이 분노하는 모습을 보여 준다. 이 일 때문에 觉新은 王氏에게 따져 물었고, 그녀는 倩儿이 자신의 하녀이고 본인이 돈을 지불하고 사 왔기 때문에 죽어도 다른 사람이 상관할 필요가 없다고 주장한다. 제2세대의 잔인한 모습,

---

178) 巴金, 『秋』, 北京: 人民文学出版社, 2012:475.

자사자리한 모습을 여실히 보여 주는 부분이다. 예문 3은 죽어 가는 그녀의 모습을 묘사한 부분이다. 헝클어진 머리에 얼굴에는 핏기가 없었으며 입술은 창백해 보였다. 그녀는 끝내 괴로운 소리를 내더니 죽음에 이르렀다. 그녀의 죽음에 슬퍼하는 사람도 별로 없었으며 어떠한 제대로 된 의식조차 없었다. 그저 버려진 '물건'에 불과할 뿐이었다.

예문 4는 제1세대와 제2세대 여인들이 公馆을 팔아 버릴 데 대한 대화 부분이다. 그녀들은 이 공간을 팔아 버릴 데 대해 동의하는 태도이며 자신에게 조금이나마 적게 차례질까 봐 서로 눈치를 보고 있다. 이런 상황에서 제3세대인 觉新, 觉民은 公馆을 파는 데에 대해 반대의견을 갖고 있다. 그들은 제2세대들이 자신들의 이익을 위해 조부가 힘들게 이끌어 온 公馆을 팔겠다는 것은 절대 있을 수 없는 일이라고 반박한다. 예문 5는 克安과 기생의 대화 장면으로서, 그는 방탕한 생활로 주식도 팔아 버렸고 밭의 세금도 너무 많이 나가기 때문에 公馆을 파는 것만이 정답이라고 주장한다. 예문 6은 제3세대 克明이 동생들이 公馆을 팔겠다는 것에 분노하고 반대하는 장면이다. 이 집을 팔면 고씨 집안이 산산조각이 나고 망한다는 것은 너무도 뻔한 일이기 때문이다. 예문 7은 沈氏는 자신은 자식도 남편도 없는 데다가 克明이 몸도 편치 않아 언제 죽을지 모르니 하루라도 빨리 公馆을 팔아 이 집에서 나가겠다는 심산이다. 이처럼 집을 팔려는 사람과 집을 지키려는 사람과의 모순과 쟁론이 있었지만 결국에는 집을 팔아 서로 각자의 지분을 받는 것으로 끝나게 된다. 公馆을 처분한다는 것은 전반적인 가족의 의미가 소멸되며, 고씨 가문의 멸망임을 의미하기도 한다.

이처럼 상술한 예문들은 제2세대들의 잔인함과 이 가족의 멸망을 강조하기 위해 반복적인 서술을 한 것으로 보인다. 완전히 멸망할 수밖에 없는 필연적인 요소와 부정적인 면을 전면에 드러내 보이려는 서술자의 의도가 보인다. 이 부분은 반복서술에 있어서 간략적인 서술과 상세한 서술이 결부되어 있음을 볼 수 있다. 하지만 전반적으로 봤을 땐 상세한 서술이 더 큰 비중을 차지한다고 할 수 있다.

3.1.5. 발화자 — 불협화음

파금의 작품 『家』는 高老太爷의 죽음과 함께 觉新이 재산을 많이 상속받지 못하고 이 가족에서 철저히 배제되는 상황을 기준으로 전반부와 후반부로 나눌 수 있다. 따라서 서술상의 기법도 변화를 가져오는바, 전반부는 觉新, 觉慧 형제들을 주선으로 하여 초점이 다각도로 변하는 특성을 지닌 반면에 후반부에서는 작중인물들 간의 모순이 극에 치달으면서 대립이 첨예화되어 觉慧가 가출하는 상황을 초래하게 된다. 따라서 주로 觉新, 觉慧의 시선을 포착점으로 하여, 다른 한편으로는 觉慧가 가출하기 전에 친구들과 작별하는 부분에서 학생운동이 언급된다.

> 瑞珏生产的日子近了。这件事情引起了陈姨太、四太太、五太太和几个女佣的焦虑，起初她们还背着人暗暗地议论。后来有一天陈姨太就带着严肃的表情对克明几弟兄正是讲起“血光之灾”来：长辈的灵柩停在家里，家里有人生产，那么产妇的血光就会冲犯到死者身上，死者的身上会冒出很多

的血。唯一的免灾方法就是把产妇迁出公馆去。迁出公馆还不行，产妇的血光还可以回到公馆来，所以应该迁到城外。出了城还不行，城门也关不住产妇的血光，必须使产妇过桥。而且这样办也不见得就安全，同时还应该在家里用砖筑一个假坟来保护棺木，这样才可以避免“血光之灾”。

五太太沈氏第一个赞成这个办法，四太太王氏和克定在旁边附和。克安起初似乎不以为然，但是听了王氏几句解释的话也就完全同意了。克明和大太太周氏也终于同意了。长一辈人中间只有三太太张氏一句话也不说。总之大家决定照着陈姨太的意见去做。他们要觉新马上照办，他们说祖父的利益超过一切。

这些话对觉新虽然是一个晴天霹雳，但是他和平地接受了。他没有说一句反抗的话。他一生就没有对谁说过一句反抗的话。无论他受到怎样不公道的待遇，他宁可哭在心里，气在心里，苦在心里，在人前他绝不反抗。他忍受一切。他甚至不去考虑这样的忍受是否会损害别人的幸福。[179]

이 부분은 高老太爷가 사망하고 나서 觉新 아내의 해산일이 다가오자, 가족들은 어른의 시신이 집에 있는 동안 가족들 중에 누군가가 해산하게 되면 임산부의 피가 죽은 사람의 영혼을 건드려 죽은 사람에게서 피가 나온다는 핑계로 성 밖으로 멀리 쫓아 보내는 부분이다. 서술자는 다만 觉新의 심리만 드러내 보일 뿐, 기타 인물들의 심리에 대해서는 평가하지 않아 제한적 시점의 양상을 보인다. 가족들의 이러한 압박은 그에게 있어서 청천벽력이었지만 그는 한마디도 하지 못한다. 관찰자의 입장에서 객관적으로 가족구성원들의 추악한 인성을 살펴볼 수 있는 부분이다. 서술자는 사건을 서술하는 데만 그칠 뿐 그들의 정체를 직접적으로 평론하

179) 巴金, 『家』, 北京: 人民文学出版社, 2012:296.

지 않음으로써, 표면적인 서술 이면에 더 추악한 본질이 은폐되어 있음을 암시한다.

서술자는 高老太爷가 죽은 후, 권력 쟁탈을 위해 또 하나의 생명을 서슴없이 희생시키는 죄악을 암묵적으로 제시한다. 서술자는 이 죄악을 객관적으로 서술하는 것을 통해 봉건 가부장적 제도하에서 신구 세대교체가 제대로 이루어지지 않고 있으며 오히려 신세대가 철저히 실패하는 것을 보여 줌으로써 새로운 시대를 개척하기 위해서는 암흑과 죄악이 도사리는 공간을 탈출해야 한다는 데에 그 방향성을 두었다. 또한 유교 윤리 제도하의 봉건 사대부 가족 내 구성원들 간의 인간관계와 갈등은 모두 권력과 재산의 지배를 받으며, 그러한 낡은 제도하에서 인간의 욕망이 얼마나 잔인하고 추악한 것인가를 보여 주기도 한다.

> 觉慧正在翻阅桌上的报纸，他看见这几个朋友的脸，就想到这一项他跟他们在一起所做的工作，所过的生活，他们所给他的真诚的安慰，同情，鼓舞，帮助，希望，快乐。这些都是他在家里得不到的。这几个月他差不多每天到这个地方来，跟这些人见面，这个地方和这些人差不多成了他的生活里不可缺少的东西。他从没有想到会离开他们，然而现在他要抛下他们到远方去了。他感到惭愧，留恋，感激。他想：以后阅报处依旧每天开放，社员依旧每天来，刊物依旧每星期出下去，可是他却不可能参加这一切了。他去了，去得远远的，不能够再跟这些人分担愁苦和快乐，再听不见黄存仁的催缴月捐的声音，再听不见张惠如的进当铺的故事。[180]

---

180) 巴金,『家』, 北京: 人民文学出版社, 2012:321.

이 부분은 觉慧가 가출을 결심한 후, 동맹회 친구들과 작별 인사를 하러 온 부분이다. 觉慧 역시 이 동맹회에 가입하여 여러 가지 활동에 참여해 왔기 때문에 이 단체에 대한 애정과 열정이 각별하다. 서술자는 觉慧의 초점으로, 사회운동에 참여해 왔던 지난날을 회억한다. 그는 이 단체가 자신에게 준 위안과 정, 격려, 원조, 희망, 환희 등에 대해 감개무량해하면서 앞으로도 이 단체가 진보적 사회 활동의 중심지로 될 것이라고 확신한다. 작품은 그의 심리를 빌어 사회주의 운동에 대하여 직접적으로 서술하였다. 그를 포함한 진보적 청년들의 구체적인 활동과 청년들의 심리에 대한 묘사는 이 단체에서 觉慧의 위치와 진보적 사상을 독자들에게 제시하는 역할을 한다.

이처럼 작품은 전반부에서는 觉新 형제를 주요 초점자로 하고 기타 다양한 초점자를 등장시켜 고씨 가족 3대의 모순과 갈등을 충분히 보여 주었으며, 등장인물들의 심리를 독자들에게 전면으로 드러내 보였다. 이는 독자들이 작품을 이해하는 데 많은 도움을 주었지만, 권위적인 서술자에 의하여 여러 인물의 초점이 지나치게 바뀌고 심리묘사 또한 너무 장황하여 담론시간과 서술시간이 동일시하지 않기에 불협화음을 초래할 수밖에 없다. 후반부에 와서는 高老太爷의 사망으로 인해 권력 구도와 재산 분배가 이루어짐에 따라 다양한 초점자를 내세울 필요성이 없어졌으며, 觉新과 觉慧 두 인물을 초점자로 내세워 사건을 이어 나갔다.

또한 사회주의자들의 구체적인 활동 부분에도 독자들의 현재 시간과 작품 내의 허구적 시간이 동일시하지 못한 현상이 나타난다. 때문에 이 작품은 이완, 즉 불협화음에서 화음으로의 과정을 거치지 못했다고 할 수 있다. 특히 끝부분에 "강물이여, 축복받아야 할 강물이여! 너는 나를 18년 동안 살아온 내 집으로부터 미지의 도시, 미지의 사람들에게로 실어다 주는구나."[181] 등 거의 독백체에 가까운 심리묘사를 함으로써 화음에 도달하지 못한 점이 아쉬움으로 남는다.

『春』은 주로 제2세대와 제3세대의 모순을 중심으로 사건이 전개된다. 이 부분에서는 주로 제3세대 淑英, 惠의 결혼문제를 둘러싸고 사건이 전개된다. 제2회부터 줄곧 결혼문제에 대한 논의가 이어져 왔으며 고씨 댁 정원에서 젊은이들이 함께 고민하는 장면이 반복적으로 등장한다. 결국 惠는 운명론에 빠져 결혼을 한 후 병에 걸려 죽게 된다. 또한 觉新의 아들도 모친을 떠나보낸 후, 모친을 그리워하다가 결국은 뇌막염에 걸려 사망하게 된다. 이 작품 역시도 전지적 시각으로 사건을 전개하였으며 전지전능한 자세로 등장인물들의 심리를 표현하였다. 뿐더러 젊은이들의 사회주의 운동, 즉 신문을 꾸리는 문제, 연극을 공연하는 문제 등에 대해서도 비교적 상세하게 서술하고 있다. 전반적으로 봤을 때, 이 작품은 『家』에 비해, 과거 회상에 관련된 시간 멈춤 현상이 적지만, 현재에 대한 서술에 있어서는 상당히 많은 편폭을 차지할 뿐만 아니라 정체 현상을 초래하고 있다. 때문에 긴장보다는 이완, 즉 화음보다는 불협화음에 가깝다고 할 수 있다.

『秋』는 『激流三部曲』의 마지막 작품으로서, 『春』을 이어 제2세

181) 바진, 『가(家) 2』, 박난영 역, 서울: 황소자리출판사, 2006:316.

대와 제3세대의 모순을 중심으로 사건이 전개된다. 枚少爷의 결혼문제, 하녀 倩儿의 죽음, 克定, 克安의 여자문제, 公馆의 판매 여부를 둘러싼 제2세대와 제3세대 사이의 갈등, 신문사 활동 등을 둘러싸고 사건이 전개된다. 이 작품에서 처음부터 제2세대와 제3세대의 갈등을 부각시켰는바 고씨 댁 정원에서 젊은이들은 자신들의 고민을 서로 털어놓는다. 결국은 枚少爷, 倩儿은 모두 젊은 나이임에도 병에 걸려 사망하게 되며, 제2세대들은 점점 타락의 극치로 나아가면서 결론 부분에서는 公馆을 팔 것이냐 말 것이냐를 두고 모순이 격화되는데 작품에 반복적으로 등장한다. 결국은 이 公馆을 팔게 되는 결과를 초래할 수밖에 없다. 이 작품도 전지적 시각으로 대화, 환경묘사, 심리묘사, 행동묘사 등 다양한 수법으로 사건을 전개하였으며, 등장인물들의 심리를 꿰뚫어 보았다. 뿐만 아니라 젊은이들의 신문사 2주년 행사를 준비하는 과정을 비롯한 사회주의 운동에 대해 상세히 서술한다. 이 작품도 과거 회상에 대한 서술 편폭이 많이 줄어든 반면에 현재에 대한 서술이 상당히 큰 편폭을 차지하는바, 작품의 정체 현상은 주로 이 부분에서 나타난다고 볼 수 있다. 반복서술에서도 어느 정도 정체 현상이 일어나긴 하지만 많은 부분을 차지하지는 않는다. 때문에 긴장의 서술도 존재하긴 하지만 전반적으로 봤을 때, 이완의 서술에 가깝다고 할 수 있다.

3.2. 『삼대』, 『무화과』의 시간적 구조양상

3.2.1. 전진적 시간구조의 양상

한국 현대문학을 개척한 선구자의 한 사람182)으로서의 염상섭 장편소설 『삼대』, 『무화과』는 한국 문학사에서 가치가 매우 큰 작품이다. 학계에서 일반적으로 염상섭의 역사에 있어 『삼대』가 일종의 분기점이라고 추론하고 있다. 따라서 작가가 대략 『만세전』을 쓴 이후부터 '보여 주기', '장면 제시', '객관적 시점' 등의 소설화 방법으로 환골하였다183)고 평가하고 있다. 본고는 이러한 구조적 특성에 주목하여 우선 『삼대』의 시간구조를 분석하고자 한다. 이 작품은 전체 42회로 구성된 장편소설로서 그 구조를 전반적으로 분석하기가 쉬운 일이 아니다. 따라서 본고에서는 논의 전개의 편의상 단락을 나누어 설명하기로 한다.

첫째 날:

1. 덕기가 일본으로 유학 갈 준비를 하는데, 친구 병화가 그의 집에 찾아온다.(현재, 제1회)

-중학교를 졸업할 때까지 두 사람의 관계를 설명한다.(과거)

2. 덕기와 병화는 바커스로 간다.(현재)

-마담의 시각으로 정자(홍경애)를 간단히 소개한다.(과거)

---

182) 권영민, 『염상섭문학연구』, 서울: 민음사, 1987:438.

183) 권영민, 『염상섭문학연구』, 서울: 민음사, 1987:76-77.

-병화가 집을 뛰쳐나온 원인을 간단히 소개한다.(과거)

이튿날:

3. 덕기 모친이 아들을 만나러 온다.(현재, 제3회)

-덕기의 서조모와 덕기 부모 사이의 모순을 설명한다.(과거)

4. 조상의 제사를 지내는 문제로 덕기의 조부와 부친 사이의 모순이 악화된다.(현재)

-(2, 30년 전) 젊은 지사였던 덕기의 부친이 정치적으로 길이 막혀서 종교 생활에 발을 들여놓았음을 설명한다.(과거)

-(며칠 전) 덕기가 일본에서 집에 돌아왔을 때, 사회사상문제와 실제 운동문제에 대해 변론을 한다.(과거)

5. 덕기는 병화의 집에 찾아가 보고 초라한 상황에, 그를 불쌍하게 여긴다.(현재, 제4회)

6. 중학교 때부터 현재까지 병화와 부친의 관계, 집을 뛰쳐나온 상황을 장황히 설명한다.(과거, 제5회)

며칠 후:

7. 덕기가 홍경애의 집에 처음으로 찾아간다.(현재, 제6회)

8. (몇 년 전) 덕기의 부친은 미국에 다녀온 후 교회의 목사가 되었다.(과거, 제7회)

-(8, 9년 전) 덕기의 부친이 남대문 모 소학교에 돈을 기부하여 덕기와 경애가 같은 학교를 다녔다.(과거, 제7회)

-(이전에) 경애의 부친은 살림에 등한하여 재산을 모두 학교에 내놓고 감옥에 들어갔다.(과거, 제7회)

-(5, 6년 전) 덕기의 부친이 경애의 아버지가 감옥에 들어간 후, 경애를 보살피다가 남녀 간의 관계로 발전하게 된 과정을 상세히 서술한다.(과거, 제7회)

-경애의 모친 역시 삼취댁임을 설명한다.(과거)

며칠 후:

9. 제삿날 산소문제 때문에 상훈이와 그의 재종형 창훈이는 핏대를 세우고 싸운다.(현재, 제8회)

-(언제부터인가) 조의관의 대문에는 대봉보소라는 넓고 기다란 나무패가 붙기 시작했다.(과거)

-조의관의 평생의 오입을 설명한다.(과거)

10. 파제삿날 아침 조의관은 사랑에서 댓돌에 미끌어 넘어져서 가정의 모순이 악화된다.(현재, 제9회)

그다음 날:

11. 덕기가 부모가 계시는 화개동에 가 본다.(현재, 제10회)

-덕기의 모친이 제삿날 수원집이 조부가 출입한 틈을 타서 한 시간 동안이나 밖에 나갔다 온 것을 의심스러워한다.(과거)

-상훈이와 홍경애의 관계, 또 두 사람이 달라진 과정에 대해 상세히 설명한다.(과거)

사흘 후:

12. 덕기가 일본으로 떠난 후, 병화는 상훈이를 데리고 바커스로 가서 경애를 만난다.(현재, 제11-13회)

13. 덕기는 일본에 도착한 후, 병화는 필순이를 공부시켰으면 좋겠다는 내용의 편지를 보낸다.(현재, 제14회)

-필순의 아버지에 대한 소개를 간단히 한다.(과거)

며칠 후:

14. 병화는 처음으로 홍경애의 집에 가서 피혁이라는 사회주의자를 만난다.(현재, 제16회)

15. 필순이는 아궁이에 불을 지피다가 덕기가 병화에게 보낸 편지를 발

견하게 된다.(현재, 제17회)

이튿날:

16. 병화는 경애의 부탁을 받고 상훈의 두 번째 첩 김의경의 뒷조사를 한다.(현재, 제18-19회)

17. 피혁 군이 경애의 집에 묵게 된 사연을 설명한다.(과거, 제19회)

18. 경애는 상훈, 매당, 김의경과 대면하여 상훈이에게 보복적인 조롱을 한다.(현재, 제20-21회)

19. 조의관은 누가 자신을 죽일지 모른다는 생각에 애를 졸인다.(현재, 제22회)

-최참봉이란 늙은 오입쟁이가 수원집을 조의관에게 소개시켜 준 인물이다.(과거)

20. 병화는 사회운동에 투신한 관계로 감시를 받고 있는데 경애네 집으로 가는 도중에 경찰이 그를 알아보고 호구조사를 핑계로 방문하기도 한다.(현재, 제23회)

21. 조의관은 자신이 죽기 전에 손자 덕기에게 전보를 치게 한다.(현재, 제25회)

22. 조의관은 덕기에게 금고 열쇠를 넘겨주면서 사당을 잘 지키라고 부탁한다.(현재, 제26회)

23. 조의관이 병원에 입원한 후, 금고를 둘러싸고 소동이 벌어진다.(현재, 제28회)

-조의관의 유서에 대해서 상세히 설명한다.(과거)

24. 조의관이 사망한다.(현재, 제30회)

25. 병화, 경애, 필순 가족이 함께 산해진 식료품 가게를 차려 장사를 하는 장면을 설명한다.(현재, 제31회)

-식료품 가게를 차리게 된 과정을 설명한다.(과거)

26. 덕기가 산해진에 가서 그들의 상황을 살펴본다.(현재, 제32회)

27. 필순의 부친, 병화, 경애가 불한당들한테 붙잡혀 폭행을 당한다.(현

재, 제32회)

28. 필순의 부친이 병세가 심하여 병원에 입원한다.(현재, 제33회)

-이번 사건의 두목은 장훈이고 장훈이가 이번 사건을 벌이게 된 이유를 설명한다.(과거)

29. 홍경애 모친이 상훈이한테 따지러 그의 집에 찾아간다.(현재, 제35회)

-원삼이한테서 김의경과 상훈, 상훈 아내의 모순에 대해 설명한다.(과거)

30. 김의경이 화개동 상훈이의 집에 완전히 자리를 잡는다.(현재, 제35회)

31. 필순이가 덕기에 사례의 뜻을 표하고자 덕기의 집으로 찾아간다.(현재, 제36회)

-필순이가 덕기에게 자신의 부친 내력에 대해 말한다.(과거)

-덕기가 필순이에게 돈봉투를 내주면서 부친의 병 치료에 보태라고 한다.(현재)

32. 덕기의 전화를 받고 필순이 또다시 덕기의 집으로 간다.(현재, 제37회)

33. 검거선풍이 불어 병화, 장훈, 필순, 경애 모녀들은 고등계에 불려 가고 지주사, 한방의, 최참봉 등은 사법계에 불려 간다.(현재, 제38회)

-(어제저녁 때) 경찰부 기무라 과장과 금천 주임이 덕기 조부의 독살 사건에 대해 조사할 상황에 대해 의논한다.(과거)

-덕기는 자신에게 대부분의 재산이 상속된 원인을 설명한다.(과거)

-취조과정에서 경찰은 경애 집안내력에 대해 요해한다.(과거)

34. 상훈이는 아들이 잡혔다는 말을 듣고, 금고열쇠를 절도하는 한심한 일을 저지른다.(현재, 제39회)

-덕기와 그의 모친은 상훈이가 거짓말을 하고 엉뚱한 짓을 꾸민 것을 알고 속상해한다.(현재)

35. 장훈이는 경찰의 취조과정에서 코카인을 먹고 자살한다.(현재, 제40회)

36. 상훈이는 경찰서에서 풀려나고 부친이 사는 화개동에 찾아가, 기생들의 소굴이 된 것을 보고 속상해한다. 이어 필순이 모녀에게 조상을 간다.(현재, 제42회)

다음 염상섭의 소설 『무화과』는 전체 860여 페이지로 구성되어 시간적 구조를 분석하기에 어려움이 따르는 것은 사실이다. 따라서 이 작품에서도 역시 논의 전개의 편의상 단락을 나누어 설명하기로 한다.

1. 이원영이 신 영업국장으로 임명, 원영의 매부 인호가 조선으로 들어온다.(현재, 제1회)

-인호가 동경에서의 과거를 소개.(과거)

2. 문경이의 시부모님이 문경이더러 본가에 가서 돈을 가져오라고 성화, 김홍근이 월급문제 때문에 원영의 집을 찾아오다.(현재, 제2회)

-문경이 동경에서 인호를 만난 과정.(과거)

3. 신문사 월급문제 해결, 이사회가 끝나고 보도 나무에서 식사하다.(현재, 제3-4회)

-삼익사사건, 유산문제.(과거)

4. 인호가 일본에 가는 길에 원영이를 찾아와 돈을 달라고 하고 아내의 반지, 시계를 빼앗았으며, 원영이는 신문사로 출근한다.(신문사의 금고)(현재, 제5회)

-원영이의 피곤한 마음 상태, 조부와 부친의 과거, 돈에 눈먼 사람들

5. 원영이 채련의 집을 찾아가서 시간을 같이 보낸다.(현재, 제6회)

6. 원영이와 채련이 또 만나 외박.(현재, 제7회)

-채련(보희)의 과거, 상세히 설명.

7. 길순이는 최원애의 집에 가서 편지를 전하다.(현재, 8회)

-원태섭이 최원애의 집에 찾아오다, 원태섭과 박종엽 깊은 사이.

-편지: 상해에서 활동하는 김동국이 원애에게 돈을 구해달라고 하다, 최원애와 김동국은 애인 사이.

-안달은 원래 신문기사, 원애와는 아는 사이.(과거)

-원애와 원영이의 부친은 예전에 애인 사이.(과거)

8. 태섭이와 종엽 사이에 모순이 생긴다.(현재, 9회)

9. 홍근 일당들이 마작을 논다, 태섭이가 동국한테로 출발한다. 홍근이가 채련이를 찾아온다.(현재, 제10회)

10. 인호가 동경으로 떠난 후, 정애가 문경이에게 편지를 보내다.(현재, 제11회)

-인호가 밖으로 나돈다는 말을 듣고 문경이는 속상하고 남편을 원망한다.

-문경이는 오빠의 여자문제를 의심한다.(반복)

-문경이는 오빠와 정애의 관계도 의심한다.

-문경이의 시아버지가 그녀의 본가에 찾아온다.

-문경이는 부친한테 두 번 갔지만 자신의 문제를 해결할 능력이 없었다.(과거)

-문경이가 인호에게 편지를 보낸다.

11. 원영이와 채련이가 함께 시간을 보내는 가운데 그녀는 박종엽과 원영이의 사이를 의심한다.(현재, 제12회)

-홍근이 채련이를 찾아온다.

12. 원영이는 채련이의 남사관계를 의심한다. 또 가증스럽게 생각한다, 반복.(현재, 제13-14회)

-맞짱은 외로운 존재이고 세상에 대한 불만으로 가득하다.

-채련이와 원영이 모순이 생기다, 홍근이는 채련이와 원영이의 사이를 이간질하다. 종엽이는 채련이를 질투한다.

13. 문경이와 종엽이가 우연히 만나 친하게 지내다가 김봉익을 만난다.(현재, 제15-16회)

-문경이는 오빠를 야속하게 생각하다.

-문경이는 채련이를 싫어하는 마음이 크다.

-종엽이의 외모묘사.

-김봉익의 외모묘사.

-문경이는 인호와의 첫 만남을 회상.(과거)

-봉익은 문경에게 호감을 가진다.

14. 문경이는 인호의 편지를 받고 분노하고 원영이는 동생을 걱정한다.(현재, 제17회)

15. 이탁이 채련이를 찾아와서 시계를 선물하고, 원영이는 채련이의 집에서 시계를 발견하고 불쾌해한다.(현재, 제18회)

16. 종엽이의 집에서 봉익이와 문경이가 만나서 교류하는 가운데서, 세상에 대해 불만을 토로한다.(현재, 제19회)

-문경이의 부부관계 거론.(반복)

-봉익이의 거주공간 절에 대한 묘사, 봉익이는 문경이와의 관계를 고민한다.

17. 문경이는 봉익이의 편지를 받고 그의 집으로 찾아간다.(현재, 제20회)

-봉익이의 거주공간 묘사.(2번 반복)

-문경이는 봉익이를 존경하고 사랑하는 마음을 가지고 있다.

-봉익이가 병에 걸리다.

-종엽이는 원영이 때문에 채련이를 질투한다.

18. 원영이의 아내는 남편의 여자문제를 의심하면서 자신이 공부 못한 것을 한탄한다.(현재, 제21회)

19. 봉익이의 병이 더 심해지자 문경이는 환자를 걱정한다.(현재, 제22회)

-문경이가 봉익이를 병원에 입원시키자 형사들이 그녀를 찾아온다.

-형사들이 봉익이와 원태섭이 주의자일 것이라고 의심한다.

-홍근이가 병익이와 문경 사이를 소문낸다.

20. 봉익이의 사건으로 원영, 문경, 원애가 검거당하다.(현재, 제23회)

-원영이는 집안의 금고 열쇠를 여동생 문경이에게 맡긴다.

-원영이의 검거로 그의 모친이 원영이를 걱정한다.

21. 검거를 당한 사람들이 드디어 풀려 나오다.(현재, 제24회)

-원영이의 집 분위기, 어머니의 눈물.

-원영이의 아내는 남편의 첩에 대해 의문을 가지고 심지어 분노하기까지 한다.(반복)

-동엽이가 홍근이를 벼르다.

22. 홍근이는 종엽이와 채련 사이를 이간질한다. 홍근이의 거짓이 탄로난다.(현재, 제25회)

23. 홍근이의 밀고 때문에 봉익이를 비롯한 주의자들이 재검거당한다.(현재, 제26회)

24. 원영이의 재검거 때문에 그의 모친은 매우 걱정한다.(현재, 제27회)

-원영이의 부친이 집에 와서 금고 열쇠를 열고 돈을 가져간다.

25. 원영이의 모친이 몸져눕자 문경이는 부친을 원망한다.(현재, 제28회)

-홍근이는 문경에게 봉익과의 관계를 위협하면서 돈을 요구한다.

-부친의 안일한 태도.

26. 조정애가 일본에서 귀국하다.(현재, 제29회)

-조정애 부친 회상.(과거)

-정애의 시각으로 본 조일사진관, 전보를 전한다.

-형사가 정애를 찾아와서 조사한다.

-정애 부친 주의자.(과거)

27. 봉익, 병호, 종엽이가 경찰서에서 풀려난다.(현재, 제30회)

-원경이의 모친 병세가 가중하다.(반복)

28. 원영이 어머니의 병세가 심해져 사망하고 얼마 후에 원영이가 출소한다.(현재, 제31회)

-홍근이 영업국장 자리를 노리다.

-홍근 때문에 태섭이가 신문사에서 쫓겨나다.(과거)

-종엽이는 원영이의 상황을 안타깝게 생각한다.(과거)

-문경이 부친을 원망하다.

29. 원영이가 채련이한테 간 상황에서 정애에게서 편지를 전달받는다.

(현재, 제32회)

-김동국의 편지: 조일사진관에 돈이 필요해 천 원을 원영이에게 부탁한다.

-김동국의 동생 김동욱의 과거.

-정애가 모친이 걱정되어 조일사진관에 찾아간다.

30. 문경이는 동경에서 온 남편의 편지를 받고 속상해한다.(현재, 제33회)

-인호가 문경이의 남자문제를 의심한다.

-문경이는 절교하자는 봉익이의 편지를 받는다, 봉식이가 신경쇠약에 걸리다.

-부친이 돈을 가져간 것을 다시 언급한다.(반복)

31. 문경이와 종엽이는 봉익이가 살고 있는 절에 찾아간다.(현재, 제34회)

-봉익이의 외모묘사, 봉익이의 건강이 좀 회복되다.

-절에서 화장하는 장면.

32. 문경이는 절에 갔다가 며칠 후에 유산하고 또다시 남편의 편지를 받는다.(현재, 제35회)

-문경이의 시어머니가 그녀를 책망하고 남자문제를 의심한다.

33. 문경이가 남편을 찾아 일본에 건너가지만 집의 열쇠가 잠겨 있고 남편을 찾지 못한다.(현재, 제36회)

-동경의 골목 묘사. 문경이는 오갈 데가 없어 어쩔 줄 몰라 한다.

-문경이의 집안 환경, 인호가 밤늦게까지 귀가하지 않았다.

-남편의 사직했다는 편지를 보고 문경이는 분노한다.

-인호는 집안의 물건을 고물상, 전당포에 팔아 버리고 문경이와 싸운다.

-문경이는 인호와 영자의 관계를 의심한다.

34. 문경이는 연락선을 타고 귀국하는 배에서 남편 인호와 영자를 만나다.(현재, 제37회)

-영자의 변명, 인호가 영자에게 돈을 줌, 문경이의 실망.

-인호는 요릿집에 외상을 하고 다녔다.(과거)

-인호가 김봉익을 거론하면서 문경이를 위협한다.

-원영이가 또 경찰서에 붙잡혀 들어갔다.(반복)

35. 김동욱이 동경에서 경찰에 체포되고 문경이도 귀국하여 체포되며 인호도 체포된다. 취조 요점은 김동욱에 관련된 내용이다.(현재, 제38회)

-김동욱의 공범 조정애를 정부에서 비행기로 호송해 온다.

36. 정애의 임무는 김동욱의 지휘에 따라 대련에 가서 누구를 만나고 온 것이다.

-김영자가 체포된다.

37. 정애가 채련이의 집에 잠시 머문다.(현재, 제39-41회)

-채련이의 과거, 산호주와 김홍근이 채련이의 집에 찾아오다.

-홍근이가 채련이를 달래려는 심상.

-채련이가 정애를 형님 집에 숨긴다.

-채련이가 조카에게 정애를 잘 돌봐주라고 부탁한다.

-인호는 동시에 정애와 영자를 노린다.

-김동욱이 감옥에서 자살을 시도한다.

-비록 초라하긴 하지만 형님 집에서 정애는 안전하게 숨어있다.

-정애 모친 생각.(심리묘사)

38. 문경이가 유치장에서 나오자 봉익이가 문경이를 문안하러 온다. 원영이도 출소한다.(현재, 제42회)

-원영이 아내의 심리, 채련이의 심리, 원영이의 우울한 심리, 문경이의 답답한 심리.

-원영이가 인호를 훈계한다.

문경이는 김봉익의 문제 때문에 인호와 다툰다.(반복)

-문경이가 돈 문제 때문에 홍근에게 따진다.

-김봉익과 인호 싸운다, 종엽이의 참견.

39. 종엽이가 홍근이의 죄를 폭로하자 홍근이가 발악한다.(현재, 제43회)

-봉익이가 홍근이를 때린다. 봉익이는 인호한테 사과를 요구한다. 인호가 최후의 발악을 한다.

-문경이에 대한 봉익이의 속셈.

40. 정애가 완식이를 좋게 생각한다.(현재, 제44회)

-완식이의 일기.

-정애에 대한 완식이의 생각.

-종엽이는 인호를 훈계하고 이어 영자에 대해서도 질책한다.

-사진관 구조에 대한 묘사.

-완식이와 정애의 심리묘사, 완식이의 일기, 정애에 대한 완식이의 사랑.(반복)

-완식이가 늑막염에 걸리다.

41. 인호가 원영이에게 천 오백 원을 요구, 이탁이가 종엽이를 홍근이에게 붙일 작정이다.(현재, 제45회)

-문경이와 홍익이가 스즈람카페에서 만나다.

-봉익이 자신의 죽음을 언급한다.

-봉익이 원영한테서 백 원을 꾼나.

-한인호의 위자료 천 오백이 다시 언급된다.

42. 원애는 안달외사의 도움을 받았던 과거를 회상한다.(과거, 제46회)

-원영이와 민족주의.

43. 완식이가 집을 떠나면서 편지를 남기고, 정애는 그 편지를 보고 완식이를 걱정한다.(현재, 제47회)

-완식이는 부르주아에 대해 부정적 시각을 갖고 있다.

-원영이가 신문사를 그만두고 이탁이가 부사장이 된다.

-원영이는 상황이 안 좋아 파산지경에 이르러 채련이와 갈라지려 하자 채련이는 동의하지 않는다.

44. 원영이는 집안일에 대해 걱정하고 할아버지에 대해 미안한 마음을 갖고 있다.(현재, 제48회)

-정애는 삭발하고 절에 간다.

45. 봉익, 종엽과 문경이는 일본으로 떠나고 홍근이는 보이지 않는다.(현재, 제49회)

46. 원영이가 완식이를 부러워한다. 원영이가 남선 지방으로 내려가려

던 찰나 형사에게 체포된다. 홍근이의 수작으로 사진관 부근에서 소동이 일어난다.(현재, 제50회)

상술한 내용에서 보다시피, 『삼대』는 조의관의 손자 조덕기가 일본 유학 준비를 하는 부분에서부터 출발하여 조의관이 사망 후, 가족을 이끌어 나가기 위해 노력하는 몇 개월의 과정을 순차적으로 서술했음을 보아낼 수 있다. 동시에 『무화과』는 『삼대』를 이어 조부 이의관이 사망한 후 손자 이원영이 가정을 이끌어 나가고 신문사를 책임져 가는 과정을 순서대로 서술했다. 때문에 히그던의 이론에 의하면 두 작품 모두 전진적・시간적 구조양상에 속한다. 이러한 기본적인 서사구조가 전진적 양상을 보인다면, 아래에 구체적으로 쥬네뜨의 순서, 지속, 빈도의 측면에서 작품을 상세히 분석하려 한다.

3.2.2. 시간의 순서 — 역전 양상

염상섭의 『삼대』의 이야기 줄거리는 두 가지로 살펴볼 수 있는데, 하나는 봉건적 가치관에 사로잡혀 새로운 변화를 부정적으로 바라보는 세대인 조의관, 개화를 지향하나 시대적 질곡에 빠져 타락해 가는 세대인 조상훈, 진정한 가치를 추구하기 위해 노력하는 조덕기 등 한 가족 3대의 가치관의 갈등을 중심으로 한 줄거리이고 다른 하나는 김병화, 필순의 가족, 장훈 등 사회운동이나 사회주의 운동을 하는 인물들을 중심으로 한 부차적 줄거리로 나눌 수 있다. 이러한 두 가지 이야기 줄거리를 중심으로 한 이 작품을 살펴보면 시간 역전 현상이 자주 일어남을 볼 수 있는데, 이야기 단락 대부분에서 과거로의 시간 역전이 일어남을 볼 수 있다.

『삼대』의 기본적인 서사는 그 시간의 흐름에 따라 살펴보면, 담론시간을 대체적으로 몇 달 동안으로 추측할 수 있는 반면에 서술시간이 담론시간에 비해 훨씬 더 많이 소요되었다. 이 소설은 시간의 역전 현상이 빈번히 일어나는바, 이러한 시간 역전 현상은 구체적으로 회상을 통해서 드러난다. 위의 사건 단락에서 볼 수 있는 바와 같이 이 작품은 회상이 많이 등장하여 사건의 역전 현상이 빈번히 일어나지만, 대부분 사건의 기본 서사와 직접적인 연관이 있는 역전 현상으로서 소설 전체와 밀접한 관련을 맺는 부분들이다.

> 덕기는 지난날의 일이 머리에 어제 일 같이 떠올랐다. 덕기와 경애는 남대문 모 소학교에서 한 해에 같이 졸업을 한 것이 벌써 팔구 년이 되나보다. 물론 남녀부가 다르고 경애는 덕기보다 두 살이 위이지마는 학년은 같았다. 경애는 삼 년급에 중간에 들어와서 같은 해에 졸업한 것이다. 이 학교는 덕기의 부친이 돈을 조금 내는 관계로 설립자의 명예를 한몫 가지고 있는 교회 학교였다. 덕기의 부친이 원시 이 교회에 관계가 깊었기 때문에 학교에도 돈을 기부한 것이요, 또 아들도 교인인 관계도 있어서 다른 공립보통학교에 보내지 않고 화개동에서 남대문까지 먼 데를 다니게 한 것이었다.
>
> 어쨌든 이 두 아이는 같은 삼 학년 때의 크리스마스 축하연극을 할 때부터 서로 알게 되었다. 열 살 먹은 덕기와 열두 살 먹은 경애는 학교의 재동이로 장을 쳤었다. 둘이 똑같이 예쁘고 둘이 똑같이 창가와 연설과 연극이 능란하고 재롱거리였던 것이다. 그때 덕기는 아직 어렸으니까 어리둥절하게 지낸 일도 많지만 계집애요 또 열두 살이나 된 경애는 덕기를 어린애다

운 우정으로 퍽 귀애하였던 것을 지금도 분명히 기억하고 있다.

……(생략)……

"우리 아버지는 너무 호활하시고 살림에 등한하셔서 삼사백 하던 재산을 모두 학교에 내놓으시고 소작인에게 탕감해 주어 버리시고 감옥에 들어가시기 전에는 무슨 장사를 해서 다시 번다고 하시다가 삼일운동이 덜컥 나서 감옥에 들어가시게 되니까 옥바라지하고 변호사 대고 어쩌고 한다고 자꾸 끌려 들어가기만 해서 나중에는 집까지 팔아가지고 올라왔었지요. 지금 생각하면 서울로 올라온 것이 내 신상에도 좋을 건 조금도 없건마는……" 경애는 자기가 그렇게 된 변명을 하느라고 그러는지 조금 아까 살기가 돌 때와는 딴판으로 풀어낸다.

……(생략)……

"집 팔고 어쩌고 해서 어머니께서 돈 천 원이나 가지고 올라오신 모양이나 당장 집을 사려니 마땅한 게 나서지도 않고 해서 외삼촌 집에 가서 붙어 있으면서 그 돈을 외삼촌에게 맡겼더니 아저씨가 몽땅 가지고 들고 뺐겠지요……"

……(생략)……

벌써 오 년이 되었는지 육 년이 되었는지 그 겨울에 덕기는 화개동 집으로 경애가 부친을 찾아왔던 것을 잠깐 본 기억이 지금 새삼스레 난다. 그때 덕기는 아직 화개동 집에 있을 때이다.……(생략)……

그때 부친에게, "그 애가 왜 왔었어요?" 하고 물어보니까, 저 어머니 심부름으로 왔단다 하면서 경애 보친이 남대문 교회에 다닌다는 것과 또 부친은 감옥에서 나와서 근 일 년이나 앓아누웠는데 이제는 죽기나 기다리는 터이라는 말을 간단히 들려주었다.

……(생략)……

그때 상훈이는 집에 있는 인삼 몇 뿌리에 자기 부친이 지금도 경영하는 남대문 안 대성정미소에서 찾을 쌀 한 가마니 표와 돈 십 원을 넣은 봉투를 경애에게 주어 보냈던 것이다. 그 속에는 물론 아까 만나고 온 노 선배에게 얌전한 붓끝과 맵시 있는 편지봉투로 보내는 것을 받는 사람이 부끄러이 여기지 않게 정중한 편지를 써넣을 것을 상훈이는 잊지 않았다.

……(생략)……

운명할 때까지 의식이 말짱한 병인은 이러한 장황한 감회와 부탁을 남겨놓고 여러 사람의 기도와 축복 속에 운명을 하였던 것이다. 상훈이는 힘자라는 데까지는 죽은 이의 뜻을 받겠다고 맹세하였다. 그 맹세를 지키고 안 지키는 것은 물론 죽어간 사람이 알 바 아니나, 그러나 그 자리에 앉은 사람은 한가지로 증인이 되었다. 아니 그보다도 존엄한 하느님이 천만 인간에 못지않은 증인이었을 것이다.

……(생략)……

그러던 것이 동무들의 뒷공론이 점점 노골적으로 막 대해놓고 입을 삐쭉거리며 비웃기까지 하였을 때 제 놀랍고 분한 한편에 차차 조선생을 슬슬 피하지 않을 수 없게 되었다. 그러나 조 선생에 대한 공포심은 일어날지언정 결코 조선생이 미운 것은 아니었다. 미워졌으면 좋겠는데 밉지가 않은 자기 마음이 도리어 밉고 안타까웠다.

……(생략)……

그동안 상훈이도 경애만큼 혼자 번민을 하던 것이었다. 자기 귀에 여러가지 소리가 떠들어오는 것을 처음에는 귀를 막고 지내려 하였다. 또 그다음에는 경애 모녀와 떨어져 지내면 그만이라고 생각하였다. 또 그다음에는 어서 경애의 혼처만 골라서 그 부친의 초상을 치르듯이 얼른 결혼식까지 치러 주면 모든 오해가 일소될 뿐 아니라 자기의 지위가 한층 더 나타나리라고 생각하였다. 그러나 멀리하자 하면 마음으로는 이상히도 한 걸음씩 더 다가서는 것 같았다.

……(생략)……

경애는 다소 안심이 되며 말 뒤를 기다리려니까 별안간 손에 무엇이 와서 닿는다-상훈이의 화끈하는 손이다. 경애는 감전된 듯이 전신이 찌르르하여 하마터면 발부리가 채여 엎드러질 뻔하였다. 경애는 붙잡힌 손을 뿌리칠 수도 없이 놀란 비둘기는 소리는 치련마는 숨을 죽이고 몇 발짝 따라가려니까 상훈이는 별안간 손이 으스러질 듯이 꽉 쥐었다가 탁 놓으며 노한 사람처럼, "가우! 가-" 하고 돌쳐서 가버린다.

……(생략)……

이 집은 물론 상훈이가 경애를 위해 마련해 놓았던 집이다.……(생략)……

그러나저러나 이 부인은 새집 든 지 석 달 만에 손주딸을 보았다. 쉬쉬하고 세상을 숨기고 낳은 목숨이다. 그러나 이 손주새끼는 외할머니로 하여금 교회에서 멀어지게 하였던 것이다.[184]

비교적 길게 인용된 이 부분은 덕기가 경애의 집을 찾아간 후 과거 경애 집안과 덕기 부친과의 관계를 드러내는 부분으로서, 이 소설의 기본 서사와 관련성이 비교적 높은 회상 부분이라 할 수 있다. 회상 기간이 비교적 긴바, 덕기와 경애가 초등학교를 같이 다닌 부분과 경애의 부친에 대한 소개는 비교적 간략하고 경애와 상훈이의 과거에 대해서는 장황하게 설명하고 있다. 작가는 이 부분을 「추억」이라는 소제목을 달아 과거에 대한 회상을 길게 설명하였으며, 전체 서사와도 유기적인 연관을 지니고 있는 회상이라 할 수 있다.

인용문에서 덕기가 경애와 함께 초등학교를 다니던 일을 회상하는 부분이 나오는데, 이는 엄밀히 말하면 덕기의 기억에 의한 회상보다는 서술자가 설명하는 부분이라고 볼 수 있다. 이 작품의 서술자는 전지적 서술자이기 때문에 인물의 회상이라 할지라도 서술자의 개입이 들어갈 수밖에 없는 것이다. 이는 전지적 서술자의 권위가 상당히 큰 것과 밀접한 관련을 가진다. 이 부분에서 서

184) 염상섭, 『삼대』, 서울: 빛샘출판사, 2000:98-128.

술자는 10여 년 전에 덕기와 경애가 같은 초등학교를 다녔고 덕기의 부친이 자금을 지원하여 학교를 세운 과정, 두 아이가 똑같이 예쁘고 똑같이 창가와 연설과 연극에 능란하고 재롱부렸던 과거를 간략하게 설명하고 있다. 이 부분은 덕기와 경애의 관계를 처음 보여 주는 회상 부분으로서, 기본 서사와 어느 정도의 연관성을 지닌 부분이라 할 수 있다.

덕기와 경애의 과거를 설명하고 나서, 서술자는 이어서 경애의 부친에 대해 서술하고 있다. 이 부분은 경애의 입을 빌려 그녀 부친의 과거와 그에 따른 가정 상황을 설명하고 있다. 부친이 '호활하시고 살림에 등한'하여서 모든 재산을 학교에 내놓은 일, 삼일운동이 일어나서 감옥에 가게 된 일, 외삼촌한테 돈을 뜯긴 일 등등을 비교적 간략하게 설명하였다. 이 부분은 나중에 경애가 상훈이의 경제적 도움을 받을 수밖에 없는 원인을 안받침해 주는 역할을 한다.

이어서 서술자는 5, 6년 전 덕기의 부친 조상훈과 홍경애의 과거를 비교적 장황하게 설명한다. 앞부분에서 경애의 입을 통해 그의 부친에 대해 소개한 부분을 다시 한번 설명하고 있다.[185] 경애

---

185) 그때 부친에게, "그 애가 왜 왔었어요?" 하고 물어보니까, 저 어머니 심부름으로 왔단다 하면서 경애 모친이 남대문교회에 다닌다는 것과 또 부친은 감옥에서 나와서 근 일 년이나 앓아 누웠는데 이제는 죽기나 기다리는 터이라는 말을 간단히 들려주었다. ……(생략)…… 경애의 부친은 애국지사였다.
수원의 누구라면 알 만한 교역자일 뿐 아니라, 감옥소식을 전할 때나 집행 정지로 나오게 될 때에 신문에 여남은 줄이라도 기사나 날 만한 인물이었다.(염상섭, 『삼대』, 서울: 빛샘출판사, 2000:104.)

의 부친에 대한 반복적인 서술은 사건이 전개될수록 보다 상세하게 드러나는데, 서술자가 미리 전반적인 내용을 제시하고 있기 때문에 서술의 잉여성이 드러날 수밖에 없다. 또한 조상훈이 애국지사의 유가족, 즉 경애의 가족을 돌보던 과정과 이러한 상황에 대한 사회적 여론, 경애와 상훈이 차츰 남녀 관계로 발전하여 애를 낳은 상황, 상훈이 그들 모녀를 들여다보지 않는 상황 등을 상세히 설명한다. 특히 이 부분은 서술자가 전지적 무제한 시점으로, 한 가지 사건에 대해 여러 등장인물들의 심리를 드러내 보인다.

조상훈과 홍경애의 관계에 대한 사회적 뒷공론이 노골적으로 일고 있는 과정에, 서술자는 우선 홍경애의 초점으로 가서 그의 심리를 표현하고 있다. 즉, '조 선생에 대한 공포심은 일어날지언정 결코 조 선생이 미운 것은 아니었다. 미워졌으면 좋겠는데 밉지가 않은 자기 마음이 도리어 밉고 안타까웠다'와 같은 심리묘사에서 자신들의 뒷공론에 대한 모순되는 심리를 표현하고 있다. 또한 서술자는 상훈이의 초점으로 돌아가 '상훈이도 경애만큼 혼자 번민을 하던 것이었다. 자기 귀에 여러 가지 소리가 들어오는 것을 처음에는 귀를 막고 지내려 하였다. …… 그러나 멀리하자 하년 마음으로는 이상히도 한 걸음씩 더 다가서는 것 같았다'라는 묘사에서 역시 사회적 뒷공론에 대한 상훈이의 모순된 심리를 보여 주고 있다. 서술자는 두 당사자인 상훈이와 경애의 초점으로 설명할 뿐만 아니라, 경애 모친의 초점으로 돌아가 그들의 관계에 대해 다시 한번 설명하고 있다. "이왕지사 떠들면 무얼 하랴는 단념으로인지? 자기 남편 때 일을 생각하고 은인이라 하여 그것을 딸의 몸으로 갚겠다는 생각인지……"[186] 이처럼 서술자는 한 가지 사건에 대하여 여러 초점자를 등장시켜 사건을 다각도로 설명한다. 이 또한 잉여성이 지나치게 드러나 작품의 긴장성을 떨어뜨려 이완의 결과를 초래할 수밖에 없다.

이 부분은 경애의 가족과 덕기의 가족과의 인연과 얽힐 수밖에 없는 사건을 장황하게 설명하고 있다. 이 부분은 제라르 쥬네뜨의 이론에 따르면 혼합적 역전에 속한다. 다시 말하면 이 작품의 시작은 덕기가 일본으로 떠날 채비를 하는 날, 김병화가 그의 집으로 찾아오는 것으로부터 시작된다. 이에 비해 역전된 이 부분은 작품이 시작되기 전 시간인 10여 년 전 덕기와 경애가 초등학교를 다니던 시절부터 시작해서 덕기가 경애의 집을 찾아온 현재까지 쭉 이어진다. 이것은 역전의 내용이 소설의 시작 시점인 현재보다 먼저 시작되어 소설이 이미 시작된 현재까지도 연결고리가 있기 때문에 혼합적 역전에 속한다.

이러한 혼합적 역전은 사건의 기본 서사에 비교적 큰 영향을 미치고 있으며, 앞으로 일어날 사건들의 원인 제시의 역할도 하기 때문에 중요한 부분임에는 틀림없다. 하지만 너무 장황하게 설명되기 때문에 기본 서사에 충돌할 가능성도 배제할 수 없다. 상술한 예문은 사건의 기본 서사와 연관성이 있는 사건으로서 중핵[187]에 속한다. 이 작품의 중핵 서사는 조씨 가문 3대의 가부장

186) 염상섭, 『삼대』, 서울: 빛샘출판사, 2000:127.

187) 이 용어는 채트먼이 쓴 것으로 프랑스 구조주의자들이 쓴 nouyau/catalyse를 영어식으로 쓴 것이다. 모든 서사는 그 서사적 중요성의 위계에 따라 중핵과 위성으로 나뉜다. 중핵이란 사건들에 의해 취해진 방향에서 요점들을 야기시키는 서사적인 순간으로 중핵이 생략되면 서사적 논리는 파

적 제도와 조, 부, 손의 모순으로서, 상술한 예문은 부친 조상훈과 관련된 타락상과 연관된 회상 부분이다. 다음에 조부 조의관과 연관된 회상 부분을 살펴보기로 한다.

> 안방식구는 내다보지도 않는다. 안방식구란 덕기의 서조모 식구다. 말하자면 서시어머니가 안방에 있을 터이나 덕기의 모친은 건너가 보려고도 아니하고, 또 나이 어린 서시어머니는 조를 차려서 들어와 보려니 하고 버티고 앉았는지 내다보지도 않는다.
>
> 서시어머니가 안방 차지를 한 지가 오 년—따라서 덕기의 부모가 따라나간 지도 오 년이다. 자기보다도 다섯 살이나 아래인 서시어머니하고 한 솥의 밥을 먹기 싫었다. 싫기는 피차일반이다. 부자간에도 역시 그러하였다. 노 영감은 손주는 귀애하여도 아들은 못마땅하였다. 게다가 귀한 젊은 첩을 들여앉히자니 아들 식구는 밀어내었던 것이다. 또 피차에 난편도 하였던 것이다. 칠십 당년에 첩의 몸에서 고명딸 겸 막내딸을 낳았다. 지금 네 살, 이름은 귀순이다.
>
> 덕기의 부모가 따로 날 때 중학교에 다니던 덕기도 물론 부모를 따라나갔었다. 그러나 중학교 사 년 때에 장가를 들자 반년쯤 부모 앞에서 지내다가 이 할아버지의 집으로 옮아왔다. 어머니는 내놓으려고 아니하였다. 색시의 친정에서도 젊은 서시조모 밑에 두기를 싫어했다. 그러나 조부의 엄명을 거역하는 수는 없었다. 조부의 엄명은 서조모의 엄명이나. 서조모가 만만한 어린 내외를 데려다 두고 휘두르며 부려 먹기에도 알맞고 또 한 가

괴되는 것이다. 이와는 반대로 위성은 부차적인 플롯 사건으로 플롯의 논리를 파괴하지 않고서도 생략될 수 있다. 위성의 기능은 부족한 내용을 채워 넣거나, 중핵을 보다 정교화하기 위해 설정된다.(시모어 채트먼, 『영화와 소설의 서사구조: 이야기와 담화』, 김경수 역, 서울: 민음사, 1990:62-63.)

지는 나 먹은 며느리—눈 안 맞는 며느리를 고독하게 만들자는 것이었다.

……(생략)……

혼인한 이듬해에도 건넌방에서도 아이 우는 소리가 나게 되었다. 첫아들이었다. 집안에 경사 났다고 떠들었다. 그러나 입으로만이었다. 서조모는 소견이 좁고 보고 배운 것이 없었다. 공연히 건넌방 아이 —증손자를 시기하는 것이었다. 네 살짜리의 할머니와 세 살 먹은 손주가 자랄수록 손이 맞아서 일을 일리고 어른 싸움이 벌어지게 하는 것이다. 증조부가 간혹 건넌방 아이를 좀 안아주면 안방마마의 눈 귀가 가로 째지는 것이었다.188)

이 대목 역시 역전 부분으로서 사건의 중핵 부분이라 할 수 있다. 회상 부분이 5년 전에 시작하여 작품이 시작된 현재에도 계속 이어져 내려오기 때문에 역시 혼합적 역전에 속한다. 이 부분에서는 조의관이 서조모를 첩으로 안방에 들여앉힌 후 서조모와 조상훈 내외, 덕기 내외와의 모순을 상세히 그리고 있다. 서조모, 즉 수원집은 조의관이 돈 이만 냥으로 사들인 첩이다. 조의관이 70세에 가까운 연세에 수원집을 받아들인 목적은 아들을 얻기 위한 데 있다. 조의관은 아들 조상훈이 조상의 제사를 제대로 지내지 않는 것에 불만을 품고 제사를 지낼 후대를 바랐던 것이다. 하지만 그의 이러한 행위는 수원집과 상훈이 처와의 모순을 더욱 야기시켰으며, 상훈이의 처 역시 수원집을 '첩'이라고 생각하기 때문에 안주인 같은 대접을 전혀 해주지 않는다.

이 부분 역시 서술자가 전지적 시점으로 여러 인물의 내면을 신처럼 마음대로 들여다보며 장황하게 설명한다. 이 혼합적 역전 부분은 앞으로 서조모가 재산을 쟁탈하기 위해 조의관을 독살하기

188) 염상섭, 『삼대』, 서울: 빛샘출판사, 2000:41-43.

에 이르는 원인 제공을 해주는 데 중요한 역할을 한다. 다만 이러한 역전 부분이 너무 길게 설명되어 있고 또한 역전이 너무 빈번하게 등장한다는 것이 문제이다. 상술한 두 역전은 중핵 사건과 밀접한 연관을 갖는 서사인 데 반해, 다음 역전은 위성 사건임에도 불구하고 아주 장황하게 설명되어 있다.

> 실상은 경애가 먼저 앞장을 서서 찬성하고 서둔 일이나, 벗고 나설 용기가 나지는 않는다. 발론의 시초는 조그만 화장품이나 잡화상—그렇지 않으면 털실이니 레이스니 하는 것을 주로 삼고 어떤 여학교 하나를 끼고서 학용품상점을 벌여볼까 한 것이었다.
>
> ……(생략)……
>
> 이 상점은 사백 원에 샀다. 바커스의 주부가 새에 든 것이다.
>
> ……(생략)……
>
> 병화의 사백 원은 물론 피혁이가 주고 간 속에서 나온 것이나, 경애의 명의로 치렀고 이 상점의 명의도 경애로 되어 있다. 피혁이가 그 돈을 줄 때 반찬장사를 하라고 한 것이 아니면야, 병화도 그 돈을 헐어서 첫 번에 쓴다는 게, 하고 많은 장사 중에 하필 반찬 가게를 벌였으니, 양심이 있는 놈 같으면 낯이 뜨뜻하였을 것이다. 피혁이는 보도 듣고 못하던 김병화더러 애인과 같이 반찬 가게나 벌이고 생활안정이나 하여서 살이나 피둥피둥 찌라고 수륙만리의 머나먼 길을 갖은 고초를 다 겪고 다녀간 것은 아니였다.
>
> ……(생략)……
>
> 어쨌든 필순이 집은 이리 옮겨왔다. 필순이를 공장에 들여앉히기 위해 이 장사를 하는 것만도 아니요, 필순이 집에서 없는 살림에 공밥을 이삼 년 먹고 신세를 진 값으로 이 집 세 식구에서 살 도리를 차려 주느라고 급히 벌인 장사도 아니다. 그러나 필순이 집 세 식구는 다시 살아난 것 같았다. 또 필순이는 가게를 보게 하고 부모는 안에서 살림을 하며 뒷배

> 나 보아달라 하기에 십상 알맞았다. 경애는 처음에는 필순이네는 식구가 많다고 반대하였으나, 남의 사람보다는 나은 점이 쓸모라고 찬성하고 말았다.[189]

이 부분은 위성 사건, 즉 사회주의자들의 활동에 관련된 내용이다. 병화가 피혁에게서 받은 돈은 사회주의 조직을 강화하기 위함이었으나 병화는 그 돈으로 유학을 갈까 하다가 필순의 가족과 함께 반찬 가게를 차린다. 병화는 자신의 신분을 위장하고 사회운동을 하는 많은 사람들을 뒤에서 돕는 방식을 선택한 것이다.[190] 이 역전 부분은 회상의 내용이 되는, 반찬 가게를 꾸리게 된 과정이 소설의 시작 시점보다 후에 일어난 경우이기 때문에 '내적 역전'에 속한다. 하지만 이 부분은 기본 서사가 아닌데다가 내적 역전에 속하기 때문에 너무 길게 서술하면 독자들이 작품에 집중하는 데 방해를 줄 수 있다.

『무화과』(상, 하)에는 『삼대』의 주요 인물인 조의관, 조상훈, 조덕기, 김병화, 홍경애, 필순 등이 각각 이의관, 이정모, 이원영, 이문경, 김동국, 조정애로 이름만 바뀌어 등장한다. 여기에 김홍근, 이탁, 한인호, 채련(김보희, 김영숙), 박종엽, 김봉익, 완식 등의 새로운 인물이 가세하면서, 당대를 살아가는 인간들의 존재 방식과 역사적 과정이 폭넓게 아로새겨진다. 『무화과』의 기본적인 서사 역시 그 시간의 흐름에 따라 살펴보면, 담론시간이 1-2년 정도 되는 데 반해 서술시간이 훨씬 더 길다. 아래 사건 단락에서 볼

189) 염상섭, 『삼대』, 서울: 빛샘출판사, 2000:481-484.
190) 염상섭, 『삼대』, 서울: 빛샘출판사, 2000:574.

수 있는 바와 같이 이 작품은 『삼대』에 비해 역전 현상이 상대적으로 드물게 일어남을 알 수 있다.

1. 삼익사-문제 많은 삼익사다. 이원영의 이름이 널리 알려진 것은 신문사에 관계하기 때문이라느니 보다도, 이 삼익사사건 때문이었다고 하는 게 옳을 것이다. 거기다가 또 김동국이 사건이라는 것이 엎친 데 덮쳐서, 한참 동안은 이원영이란 이름이, 신문에 오르내렸던 것이다. 김동국 사건이라는 것은 세상에서 부르기를 제×차 ○○당 사건이라 하는 것이니, 올봄에 김이 사 년 징역의 만기가 되어 나온 것으로 끝이 났거니와, 삼익사사건이라는 것은 원영이의 부자를 중심하고 생긴 것이니 만치, 또는 원영이의 부친 이정모가 생존하여 있느니 만치, 가정풍파나 부자간 반목이 그전보다는 퍽 꺼졌다 해도 아직까지 뭉싯뭉싯 속으로 타고 있는 것이다. 가정풍파는 조부가 재산을 아들 정모에게 상속하지 않고 외(独)손자인 원영이에게 물려준 데에 원인된 것이지마는, 직접 원인은 삼익사를 누구에게 준다는 유언이 없이 죽은 데서 시작된 것이었다. 조부는 유산 처분을 명의까지 환서해서 두었으나, 이 삼익사만은 운명할 때까지 그리 속히 죽으리라고는 믿지 않았던지, 명의도 그대로 두었거니와 유언 한마디도 아니하였던 것이다. 아들 하나 손자 하나이니, 그것은 누구를 주겠소 하는 발을 뻗는 사람을 붙들고, 종주먹도 대지는 않았던 것이다.

어쨌든 유산을 아들에게 빼앗긴 정모가 가만히 있을 수 없고 정모를 에워싸고 충동이는 축들이 걸 몸이 달이서 날뛰노라니, 세상을 짝자그르하게 만들던 삼익사사건이 생겼던 것이다. 삼익사사건이라는 것은 그와 동시에 일어났던 제×차 ○○당 사건보다 더 복잡하고 더 흥미가 있었던 것이다. 각 신문은 ○○당 사건을 자유로 쓰지 못하는 대신에 이 사건에 전력을 들여서 써댔었다. 191)

191) 염상섭, 『무화과』(상), 서울: 동아출판사, 1995:57-58.

2. 육군참장 김우진이와 원영이 조부 이의관과는 동향이요 죽마고우였다. 정미년 군대해산이 있을 때 오십을 바라보는 김우진이건만 그의 기개와 지조를 염려한 당국은 시종무관의 한자리를 주어 바둑과 풍월로 소리없이 여생을 마치게 하려 하였으나 민충정의 직계이었던 그는 어디로 보든지 그대로 주저앉을 수 없어서 칭병 고사하고 향리로 내려갔다. 이해에 보희는 돌도 못 되었다. 그러기에 보희는 병오생이다.

이의관은 이때까지도 시골살이였다. 그러므로 서울 출입을 하면 으레 김정령 집에 묵었다. 참장은 해산통에 승차한 것이요, 그전 몇 해는 시위대 정령이었다. 정미년 정월에 이의관이 올라와서 묵는 동안에, 보희의 백일이 돌아왔다. 안에서 잔치들을 한 끝에 주인 영감이 저녁때 말에서 나와서 수삼 친구가 술을 먹다가 애기를 내오라 하여 친구들을 보였다. "허, 내 손주며느릿감이구려."……(생략)……

이의관은 뱃속에서 꼬물거리는 손주새끼와 강보에 싸인 이 어린아이가 이십오 년 후에 이러한 운명 아래 만날 것을 돈표나 써서 받듯이 단단히 약속하려 하였었다. 교분도 좋으려니와 장래의 대감 친구를 사돈으로까지 굳혀 두면, 명예요, 길도 좋아질 것을 생각하였던 모양이다.

……(생략)……

이의관은 김참장이 더욱 좋은 자리를 마다하고 내려온 것을 몹시 애석히 생각하였다. 시골구석에서 썩지 말고 다시 서울로 올라가라고 무수히 역권도 하여 보았다. 그러나 김참장은 웃기만 하였다.

……(생략)……

그 이듬해 가을이었다. 서울에는 커다란 정변이 일어났다. 군대가 해산하는 해 봄에 난 원영이는 네 살이 되었다. 하루는 김참장이 이의관에게 부리나케 오더니 불문곡직하고 돈 천 원만 취하라 하였다. ……(생략)……이의관은 집은 남았더냐고 신기히 생각하는 듯이 선뜻 대답을 하고, 그 이튿날로 천 원 돈을 만들어서 보냈다. ……(생략)……이듬해 여름에 김참장에게서 사람이 왔다. 가족을 데리러 온 것이었다. 김참장의 집 식구는 마주로 가버렸다. ……(생략)……보희는 북만주에서 부친이 세운 학교에서 보통학교 정도는 배웠었다. 그보다는 일어를 안 배운 대신에 청어를 배웠다. ……(생략)……노령에 있던 동포가 고국방문을 온 것은, 보희가 열일곱 살 때였다. ……(생략)……스물한 살에 서울에 다시 나타날 때는, 댄스를 댓가지 선물로 더 배워 가지고 왔을 뿐이었다. 조선을 떠날 때에 선처녀가 아니었던 보희는, 한층 더 점잖아 가지고 돌아왔다.……(생략)……192)

예문 1은 소위 '삼익사'사건에 관련된 회상 부분이다. 이 부분은 소설이 시작되기 전의 과거 일이기 때문에 혼합적 역전에 속한다. 이 부분에서 '김동국이 사건'을 간단히 언급한 동시에 주요하게 이원영의 유산상속과 관련된 내용을 언급하였다. 이 작품도『삼대』와 마찬가지로 조부가 세상을 떠나면서 재산이 제2세대인 정모에게 상속되지 않고 손자인 원영에게 상속되었다. 그뿐만 아니라 삼익사를 누구에게 물려줄지 유언을 쓰지 않아 부친 정모와 아들 원영이 사이에 모순이 생기게 된 것이다. 결국은 삼익사를 원영이가 이어받게 되었고 이 사건으로 하여 세상은 떠들썩하게 되었으며, 각 신문사에서 이 사건을 너도나도 보도하기까지 이르렀다. 다만 이 부분은 비록 역전이긴 하지만 너무 길게 서술되지는 않았다.

예문 2는 예문 1에 비해 상당히 길게 인용된 부분으로서, 원영이의 첩인 보희의 할아버지와 원영이의 할아버지 관계로부터 시작해서 보희와 원영이의 관계, 보희의 성장 과정 등을 비교적 상세히 서술하고 있다. 이 부분 역시 전지적 서술자의 시각으로, 우선 육군 참장 김우진과 원영이의 조부 이의관의 관계를 설명하였

192) 염상섭,『무화과』(상), 서울: 동아출판사, 1995:142-149.

다. 두 사람은 동향이며 매우 가까운 사이였으며, 당국에서 김우진에게 시종무관의 자리를 주려 했지만 민충정의 직계였던 그는 그걸 마다하고 고향으로 돌아왔으며 그때 보희는 돌도 되지 않은 상태였다. 이의관은 그때까지도 시골에서 살았으며 서울에 올라오면 김우진의 집에 머물면서 자신의 손자와 그 집 손녀를 나중에 크면 결혼시키자고 농담 삼아 얘기가 오갔다. 그 후 김참장이 좋은 자리를 마다하고 시골에 돌아오니 경제 사정이 점점 안 좋아졌고 이의관은 드디어 사돈 얘기를 한 과거를 후회하고 말았다.

이어서 서술자는 이듬해 가을에 김참장이 경제 사정이 급격히 안 좋아져 자신의 집에 돈 천 원을 꾸러 온 과정을 장황히 설명하였다. 그 이듬해에 김참장 식구는 중국 동북으로 건너갔으며 그 후 보희가 북만주에서 학교를 다니는 과정을 상세히 서술하였으며, 보희가 17살 때 고국에 돌아와 지내온 세월 역시도 장황하게 설명하고 있다. 보희는 서울에서 여관 생활을 하면서 고생스럽게 지내고 있었으며, 반대로 원영이는 일본에서 유학 생활을 하고 있었으므로 두 남녀의 상황이 상반됨을 강조하고 있다. 이는 보희가 왜서 원영과 결혼하지 못하고 첩의 신분으로 원영이와의 관계를 유지할 수밖에 없는지를 미리 독자들에게 인지시키려는 작가의 의도라고 할 수 있다. 하지만 비교적 장황하게 설명했기 때문에 작품의 이완을 초래하는 결과를 가져오게 된다.

3.2.3. 시간의 지속—멈춤 양상

『삼대』의 담론시간을 '지속'의 측면으로 살펴보면, 이야기 시간의 길이는 앞에서 이미 언급했듯이 대체적으로 일 년 정도밖에 안 되지만 담론시간은 매우 길게 나타나고 있다. 이는 등장인물의 현재 행위에 역전 현상이 많이 일어났음을 알 수 있다. 이 작품에 과거의 회상 장면이 자주 등장하고 또 장황한 양상을 보인다는 것은 서술자가 서사 내의 모든 사건과 인물에 대한 설명을 하고자 하는 욕구에서 비롯된 것이라 볼 수 있다. 때문에 필자는 순서의 측면에서 볼 때, 이야기 현재를 중심으로 한 전진적 시간구조로 보는 것이 합당하다고 생각한다. 『삼대』는 전지적 서술자에 의해 서술이 진행되며, 따라서 작중 여러 인물들의 관점에서 서술되기 때문에 서술의 잉여성이 드러날 수밖에 없다.

위에서 살펴본 바와 같이 이야기 시간이 일 년 정도밖에 되지 않지만, 전체 소설의 편폭은 600페이지에 육박한다. 이런 견지에서 볼 때 이야기 현재의 시간이 상당히 지연되었다고 할 수 있다. 이는 이야기 시간과 담론시간의 불일치에서 비롯된 현상으로서, 빈번한 과거 회상이라든지 인물의 심리묘사가 너무 자세하게 설명되는 부분에서 서술상의 감속이 너무 지나쳐 담론시간이 점점 더 길어지는 것과 연관된다.

> 1. 덕기는 조부가 부친에게 대하여 육장줄로 친 듯이 꾸지람을 하는 것이 듣기 싫었다. 누구 편은 더 들고 누구 편은 덜 드는 것이 아니지만, 조부의 곁은 잔소리—그러나마 어려서부터 귀에 못이 박히도록 들은 예수교 논래에는 시비는 하여간에 이제는 머리가 띵하였다.[193]

193) 염상섭, 『삼대』, 서울: 빛샘출판사, 2000:47.

2. 상훈이의 생각으로 하면 부친이 이대로 나가다가는 어떠한 법률상 수단으로든지 자기는 쏙 배어놓고 한 대 걸러서 이 아들에게로 상속을 시킬지 모르겠고 또 게다가 수원집의 농락이 있으니까 아무래도 뒷일이 안심이 안 된다. ……(생략)…… 한편으로는 덕기를 자기 손에 쥐고 조종해 나가는 것이 제일 상책이라 생각한 것이요, 또 그러자면 아무리 부자간이라 하여도 지금까지와는 태도를 고치어서 비위를 맞추어 주고 살살 달래서 버스러져 나가지 않게 해야 하겠다고 생각하는 것이었다.[194)]

3. 그는 고사하고 대관절 공부를 시키면 어쩐다는 말인가? 별로 야심이 있는 것은 아니나 귀공자다운 센티멘털한 감정이 파뜩이는 대로 당장 보기에 가엾어서 그럴 수도 없지 않으나 어쨌든 병화는 그대로 내버려 두어서는 안 되겠다고 생각하였다. 이 두 남녀 간에 장래에 무슨 비극이 생길지도 모를 것 같아 겁이 났다.[195)]

4. 수원집은 영감 앞에서는 입의 혀같이 살랑거렸다. 이번 판에 공을 들여놓아야 백 석이 이백 석 될 것이 아닌가? 그것도 그렇지마는 이번에는 손주며느리도 먹어 내야 할 필요가 있었다. 아들 내외와 그만큼 버스러졌으니까 죽을 때에도 손자 내외에게 많이 몫을 지어 줄지 모를 일이니 손자 식구마저 떼어놓으면 한 뙈기라도 그리 붙일 것을 이리로 더 붙이게 될 것은 인정의 어쩌는 수 없는 약점이겠기에 말이다.[196)]

5. 영감이 덕기를 어서 불러다 보려는 것은 귀여운 생각에 애정으로도 그렇지마는, 한 가지 중대한 것은 재산처리를 손자를 앞에 앉히고 하려는

194) 염상섭, 『삼대』, 서울: 빛샘출판사, 2000:163-164.
195) 염상섭, 『삼대』, 서울: 빛샘출판사, 2000:233.
196) 염상섭, 『삼대』, 서울: 빛샘출판사, 2000:365.

> 생각이기 때문이었다. 물론 아들을 쏙 빼놓고 하려는 것은 아니나, 어쨌든 손자까지 앞에 앉히고서 유언을 하자는 생각이다.197)

상술한 내용들은 덕기, 상훈, 병화, 수원집, 조의관 등 인물들의 서로 다른 상황에서의 심리묘사이다. 예문 1은 조의관이 조상의 제사 문제 때문에 아들 상훈이와 갈등을 겪으면서 마구 욕을 해대는 부분에 대한 손자의 심리묘사이다. 예문 2는 상훈이가 부친이 재산 상속을 자신의 아들 덕기에게 할 것이라는 생각에 돈을 위해서는 아들을 잘 '조종'해야겠다는 심리묘사 부분이다. 예문 3은 친구인 덕기로부터 필순이를 공부시키기를 권유받는 병화가 필순이를 걱정하는 심리묘사 부분이다. 예문 4는 수원집이 영감이 사랑에서 넘어져서 병석에 누웠을 때, 영감이 죽으면 재산을 하나라도 더 챙기기 위해 머리를 굴리는 부분이다. 예문 5는 조의관이 병석에 누워서 일본에 간 손자 덕기한테 재산을 상속하기 위해 애타게 기다리는 심리를 그린 부분이다. 물론 소설에서 심리묘사가 없어서는 안 될 중요한 부분이긴 하지만 무제한적 권위 서술자가 너무 빈번히 여러 인물의 마음속에 들어감으로써 모든 인물들의 심리를 독자들에게 드러내 보이니, 감속이 자주 일어나게 된다.

『무화과』 역시도 『삼대』와 마찬가지로 현재에 대한 서술이 비교적 상세히 되어 있다. 사건에 대한 서술에서 대화, 환경묘사, 사건 전개 등 여러 가지 부분에서 이완의 효과를 초래한다.

---

197) 염상섭, 『삼대』, 서울: 빛샘출판사, 2000:412.

1. 원영이는 신문사 밖으로 나오면서, 오늘 지낸 일을 생각해 보았다.— 아침에는 매부와 충돌하였다. 누이와 모친에게는 듣기 싫은 소리를 하고 나왔다. 신문사에 와서는, 뭇사람하고 솜에 싼 송곳 끝 같은 감정으로 서로 대하였다. 왜 그러지 않을 수 없었던가? 모두 달라는 타령이요, 안 주겠다고 바당기기 때문이다. 달라고 위협을 한다. 안 주면 눈으로 총을 쏘는 것이요, 어째서 주어야 하는 것인가? 주어야 할 것이면야, 조부는 다시 줄 것을 왜 모아 놓았던고? 조부의 일생은 모으기에 허비하였으나, 자기의 일생은 쓰기에 허비하려는 것인가? 웬 까닭일꼬? 인생이란 모으고 쓰고 하는 두 가지 일밖에 다른 도리가 없나? 다른 인생이 없는 것인가? 그러나 모으지도 않고, 쓸 아무것도 없어지면, 굶는 것도 설운데 천대까지 받는다.[198]

2. 문경이는 골목을 들어서니 그래도 반갑지 않을 수 없다. 모퉁이 담뱃가게도 그대로 있거니와, 이 집처럼 눈 익은 문패도 그대로 붙어 있다. 골목 안은 여전히 조용하였다. 아래윗집과는 여편네끼리 안면 있게 지냈던 터이라 혹시 눈에 띄면 인사를 해야 하겠다고 일본 여자와 인사하기란 절차가 거북하니만치 이런 생각까지 하며 들어갔다. 그러나 문 앞에 딱 당도해 보니 문경이는 고만 맥이 풀려 버렸다. 문이 첩첩이 잠겼다. 위층을 쳐다보아도 창문 한 짝 안 열렸다.……(생략)……

문경이는 인제는 노파에게까지 창피해 못 견딜 지경이다. 잠자코 자기 방으로 들어가서 책상 앞을 무심코 보니 편지 한 장이 놓여 있다. '이문경씨에'라고 쓴 것이 남편의 필적이다. '나는 사직했소. 내일모레 사이로 동경을 떠날 터이니, 당신 짐은 수습해 가지고 내일 안으로 떠나 주시오. 다른 말은 할 필요도 없고 따라서 만날 필요도 없지 않소. 지금 나는 오해도 없고 정해도 없소.'……(생략)……인간에게는 이런 일도 있기에 원수를 외나무다리에서 만난다는 말도 있겠지만, 너무나 참담한 일이다. 저편의 쥐

---

198) 염상섭, 『무화과』(상), 서울: 동아출판사, 1995:96.

> 구멍을 찾는 꼴을 보니, 도리어 이편에서 가엾은 생각이 나서, 문경이는 가까이 가지도 못하고 물계만 바라보고 섰으려니까 영자가 하는 수 없이 인호를 떨어져 간다. 문경이는 남편의 그 얼굴을 좀 자세히 보았으면 하는 승리의 쾌감을 느끼면서 가만히 버티고 섰다.[199]

예문 1은 원영이가 신문사를 나오면서 하루의 골치 아픈 일에 대해 생각하는 부분이다. 신문사에서나 집에서나 돈을 달라는 사람들로 가득하다. 거기에 대한 그의 괴로운 심리를 드러내 보인다. 이 작품은 한마디로 '돈'을 둘러싼 여러 인물들의 각축장이다. 등장인물들의 돈에 대한 집착은 집요하다 못해 처절하다. 동생 문경이의 시집의 돈타령, 악인형 인물인 김홍근, 아편값을 구하기 위해 금고의 돈을 강탈하는 부친 이정모, 김홍근의 충동에 휩쓸리며 여성들의 치맛자락에서 헤어 나오지 못하는 친일파 이탁, 세상물정에 어두운 이원영의 돈을 빨아내어 술타령에 빠져 있는 신문사의 간부들 등 인물들은 대부분이 '돈' 앞에 자신의 영혼을 팔며 살아가는 인물로 그려져 있다. 돈이 이들에겐 삶의 수난이 아니라 합목적이다. '돈'은 신의 자리를 꿰차고 이들 위에 군림해 있으며, 이들은 황금의 휘황찬란한 빛에 부나비처럼 날아드는 존재들이다. 이처럼 이 작품은 모든 가치가 교환가치로 환원되는 이 타락한 시대를 살아가는 일그러진 삶 스릴을 느낄 정도로 사실적으로 그려 내고 있다.[200]

예문 2는 문경이와 인호가 돈 때문에 모순이 격화되어 문경이

---

199) 염상섭, 『무화과』(하), 서울: 동아출판사, 1995:595-635.
200) 염상섭, 『무화과』(하), 서울: 동아출판사, 1995:858.

가 남편을 만나러 동경에 도착한 후 남편과의 사이에 벌어진 사건들로서, 상당히 길게 서술되어 있다. 우선 문경이가 동경역에 도착한 후, 역에서부터 집으로 가는 부분을 상세히 설명한다. 그녀의 심리와 집까지 가는 과정, 그리고 골목의 환경에 대해 서술한다. 그녀가 동경에서 세를 맡은 집은 골목에 위치해 있다. 골목 안은 '여전히 조용'하기만 하고 집에 도착하니 자물쇠가 잠겨 있다. 그다음 남편의 행방을 물어보는 장면을 상세히 서술하고 있다. 오갈 데 없는 문경은 처량한 자신의 신세를 한탄한다.

우여곡절을 거쳐 겨우 집에 돌아왔더니 책상 위에 남편의 편지가 덩그러니 놓여 있다. 남편이 사직하고 동경을 떠난다는 편지 내용에 그녀의 분하고 치가 떨리는 심리가 상세히 서술되어 있다. 이어 인호가 고물상과 전당포에 집안의 물건을 판 부분을 언급하고 또다시 그녀의 괴로운 심리를 드러내 보인다. 이어 조선으로 돌아가는 배 위에서 남편 인호가 영자와 대면한 상황을 언급하였다. 인호가 영자에게 돈을 준 과정, 남편과의 싸움, 인호가 동경에 있을 때 요릿집에서 외상으로 소비한 상황 등을 길게 서술하고 있다. 이 부분은 작품에서 비교적 중요한 비중을 차지하는 부분이긴 하지만 지나치게 장황한 사건 전개라고 할 수 있다. 이 작품은 전반적으로 봤을 때 900페이지에 육박하기 때문에 현재 서술에 있어서도 멈춤의 현상이 상당히 많이 나타남을 알 수 있다.

3.2.4. 서사 빈도 — 반복 양상

『삼대』의 이완 효과 부분은 지속의 측면뿐만 아니라 빈도 측면에서도 나타나는데, 특히 조상훈의 과거, 조상훈과 홍경애의 남녀 관계, 병화가 집을 가출한 과정 등 내용들에서도 반복적인 서술 방식이 나타나고 있다. 이 작품은 봉건적 가부장 제도하의 가족사와 사회주의자들에 대한 이야기를 줄거리로 하기 때문에 조씨 가족 구성원과 사회주의자들에 대한 소개, 서술은 독자들이 작품을 이해하는 데 있어서 보충 설명해 주는 긍정적 역할을 한다.

1. 이삼십 년 전 시대의 신청년이 봉건사회를 뒷발길로 차버리고 나서려고 허우적거릴 때에 누구나 그리하였던 것과 같이, 그도 젊은 지사로 나섰던 것이요, 또 그러노라면 정치적으로는 길이 막힌 그들이 모여드는 교단 아래 밀려가서 무릎을 꿇었던 것이 오늘날의 종교생활에 첫 발길이었던 것이다. 그것도 만일 그가 요새 말로 자기청산을 하고 어떤 시기에 거기에서 발을 빼냈더라면 그가 사상적으로도 더 새로운 시대에 나오게 되었을 것이요, 실생활에 있어서도 자기의 성격대로 순조로운 길을 나아가는 동시에 그러한 위선적 이중생활이나 이중성격 속에서 헤매이지는 않았을 것이다.[201]

2. 이태 동안이나 미국 다녀온 사람, 그리고 도도한 웅변으로 설교하는 깨끗한 신사—그때는 덕기의 부친도 사십이 아직 차지 못한 한창때의 장년이요 호남자였다. 게다가 뒤에는 재산이 있으니 교회 안의 인기는 이 한 사람의 독차지였다. 이십 전후의 젊은 여자의 추앙이 일신에 모인 것도 사실이었을 것이다.[202]

201) 염상섭, 『삼대』, 서울: 빛샘출판사, 2000:58-59.
202) 염상섭, 『삼대』, 서울: 빛샘출판사, 2000:99.

3. 병화의 아버지가 현재 장로요, 덕기의 아버지도 목사 장로는 아니나 교회사업을 하고 있는 터이다. 물론 경애가 병화나 덕기의 부친을 알리 없으니 빗대놓고 한 말은 아니라고 생각하였지만은, 병화는 현재 자기가 장로인 부친과 사상 충돌로 집을 뛰쳐나와서 떠돌아다니는 신세이니만큼 평범한 그 말이 몹시 가슴에 찔리었다.203)

4. 중학교 시대에는 병화 부친이 황해도 지방에 목사로 내려가 있었기 때문에 그 부모를 별로 만나본 적이 없었으나 그래도 졸업 임시에는 한두 번 학교로 찾아온 것을 보았었다. ……(생략)…… 경성제국대학의 법문과에 지원을 하였다가 실패한 병화가 일 년을 부모가 있는 해주로 내려가서 다음 해의 입학시험 준비를 하여 가지고 일 년을 뒤떨어져서 동경 가는 길에 경도에 들렀을 때 병화는 덕기더러 이런 소리를 하였다.

"아버시께서는 동지사(경도에 있는 대학이다) 신학부에 들어가거나 거기서도 안 되거든 동경으로 가서라도 신학을 공부하라고 하시기에 '네-그러겠습니다'하고 떠나오긴 했지만, 난 죽어도 목사 노릇은 아니 할 텔세. 목사는커녕 사실 내 짐 속에는 바이블(성격책)도 없네."

집에 돌아와서는 두 달도 못 되어서 부친과 충돌이 생겼다. 밥상 받고 기도 아니 하는 데서부터 충돌이 생겼던 것이다. 아비 말 안 듣고 신앙도 빠뜨리고 다니는 자식은 어서 뒈져버리든지 하라고 야단을 친 것이었다. "죽기는 싫으니까 나는 나갑니다." 하고 덮어놓고 나왔던 것이다.204)

5. 주인이란 사람은 지금은 표면에 나선 운동자는 아니나 병화들의 선배 격이요 한때는 칠팔 년 전에 제1기생 격으로 감옥에도 다녀나온 사람이다. 나이 사십이 훨씬 넘었으니 인제는 한풀 빠졌다고도 보겠으나, 그렇다고 아주 무기력한 사람도 아니다. 다만 어린 처자와 생활에 너무 쪼들리고

203) 염상섭, 『삼대』, 서울: 빛샘출판사, 2000:38.
204) 염상섭, 『삼대』, 서울: 빛샘출판사, 2000:70-73.

또 지금 형편에 직업을 붙든다는 수도 없으니, 이렇게 들어앉아서 썩으면서 딸이 벌어오는 것을 얻어먹는 판이다. 그러니만치 딸자식만은 자기의 밟은 길을 밟히지 않고 그대로 평범히 길러서 시집가기 전까지는 아들 겸 앞에 두고 벌어먹다가 몇 해 후에 시집이나 잘 보내자는 작정이다.205)

6. 덕기가 부탁을 해서 오라고 하였더니 기쁘기도 하고 뿌리치고 나설 수도 없다. 그러나 무슨 이야기인지 좀체 말을 꺼내지도 않는다. "아버지께서는 전에 장사하셨나요?" "아뇨, 학교 교사 다니셨어요."

"헤, 그 왜 그만두셨나요?" "만세 때 그만두신 뒤로는 내리 노시죠."

……(생략)……

"어렸을 때 일이니까 어렴풋하지마는, 우리 어머니께서두 그때는 우리 아버님같이 단단하셨죠." 하고 필순이는 열렬이란 말이 아니 나와서 단단하였다고 한 것이 우스웠던지 생긋 웃는다. 덕기도 거기에 끌려 웃었다. "어쨌든 우리 집은 그때부터 거덜이 났죠. 어머니께서는 그때 영성문학교에 다니셨지마는, 생각하면 어머니께서도 고생 많이 하셨어요." 필순이는 영성문 앞지에서부터 산해진에 이르기까지 근 십 년간 고초가 한꺼번에 머리에 떠오르는지 그 가냘픈 얼굴을 바르르 떠는 듯싶다. 덕기는 이 소녀의 혈관에도 혁명가의 피가 흐르는가 싶어서 무심코 눈을 내리깔았다. "그러시겠죠." 남편은 감옥살이나 하고 아내는 학교에서 떨려나고 하면 집 팔아먹고 자식까지 공장에 내세워 벌어먹는 수밖에 없었을 것이다.206)

상술한 예문들에서 조상훈, 병화가 가정을 탈출한 원인, 필순이의 가정 내력 등 내용들에 대해 두 차례 반복적으로 서술하는 부분이다. 이러한 반복적인 서술은 조상훈이 타락하게 된 원인을 해석하고 병화가 가정을 탈출하여 사회주의자로 전변하게 된 동기

205) 염상섭, 『삼대』, 서울: 빛샘출판사, 2000:248.
206) 염상섭, 『삼대』, 서울: 빛샘출판사, 2000:585-586.

및 필순이 학교를 그만두고 돈벌이를 해야만 하는 상황을 독자들에게 잘 전달하는 긍정적인 역할을 한다. 이 작품이 삼인칭 전지적 시점인 것만큼 덕기의 초점, 경애의 초점, 병화의 초점, 서술자의 직접적인 서술 등 다변화의 초점으로 최대한 객관적인 입장에서 각 인물들을 부각하였다. 물론 객관적 입장에서 담론을 한다 하더라도 그 담론 속에 서술자의 의도가 어느 정도 표출되는 것은 어쩔 수 없는 현실이다. 하지만 이 인물들에 대한 소개를 반복적으로, 장황하게 서술함으로써 오히려 내포 독자의 허구적 이야기에 대한 집중도를 떨어뜨리는 결과를 초래한다. 때문에 반복과 요약의 서술 기법을 어떻게 적당히 결부시킬 것인가 하는 부분도 분명히 고민스러운 문제가 아닐 수 없다. 『무화과』도 마찬가지로 반복적인 서술이 등장한다.

1. ……내 이 조그만 힘으로 사람 하나를 구한다는 것부터 나의 이십 평생에 처음 되는 일이니, 유쾌치 않은가! 그는 여성이다. 성욕과 허욕에 타락한 여자라도 내 힘으로 구원할 수 있다면 얼마나 좋을지 모르는데, 하물며……207)

2. ……집안이 별안간 환해진 것 같다. 아침에 방 걸레질을 해주는 것이 고맙고도 기뻤다. 젊은 여성이 빗자루와 걸레를 들고 집 안을 치운다는 것은 우리 집에는 없던 일이기 때문이다. 낮에 공장에서 일을 하면서도 집 생각이 나서 혼자 웃고 말았다. 어린애가 집에 반가운 손님이 오면 좋은 것 같은 그런 감정을 오래간만에 맛본 것이다. 집에 돌아오는 걸음이 저절로

207) 염상섭, 『무화과』(하), 서울: 동아출판사, 1995:739.

빨라지는 것을 문득 생각하고도 또 혼자 웃어 보았다.[208]

3. ……오늘 아침에 그이가 밥을 짓는 것을 보고 나는 무심코 눈물이 스몄다. 속에는 무슨 배포 무슨 근심이 있는지 모르지만, 늘 반가운 웃는 낯으로 몸을 아끼지 않고 집안일을 거드는 양을 보면 그 마음이 측은도 하다. 남의 집에서 속을 늘어뜨리고 앉았을 수도 없어 그렇겠지만, 그런 생각이 드는 사람이 요새 신여성으로서 몇이나 될꼬![209]

4. ……오늘 하마터면 오른편 엄지손가락이 떨어져 달아날 뻔하였다. 그런 실수라고는 근래에 없었건만 무엇에 얼이 빠졌었던지 아슬하였다. ……그러나 또는 요새는 왜 왼편 가슴이 가다가다 뜨끔뜨끔하는지 그것도 걱정이다. 점심을 먹다가 그런 이야기가 나니까, 동무들은 늑막염이라고 동릿집 이야기나 하듯이 한마디로 해집어치우더라만, 늑막염이라니 우리 집을 몰살시키려나![210]

5. ……오늘도 가슴은 여전히 아프다. 오른편 옆구리가 이상한 것을 보면, 갈빗대 사이에 물이 흥건히 괸 듯싶다. 의사나 좀 보았으면 좋겠지만 틈도 없고 돈도 없고…… 사실 늑막염이라면 큰일이다. ……[211]

이 예문은 주의자 정애가 완식이의 집에 숨어 지내는 과정에서 정애에 대한 완식이의 마음이 일기를 통해 드러난 부분이나. 완식이의 일기 내용이 반복적으로 서술되고 있다. 정애는 완식이가 일

---

208) 염상섭, 『무화과』(하), 서울: 동아출판사, 1995:739.
209) 염상섭, 『무화과』(하), 서울: 동아출판사, 1995:740.
210) 염상섭, 『무화과』(하), 서울: 동아출판사, 1995:742.
211) 염상섭, 『무화과』(하), 서울: 동아출판사, 1995:746.

하러 간 후 우연히 완식이의 일기책을 넘겨보게 된다. 그 부분에는 완식이의 사상과 정애에 대한 그의 생각이 고스란히 담겨 있다. 젊은이인 완식이는 여성을 자신의 힘으로 구할 수 있다는 것에 대해 자부심을 느낀다. 또한 그녀의 부지런하고 여성스러운 모습에 이성으로서의 매력을 느끼며, 그녀 역시 완식이에 호감을 갖게 된다. 그런 완식이가 웬일인지 늑막염에 걸린 것 같다는 내용을 보고 정애는 큰일이라고 걱정한다. 완식이는 본인이 몸이 아픈데도 불구하고 오히려 정애가 체포될까 봐 걱정한다. 그는 정애를 인간으로서 그의 인격과 정신을 존경하며 자신이 감히 그녀를 이성으로서 범접할 수 없다고 생각한다. 그는 자신이 노동자로서 경제적으로 빈곤한 처지에 있기 때문에 더욱더 자신감이 결여된 모습을 보인다. 이처럼 '주의자'인 두 남녀는 이 작품에서 비교적 부차적인 인물임에도 불구하고 비교적 상세하게 반복적으로 서술하고 있다. 『무화과』는 『삼대』에 비해 일기의 형식이 더 많이 등장하면서 당연히 서술의 멈춤 현상이 비교적 명확히 드러난다.

3.2.5. 발화자 — 불협화음

발화자의 관점에서 보면, 『삼대』는 서술 상황이 비교적 복잡한바, 전지적 서술자의 제어하에 발화가 이루어진다. 하지만 전지적 서술자이긴 하나 전반부에서는 다양한 초점자가 등장하다가, 조의관의 사망에 따라 재산 상속권이 덕기에게 넘어가면서 후반부에서는 주로 덕기가 초점자로 되는 서술 상황의 변화를 가져온다. 이 작품은 내용상 조의관의 사망과 그로 인한 덕기의 상속 확정을 분수령으로, 전반부와 후반부로 나눈다. 사실상 조씨 일가의 일원들은 조의관의 재산 배분 때문에 서로 충돌하고 갈등을 겪었다고 볼 수 있다.

'제2충돌'에서 서조모와 덕기 모친의 충돌은 재산 배분에 예민해진 서조모가 조상훈과 덕기 모친을 헐뜯어 재산 분배에서 유리한 위치를 차지하기 위한 계산된 행동이었다. '제3충돌'인 조상훈과 덕기 부자간의 충돌에서도 조상훈이 상속자가 될 아들의 비위를 맞추려는 비굴한 모습이 그려진다. 가족 간에 발생한 갈등과 반목은 조의관의 재산 분배에 초점이 맞춰져 있었기 때문에 조의관이 사망하고 덕기에게 상속이 확정되는 일은 그간의 갈등이 일단락되었음을 의미한다. 이러한 가족 내부의 갈등이 일차적으로 정리됨과 동시에 덕기와 병화의 관계도 필순이의 교육문제를 놓고 서신 교환으로 벌인 토론을 통해 서로의 진정성과 공명점을 확인하게 됨으로써 두 사람 사이에는 주의자와 '심퍼사이저'의 연결고리가 형성된다.212)

여러 인물들 간의 갈등이 해소됨에 따라 서사기법도 상응한 변화를 가져온다. 전반부의 서사기법은 초점의 다양화, 즉 가변성의 특성을 지니고 있으며 전반부 일반에 관통되어 있다. 제1장 「두 친구」, 제2장 「홍경애」를 살펴보기로 한다.

1. 덕기는 안마루에서 내일 가지고 갈 새 금침을 아범을 시켜서 꾸리게

---

212) 장두영, 「염상섭 소설의 서사 시학과 현실 인식의 관련 양상 연구」, 서울대학교 박사학위논문, 2010:176.

하고 축대 위에 섰으려니까, 사랑에서 조부가 뒷짐을 지고 들어오며 덕기를 보고, “애, 누가 찾아왔나 보다. 그 누구냐? 대가리 꼴하고…… 친구를 잘 사귀어야 하는 거야. 친구라고 찾아온다는 것이 왜 모두 그 따위뿐이냐?” …… 덕기는 조부의 꾸지람이 다른 데로 옮아간 틈을 타서 사랑으로 빠져나왔다.

……(생략)……

2. 일 년에 한두 번 방학 때만 오래간만에 만나는 터이나, 이 두 청년은 입심 자랑이나 하듯이 주고받는 말끝마다 서로 비꼬는 수작밖에 없건마는 그래도 한 번도 정말 노해본 일은 없는 사이다. 중학에서 졸업할 때까지 첫째 둘째를 겯고틀던 한 가정사정에서 자라났기 때문에, 어린 우정일망정 어느덧 깊은 이해와 동정은 버리려야 버릴 수가 없는 것이었다.

……(생략)……

3. 주부의 눈에 비친 덕기는 해끄무레하고 예쁘장스러운 똑똑한 청년이었다. 이 여자에게는 조선인이라 경멸하는 마음은 그리 없으나 그 해끄무레하고 예쁘장스러운 데다가 학생복이나마 값진 것을 조촐하게 입은 양으로 보아서, 어느 부잣집 아기거니 하는 생각이 들어서 약간 얕잡아보는 마음이 들었다. 그러나 한편 손님(병화)이 그동안 두어 번 보았어도 허술한 위인은 아닌 모양인데, 그런 사람하고 추축이 되며는 저 청년(덕기)도 그런 부잣집 귀동아기로만 자라난 모던 보이 같지 않다는 생각도 들었다.

……(생략)……

4. 덕기는 담뱃불을 붙이는 동안에 경애의 얼굴을 잠깐 엿보았다. 그렇게 보아서 그런지 새빨간 두 눈에 성냥불이 어리어서 그런지 눈물이 글썽글썽한 것 같다. ‘그래도 우는구나!”고 덕기는 도리어 가엾은 생각이 났다. …… 그보다도 눈물을 머금은 것을 보니 그래도 아직 타락하지 않은 곳이 남아있는 것 같이 보이고 그렇게 생각할수록 측은하여 보이였다.

……(생략)……

5. 경애는 그 술잔을 들어서 입에 대려고는 아니하였다. 다만 부자의 피라도 빨아먹겠다는 한마디가 하고 싶어서 일부러 덕기의 술잔을 빼앗아온 것이었다. 그리고 이 말을 일부러 한 것은 내가 너를 몰라본 것이 아니라는 예기 지름을 하고 싶었던 까닭이었다. —이 술잔은 조상훈의 아들 조덕기의 술잔이거니 하는 생각을 잊어버리지는 않았기 때문이다. 상훈이는 누구요, 덕기는 누구이냐……? 어쨌든 한때는 내 남편이요 따라서 아무리 연상약한 어릴 때의 학교 동무라 하여도 아들이라는 이름이 지어있던 사람이다!

……(생략)……

6. 병화는 현재 자기가 장로인 부친과 사상충돌로 집을 뛰어나와서 떠돌아다니는 신세이니 만큼 평범한 그 말이 몹시 가슴에 찔리었다. 그러나 덕기는 경애의 말을 결코 무의미한 말로 듣지는 않았다. 무의미는 고사하고 자기더러 들어보라고 한 말임을 짐작하자, 뒤달아 또 무슨 소리가 나올지 몰라 이제는 정말 일어서 버려야 하겠다고 속이 달았다.213)

이 작품은 덕기가 일본으로 떠나기 전에 친구 병화가 그의 집에 찾아오는 것으로부터 시작된다. 예문 1은 덕기의 초점에서 조부의 초점으로 다시 덕기의 초점으로 돌아온다. 조부의 눈에 비친 병화는 아주 눈꼴사나운 존재로 비꼬임을 당한다. 예문 2에서는 서술자의 발화로 덕기와 병화의 관계에 대해 설명한다. 이 두 친구는 일 년에 한두 번 방학 때만 만나는 사이지만 깊은 이해와 동정을 하는 관계임을 발화자의 입으로 설명한다. 예문 3에서는 덕기의

---

213) 염상섭, 『삼대』, 서울: 빛샘출판사, 2000:18-40.

초점에서 바커스 주부의 초점으로 변하여 주부의 눈으로 덕기를 관찰한다. 덕기가 관찰자이던 데로부터 오히려 자신이 상대방의 관찰을 받게 된다. "주부의 눈에 비친 덕기는 해끄무레하고 예쁘장스러운 똑똑한 청년"이었으며, 병화와 '추축이 되'는 걸 보면 "부잣집 귀동아기로만 자라난 모던 보이 같지 않다"는 생각도 든 것이다.

예문 4에서 다시 덕기의 초점으로 돌아와 그가 다시 관찰자의 역할을 맡아 홍경애를 관찰한다. 홍경애의 눈물을 흘리는 모습을 보면서 덕기는 타락하지 않은 면을 발견할 수 있어서 측은하게 여긴다. 예문 5에서는 초점이 경애에게로 넘어왔음을 볼 수 있는바, 경애는 덕기가 조상훈의 아들임을 알고 일부러 심한 말을 하여 상훈이에 대한 원망과 분노를 드러낸다. 예문 6은 병화의 초점으로 옮겨왔다가 다시 주초점자인 덕기에게로 돌아간다. "여자가 술을 먹는다고 타락하였다면 술 먹는 남자는 모두 타락하고 술 안 먹는 목사님 같은 사람은 모두 천당 가신다는 말이지?"[214] 하는 경애의 질문에 병화는 자기가 장로인 부친과 사상 충돌로 집을 뛰쳐나와 떠돌이 생활을 하는 것만큼 가슴에 찔릴 수밖에 없었다. 덕기 역시도 경애의 말을 결코 무의미한 말로 듣지 않았고 자신한테 들려준 말임을 바로 짐작하게 된다.

이처럼 초점화는 한 인물에 국한되지 않고 여러 인물을 거쳐 초점의 가변성을 보여 주며, 발화자의 직접적인 설명도 첨가된다. 또한 작품 전반에 걸쳐 서술자의 발화는 '-모양이다', '-다 한다', '-모른다' 등의 표현을 빈번하게 사용하고 있는데, 초점 주체의 역할을 맡은 인물의 판단과 인식을 중시한 서술자가 자주 주, 객

214) 염상섭, 『삼대』, 서울: 빛샘출판사, 2000:38.

체적 위치를 옮기기 때문에 발생한 현상이다.[215] 이는 서술자가 특정 인물이 드러내는 가치나 신념을 일방적으로 편들지 않겠다는 의도이며, 성급한 결론보다는 일단 독자에게 충분히 보여 주고 난 후 독자들의 판단을 이끌어 내려는 의식적인 판단 유보[216]라고 볼 수도 있다.

하지만 다양한 초점자가 등장하는 가운데서 결국은 발화자가 숨어 있는 것 같지만 중개자 역할을 할 수밖에 없으며, 객관적으로 설명하는 것 같지만 결국은 발화자의 목소리가 드러날 수밖에 없는 상황이다. 이처럼 다양한 초점자가 등장함으로써 독자에게 충분히 보여 주는 의도로 이해할 수 있겠지만, 독자의 입장에서는 허구적 시간에서 누리던 즉시성과 현재성의 느낌은 그의 현재 감각의 순간에 대한 간접적 지시에 의해 부서져 버리고 만다.[217] 이는 작품 속의 허구적인 시간과 독자의 현재 시간은 동일시[218]되던 데로부터

215) 김종구, 「염상섭 '삼대'의 多聲性 연구」, 『한국언어문학』, 2006, 59(4):356.

216) 장두영, 「염상섭 소설의 서사 시학과 현실 인식의 관련 양상 연구」, 서울대학교 박사학위논문, 2010:164.

217) AA 멘딜로우, 『시간과 소설』, 최상규 역, 서울: 대방출판사, 1983:110.

218) 소설에 열중해 있는 독자는 진행 중인 사건에 참여하고 있는 사람이다. 그래서 단순히 극의 주인공에게 공감하는 것뿐만이 아니라, 자신과 그 주인공을 동일시하고, 상상 속에서 그 주인공이 되며, 보통 연극에서는 있을 수 없을 정도로 스스로 고통을 당하고 행위도 하는 것이다. 이것은 직접적으로 시각과 청각을 통하는 것이 아니라, 상징적이고 왜곡적이기까지 한 매체를 통하여 이차적으로 작품 속의 행동을 따라가는 것인데도 이것이 가능하다. 또 독자는 육체적으로는 현존하지 않는데도 불구하고, 더욱이 대화를 통한 진행이나 극적으로 제시된 진행과는 달리 대부분의 소설은 과거 제시와 삼인칭으로 서술되어 있다는 사실에도 불구하고 이것이 가능하다.(AA 멘딜로우, 『시간과 소설』, 최상규 역, 서울: 대방출판사, 1983:106.)

차츰 분리되면서 긴장도를 떨어뜨려 이완의 효과를 발생하게 된다.

다양한 초점자가 등장하여 독자의 현재 시간이 늦추어지는 상황을 연출하였을 뿐만 아니라 발화자의 목소리를 통하지 않고 작가가 직접 개입하는 예문도 극소수지만, 그래도 짚고 넘어가야 할 부분이다.

> 덕기는 가슴이 뻐근하면서도 후련한 것을 깨달으면서 그 발기를 자세자세 들여다보고 앉았다…… 필자는 여기에 조씨 집 재산이 어떻게 분배되었는가를 잠깐 공개할 필요가 있다. 귀순이(수원집 소생) 오십 석/ 수원집 이백 석/ 덕희(덕기 누이) 오십 석/덕희 모(며느리) 백 석/ 덕기 처 오십 석/ 상훈 삼백 석/ 덕기 천오백 석/ 창훈 현금 오백 원/ 지주사 현금 오백 원/ 최참봉 현금 삼백 원/ 이것을 물론 대략 쳐서 그렇다는 것이니, 그중에 수원집 한 사람 몫이 이백 석 같은 것은 상훈이의 삼백 석의 거의 삼 갑절 폭이나 될 것이요, 또 덕기의 천오백 석이라는 것도 나머지를 다 쓸어 맡긴 것이니, 실상은 이천 석까지는 못 가도 천칠팔백 석은 될 것이다.[219)]

위의 예문은 전지적 시점에서 작가가 발화자를 거치지 않고 직접 개입하여 실제 독자에게 말을 건네는 형식이다. 이러한 발화는 이 작품에서 '돈'에 대한 욕망에 의해 각 인물들 간의 갈등과 모순이 생기며 따라서 조의관의 유산분배문제가 아주 중요한 부분이기 때문에 독자의 주의력을 집중시키려는 의도가 드러난 부분이라 할 수 있다. 하지만 작가의 직접적 개입은 서술자를 통해 상황을 보여 주는 것보다 분명히 단점이 있는바, 독자는 허구적 현재

219) 염상섭, 『삼대』, 서울: 빛샘출판사, 2000:447-448.

에 몰입했다가 그 상황에서 빠져나오는 결과를 가져와 정보의 잉여성을 초래할 수 있다.

앞에서 서술한 바와 같이 조의관의 사망과 함께 덕기가 재산 상속을 하게 됨을 기준으로 하여 전반부와 후반부로 나뉜다. 따라서 서술상의 기법도 상응한 변화를 가져오는바 전반부는 덕기를 주 초점자로 하여 초점이 다각도로 변하면서 가변성의 특성을 지닌다. 반면에 후반부는 인물들 간의 대립이 일단락되면서 재산 분배를 놓고 벌어졌던 암투의 흔적들이 상속자가 된 덕기의 시선에 사후적으로 포착되고, 다른 한편으로는 병화가 당국의 감시를 피하기 위해 산해진으로 위장하고 비밀스럽게 위장 테러를 준비하는 일이 진행된다.[220] 이 부분부터는 초점화의 다양화로부터 제한적 초점화, 즉 삼인칭 선택적 전지 시점으로의 변화를 가져온다.

> 덕기는 한나절을 들어앉았는 동안에 머리가 지끈지끈하는 것은 고사하고 어쩐지 집안에 무슨 이상한 공기가 떠도는 것 같은 감촉을 얻었다. 모든 사람의 얼굴에 나타난 떠들썩한 기분과, 서로 속을 엿보려는 듯한 시기와 의혹과 모색의 빛이 덕기에게까지 전염되어 오는 것을 부지중에 깨달았다.
>
> ……(생략)……
>
> 이 음산한 공기가 모두 안방에서만 흘러나오는 것이 아니라 사랑이고 뒤꼍이고 그 몇 연놈들의 몸뚱어리가 슬쩍하는 데서만 풍기어나오는 것 같기도 하다. 웬일일꼬? 돈? 돈 때문에? 돈 동록냄새가 욕기의 입김에 서려서 쉬고 섞고 하여 나오는 냄새 같기도 하다. 그러나 돈을 어떻게 하겠다는

---

220) 장두영, 「염상섭 소설의 서사 시학과 현실 인식의 관련 양상 연구」, 서울대학교 박사학위논문, 2010:177.

> 것인고……? 생각하면 뉘 집에서나 열쇠 임자의 숨이 깔닥깔닥할 때가 닥쳐오면 한번은 겪고 마는 풍파가 이 집에서도 일어나려고 뭉싯뭉싯 검부잿불처럼 보이지 않는 데서 타오르는 것일지도 모른다. 덕기는 정신을 바짝 차려야 하겠다고 생각하였다.
>
> 수원집의 태도도 퍽 이상하여졌다. ……(생략)……눈자위가 폭 가라앉은 무서운 두 눈만 껌벅거리고 누웠는 조부와 무슨 비밀한 이야기나 할 줄 알고 그 안달을 하는 것인지? 덕기는 눈살이 한층 더 찌푸려지건마는 내가 인제는 이 집의 줏대다! 하는 생각을 하면 얼굴빛 하나 말 한마디라도 가만히 할 수는 없었다.
>
> ……(생략)……
>
> 그러나저러나 대관절 사랑축들이 안방에를 왜 이렇게 꾀어드는지 알 수가 없는 일이다. 지주사는 한집 식구요, 약을 자기 손으로 지으니까 말 말고라도 제일 눈에 거슬리는 것은 최참봉과 창훈이다. 어떤 때는 일가의 아저씨니 형님 아우니 말이 위문 옵네 하고 몰려들어서는, 잔칫집 모양으로 떠들썩하니 안에서도 거기 따라서 더운 점심을 짓네 어쩌네 하고 한층 더 부산한 것은 고사하고라도 사랑에만 몰려도 좋을 것을 병실에까지 무슨 종회나 가족회의 하듯이 몰려서 뒤집어엎는 데는 머리가 빠질 일이다.221)

이 부분은 수원집, 최참봉, 창훈 등이 비소중독 살인을 모의한 일당들임을 암시하는 부분이지만, 구체적 모해 장면을 묘사하지는 않는다. 다만 귀국한 덕기의 관찰과 심리묘사를 통해 수상한 분위기에 대한 느낌을 전달할 뿐이다. 이러한 수법은 자기 자신에 대해서는 전지적이지만 타인에 대해서는 구경꾼일 뿐만 아니라 그들의 행위나 행동을 보고 추측할 수 있기에 정신 내부에 있는

---

221) 염상섭, 『삼대』, 서울: 빛샘출판사, 2000:420-423.

직접적인 증거는 파악할 수 없다.[222] 때문에 주인공 덕기는 "어쩐지 집안에 무슨 이상한 공기가 떠도는 것 같은 감촉"을 받았으며, "모든 사람의 얼굴에 나타난 떠들썩한 기분과, 서로 속을 엿보려는 듯한 시기와 의혹"이 만연한다고 설명한다. '어쩐지', '-것 같다', '-듯하다' 등 추측성 단어와 표현들에서 이 음탕한 작당들에 대한 의심과 추측을 짚어 볼 수 있는 부분이다. 하지만 덕기는 사건에서 도망하는 역할에 그칠 뿐 범인의 정체를 밝히는 데 나서지 않으며, 집안 내의 수상한 분위기에 대한 생각과 느낌을 전달함으로써 표면적인 서술의 이면에 더 복잡하고 추악한 암투가 도사리고 있다는 암시를 준다.[223]

서술자는 그들의 구체적인 음모를 꾀하는 과정에 대해서는 생략하고 '돈 냄새가 풍기는' 곳이면 어디든지를 막론하고 항상 죄악의 씨앗이 도사리고 있음을 자각할 수 있다고 생각한다. 덕기가 이 암투의 진실을 파헤치지 않는 것은, 그가 조의관과 조상훈으로 대표되는 두 세대의 삶을 극복하고 새로운 시대를 개척해 나갈 앞으로의 행보와 방향성에 무게중심을 두고 있으며, 또한 인간관계와 갈등은 모두 돈의 지배를 받으며 부르주아 가정에서 돈에 대한 욕망이 얼마나 추악한 것인가를 보여 주기 위함이다. 작품의 후반부에서 초점의 단일화를 추구하는 서사방법은 덕기 가족 내의 모순과 갈등을 보여 주는 데만 사용되는 것이 아니고, 사회주의자인 덕기와의 관계를 설명하는 데서도 그러한 서사방법을 보여 준다.

222) AA 멘딜로우, 『시간과 소설』, 최상규 역, 서울: 대방출판사, 1983:123.
223) 장두영, 「염상섭 소설의 서사 시학과 현실 인식의 관련 양상 연구」, 서울대학교 박사학위논문, 2010:177.

전차가 효자동 종점에 가까워졌을 때, 덕기는 차 속에 일어서서 박람회 이후로 일자로 부쩍 느는 일본 집들을 유심히 보았으나, 산해진이란 간판은 눈에 아니 띄었다. 차에서 내려서 되짚어 내려오며 차츰차츰 뒤지다가 좌등상점이란 간판이 붙은 가게의 유리 문안을 기웃해보니 과실이 놓이고 움파니 미나리니 하는 것이 눈에 띈다.

……(생략)……

덕기는 친구가 무슨 봉변이나 아니 당할까 염려가 되었다. 그러나 병화가 정말 그렇게까지 전향인지 변절인지를 하였을까? 경애에게 홀딱 반해서 경애가 시키는 대로, 겸노상전으로 반찬가게와 배달도 못할 것은 아니요, 또 먹고 잘 자던 사내답게 벗고 나서서 이것도 해보고 저것도 해보는 것이지만, 그렇다고 동지를 배반하고 형사들의 도움까지를 받는다는 것은 좀 생각할 일이라고 덕기는 생각하였다.

……(생략)……

그동안에 덕기는 이때껏 따라온 인력거꾼에게 후히 행하를 하여 돌려보냈다. 이것은 수하동서 타고 간 인력거꾼이다. 인력거는 삼청동편 돌층계 아래에 놓아두었기 때문에 이 사람은 다시 추성문안으로 넘어가서 끌고 갈 모양이다. 덕기는 인력거를 타고 화개동으로 가서 '바깥애' 원삼이를 불러가지고 앞장을 세웠으나 무슨 일이 있을까 보아 인력거꾼까지 응원대로 데리고 다닌 것이었다. 그다음에 덕기는 원삼이를 시켜서 가게 빈지를 얼른 들이게 하고 일변 전화통에 매달려서 자기 집 단골 의사를 불러냈다.224)

이 부분은 병화가 경애, 필순 일가와 함께 산해진을 차려 자신의 신분을 위장하고 사회운동을 하는 사람들을 돕는 방식을 선택한 내용이며, 또한 병화와 피혁이 서로 만났고 병화한테 돈을 주

224) 염상섭, 『삼대』, 서울: 빛샘출판사, 2000:485-502.

고 갔을 상황이었기에 병화를 폭행하는 사건을 연출하여 경찰이 그를 의심하지 못하게 하는 효과를 보려는 데 그 의도가 있었다. 이러한 사회주의자들의 구체적인 활동을 덕기라는 인물의 시각으로 관찰하기 때문에 그들의 심리와 활동을 제한적으로 인식하게 함으로써 독자들이 호기심을 가지고 쉽게 자신과 동일시하게 할 수 있다.

이러한 수법을 사용하는 데는 당시 식민지 상황에서 당국의 검열문제를 교묘하게 빠져나가려는 작가의 의도도 엿볼 수 있는 부분이다. 검열 관계로 반식민 운동을 전개하는 실체나 계통, 운동을 계획하고 추진하는 구체적인 행동묘사가 서술의 표현에서 생략되어 있지만, 서술자는 식민지 경찰 당국의 첩보 내용과 검거 계획을 서술함으로써 식민지 사회 전반에 광범위하게 산재해 있는 반식민 운동의 위력을 간접적으로 드러내는 데 성공하고 있다.[225] 이처럼 이 작품은 전반부에서는 덕기를 주초점자로 하여 다양한 초점자를 등장시켜 조씨 가문 3대의 모순과 갈등을 충분히 보여 주고 등장인물들의 심리를 객관적으로 드러내 보이려고 노력한 부분은 긍정적인 일면이다. 후반부에 와서는 조의관의 죽음으로 인해 재산 분배가 이루어짐에 따라 다양한 초점자를 내세울 필요성이 적어져 주로 덕기를 초점자로 내세워 작품을 이끌어 나갔으며, 당시 검열문제로 인해 사회주의자들의 구체적인 활동 부분에 대해서는 많은 부분을 생략하고 암시하는 서술 방식을 취했다. 비록 일정한 부분에서는 생략하고 암시하는 서술 방식을 취하긴 했지만 전반적으로 봤을 때 이완, 즉 불협화음을 보여 주는 작

225) 장두영, 「염상섭 소설의 서사 시학과 현실 인식의 관련 양상 연구」, 서울대학교 박사학위논문, 2010:180.

품이라고 할 수 있다.

염상섭의 『무화과』는 『삼대』의 연속으로서, 제1세대가 사망한 후 제3세대를 위주로 하는 가족과 신문사를 둘러싼 모순, 사회주의자들의 활동에 관련된 내용으로 사건을 전개하고 있다. 이 작품은 『무화과』란 제목에서 보다시피, 당대의 세계는 스산하고 음산하기 짝이 없다. 비틀어진 꽃마저 있을 수 없는 현실, 그것이 바로 무화과다. 이 작품은 이원영이 신 영업국장으로 임명되고, 원영의 매부 인호가 일본에서 조선으로 들어오는 것으로부터 시작된다. 문경이의 시부모님이 문경이더러 본가에 가서 돈을 얻어 오라고 핍박하는 부분, 신문사 직원들의 돈에 대한 욕망, 이정모의 돈에 대한 집착 등 물질만능과 금전만능의 자본주의의 악마성에 초점을 맞추어 사건이 전개되었다. 또한 '주의자'들에 대한 금전적인 지원을 위해 원영이는 여러 차례 검거되었으며, 사건의 결론 부분에서도 또 한 번의 검거를 암시하고 있다. 이 작품도 무제한적인 전지적 시각으로 대화, 환경묘사, 심리묘사 등 다양한 수법을 취하고 있으며, 특히 많은 분량을 차지하는 심리묘사를 통해 주요 인물과 부차적인 인물의 심리를 모두 들여다보고 있다. 이 작품은 과거에 대해 서술하긴 하지만 『삼대』에 비해 줄어든 반면에 일기와 편지의 형식이 더 늘어났다고 할 수 있다. 또한 대부분은 현재에 대한 서술인바 심리묘사, 대화, 행동묘사 등으로 인해 사건 전개가 정체되는 현상을 보이기 때문에 전반적으로 봤을 때 불협화음에 가까운 작품이라고 할 수 있다.

3.3. 공통점과 차이점

파금의 『激流三部曲』과 염상섭의 『삼대』, 『무화과』는 모두 중・한 현대문학을 대표하는 장편소설로서 두 나라 문학사에서 가치가 상당히 큰 작품인데, 본고는 시간적 구조 측면에서 이 두 작가 작품의 공통점과 차이점을 고찰하였다. 본고는 히그던의 이론을 참고로 하여 이야기를 연대기적으로 서술했느냐, 과거를 회상하며 서술하느냐, 아니면 현재와 과거 그리고 미래의 사건들을 섞어서 서술하느냐에 따라 전진적 시간구조, 역진적 시간구조, 복합적 시간구조 세 층위로 나눴는바, 이 분류 기준에 의하면 두 작가의 작품들은 모두 전진적 시간구조에 속한다. 두 작품은 모두 40-50회가 되는 장편소설로서, 전체적인 면에서 봤을 때, 이야기를 연대기적으로 서술했다고 볼 수 있다.

두 작품은 이야기 줄거리 면에서 모두 주요한 이야기 줄거리와 부차적인 이야기 줄거리로 구성되었다. 『激流三部曲』은 권위적인 봉건사상을 철저히 고수하여 새로운 변화를 부정하는 봉건 사대부 출신인 高老太爷, 근대적 자의식을 형성하지 못하고 高老太爷의 봉건 사대부적 사고방식과 생활 방식을 그대로 답습하여 정신적, 도덕적으로 타락해 가는 세대인 克安, 克定 형제, 가부장적 가족 질서를 비판하고 개인의 권리와 개성 해방을 적극적으로 추구하는 觉民, 觉慧 등 고씨 가족 3대의 가치관의 갈등과 觉民, 觉慧 등 젊은이들이 5・4운동의 영향으로 동맹휴학하고 새로운 사상을 위해 투쟁하는 부차적 줄거리로 나눌 수 있다. 『삼대』, 『무화과』도 마찬가지로 봉건적 가치관에 사로잡혀 새로운 변화를 부정적으로 바라보는 제1세대, 시대적 질곡에 빠져 타락해 가는 제2세대인 조상훈과 이정모, 진정한 가치를 추구하기 위해 노력하는 제3세대인 조덕기, 이원영 등 한 가족 3대의 가치관의 갈등을 중심으로 한 줄거리와 김병화, 필순의 가족, 장훈, 김병욱, 이동욱, 완식, 정애 등 사회운동이나 사회주의 운동을 하는 인물들을 중심으로 한 부차적 줄거리로 나눌 수 있다.

두 작가의 작품들은 두 가지 이야기 줄거리를 중심으로 하여 모두 시간의 역전 현상이 자주 일어남을 볼 수 있는바, 기본적인 서사는 담론시간이 몇 개월 혹은 1, 2년밖에 안 되는 데 비해 서술 편폭은 400-900페이지에 달해, 서술시간이 훨씬 더 많이 소요되었음을 알 수 있다. 이는 사건이 전개되면서 회억, 예시, 서술자의 직접적 또한 간접적인 간섭에 의해 과거와 미래의 일들이 많이 삽입되기 때문이다. 이 작품들은 모두 장편이기 때문에 단편소설에 비해 등장인물이 많고 인물들 간의 갈등이 복잡하기 때문에 작품의 잉여성의 발생은 피할 수 없다.

또한 발화자의 관점에서 보면, 두 작품의 서술 상황은 모두 복잡한바, 전지전능한 서술자의 제어하에 발화가 이루어짐을 보아낼 수 있다. 『激流三部曲』에서는 高老太爷의 사망과 함께 권력과 재산 상속권이 손자 觉新에게 넘어가지 못하고, 제2세대 克明이 집안을 이끌어 가는 과정에서 결국은 제3세대의 여성들이 원치 않은 결혼으로 인해 사망하거나 가출하는 상황을 초래하며 결국에는 公馆을 팔아 재산을 나누는 것으로 고씨 집안은 완전히 멸망하게 된다. 『삼대』와 『무화과』는 조부의 사망과 함께 재산 상속권이 모두 손자들에게 넘어가는 사건을 분수령으로 하여, 그들은 가족의 통합과 조화를 위해 노력하는 양상으로 나타난다.

『激流三部曲』에서는 작가가 직접 개입하는 예문은 존재하지 않는다. 반면에 『삼대』에서는 발화자, 즉 서술자의 목소리를 통하지 않고 작가가 직접 개입하는 예문도 극소수지만 분명히 존재한다. 다시 말하면 덕기가 조의관의 유서 내용을 공개하는 부분에서 작가가 서술자를 거치지 않고 직접 개입하여 독자에게 직접적으로 전달하는 형식을 취해 작품의 긴장도를 늦추는 단점이 있다. 또한 빈도 면에서 살펴보면, 『激流三部曲』은 여러 차례 반복적으로 서술하여 독자들에게 풍속을 전달하는 데에는 적극적인 의의가 있지만, 작품의 감속을 초래하는 단점도 배제할 수 없다. 반면에 『삼대』에서는 제사, 명절, 놀이 등 풍속에 대한 반복이 별로 이루어지지 않았다. 앞에서 언급하다시피, 두 작가의 작품들은 독자들의 현재 시간과 작품 내의 담론시간의 동일시가 이루어지지 않았기 때문에 긴박감을 조성하는 데는 무리가 있어 보인다. 다시 말하면 긴장보다는 이완의 효과, 즉 화음보다는 불협화음의 작품이라고 볼 수 있다.

4. 파금의 『激流三部曲』과 염상섭의 『삼대』, 『무화과』의 공간적 구조양상 비교

파금의 『激流三部曲』과 염상섭의 『삼대』, 『무화과』는 모두 중・한 가족사소설의 대표적인 작품이라고 할 수 있다. 가족이란 가정을 기본으로, 동일한 남성을 조상으로 하는 자손들을 말한다. 비록 이미 따로 살고, 재산 상황도 달라 여러 가정으로 분류되었지만, 대대손손 서로 모일 뿐만 아니라, 혈연관계를 뉴대로 결합된 특수한 사회조직 형식이다.[226] 중국 역사상에서 가족제도의 첫 번째 형태는 원시사회 말기의 가부장적 가족이다. 가부장적 가족은 개체의 가정을 기초로 형성되었으며 그 개체 가정은 개체의 혼인에 의해 탄생되었는바, 가정 관계는 주로 부부간의 관계, 부모와 자녀 간의 관계로 표현되었다. 인류 사회의 최초 단계에서 가정은 유일한 사회적 관계였지만 인구가 늘어나고 인간의 생리적 수요와 정치적 수요가 늘어남에 따라 새로운 사회적 관계가 형성됨에 따라 가족 관계는 새로운 사회적 관계의 종속적 형태로 변하였다.

중국의 가족 체계는 전통적 물질 생산방식의 산물이다. 중국은

226) 家族史以家庭为基础的，是指同一个男性祖先的子孙，虽然已经分居、异财，各爨成了许多个体家庭，但是还世代相聚在一起(比如共住一个村落之中)，按照一定的规范， 以血缘关系为纽带结合成为一种特殊的社会组织形式。(徐扬杰，『中国家族制度史』，北京：人民出版社，1992:4.)

고대로부터 농업을 중시하는 국가로서, 가정을 생산단위로 작은 규모로 농사를 지었다. 몇 천 년래 중국인들은 근면한 정신과 총명함과 지혜로 휘황찬란한 중국의 고대문화를 창조하였다. 이러한 농업문화로 인해 중국의 가족제도가 형성되었다. 농업 생산에서 비교적 중요한 부분은 경험이라 할 수 있다. 때문에 생산 활동에서 가장, 장자 등 경험이 풍부한 연장자의 지위가 높아질 수밖에 없다. 중국의 전통 사회의식에서 가장을 존중하고 연장자를 존중하는 관념은 이러한 농업 생산과 밀접한 관계를 가진다. 이러한 전통적인 가족에 대한 인식은 특히 유교 문화가 산생한 후 전 사회에서 지켜야 할 윤리규범과 도덕기준으로 되어 몇 천 년 동안 중국 사회를 지배하였다.

가족, 가족제도와 가부장제는 다음과 같은 몇 가지 특징이 있다. 우선, 가정을 단위로 하는 혈연 조직이다. 이런 혈연관계는 엄밀한 조직강령이 없지만 조직 내의 구성원들을 단결시켜 견고한 사회적 집단을 형성함으로써 가정 구성원 간에 공존, 공영의 생활체계가 자연적으로 만들어지게 된다. 하지만 폐단도 분명히 존재하는바, 이 집단은 혈연을 기초로 하기 때문에 배타성이 존재하고 심지어는 이성적 사유가 부족하여 맹목적일 뿐만 아니라, 다른 사상문화를 잘 받아들이지 않아 재생 기능이 부족하다. 다음, 가족제도가 강조하는 생산과 생활 가운데서 가장과 연장자의 지위가 상당히 높다. 이는 농경 생산을 위주로 하는 전통적인 중국 사회가 사회 생산과 생활을 질서 있게 진행하여 정책을 결정하고 조치를 실시하는 데에 편리를 도모해 준다. 반대로 가부장제는 민주를 말살하고 평등의식이 부족하며 독단적인 체제로 나아가는 환경을 조성한다.

그다음, 이는 농업 생산을 위주로 하는 사회 군체로서, 이런 집단 성원들은 심성이 소박하고 마음이 선량하며 안온한 전원생활을 보내기를 원한다. 이런 특성으로 인해, 이 집단의 사상이 보수적이고 안목이 좁으며, 새로운 사상과 관념을 쉽게 받아들이지 않고 혁신의식이 부족하다. 마지막으로 이는 윤리를 중시하는 문화이기 때문에 사회 각 구성원 간의 관계와 위와 아래, 이웃 간의 관계를 잘 조절할 뿐만 아니라, 사회 구성원 간에 화목하게 지내고 서로 아끼고 사랑한다. 반면에 개인의 능력과 가치를 중요시하지 않고 과학적 사상이 부족하며 가치 기준도 도덕 윤리 주의에 빠지기 쉽다.[227] 이런 가부장적 도덕관념은 5.4운동과 이후의 사상 혁명운동에서도 비판을 받았으며 중국의 가족사소설도 이러한 사회문화적 배경에서 탄생되었다.

중국의 연구자들은 가족사소설에 대해 여러 차례 언급하고 있다. 허조화(许祖华)는 중국 가족사소설의 원형을 사마천(司马迁)의 『史记』 중에서 각 제후국의 흥망성쇠 역사를 기록한 "世家"에서 찾고 있다. 그는 또한 18세기 청조 때 조설근에 의해 창작된 『红楼梦』의 출현이 중국 가족사소설의 성숙기를 이룬 것으로 보고 있으며 파금의 『激流三部曲』으로 대표된 가족사소설이 출현한 20세기 초를 중국 가족사소설의 번영기로 규정한 바가 있다.[228] 그리고 가족사소설의 특징에 대해서 "가족사소설은 특수한 범주의 소설 유형으로서 내용상으로 주로 하나 혹은 몇 개의 가족

227) 崔英姬, 「中韩家族小说比较研究」, 吉林大学博士学位论文, 2022:16-17.
228) 许祖华, 「作为一种小说类型的家族小说(上)」, 『重庆三峡学院学报』, 2005, 21(1):40.

의 생활 및 가족구성원 간의 관계를 묘사하여 이를 통해서 풍부한 역사 및 시대적 특징을 반영한다. 가족사소설의 서술 기간은 매우 길며 왕왕 역사 및 사회 현실과 결부시키면서 '연대기'적인 특징을 보인다. 형식상으로 가족사소설은 보통 장편 혹은 연작소설의 양상을 보인다. 한 가족의 '융성－혼란－몰락'은 가족사소설의 서사구조의 가장 주요한 특징이며 반면에 한 가족의 '융성'의 과정을 묘사하는 것은 오히려 비주류에 속한다"[229]고 주장하였다.

가족사소설에 대한 논의들을 토대로, 가족사소설의 기본적인 특징을 다음과 같이 정리할 수 있다. 첫째, 가족사소설은 동서양을 막론하고 각 민족의 가장 오래된 서사 양식 중의 하나이다. 둘째, 가족사소설은 내용상으로 보통 한 가족의 3대에서 5대까지의 역사를 기술하는 데 중심을 두고 있으며 서술시간이 길며 연대기적 특징을 지닌다. 셋째, 근대적 의미의 가족사소설은 제재 측면에서 고전문학 범주에 속한 가문 및 가정 소설과 유사하지만 주제 측면에서 대조적이다. 고전적 가문소설 및 가정소설은 보통 한 가족구성원 간의 갈등과 화합, 이별과 재회의 과정에 대한 묘사를 통하여 주자학적 세계관을 구현하며 권선징악의 교훈성이 강하

229) 家族小说是一种有特殊规范的小说类型。它的题材内容具有特指性，常描写一个或几个家族的生活及家族成员间的关系，并由此折射具有丰富内涵的历史和时代特征。所叙故事，具有相当的时间跨度，往往在历史与现实结合中，形成"编年史"般的格局。其形式主要是长篇小说，有的甚至是多卷本长篇小说。家族小说的叙事模式，有叙写家族由"有序-无序-衰败"的主流模式和叙写家族的"兴旺"史的非主流模式。[许祖华，「作为一种小说类型的家族小说」(上)，『重庆三峡学院学报』，2005，21(1):39.]

다. 근현대 가족사소설은 주로 구성원 간의 갈등을 묘사한다. 넷째, 근대적 가족사소설은 한 가족의 흥성에서 몰락까지의 변천 과정에 초점을 맞춘 서사구조를 취한다. 다섯째, 가족사소설은 역사적 전환기, 문화적인 전환기에 가장 많이 나타나며 한 가족의 관습 및 가치관의 변천을 통하여 그 시대의 사회 풍속 및 역사적 전개 양상을 반영한다. 이와 같은 맥락에서 살펴볼 때, 가족사소설은 한 사회 변동의 제반 양상과 역사 발전의 총체성을 규명하는 데 가장 적합한 서사 양식이라고 할 수 있다.[230]

이처럼 가족사소설은 방대한 시공간 속에서 '가족'의 이야기를 다루는바 서사구조, 주제와 마찬가지로 시공간 역시 매우 중요한 부분이라고 할 수 있다. 현대소설에서 중요시되는 공간은 작중 인물이 이루어 내는 심리적 공간이다. 때문에 소설에 있어 공간은 작가나 작중 인물이 공간이라는 의식의 틀을 이용하여 작품의 세계를 어떤 방식으로 이해하는가의 주제에 더 많은 관심을 보인다. 한마디로 공간 연구에 있어서 중요한 것은 "작가나 작중 인물이 공간을 어떻게 지각하고 있는가?"라는 '공간의식'의 파악이 핵심을 이룬다 하겠다. 여기에서의 '작가의 공간의식'은 장소적 의미만은 결코 아니다. 작가의 상상력이나 주제의식과 맥이 닿아 있는 것으로 이해해야 한다. 작가의 주제의식은 단적으로 세계와 삶, 인간을 파악하는 시각이나 구조에서 나온다고 할 수 있다.[231] 이처럼 작가의 주제의식은 공간의식과 긴밀히 연결되

230) 호미, 「염상섭과 빠진(巴金)의 가족사소설 비교 연구」, 서울대학교 박사학위논문, 2009:13.

231) 신상성 · 유한근, 『한국문학의 공간 구조』, 부산: 양문출판사, 1986:124.

어 있다.

따라서 본고는 파금의『激流三部曲』과 염상섭의『삼대』,『무화과』속에 그려진 세부적인 공간구조를 살핌으로써 두 작가의 가족사소설에 대한 주제의식을 비교, 분석하고자 한다. 소설 공간들의 대립, 대조, 친화 따위의 관계는 곧 소설 속에서 등장인물들이 가지는 관계들을 나타낸다. 다시 말해 소설의 공간은 등장인물들의 움직임, 그들 사이에서 형성되는 갈등 관계를 표출한다고 할 수 있다. 장소와 인물은 불가분의 관계로서 얽매여 있는 것이다. 소설 속의 인물은 그가 선택한 거리, 그를 둘러싸고 있는 가구, 그 속에서 생활할 수밖에 없는 그 사회의 질서와 밀접한 관계를 맺고 있으며, 그것 때문에 인물로서의 가치를 인정받는다.[232]

두 작가의 작품 모두 식민지 시대의 불합리한 상황을 반영한 작품인 것만큼, 주로 작중 인물들의 갈등을 통하여 그 시대와 작가의식을 보여 주고 있다. 그렇다면 이러한 인물들 간의 갈등과 공간들의 관계는 이떤 연관성을 지니고 있을까? 공간의 갈등은 결국 어떤 등장인물에 의한 그 어떤 공간의 쟁취 아니면 포기 사이의 갈등[233]을 의미한다. 다시 말하면 어떤 공간에 속해 있을 때, 그 공간에서 심리적 안정을 가져 귀속감을 느끼는가 하면, 반대로 불안함을 느껴 그 공간에서 벗어나려 하는 경우도 있는 것이다. 이런 의미에서 본고는 우선 파금의『激流三部曲』과 염상섭의『삼대』,『무화과』의 주요 인물인 제1세대, 제2세대, 제3세대를 위주로 그들의 활동 공간에 대해서 살펴보려 한다.

232) 김윤식,『염상섭』, 서울: 문학과지성사, 1977:101.
233) 신현숙,『희곡의 구조』, 서울: 문학과지성사, 1990:135.

4.1.『激流三部曲』과『삼대』,『무화과』의 제1세대 공간

4.1.1.『激流三部曲』의 제1세대 공간

1930년대 중국의 가족사소설에 등장하는 가문을 일으킨 제1대들은 봉건적인 사대부나 봉건관료—지주 계층에 속한다. 장한수(张恨水)의『金粉世家』(1927-1932), 림어당(林语堂)의『京华烟云』(1939)의 제1세대와 마찬가지로 파금의『激流三部曲』에 등장하는 제1세대 高老太爷 역시도 오랜 관료 생활을 한 봉건시대 사대부 출신에 속한 인물이다. 그의 개인의 융성에서부터 멸망으로의 일생은 중국의 봉건 사대부의 흥망성쇠의 운명을 대변하고 있다. 高老太爷는 젊은 시절에 가난한 생활 속에서 열심히 공부를 하여 과거에 급제하며 장기간 관료 생활을 하면서 많은 재부를 축적하였다. 관료 생활을 마치고 고향에 돌아온 후에 그는 많은 땅을 구매하여 자손을 번창시키고 높은 명망을 얻은 인물이다.

4.1.1.1. 봉건적 대가족의 창달 추구와 사치함의 공간—'堂屋'

高老太爷의 집에서 '堂屋'가 가장 중요한 공간이다. 이 공간은 高氏 가문의 명성과 재부를 축적하거나 지역사회의 명사와 고위 관리들이 정치적으로 중요한 사건들을 의논하거나 '상류사회의 풍류놀이'를 향유하는 공간이다. 高老太爷에게 있어서 가문의 창달과 자손의 번성이 그의 가장 큰 욕망인 것이다. 『激流三部曲』에서는 반복적으로 고씨 집안의 제사, 명절, 놀이, 식사, 결혼식, 장례식 등 장면을 묘사함으로써 당시 이들 봉건 신사 계급 대가족의 생활 양태를 여실히 보여 주고 있다. 또한 이러한 장면 묘사는 봉건적 대가정의 피라미드식 권력 구조를 명확하게 재현한다. 일 년의 시작을 의미하는 정월 보름날 고씨 집안에서 해마다 관행대로 거행하는 가장 큰 행사가 바로 조상에 대한 제사의식이며, 이를 통해 高氏 집안의 권력 구조를 명확하게 살펴볼 수 있다.[234]

> 正是吃年饭的时候。两张大圆桌摆在堂屋中间, 桌上整齐地昂着象牙筷子, 和银制杯匙、碟子。每个碟子下面压着一张红纸条, 写上个人的称呼, 如"老太爷" "陈姨太"之类。
>
> ……(省略)……
>
> 上面一桌坐的全是长辈, 按次序数下去, 是老太爷、陈姨太、大太太周氏、三老爷克明和三太太张氏、四老爷克安和四太太王氏、五老爷克定和五太太沈氏, 另外还有一个客人就是觉新们的姑母张太太, 恰恰是十个人。下面的一桌坐的是觉新和他的弟妹们, 加上觉新的妻子李瑞珏和琴小姐一共是二十个: 男的是觉字辈, 有长房的觉新, 觉民, 觉慧, 三房的觉英, 四房的觉群和觉世; 女的是淑字辈, 有长房的淑华, 三房的淑英, 四房的淑芬和五房的淑贞, 年纪算淑英最大, 十五岁, 淑贞十二岁, 淑芬最小, 只有七岁。这都是照旧历算的, 还有三房的觉人和四房的觉先、淑芳, 都还太小, 不能入座。觉新的孩子海臣是上了桌子的, 老太爷希望在这里吃年饭的应当有四代人, 所以叫觉新夫妇把海臣也带上桌子来, 就让他坐在瑞珏的怀里随便吃一点菜,

234) 호미, 「염상섭과 빠진(巴金)의 가족사소설 비교 연구」, 서울대학교 박사학위논문, 2009:69.

坐一些时候。

老太爷端起酒杯, 向四座一看, 看见堂屋里挤满了人, 到处都是笑脸, 知道自己有这样多的子孙, 明白他的"四世同堂"的希望已经实现, 于是脸上浮出了满足的微笑, 喝了一大口酒。[235]

이 장면은 음력설에 집안의 4대로 구성된 식구들이 '堂屋'에 모여 앉아 식사를 하는 부분이다. 高老太爷는 집안의 후손들이 번성, 창대한 것을 보고 아주 뿌듯해하며 자신의 가문이 날이 갈수록 더욱 번성해질 거라는 막연한 기대에 부풀어 있다. 이 공간은 그의 이러한 욕망을 실현하고 체현할 수 있는 중요한 공간인 것이다. 다음 부분은 일 년의 시작을 의미하는 정월 보름날 고씨 집안에서 해마다 관례대로 거행하는 가장 큰 행사에 대한 묘사인데 이 행사는 바로 조상에 대한 제사의식이며 그 공간 역시 '堂屋'이다.

老太爷一出现, 全个堂屋立刻肃静了。克明发出了燃放鞭炮的命令, 三房的仆人文德在旁边应了一声急急走出去, 走到大开的中门前高声叫道:"放炮!"于是火光一亮, 鞭炮突然响起来。女的从侧门避了出去。男的走到供桌前, 背向着供桌, 由老太爷开始, 朝外面叩起头来，说是敬天地，接着克明三弟兄排成一行叩了头。觉新刚拈了香从外面把灶神接进来送回到厨房里去, 然后回到堂屋里来。他来得正好, 便领着觉民、觉慧、觉英、觉群、觉世五个兄弟排成次序行了礼。于是众人转过身子面对神龛站着。躲在门外偷看的女眷们也连忙走了进来。

依旧是由老太爷开始向祖宗叩头。老太爷叩了头就进房去了。接着是大太太周氏, 其次是克明, 再其次是三太太张氏, 这样下去, 五太太沈氏之后又

235) 巴金,『家』, 北京: 人民文学出版社, 2012:86-87.

是陈姨太, 这些人从容不迫地叩了头, 花费了半点钟以上的时间。236)

이 공간은 집안의 가장 큰 연중행사에서 천지 및 조상에 대한 제사를 지내는 곳이다. '老太爷一出现, 全个堂屋立刻肃静了'는 내용은 이 공간에서 高老太爷가 가부장 제도의 절대적 권력의 소유자임을 재차 확인할 수 있다. 이 장면에서 高老太爷가 솔선하여 천지에 절을 하고 다음 조상에게 절을 한다. 이 공간에서 高老太爷의 절대적인 지위는 천지로부터 물려받은 것인 만큼, 이 공간 역시 이 집안에서 가장 절대적인 위치를 차지하고 있음은 더 의심할 나위가 없다. 또한 이 공간은 高老太爷의 절대적인 가부장적 지위를 유지하는 데 사용될 뿐만 아니라 그의 사치스럽고 추악하고 부패한 일면도 보여 주는 공간으로 비쳐지기도 한다.

日期近了。礼物潮水似地接连涌来。人们组织了办事处接收贺礼, 散发请帖。许多人忙着, 觉新甚至因为这件事向公司请了一个星期的假。公馆里添了许多盏电灯, 到处张灯结彩, 装饰得十分富丽堂皇。中门内正对着堂屋的那块地方, 以门槛为界, 布置了一个精致的戏台, 把本城的各班名角, 无论是唱京戏或川戏的, 都请来唱三天戏。

……(省略)……

但是这样还不能使那些尊贵的客人十分满足。于是在一出戏演完以后那个得赏的旦角还要带装下台给尊贵的客人陪酒。克安的岳丈王老太爷拉着小惠芳的手, 灌他的酒。克明的同事有一部大胡子的陈克家让张小桃偎在他身上给他敬酒。于是笑声、叫喊, 以及种种恶俗的丑态, 甚至是年轻人所梦

---

236) 巴金,『家』, 北京: 人民文学出版社, 2012:103-104.

想不到的，都在尊贵的客人的席上表现出来了，使得在旁边伺候的仆人们交头接耳地议论他们。坐在戏台前面的高老太爷是这三天来被大家庆祝的寿星，他坐在表弟唐大人和老友冯乐山老太爷的旁边。他看见了这一切，满意地微笑了。[237)]

이 장면은 3일 동안 이 공간에서 연극 무대까지 설치하여 공연하면서 高老太爷의 생일을 축하하는 부분이다. 생일을 축하하는 기간에 이 공간은 가정을 이끌어 나가는 주요한 무대임에도 불구하고 인의와 도덕보다는 부패와 타락의 공간으로 전락되고 있음을 보아낼 수 있다. 이 기간에 화려하게 화장한 여배우들이 귀한 손님에게 추파를 던지거나 무대에서 내려와 술 시중을 들기도 하는 저속한 공간으로 변해 버린다. 이런 모습을 지켜보는 高老太爷 역시 얼굴에 만족스러운 미소를 짓는다. 이는 그가 자신의 이러한 행동이 잘못되었음을 전혀 인지 못함을 알 수 있다. 이는 봉건 대가족의 멸망은 이미 이 공간에서 시작되고 있음을 암시하기도 한다. 이러한 장면은 신세대와의 갈등을 더욱 악화시키기도 한다.

这一切情形都是觉民和觉慧在旁边亲眼看见的，而且只有他们两个人对这一切抱着强烈的反感。在这个家里，在这个环境里，他们完全成了陌生的人。四周的闹声和笑语，好像是他们所不能了解的语言；那许多往来、谈笑、喊叫、酗酒的生物，好像不是他们的同类的人。许多张脸他们似乎认识，而仔细看去，又像从未见过，他们有几次甚至疑惑起来，不知道这里究竟是什么地方，也不知道要怎样做才好。别人的举动已经告诉了他们：在这个环境里他

237) 巴金，『家』，北京：人民文学出版社，2012:238-240.

们是完全不需要的。[238)]

이 공간은 천지와 조상에게 제사를 지내던 성스러운 장소로부터 기녀들의 조잡한 웃음이 뒤섞인 부패 타락의 장소로 전락되고 만다. 이러한 공간에서 신세대들은 강렬한 반감을 가지며, 심지어는 그들에 대한 당혹감까지 느끼게 된다. 이러한 타락의 공간에서 신세대는 더 이상 자신들이 필요 없는 존재가 됨을 인식하게 되고 이 공간을 빨리 벗어나고 싶어 하지만 벗어날 수 없는 상황에 대해서 불안감과 역겨움까지 느낀다. 이처럼 신구 세대는 똑같은 공간에 있으면서도 서로 상반되는 내면세계를 갖고 있는바, 이는 두 세대의 갈등을 극대화시키는 장치적 역할을 충분히 하고 있음을 보여 준다.

이처럼 '堂屋'는 고씨 집안을 상징하는 대표적인 공간임에도 불구하고 융성하던 공간이 차츰 부패 타락한 공간으로 바뀌어 가는 과정을 거치면서 이 집안에서 절대적인 권력을 행사하던 高老太爷는 결국 신세대와의 갈등 속에서 고독감과 실망감을 안고 세상을 떠난다. 전제적인 제1세대 가부장의 죽음은 결국은 봉건 대지주 가정의 몰락을 의미한다. 이들의 권위의 쇠퇴는 어느 측면에서 1930년대 봉건사회로부터 근현대화로 진입하는 사회적 전형기에 있어서 중국 사회에서 가부장적 가족 질서와 국가 질서의 와해를 상징하고 있다.[239)] 제1세대가 세상을 하직한 후, 고씨 집안은 쇠락의 길로 접어들어 가고 있었지만, 제2세대들은 여전히 전통을

238) 巴金, 『家』, 北京: 人民文学出版社, 2012:240.
239) 王一川, 『中国形象诗学』, 北京: 三联出版社, 1998:320.

이어가는 데 노력을 기울이고 있었다.

> 这天又是淑英、淑华们的祖母的生忌，依照高家的规矩要摆早供，所以琴和她的母亲上午便来了。她们来时，淑英们还在后面房里闲谈，等绮霞去报了信，这三姊妹才一起去迎接她们的琴表姐。
>
> 这时离“摆供”的时间很近，堂屋里每把椅子都铺上了椅帔，供桌上也换了新的桌帏。两把椅子已经安设，杯筷也已摆好。一些人聚在堂屋里。男和女分立在左右两边。琴和张太太就立在右面一堆人中。淑英三姊妹进了堂屋，过去给她们行了礼。张太太跟克明、觉新两人讲话，淑英姊妹便围着琴亲热地问长问短。人继续地来，后来连克安和克定也出现了。苏福、袁成两个仆人端进菜碗，克明、克安两人接过放到供桌上去。四碗菜，两碗面，这是高家的老规矩。菜放好，再燃烛焚香，然后由克明执壶在那两个银的小酒杯里斟满了绍兴酒。于是由周氏开始， 众人依着长幼的次序轮流到拜垫前面去磕头。磕了三次头算是礼毕，烧了黄表，众人便散开了。240)

> 端午节大清早下来了一点多钟的小雨，后来天放晴了。……(省略)……
>
> 还是在上午。堂屋里供桌上点着蜡烛，燃着香，左右两边聚集了全家的男女老幼。仍旧照旧例男女左右地立在两边，由周氏开始，各人依着次序一个一个地走到盖着红毯地拜垫上去磕头。等到最后一个人离开拜垫以后，克明便吩咐仆人撤去拜垫。先是周氏、克明等长一辈人互相行礼拜节。然后是觉新等晚一辈的人分别地向长辈们行礼。在一阵喧闹之后，堂屋里又恢复了原先的清净。人们全散去了，只剩下一对红烛孤寂地在烛台上流泪，香炉里的一炷香懒懒地在嘘气。241)

위의 내용은 제1세대가 세상을 떠난 후 제2세대들이 堂屋에서

---

240) 巴金,『春』, 北京: 人民文学出版社, 2012:349-350.
241) 巴金,『秋』, 北京: 人民文学出版社, 2012:158.

행사를 진행하는 부분이다. 제1세대가 살아 있을 때의 연중행사나 행사에 대한 서술 편폭이 상당히 긴 데 반해, 그들이 세상을 하직하고 나서의 연중행사에 대한 서술 편폭은 대폭적으로 줄어들었다. 행사가 진행되는 시간도 많이 줄어들었으며, 행사가 끝나고 나서는 堂屋라는 공간을 빨리 벗어나는 상황을 보여 준다. 사람들이 떠나고 난 후 이 공간은 원래의 조용한 모습을 되찾았으며, 심지어는 고독감과 상실감을 감출 수 없는 장소로 변해 가고 있었다. 이처럼 堂屋에 대한 묘사는 『家』에 이어서 『春』, 『秋』에서도 이어지고 있다.

张氏果然在她生日那天的早晨一个人回来了。克明一早就叫人抬了空轿子去接她。堂屋里点好了香烛，张氏穿得整整齐齐，走到铺上红毯的拜垫前，恭恭敬敬地磕了三个头。周氏、克安夫妇，沈氏、觉新、淑华、淑贞都来跟她和克明道喜。淑英姐弟早换上了新衣服，也向她和父亲磕了头请了安。大家在堂屋里谈了些闲话。张氏又回到桂堂旁边自己的房里同克明谈了一阵，又向淑英、翠环、王嫂吩咐了一些话，并不等吃面，就坐上轿子走了。[242)]

在堂屋里又是一种情形。那一桌上似乎充满了快乐的笑声。人们无拘无束地讲话。没有过去的回忆，没有将来的幻景。没有木然的表情，没有聚拢的双眉。猜拳，喝酒，说笑。对于那些人这的确是一个少有的、快乐的、令人兴奋的聚会。然而这一切都只是表面，连笑声也是空虚的。仿佛人们全把心掩藏起来，只让脸跟别人相见。私人的恩怨、利害的冲突、性情的差异、嗜好的不同、主张的分歧，这些都没有消失，不过酒把它们全压在心底。[243)]

242) 巴金, 『春』, 北京: 人民文学出版社, 2012:73.
243) 巴金, 『秋』, 北京: 人民文学出版社, 2012:167.

위의 예문들은 역시 조부가 세상을 떠난 후 제2세대들이 堂屋에서 행사를 진행한 부분이다. 첫 번째 예문은 张氏가 생일을 쇠는 장면으로써 비교적 간단하게 서술되어 있다. 생일을 쇠는 장면도 비교적 간단하고 가족 구성원들은 그 공간에서 별로 중요하지 않은 잡담을 늘어놓다가 그 공간을 총망히 떠나간다. 두 번째 예문은 단옷날 간단한 의식을 마치고 식사를 하는 장면이다. 가족 구성원들은 과거에 대한 회억도 나누지 않고 미래에 대한 계획도 서로 나누지 않는다. 그들이 무뚝뚝한 표정으로 웃고 떠들면서 술을 마시지만 표정, 웃음소리에 공허함을 감출 길이 없었다. 사람들은 서로에 대한 원한, 이해의 충돌을 마음속에 감춘 채로 겉으로만 화목한 척하는 것이다. 이러한 원한과 이익으로 인한 모순이 언젠가는 폭탄처럼 폭발할 것이며, 최종에는 고씨 가족이 멸망할 것임을 암시한다.

4.1.1.2. 권력 다툼과 환멸의 공간—'안방'

'堂屋'는 高老太爷가 가문의 명성과 재부를 축적하거나 지역사회의 명인이나 고위 관리들과 정치적으로 중요한 사건을 의논하거나 상류사회의 풍류놀이를 향유하는 공간인 반면에, 그와 그의 첩 陈姨太가 거주하는 '안방'은 가족의 생활을 지속해 나가는 가족적인 공간임에도 불구하고 안온하고 평온한 분위기보다는 불길하고 모순으로 점철된 공간으로 나타난다. 축첩제도는 전근대적 가부장제 사회의 산물이다. 축첩제가 확립되는 최초의 목적은 남성의 혈통을 유지하기 위한 것이었다. 그리고 이에 더하여 첩은 남성의 애욕을 충족시키고 지위나 재물을 과시하는 대용물의 역할도 담당해 왔다. 하지만 적서 간의 차별 대우가 첩을 굴욕의 굴레 속에 가두어 두었다. 가부장적 제도하에서 첩은 가정 안에서 가장 낮은 위치에 있었으며, 가정 밖의 기생들과 같이 천시를 받아 왔다.244)

> 早过了六十岁的祖父躺在床前一把藤椅上，身子显得很长。长脸上带了一层暗黄色。嘴角上又两撇花白的八字胡。头顶光秃，只有少许花白头发。两只眼睛闭着，鼻孔里微微发出一点生息。
>
> ……(省略)……
>
> 祖父还有一个姨太太。这个女人虽然常常浓妆艳抹，一身香气，可是并没有一点爱娇。她讲起话来，总是尖声尖气，扭扭捏捏。她是在祖母去世以后买来服侍祖父的。祖父好像很喜欢她，同她在一起过了将近十年。她还生过一个六叔，但是六叔只活到五岁就生病死了。他想起祖父具着赏玩书画的心情同这个姨太太在一起生活的事，不觉哑然失笑了。245)

이 부분은 학생시위대에 참가한 사실이 高老太爷한테 들통나서 안방에 불려 간 觉慧가 관찰자의 시점으로 할아버지와 그의 애첩을 묘사한 부분이다. 이 공간에 대한 묘사를 통해 할아버지 현재의 신체 상황, 그리고 이 안방에서 사는 할아버지가 애첩에 대한 깊은 애정과 애첩의 상황, 이 여인에 대한 觉慧의 태도와 여인의

---

244) 호미, 「염상섭과 빠진(巴金)의 가족사소설 비교 연구」, 서울대학교 박사학위논문, 2009:125.

245) 巴金, 『家』, 北京: 人民文学出版社, 2012:52-53.

지위, 인품 등을 엿볼 수 있다. 觉慧의 시선에 비쳐진 陈姨太는 아주 부정적인 시각으로 부각되어 있다. 진한 화장을 하고 날카로운 소리를 지르며 이리저리 비꼬아대는 등 표현으로 그녀에 대한 부정적인 감정을 표현하였다. 그녀가 근 10년간 안방을 차지하면서 가족과의 갈등을 더욱 악화시켜 권력 다툼을 벌이게 된다.

> 祖父冷笑了一声，威严的眼光在他的脸上扫来扫去，然后说："你不要扯谎，我都晓得了。他们都对我说了，这几天学生跟军人闹事，你也混在里头胡闹。……(省略)……学堂里不上课，你天天不在家，到什么学生联合会去开会。……(省略)……刚才陈姨太告诉我，说有人看见你在街上散什么传单。……(省略)……本来学生就太嚣张了，太胡闹了，今天要检查日货，明天又捉商人游街，简直目无法纪。你为什么也跟着他们胡闹？……(省略)……陈姨太带着一股脂粉香，扭扭捏捏地从隔壁房里跑过来，站在旁边给祖父捶背。[246]

高老太爷는 육체적인 향락을 추구하기 위해 첩을 맞아들인다. 때문에 高老太爷의 안방은 육체적 향락의 공간으로서 그 의미를 갖는다고 해도 과언이 아니다. 이런 상황에서 가족 내에서의 陈姨太의 지위는 낮을 수밖에 없으며 고씨 가문의 제사 장면에서 조상에게 인사를 올리는 순서에서도 그런 부분을 확인할 수 있다. 조상에게 인사를 올리는 순서는 高老太爷, 큰 마님 주씨, 그다음은 克明, 셋째 마님 장씨, 심씨이다. 그녀는 아이를 한 명 낳긴 했지만 그 아이가 요절했기 때문에 가족 내에서 지위가 낮을 수밖에

246) 巴金,『家』, 北京: 人民文学出版社, 2012:54.

없고 불안정한 생활을 할 수밖에 없는 상황에 놓여 있다. 이런 부분은 그녀와 기타 자녀, 자손과의 갈등이 해소될 수 없음을 보여주며 그녀 역시 온갖 수단과 방법을 가리지 않고 모순을 조성하여 자신의 위치를 굳히려 한다. 아마 高老太爷한테 觉慧를 부정적으로 말하는 것도 당연한 일일지도 모른다.

이러한 갈등은 가족적인 공간에서도 서로 헐뜯고 서로 믿지 못하고 자신의 이익만 추구하고 서로에 대한 가족적인 따뜻함이 없는 동기가 될뿐더러 따라서 이 공간은 인정미가 없는 싸늘한 분위기를 조성하기도 한다. 다음 부분은 병이 악화되어 안방에 외로이 누워있는 高老太爷의 심리묘사 부분이다.

> 老太爷只想一个人安静地休息片刻。他把陈姨太也遣开了。他一个人躺在沙发上，微微地喘着气。他的眼睛半睁开。他的眼前出现了许多暗影。一些人影在他的面前晃了过去。他看不见一张亲切的笑脸。他隐隐约约地看见他的儿了们怎样地饮酒作乐，说些嘲笑他和抱怨他的话。他又看见他的孙儿们骄傲地走在一条新的路上，觉民居然敢违抗他的命令，他却不能处罚这个年轻的叛逆。他自己衰老无力地躺在这里，孤零零的一个老人，没有人来照料他。他从没有感觉到像现在这样的失望和孤独。
>
> ……(省略)……
>
> 失望，幻灭，黑暗。他现在衰弱地躺在这里，没有人理他，没有人来分担他的痛苦和孤寂。他这时候才明白他在这个家庭里的真正的地位了。他觉得他不仅丧失了他的骄傲，而且连他所赖以生活的东西也没有了。他第一次感到了失望，幻灭，黑暗。他第一次觉得自己好像有点做错了。但是他还不知道错在什么地方，而且这时候即使知道，也太迟了。[247)]

---

247) 巴金，『家』，北京：人民文学出版社，2012:279-280.

高老太爷의 병이 악화되자 이 공간은 실망과 환멸과 암울한 공간으로 변한다. 가족적인 따뜻함을 전혀 찾아볼 수 없고 외롭고 쓸쓸한 공간으로 비춰져 있다. 高老太爷의 죽음은 이 공간에서의 가족 간의 모순을 더욱 첨예화시켰으며 불안정 요소를 더욱 가중시켰다. 뿐더러 엄격한 가부장 제도에 의해 유지되던 질서가 점점 사라지고 각자에게 분배될 유산을 위해 서로 아웅다웅하는, 가족의 질서가 무너지는 공간이 된다.

> "不行。单分田、分东西, 不把古玩字画拿出来分, 这样分家还是不彻底!"忽然从祖父的房里送出来克定的声音。……(省略)…… "我并不稀罕这些东西。不过现在不分, 将来也会有人独吞的。"克安生气地大声说。"凡是爹的东西, 都应该拿出来大家平分!""好! 你们主张分, 明天就分罢! 凭良心说, 我并没有独吞的心思。"克明说着, 气恼地咳了两声嗽。"三哥, 你当然不会独吞。你做律师有那么多的收入, 还稀罕这一点小东西?"克定冷笑道。[248)]

봉건적 전제 세력의 대표자인 高老太爷가 절대적인 영향력을 과시하던 공간은 5·4시기의 시대적 조류의 충격하에 파멸의 공간으로 전변된다. 高老太爷가 사망한 지 얼마 되지 않아 그들의 자식들은 재산 분배에 여념이 없고, 高老太爷의 죽음에 대해서 슬퍼하는 마음이 별로 느껴지지 않는다. 그의 죽음은 이 봉건적 대

---

248) 巴金,『家』, 北京: 人民文学出版社, 2012:294.

가정이 무너지고 봉건제도가 날로 붕괴되어[249] 가는 공간으로서의 의미를 갖는다.

陈姨太는 高老太爷가 세상 떠남에 따라 후원자가 없어졌기 때문에 지위가 더욱더 낮아질 수밖에 없었다. 집안에서 아무런 권력이 없는 그녀는 늘 가문의 정식 구성원인 후원자와 결탁하여 권력 다툼을 벌인다. 이러한 가문 안의 권력 다툼의 희생자는 당연히 가문의 약자들이다.『家』에서 고씨 가문 장손의 아내는 바로 이러한 가문 안 권력 다툼의 희생양이다. 그녀의 죽음은 축첩제로 인해 조성된 가족의 비극성을 생생하게 제시하고 있다.

高老太爷가 죽자 陈姨太는 평상시에 觉新과 觉新 모친에게 쌓인 불만에 보복하기 위해서 혈광지재(血光之灾)의 설을 온 집안에 퍼뜨려 보복의 화살을 만삭에 이른 觉新 아내에게 돌린다. 이른바 '혈광지재'라고 하는 것은 집안 웃어른의 영구가 집 안에 머물러 있는 동안 같은 집안에서 아이를 낳으면 산부가 흘린 피 기운이 죽은 사람의 몸을 침노하여 시신이 많은 피를 흘린다는 중국 남쪽 지방의 미신이다. 그런 재앙을 막을 유일한 방법은 임산부를 집 밖으로 내보내는 것이다. 그녀는 克明과 克安을 추동하여 觉新을 복종하도록 강요한다. 나약한 觉新은 어쩔 수 없이 어른들의 결정에 따른다. 결국 그의 아내는 아들 출산 이후 의료 시설이 낙후된 교외에서 쓸쓸한 죽음을 맞이하게 된다.[250] 그 후에도 진씨와 집안 구성원 간의 모순은 끊이지 않고 발생한다.

---

249) 김병활 주필,『중국현대문학사』, 연길: 연변대학출판사, 2004:289.
250) 호미,「염상섭과 빠진(巴金)의 가족사소설 비교 연구」, 서울대학교 박사학위논문, 2009:132.

> “呸, 你还有脸皮提老太爷！哪个不晓得！自从老太爷过世后, 你们那个老妖精十天有九天不归屋。哪个明白她在外头干些啥子事？”王嫂气势汹汹地骂道。“好！大家听见的！你骂陈姨太！你喊她做老妖精！好！我们一起去见她！你有本事你当面去骂！哪个不去，才不是人！……(省略)……” 钱嫂似乎扑过去扭住了王嫂, 一面喘着气断续地嚷道。
>
> ……(省略)……
>
> “我偏不叫她走！她是老太爷在时用的人, 你做儿子的管不到！”陈姨太也变了脸色尖声回答说。“放屁！你是什么东西？……(省略)……”克安劈头骂起来，就要向陈姨太扑过去，却被王氏拦住了。王氏半生气半惊惶地说：“四老爷, 你忍耐一点儿, 不要跟那个横不讲理的人一般见识。……(省略)……”251)

진씨와 가족 구성원 간의 모순이 끊이지 않을 뿐만 아니라 심지어는 하녀들까지 그녀의 뒷소리를 하는 지경에 이르렀다. 하녀가 진씨를 요사스러운 여자라고 비방하기까지 한다. 제2세대들이 그녀를 매우 깔보면서 심지어는 폭력까지 행사하려는 상황에 이른다. 이 공간에서의 첩의 지위는 너무나도 보잘것없으며, 이 공간에서 불필요한 존재로 비춰지고 있는 장면이다. 이런 상황 속에서 진씨가 자신의 지위를 높이고 신분을 확인하는 방법으로 고씨 집안의 후손을 자신의 ‘아들’로 입양하는 방법을 선택하였다.

> 陈姨太不眨眼地望着觉新慢慢地说，“……(省略)……我起先想把七少爷‘抱’过来, 我跟三老爷说, 三老爷好像不愿意, 他说等两天再说。今早晨五太太跑来说了多少好话, 要把九少爷‘抱’给我。我嫌九少爷太小, 五太太就说了

251) 巴金,『春』, 北京: 人民文学出版社, 2012:136-140.

好多闲话。后来四太太又跑来硬要我'抱'六少爷。这真叫我作难。大少爷，请你替我出个主意，看'抱'哪一个好。"[252]

이처럼 高老太爷의 첩 진씨는 집안에서의 자신의 신분을 공고히 하기 위해 모진 애를 쓰고 있음을 볼 수 있다. 高老太爷의 육체적인 향락에 이용된 진씨는 소견이 좁고 교양이 없는 인물로서, 신분 차별로 인해 기타 가족 구성원들의 천대를 받으며, 그러한 천대에 대한 보복을 감행하고자 한다. 이로 인하여 진씨는 이 집안에 불화를 조성하고 집안의 안정을 위협하는 존재일 수밖에 없다. 이처럼 高老太爷의 공간은 일제 식민지 시대를 배경으로 한 봉건적 대가정이 파멸에서 나아가는 데 있어서 중요한 소설 공간으로서의 기능을 수행한다고 볼 수 있다.

4.1.2. 『삼대』, 『무화과』의 제1세대 공간

1930년대 한국의 전형적인 가족사소설인 『삼대』, 『무화과』에 등장하는 조의관, 이의관 그리고 『태평천하』(1937)에 등장하는 윤두섭 및 『대하』(1939)에 등장하는 박성권 등 인물들은 모두 가문을 일으킨 제1세대 인물들이다. 이들은 모두 토지 투기사업이나 상업 활동을 통해서 가문의 경제적 토대를 마련한 상인 및 지주, 자본가이다.[253]

252) 巴金, 『秋』, 北京: 人民文学出版社, 2012:264.
253) 호미, 「염상섭과 빠진(巴金)의 가족사소설 비교 연구」, 서울대학교 박사학위논문, 2009:65.

4.1.2.1. 신분 상승과 재산 보존의 공간 및 가부장 권리의 박탈 공간－'사랑'

『삼대』에서 조의관의 집에서 '사랑'은 가장 중요한 공간이다. 서두에서 맨 처음으로 등장하는 공간이 바로 '사랑'이다.

> 덕기는 안마루에서 내일 가지고 갈 새 금침을 아범을 시켜서 꾸리게 하고 축대 위에 섰으려니까, 사랑에서 조부가 뒷짐을 지고 들어오며 덕기를 보고, "얘, 누가 찾아왔나 보다. 그 누구냐? 대가리꼴하고……(생략)……친구를 잘 사귀어야 하는 거야. 친구라고 찾아온다는 것이 왜 모두 그 따위뿐이냐?" 하고 눈살을 찌푸리는 못마땅하다는 잔소리를 늘여놓다가, 아범이 꾸리는 이불로 시선을 돌리며 놀란 듯이, "얘, 얘, 그게 뭐냐? 그게 이불이냐?" 하며 가서 만져보다가, "당치 않은! 삼동주 이불이 다 뭐냐? 주속이란 내 낫세(나이)나 되어야 몸에 걸치는 거야. 가외 저런 것을 공부하는 애가 외국으로 끌고 가더니 더럽혀 버릴 테란 말이냐? 사람이 지각머리가……(생략)……" 하며 부엌 쪽에 쪽치고 섰는 손주며느리를 쏘아본다.254)

조부 조의관은 칠순에 접어든 노인으로서 조씨 집안을 이끌어 가는 카리스마적 존재로 봉건주의의 전형적 인물이다. 신세대와 구세대의 갈등이 이 공간 내에 잠재해 있음을 직감할 수 있다. 조부는 손자 덕기의 친구 병화가 찾아온 데에 대해 아주 못마땅해한

---

254) 염상섭, 『삼대』, 서울: 빛샘출판사, 2000:18.

다. 이불에 대한 조부의 민감한 반응을 통하여 재산에 대한 강한 애착을 보여 줄 뿐만 아니라, 구세대와 신세대 사이의 갈등을 드러내 보인다. 또한 이 공간에 등장한 인물은 조부, 덕기, 병화이며, 제2세대인 조상훈은 거론되지 않음으로써 이 공간 내에서의 조상훈의 지위를 가늠해 볼 수 있다. 즉, 소외된, 제외된 존재임을 암묵적으로 보여 주는 대목이기도 하다.

또한 조의관이 가부장적 권위를 고집하는 절대적인 존재임을 쉽게 보아낼 수 있다. 반면에 손자 덕기는 조의관의 금전적인 지원으로 일본에 유학 가서 방학에만 잠깐 집에 들르는 존재인 것만큼, 그가 이 '사랑'에서의 위치는 별로 중요하지 않다. 때문에 이 공간에서 중요한 역할을 담당하지 못하는 그저 주변 인물에 불과하다. 이 '사랑'이란 공간은 조의관이 가부장적 권위와 재산을 보존하는 데에 관련된 일을 하는 공간이다.

> 수하동 조의관 댁 문지방 없는 솟을대문에는 언제부터인가 ○○조씨 대동보소라는 넓고 기다란 나무패가 붙기 시작하였었다. 근 이태 동안 무릇 ○○조씨라고 하는 '종씨' 쳐놓고 안 드나드는 사람이 없게 되었다. 종씨, 종씨, 보도 듣도 못하던 종씨의 사태가 났던 것이다. 그 종씨가 상훈이에게는 구실머리적고 못미땅하였다. 그러나 조의관은 그 무서유 규모로도 이 종씨들, 할아버지 아저씨 하고 덤벼드는 시골고라리 젊은 애들을 며칠씩 묵혀서는 노잣냥 주어 내려보내는 것이었다.[255]

255) 염상섭, 『삼대』, 서울: 빛샘출판사, 2000:134.

이처럼 조의관은 신분 상승을 위하여 돈을 주고 종씨를 사는 격이 되고, 이러한 그의 심리를 이용하여 많은 협잡꾼과 사기꾼들이 모여드는 조의관 댁은 부정당한 공간으로 전변된다. 조의관은 이와 같이 돈으로 족보를 사들여 신분 상승의 욕망을 이루자, 양반으로 행세하기 위하여 남의 묘소를 사들이고 모시는 데 또 거액을 들인다. 이러한 조의관의 행위는 유교적인 문벌주의, 형식주의에 뿌리를 박고 있음을 보아낼 수 있다. 이 공간 내에서의 조의관의 행위에 대해 아들 조상훈은 심한 반발심을 보여 주며, 두 세대의 갈등이 더욱 악화한다.

> "그래 대동보소 문패는 언제 떼게 될 셈인가요?" 한참만에 상훈이는 또 비꼬아서 말을 꺼냈다. "인쇄가 다 되었으니까 떼지 말래도 떼게 되겠지." "응, 그러니까 일거리가 이제는 없어져서 여관 밥값들이 밀리게 되니까 또 새 일거리를 꾸며냈단 말이지……(생략)……" 좌중은 아무도 대꾸를 안 하고 조용하다. ……(생략)…… "돈 주고 양반을 사!" 이것이 상훈이에게는 일종의 굴욕이었다.256)

상훈이는 조의관의 행위를 아주 못마땅해하면서 비꼬아서 말을 한다. 심지어 돈 주고 양반을 산 것을 일종의 굴욕이라 치욕감까지 느낀다. 부자지간의 모순이 점점 극을 치달아 올라가 이 '사랑'이란 공간은 서로가 함께 존재할 수 없는 공간으로 변해 버린다. 조의관은 제사를 지내는 것이 인간으로서 해야 할 가장 핵심적인

---

256) 염상섭, 『삼대』, 서울: 빛샘출판사, 2000:134-135.

것이라 생각하는 인물이다. 반면에 상훈은 기독교를 믿으므로 제사를 지내는 것은 우상숭배에 지나지 않는 것이라고 생각한다. 인간의 도리에 관한 인식의 차이에서 이들은 갈등을 일으킨다. 이는 전통적인 가치관과 개화 지향의 가치관 사이의 갈등을 형상화한 것으로 이 작품의 중요한 갈등의 하나로 되고 있다.[257] 한편 이 공간은 조의관의 돈에 대한 강한 집착, 재산 상속에 대한 부분을 보여 주는 공간이기도 하다.

> 덕기는 문을 걸라고 하고 큰 사랑방으로 들어갔다. 주머니의 열쇠를 꺼내서 다락문을 열었다. 문을 열면서 내닫듯이 마주치는 것은 금고다. 이 집을 사서 들제 금고를 들여놓으라고 다락을 뜯어고치고 밑바닥에 기와집 서까래 같은 강철기둥을 세우고 하던 것이 엊그제 같은데 벌써 열몇 해가 지나갔다. 그리고 이 금고지기는 세상을 하직하려 한다. 조부의 일생을 말하자면 이 금고를 지키기에 소모되고만 것이다. 언젠가 일여덟 살 적에 조부가 금고를 열고 무슨 일을 하다가 "덕기야, 너 이 속에 좀 들어가 보고 싶으냐? 말 안 들으면 이 속에 넣고 딱 잠가버린다."고 실없는 소리를 하며 웃던 것이 생각난다. 이제는 키가 갑절이나 되었으니 이 속에 들어가 갇히지는 않겠지만, 조부는 역시 자기를 이 속에 가두고 가려 한다. 덕기의 일생은 이 금고 앞에서 떨어져서는 안 될 것을 엄명하였다. 그리고 이 금고지기의 생애는 지금 이 순간부터 시자되는 것이다. 왜 의심이 부쩍 들었나? 왜 지금 이 금고를 보살피러 나왔는가?[258]

257) 염상섭,『삼대』, 서울: 빛샘출판사, 2000:271.
258) 염상섭,『삼대』, 서울: 빛샘출판사, 2000:444-445.

조의관이 일생을 바쳐가면서 지켜 왔던 '금고'의 위치가 바로 '사랑'이다. 그를 양반으로 만든 돈, 그 돈이 들어 있는 금고는 그의 일생의 전부라고 말해도 과언이 아니다. 그는 불의의 사고로 낙상을 당한 후 손자 덕기한테 이 금고 열쇠를 맡겼던 것이다. 이 부분은 조의관이 세상을 떠난 후, 덕기가 사랑에 있는 금고문을 열면서 자신의 생각을 읽는 부분이다.

조부는 일생을 사당과 금고를 지키는 데 소모하고 만 것이다. 그 금고 속에는 유서가 적혀 있었다.

> 귀순이(수원집 소생)—오십 석, 수원집—이백 석, 덕희(덕기 누이)—오십 석, 덕희 모(며느리)—백석, 덕기 처—오십 석, 상훈—삼백 석, 덕기—천오백 석, 창훈—현금 오백 원, 지주사—현금 오백원, 최참봉—현금 삼백 원……(생략)……
>
> 산을 남겨줌이 도리어 후손에 화를 끼치는 수도 없지 않기로, 내 생전에 이처럼 분배하여 놓은 것이니, 이는 나의 절대 의사라 다시는 변통하지 못할 지며, 지어 덕기 하여는 장래 조씨 집의 문장이라, 덕기 자신에게 줌이 아니라 조씨 일문에 대대로 물려 내려갈 생활의 자료를 위탁함이니 덕기 된 자 모름지기 푼전이라도 소홀히 하지 못할지니라……(생략)……259)

위의 유서에서는 조씨 일가의 재산 상황을 잘 설명하고 있다. 위에 열거한 조씨 가문의 재산 명세표가 시사하듯이 조씨 가문의 대부분 재산은 시골에 땅의 형식으로 존재하고 있으며 땅에서 수확한 쌀을 팔아 얻는 돈이 조씨 일가의 부유한 생활을 유지하는

---

259) 염상섭, 『삼대』, 서울: 빛샘출판사, 2000:447-449.

주된 재원이다. 조의관은 생의 마지막 순간에 금고 앞에 엎드려서 재산 분배를 하고 자신의 삶을 마무리하였다. 그는 자신의 최대 욕망인 가문의 융성과 번창을 위해 사당과 금고를 열심히 지켰음을 보아낼 수 있다. 이 '사랑'의 공간은 제1세대의 사망으로 『무화과』에서는 많이 등장하지 않는다. 염상섭이 1931년 9월에 『삼대』의 연재를 마치고 1931년 11월에 『무화과』를 집필하기까지는 약 두 달 남짓의 시간이 걸렸다. 이 두 작품에 등장하는 인물들은 이름만 바뀌었을 뿐 동일하다. 이 두 작품은 집안 분위기가 강압적인 봉건적 질서의 가족 시스템으로부터 자유를 추구하는 다음 세대가 등장하고 있음을 보여 준다.

『삼대』의 후속 편으로서의 『무화과』를 읽다 보면, 상대적으로 '아버지'의 존재감이 약화된 것을 확연히 알 수 있다. 『삼대』에서 가족은 부계친족 집단으로 이루어져 있고, 구성원의 핵심축은 조의관, 조상훈, 조덕기 '삼대'에 걸친 부자이다. 그리고 덕기의 아버지와 祖父는 가족 구성원에게 실질적인 영향력과 권위를 행사하는 아버지였다. 『무화과』에도 '삼대'가 등장하지만, 그들은 부계친족 집단을 유지하는 중심축으로서의 권위를 상실하거나 그 권위가 해체되고 있다.260) 『무화과』에서 조부 이의관을 이미 사망한 과거의 사람으로 등장시킴으로써 '사랑'이란 공간의 의미가 크게 부각되지 못하고 있는바, 작품에서 언급하지 않거나 언급하더라도 과거를 회상하는 방식, 혹은 아주 간단히 서술하는 양상을 보이고 있다. 조부 이의관은 원래 시골 출신이었고 후에 서울로 올

260) 김성연, 「염상섭 가족사소설 연구」, 동덕여자대학교 박사학위논문, 2012:100.

라와 재부를 축적한 인물이다.

또한 『삼대』의 금고를 모셔 놓은 공간이 바로 '사랑'이다. 『무화과』에도 『삼대』와 마찬가지로 금고가 등장한다. 제3세대 이원영은 두 개의 금고를 책임지고 있는데, 하나는 조부로부터 물려받은 금고이고, 다른 하나는 신문사의 영업국장을 하며 관리하는 금고이다. 원영은 조부로부터 금고지기와 함께 사당을 지키는 역할도 맡았지만 작품에는 거의 등장하지 않는다. 제사를 지내는 장면이나 조부를 그리워하는 장면들이 잠깐씩 등장할 뿐이다. 조부로부터 물려받은 금고 역시 조부의 뜻과는 달리 가문을 흥성시키기 위한 목적으로 쓰이지 않고 신문사를 운영한다든지, 사회사업을 위한다든지 일본에 가서 유학하는 학생들에게 학비를 후원한다든지 등 사회적으로 비교적 의미 있는 일에 쓰고자 노력하는 모습으로 그려진다. 때문에 『무화과』에서의 '사랑'이란 공간은 가부장 권리가 박탈된 공간으로, 수직 관계보다는 수평 관계의 공간으로 비쳐져 있다.

4.1.2.2. 암투와 불안의 무질서 공간—'안방'

'사랑'은 조의관의 가족의 영달과 재산 관리를 위한 공간, 금고지기의 중요한 공간인 반면에, 그 자신과 첩 수원집이 일상생활을 하는 '안방'은 안온함보다는 온통 불안과 불길함으로 점철된 공간으로, 가족 내 모순이 첨예하게 보여지는 불행한 공간이다. 교육을 받을 기회를 박탈당하고 사회조직과 격리된 가정 공간 안에만 갇혀 있는 가부장제 사회의 여성들에게 있어서 결혼은 애정 욕구를 충족시키기 위한 수단이기 전에 생존 유지를 위한 수단이라고 하는 것이 더 적당하다. 남편 생존 시에는 남편의 재산으로, 남편이 죽은 후에는 남편이 남겨 놓은 유산으로 살아가는 것이 과거 절대다수 기혼 여성들의 삶의 방식이었다. 이 중에서 남편과 나이 차이가 보편적으로 많은 첩들에게 있어서는 남편이 죽은 후 유산을 얼마나 받느냐가 중요한 문제가 아닐 수 없다. 1920-1930년대 조선 사회에서 수원집 같은 첩에게는 유산 상속권이 법적으로 보장되어 있지 않았다.261)

> 안방식구는 내다보지도 않는다. 안방식구란 덕기의 서조모 식구다. 말하자면 서시어머니가 안방에 있을 터이나 덕기의 모친은 건너가 보려고도 아니하고, 또 나어린 서시어머니는 조를 차려서 들어와 보려니 하고 버티고 앉았는지 내다보지도 않는다.
>
> 서시어머니가 안방 차지를 한 지가 오 년—따라서 덕기의 부모가 따로 나간 지도 오 년이다. 자기보다도 다섯 살이나 아래인 서시어머니하고 한 솥의 밥은 먹기 싫었다. 싫기는 피차일반이다.
>
> 부자간에도 역시 그러하였다. 노 영감은 손주는 귀애하여도 아들은 못마땅하였다. 게다가 귀한 젊은 첩을 들여앉히자니 아들식구는 밀어내었던

---

261) 호비,「염상섭과 빠진(巴金)의 가족사소설 비교 연구」, 서울대학교 박사학위논문, 2009:128.
1912년에 공포된 조선 민사령에 따라 일본 사무라이 무사계급 간의 관행이었던 단독상속제를 기초로 하여 장남의 독점상속으로서, 호주권 및 가산을 승계하는 가족 상속제를 성문화하였던 일본 민법은 한국에서 그대로 적용시켰다. 이에 따라 여성의 법적 지위는 조선의 유교적인 가부장제의 가족 질서가 일본식의 가부장적 질서와 혼합하여 오히려 여성의 지위를 더욱 악화시키는 결과를 초래했다.(서울대 여성연구소 편,『가족제도의 변화가 사회문화에 미치는 영향』, 서울대학교 여성연구소, 2002, 18-19.)

> 것이다. 또 피차에 난편도 하였던 것이다. 칠십 당년에 첩의 모에서 고명딸 겸 막내딸을 낳았다. 지금 네 살, 이름은 귀순이다. 덕기의 부모가 따로 날 때 중학교에 다니던 덕기도 물론 부모를 따라 나갔었다. 그러나 중학교 사년 때에 장가를 들자 반년쯤 부모 앞에서 지내다가 이 할아버지의 집으로 옮겨왔다. 어머니는 내놓으려고 아니하였다. 색시의 친정에서도 젊은 서시조모 밑에 두기를 싫어했다. 그러나 조부의 엄명을 거역하는 수는 없었다. 조부의 엄명은 서조모의 엄명이다. 서조모가 만만한 어린 내외를 데려다 두고 휘두르며 부려 먹기에도 알맞고 또 한 가지는 나 먹은 며느리—눈 안 맞는 며느리를 고독하게 만들자는 것이었다.
>
> 그래도 노 영감으로서는 손주 내외가 귀여워서 데려온 것일지 모른다. 또 덕기도 저 아버지보다는 조부에게 따랐던 것이다. 게다가 재산이 아직도 조부의 수중에 있고 단돈 한 푼이라도 조부가 차하를 하는 터이라 조부의 뜻을 맞추이야 하겠다는 다짐도 있었다.[262)]

조의관의 첩 수원집이 안방에 들어온 후, 아들 부부는 분가를 하게 되고, 분가를 한 후 아들과 조의관의 모순은 더 악화되었을 뿐만 아니라 나중에는 재산 쟁탈전을 치열하게 벌이는 과정을 거쳐 결국에는 재산권이 손자 덕기에게로 돌려지는 결과를 초래하였다. 수원집은 조의관이 돈 이만 냥으로 사들인 첩이다. 조의관은 자신과 모든 면에서 대립하는 아들 상훈이가 못마땅하여 득남을 목적으로 수원집을 첩으로 맞아들였던 것이다. 이처럼 수원집이 안방을 차지하게 된 원인은 조의관의 핏줄에 대한 집착에서 비롯된 것이라고 할 수 있다. 즉, 표면상으로는 수원집이 안방의 주인이 된 것 같지만, 실제로는 조의관의 욕망의 공간인 것이다. 수

---

262) 염상섭, 『삼대』, 서울: 빛샘출판사, 2000:41-42.

원집이 이 공간을 차지함으로써 아들 내외와의 갈등은 더욱 첨예화될 수밖에 없으며, 따라서 조상훈은 점점 이 공간에서 밀려나게 되며 결국에는 재산 상속권도 박탈당하게 된다.

'안방'이라는 공간은 가족 간의 공간임에도 불구하고 서로 암투와 시기, 재산을 쟁탈하기 위한 적의에 찬 공간으로 나타난다. 병이 악화되자 조의관은 사랑에서부터 안방으로 옮기게 된다.

> 조의관은 자식보다는 첩에 대한 믿음이 훨씬 강하게 드러난다. 조의관은 사랑에 누워서는 모든 것이 불편하고 안심이 아니 되고 누가 자기에게 약사발이라도 안겨서 죽일 것만 같아서 야단야단치고 안으로 옮겨 들어왔다. 아들이 있고 손자가 있고 증손자까지 두었건마는 그래도 수원집만 모두 못하였다. 수원집이 옆에 앉았기만 하면 병은 저절로 나을 것 같았다.263)

이처럼 조의관은 '사랑'이란 공간보다는 '안방', 즉 첩 수원집이 있는 공간에 대한 믿음이 더 강하고 안전감을 느낀 것 같다. 수원집은 한시도 조의관의 곁을 떠나지 못하고 '밤이나 낮이나 똥오줌을 받아 내야'264) 하지만 영감 앞에서는 전혀 내색을 하지 않는다. 이번을 계기로 공을 들여서 유산을 조금이라도 더 떼어낼 심산이었다. 수원집은 조의관이 안방에 누워 꼼짝도 못하는 기회를 빌려서 다른 가족들에 대한 중상, 모략을 서슴지 않았다.

---

263) 염상섭,『삼대』, 서울: 빛샘출판사, 2000:364.
264) 염상섭,『삼대』, 서울: 빛샘출판사, 2000:365.

> "……(생략)……한 일을 보면 열 일을 안다고 약 달이는 것도 꼭 아랫것들에게만 맡겨두고 모른 척하니 그래 지날결에라도 들여다보면 못 쓸게 무어예요. 아니, 약은 고만두고라도 어른 잡숫는 찌개 한 그릇이고 숭늉 하나라도 정성이 있으면 더운가 찬가 애가 쓰이고 들여야 보는 게 옳지 않아요
> "……(생략)……"
> 영감은 여기 와서는 잠자코 귀가 솔깃해지는 눈치다. 영감이 잠자코 말면 인제는 귀가 뚫렸구나 하고 수원집의 입은 신이 나서 입술이 더 나불거리는 판이다.[265)]

이와 같은 수원집의 험담과 모략은 가족 내 공간임에도 불구하고 서로 불신하고 암투를 벌이는 동기가 되고 심지어는 범죄적 성향이 내재해 있는 음산한 분위기마저 표출했다.

> 한나절을 들어앉았는 동안에 머리가 지끈지끈하는 것은 고사하고 어쩐지 집안에 무슨 이상한 공기가 떠도는 것 같은 감촉을 받았다. 모든 사람의 얼굴에 나타난 떠들썩한 기분과, 서로 속을 엿보려는 듯한 시기와 의혹과 모색의 빛이 덕기에게까지 전염되어 오는 것을 부지중에 깨달았다. 언제라도 서로 마음 주고 깔깔 웃는다거나 얼굴을 제대로 가지고 순편히 말 한마디라도 하는 사람들은 아니지만, 이번에 와서는 더욱 이 거친 저기압이 집 안의 어느 구석을 들여다보아도 자욱하다. 그것이 무슨 까닭인지, 어디에 원인이 있는지 덕기는 알 수가 없다. ……(생략)…… 아내의 말을 들으면 안방으로 사랑으로 밤낮 몰려서 틈틈이 수군거리는 것들이 무엇인지, 그 중간에 무슨 요변, 무슨 동티가 있을 법하다더니, 과시 아주 터무니없는 말은 아닐 것 같다.[266)]

---

265) 염상섭, 『삼대』, 서울: 빛샘출판사, 2000:366-367.
266) 염상섭, 『삼대』, 서울: 빛샘출판사, 2000:420-421.

조의관의 병이 더욱 악화되어 가자 이 '안방'이란 공간은 '돈'을 둘러싸고 어떤 음모가 꾸며지고 있는 비극적 공간이 된다. 조의관의 죽음이 가까워 올수록 수원집, 지주사, 창훈이, 최참봉을 비롯한 인간들의 움직임이 더 분주해지고 더 잔인해진다. 이 공간은 봉건적인 가부장 제도를 대표로 하는 조의관의 공간이던 것이 조의관의 존재는 점점 미약해지고 오로지 '돈을 향한 집요한 욕망들이 음험하게 꿈틀거리'267)는 공간으로 변모한다. 다시 말하면, 봉건적 가부장 제도가 엄격한 질서에 의해 유지되던 데로부터 가부장 제도의 위엄과 존엄이 점점 사라지고 재산을 쟁탈하는 무질서와 혼돈의 공간으로 뒤바뀌게 된다. 이는 조의관이 막강한 영향력을 발휘하던 봉건 가부장적인 공간이 그의 죽음으로 인해 이미 지나간 과거의 공간으로밖에 되지 못함을 의미한다.

수원집 역시도 재산을 얻기 위해 부단히 노력했지만, 원하는 만큼의 유산을 얻지 못했다. 가부장적 제도하에서 재산 상속의 결정권은 가부장인 조의관의 손에 달려 있고, 그의 대부분의 유산은 모두 손자 덕기에게로 넘어갔기 때문이다. 그녀는 겨우 '200석'의 유산을 받게 되었는데 삼년상을 마치고서야 비로소 유산을 받을 수 있는 굴욕적인 조건을 받아들여야만 했다. 수원집의 몰락은 유산상속을 둘러싼 직접 계승자와 첩의 대결에서의 철저한 패배를 의미하며, 안방에서의 그녀의 지위가 완전히 몰락되었음을 보여

267) 김윤식・정호웅, 『한국소설사』, 서울: 문학동네, 2005:188.

준다. 또한 『삼대』의 자매편이라 할 수 있는 소설 『무화과』[268]는 조부가 이미 세상을 뜬 후, 부친 이정모, 아들 이원영과 그 자녀의 이야기로, 조부의 첩이 등장하지 않는다. 조부의 죽음 이후, 부친 이정모는 『삼대』에서와 마찬가지로 재산 상속에서 소외되고 손자 원영에게 넘어가며, 부친은 금전적으로 아들에게 의존하면서 가족 구성원에 대한 권위와 영향력을 상실한 상태이다.

4.1.3. 공통점과 차이점

4.1.3.1. 공통점과 차이점 — '사랑'

파금의 『激流三部曲』과 염상섭의 『삼대』, 『무화과』에 등장하는 제1세대, 즉 高老太爷와 조의관, 이의관은 모두 자신의 노력을 통해서 많은 재부를 축적함으로써 가문을 위해서 경제적 토대를 마련함과 동시에 가문의 높은 명성과 사회적 지위를 얻는 창조적인 부친들이다. 또한 이 인물들은 가족의 융성과 번영을 자신의 최대

268) 이 소설은 전자에 『조선일보』에 쓴 『삼대』의 자매편이 될 것이다. 『삼대』를 읽은 분은 이 『무화과』도 읽을 의무가 있는 것은 아니나 될 수 있으면 읽어 주기를 바란다. 기실은 이것도 『조선일보』에 씀이 당연한 일이 부당연하게 된 것은 내 책임만도 아니다. 그리고 이 소설은 자식을 기르는 젊은 부모의 생활과 마음을 쓰는 것이기 때문에 그 자식이 장래에 꽃 속에서 자랄지 혹은 꽃 없이 자랄지 거기까지는 쓰지 못할 것이다. 그러므로 만일 나의 상상력이 허락하고 독자의 흥미가 끊어지지 않으면 자식의 살림과 마음까지도 쓸 날이 있을 것이다.(염상섭, 「작가의 말」, 『무화과』, 서울: 동아출판사, 1995.)

의 욕망으로 삼기 때문에 이를 위해서 기타 가족 구성원의 욕망을 억압하는 전제적 군주와 같은 존재들이다.[269] 따라서 '사랑'이란 공간은 제1세대들이 자신의 가부장적 지위와 가정의 융성을 추구하는 절대적인 공간으로 될 수밖에 없다. 이러한 절대적 공간이나 두 작가의 작품에서 제1세대들이 세상을 뜨고 난 후, '사랑'에 대한 서사는 연중행사나 제사 등 행사에 대해 서술하긴 했지만, 서술 편폭이 많이 줄어들었음을 보아낼 수 있다.

'사랑'은 이러한 절대적 공간임에도 불구하고 서로 다른 특징을 지닌다. 즉, 高老太爷의 공간은 중국 봉건 신사 계급에 속한 전제적 군주의 절대적인 권위의 공간으로 비쳐진다.『삼대』,『무화과』의 공간은 1930년대에 새롭게 부상한 신흥 지주—자본가 계층의 신분 상승과 재산 축적의 공간으로 비쳐진다. 이러한 차이점은 제사에 대한 서술에서 선명하게 드러내 보인다.『激流三部曲』에서 高老太爷의 절대적 권위를 상징하는 堂屋에서는 고씨 집안의 제사뿐만 아니라 여러 가지 명절 행사가 진행되어 왔다. 이러한 장면 묘사는 봉건적 대가정의 절대적 권력 구조를 재차 확인시켜 주었으며, 가족 구성원 그 누구도 반기를 들지 못함을 보아낼 수 있다.

반대로 조의관은 돈을 주고 족보를 사들여 신분 상승의 욕망을 이루려 하였으며 심지어는 양반 행세를 하기 위해 남의 묘소를 지산하는 데도 거액의 돈을 들인다. 이는 외국에서 개화사상을 접하여 기독교를 믿는 아들 상훈이의 불만을 자아냈으며, 상훈이는 돈으로 사들인 조상에 제사를 지내려 하지 않았다. 이처럼 두 작가

269) 김병활 주필,『중국현대문학사』, 연길: 연변대학출판사, 2004:289.

작품의 '사랑'은 권력 구조가 서로 다르기 때문에 『삼대』의 조의관은 돈으로 사들인 신분을 지켜나가기 위해 '금고'에 강한 집착을 보이며 생의 마지막 순간까지도 금고 열쇠를 손자한테 물려주려고 갖은 애를 쓴다.

『무화과』에서도 역시 조부 이의관이 손자 이원영에게 금고를 물려줘 관리하게 하였다. 염상섭 작품의 조부는 '사랑'의 기초가 약하기에 불안한 공간에 불과한 반면에 高老太爷의 공간은 오래전부터 봉건 가부장제도하에 굳건히 지켜온 공간인 만큼, 조의관처럼 불안한 모습은 전혀 찾아볼 수 없고 오히려 사치하고 부패한 모습을 드러내 보였다. 그는 이 공간에서 조상에 대한 제사를 지낼뿐더러 자신의 생일을 축하하기 위해 상류계층 인물들과 기생들까지 끌어들여 조잡한 상황을 연출하기에 이른다.

앞에서 설명한 바와 같이 『激流三部曲』의 '堂屋'는 안정된 절대적 공간인 반면에, 『삼대』, 『무화과』의 '사랑'은 불안정한 요소를 지니고 있는 만큼, 서술 방식 면에서도 차이를 보이고 있다. 다시 말하면 두 작가 모두 '사랑'에 대해 비판적이긴 하지만 『激流三部曲』의 서술자는 이 절대적 공간에 직접 등장하여 비판적 입장을 드러내 보인 반면에 『삼대』, 『무화과』에서는 서술자가 직접 등장하지 않고 은폐하는 입장을 연출하였다. 이는 염상섭이 제1세대의 공간을 완전히 부정하지 않고 타협과 화합을 도모하려는 입장과 파금이 봉건 가부장제도의 절대적 권위와 절대 타협하지 않으려는 입장을 잘 드러낸 부분이라 할 수 있다.

4.1.3.2. 공통점과 차이점 — '안방'

두 작가의 작품에서 '사랑'이란 공간이 가부장적 가족의 영위와 영달을 위한 중요한 공간인 반면에, '안방'은 제1세대들이 '첩', 즉 진씨, 수원집과 함께 생활하는 공간이다. 이 두 인물은 모두 하층민 출신이며 재산이 많은 지주, 자본가에게 팔려 후실로 들어간 것이 공통점이다. 이러한 공통점 때문에 '안방'이라는 공간은 안온함보다는 불길함과 불안으로 엉클어진 공간, 즉 가족 내 모순이 첨예화되는 공간으로 될 수밖에 없다.

이 '안방'이란 공간에서 진씨와 수원집은 모두 제1세대들의 본처가 세상 뜬 상황에서 후실로 들어오긴 했지만, 가족 내에서의 지위가 여전히 높지 못하며 가족 구성원들의 천대를 받아 왔다. 조의관과 高老太爷가 첩을 들인 목적은 모두 욕망의 표출이라는 공통성을 지닌다. 『激流三部曲』에서 진씨는 재산에 대한 쟁탈을 겉으로 드러내지 않고 권력 다툼에 중점을 두었다. 이러한 권력 다툼에서 승리하기 위해 그녀는 갖은 수단과 방법을 가리지 않고 자녀, 자손과의 모순을 조성하거나 고씨 집안의 후손을 자신의 '아들'로 입양하는 방법까지 선택하였다. 이로 인하여 진씨는 이 집안에 불화를 조성하고 집안의 안정을 위협하는 존재일 수밖에 없다. 봉건적 전제 세력의 대표자인 高老太爷가 절대적인 영향력을 과시하던 공간은 5·4운동의 시대적 조류의 충격하에 파멸의 공간으로 전변된다. 그의 죽음은 이 봉건적 대가정이 무너지고 봉건제도가 날로 붕괴되어[270)]감을 의미하는 공간으로서의 의미를

---

270) 김병활 주필, 『중국현대문학사』, 연길: 연변대학출판사, 2004:289.

갖는다. 이처럼 高老太爷의 공간은 일제 식민지 시대를 배경으로, 봉건적 대가정을 파멸에로 이끄는 데서 중요한 소설 공간으로서의 기능을 수행한다고 할 수 있다.

조의관은 욕망의 표출을 위해 첩을 들인 것도 있지만 이외에도 가족 번식을 위한 원인이 가배된다. 조의관과 조상훈의 모순이 악화되면서 아들보다는 첩, 즉 수원집 몸에서 득남하여 가족 상속권을 나눠주려 했던 것이다. 하지만 수원집이 딸을 출산하는 바람에 안방에서의 지위가 굳건하지 못하고 불안할 수밖에 없었다. 이런 상황에서 조의관의 병이 악화되면서 이 공간은 '돈'을 둘러싸고 온갖 잡당들이 모여들어 음모를 꾸미는 추잡한 공간으로 변하여 결국은 무질서와 혼돈의 장소로 타락할 수밖에 없었다. 수원집이 재산을 쟁탈하는 모습은 노골적이면서도 추잡한 모습으로 비춰진다.

4.2. 『激流三部曲』과 『삼대』, 『무화과』의 제2세대 공간

4.2.1. 봉건 사대부 계층의 기생충적 공간—'金陵公寓', '小公馆'

파금의 『激流三部曲』에 등장하는 克安, 克定 형제는 모두 타락한 제2세대에 속한다. 克安, 克定 형제는 『红楼梦』과 같은 중국 전형적인 가족사소설에 등장하는 타락한 '호강스럽게 자란 귀족 집안 자식'에 속한 인물이며 이들의 타락은 중국 봉건 사대부 계층의 몰락을 상징하고 있다.[271] 이 작품에 등장하는 제2세대 克安과 克定은 중국 전통 봉건사회의 유교 경전인 '사서오경'에 대한 체계적인 학습과 시와 문장 훈련이 그 중심 내용을 이룬 교육을 받은 구식 지식인들이다. 제2세대에 속하는 이 부정적인 인물들은 각각 당시의 시대적 배경으로 인한 원인 때문에 사회 진출에 실패하고 따라서 타락된 인물들이다. 조상훈의 이념적 혼란이 조선(한국) 사회가 개화기에서 식민지 체제에 들어서면서 조성된 지식인들의 이념적 혼란성을 대변하고 있다면 克安, 克定 형제의 타락은 중국이 봉건사회에서 근대사회로 이행하는 과정에서 초래한 봉건 사대부 계층의 몰락을 보여 주고 있다.[272]

『激流三部曲』의 克安, 克定 형제는 근대적 자의식을 전혀 형성하지 못하고 있으며, 부친 高老太爷의 봉건 사대부의 사고방식과 생활 방식을 그대로 수용하고 있는 인물들이다. 1920-1930년대 서방 제국주의 국가들의 자본이 중국에 유입됨에 따라 연해 일부 도시에서는 어느 정도 공업이 발전하고, 초기 산업 사회의 양상을 보였지만, 대부분의 내륙 지방은 여전히 낙후한 농업사회의 생산 방식에 머물러 있었다. 고씨 집안을 대표로 하는 중국 마지막 봉건 왕조 청나라 말의 관료—지주계급들은 자신들이 가지고 있는

271) 호미, 「염상섭과 빠진(巴金)의 가족사소설 비교 연구」, 서울대학교 박사학위논문, 2009:79.
272) 호미, 「염상섭과 빠진(巴金)의 가족사소설 비교 연구」, 서울대학교 박사학위논문, 2009:80.

정치적 특권으로 광대한 토지를 차지함으로써 부유한 생활을 유지한다. 그러나 이들은 축적한 재부를 다시 자본으로 재생산에 투자하지 않고 토지 확장을 위하거나 일상생활에서 소비해 버리고 만다.273)

따라서 克安, 克定의 공간은 부정적 색채를 띠며 그 공간은 주로 金陵公寓와 小公馆이다. 이 공간을 그들의 타락의 상징적 공간으로 정한 이유는 高老太爷 생전이나 사망 후에도 그들 형제가 음주, 마작, 첩치가 등의 주요한 활동 무대로 활용했기 때문이다. 克安, 克定이 주체가 되는 이 공간들은 봉건 사대부 계층의 몰락으로 인해 점점 타락의 공간으로 나타난다.

> 后来他们走进了一个僻静的巷子，巷子曲折，脚下是鹅卵石铺的路，穿皮鞋的脚走起来相当吃力。两边是不十分高的土墙，院子里高大的槐树把它们的枝叶伸到墙外。有一家墙内长了两株石榴树，可惜鲜艳的花朵已经落尽，只剩下一些在都市里憔悴了的淡红色的小石榴悬在绿叶丛生的树枝上。这一带是异常地清净，独院的小小的黑漆大门掩着，偶尔有一两个人进出。274)

이 부분은 觉民, 觉慧 형제가 발견한 '金陵公寓'로 가는 골목과 대문에 대한 환경묘사이다. '金陵公寓'란 공간으로 이동하는 도로는 드넓은 대로가 아니라 아주 좁은 골목이었으며 걷기도 불편하였다. 高老太爷 몰래 기생을 탐하고 음주, 오락을 위해 마련한 공

273) 호미, 「염상섭과 빠진(巴金)의 가족사소설 비교 연구」, 서울대학교 박사학위논문, 2009:80.
274) 巴金, 『家』, 北京: 人民文学出版社, 2012:218.

간, 다른 사람에게 발견되지 않을 은폐된 공간을 선택했기 때문이다. 환경묘사에서 '유감스럽다', '초췌하다', '조용하다', '검다' 등 하강적 형용사들을 사용함으로써, 서술자가 직접 개입하여 이 공간에 대한 부정적인 색채를 드러내 보인다. 이 골목은 아주 조용하고 대문도 항상 닫혀 있고 가끔 한두 사람이 드나드는 아주 폐쇄적이고 은밀한 공간임을 인식할 수 있다.

> "当然, 他现在有两个家了。……我不久以前就听见高忠说起过, 不过那个时候我并没有留心。现在才想起来了。……好, 我们不久又有把戏看了！"
> "我也明白了, 不过家里的人恐怕还不晓得"觉民带笑说。"这个地方离三爸的律师事务所不远, 三爸怎么会不晓得? 我看总有一天会晓得的, 横竖又有把戏给我们看了"觉慧轻蔑地说, 这时候他有了一种奇怪的感觉, 他忽然觉得自己的道德的力量超过那个快要崩溃的空虚的大家庭之上, 他并不以为这是夸张的想法。[275]

이 부분에서는 觉慧와 觉民의 대화로 앞으로 이 은밀하고 폐쇄된 공간 때문에 어떤 폭풍이 일어나리라는 것을 경멸적으로 암시하고 있다. 克安, 克定의 무절제한 애욕 추구는 곧바로 도덕적 타락으로 이어진다. 서술자는 전지적 시점으로 觉慧의 심리를 빌어 두 삼촌에 대한 경멸을 표현하였으며, 따라서 이 공간의 비극성을 더욱 강조하였다. 하지만 서술자가 전지적 시점으로 인물의 심리를 지나치게 드러내는 점은 작품의 긴장성을 떨어뜨리는 단점도

---

275) 巴金,『家』, 北京: 人民文学出版社, 2012:219.

있다. 서술자는 觉慧, 즉 주변 인물의 심리를 빌려 克定, 克安의 도덕적 타락성을 제시하였을 뿐만 아니라 당사자, 즉 克定의 심리를 빌려서도 방탕성을 보여 주고 있다.

> 他甚至很仔细地注意她的一举一动，丰腴的圆圆的脸，弯弯的眉毛，媚人的流动的眼睛，不大不小的嘴唇，这些都是他的妻子所没有的，尤其可爱的是她那亭亭玉立的身材，比他妻子沈氏的短胖的身子好看多了。她在微笑或者在用眼睛瞟人的时候，似乎有一种使人不能抗拒的力量。她的眼光忽然落在克定的鼻子略高的白皙的长脸上，克定不自觉地红了脸。她慢慢地把眼光移开，微微地一笑。[276]

이 부분은 군벌들이 고씨 집안에 쳐들어온 위기에 처한 상황 속에서도 군벌 첩의 일거수일투족에서 욕정을 느끼는 克定의 심리 묘사이다. 이 부분에서도 역시 서술자가 직접 개입하여 여자의 고혹적인 몸매에서 느끼는 음탕한 욕정을 표현하고 있다. 서술자는 이처럼 직접적으로 작품 속에 개입하여 인물의 심리를 훤히 꿰뚫어 보면서 타락한 인물을 직접적으로 비판하고 있다.

克定은 이러한 '유혹적인 무서운 매력'의 노예로 전락하면서 그런 생각들이 수치스러우며 그 여자를 생각하는 것은 잘못이라고 생각하였으나 어쩐지 그 여자를 잊을 수가 없었다. 그는 결국 자신의 이런 수치스러운 생각에 대한 합리화를 아버지에게서 찾는다. 高老太爷의 첩을 들인 이런 행위가 자식들한테도 고스란히 대물림되는 역할을 할 수밖에 없다. 高老太爷의 향락을 일삼는 타락

---

276) 巴金,『家』, 北京: 人民文学出版社, 2012:171-172.

성이 그의 아들한테도 이어짐으로써 봉건 대가정이 몰락의 길로 나아갈 수밖에 없는 상황을 여실히 보여 주는 대목이다. 이는 高老太爷의 아들 克安, 克定이 '金陵公寓'란 공간을 마련하고 결국 파멸에로 나아가는 원인을 제공한 것으로 된다.

> 淑华开始卖弄似地说了下面的话: "五爸在外头讨了姨太太, 租了小公馆, 家里头没有一个人晓得。他把五婶陪嫁过来的金银首饰拿去了, 说是借给别人做样子, 好久不还来。五婶向他追问, 他总是一味支吾着, 后来五婶追问得急了, 他才说是弄掉了。……(省略)……恰好五婶下午到商业场去买东西, 碰见一个女人坐着五爸的轿子, 在商业场门口下轿, 而且高忠还跟在后面。她今天便找个机会把高忠留在家里, 逼着他说出五爸的事情。高忠果然说出来了。五爸拿去的首饰, 有的是拿去当卖了, 有的是给那个新姨太了。五婶才跑去告诉爷爷。……五爸的新姨太是个妓女, 叫做什么'礼拜一'。……"277)

이는 또한 제삼자의 대화를 통해 克安, 克定 형제의 추악상이 가족에게 드러나는 순간이다. 이 집은 도박, 축첩 등 욕정의 퇴폐적 향락의 공간으로서, 高老太爷 아들들의 파멸을 보여 주는 비극적 공간이다. 克定은 키가 작달막한 자신의 아내를 미워하면서 '金陵公寓'에 첩을 끌어들인다. 경제권이 高老太爷한테 있기 때문에 그는 아내의 장신구를 저당 잡혀 그 돈으로 첩과의 방탕한 생활을 즐긴다. 高老太爷는 그의 사랑 혹은 안방에서 가족의 운영을 위해 고군분투하는 반면에 克安, 克定 두 아들은 가족의 영달에는 전혀 관심이 없고 재산을 소모하는 그런 기생충형 생활을 한다.

---

277) 巴金,『家』, 北京: 人民文学出版社, 2012:275.

이런 아들들의 모습에 충격을 받은 高老太爷는 병까지 얻게 되지만 이들의 타락은 멈출 줄 모른다.

> 克安有时在家写字做诗，有时出去看戏，或者到"金陵公寓"去玩。克定趁着老太爷生病管不到他的时候，整天躲在"金陵公寓"里面打牌，跟女人调笑。他只有早晚在家，而且照规矩早晚到老太爷的房里问安一次。老太爷的病并没有给这个家带来大的骚动。278)

이 부분에서 제2세대가 봉건제도의 계승자임에도 불구하고 그것을 전혀 인지하지 못하고 타락의 끝을 보여 주고 있다. 부친이 병상에 누워 있음에도 불구하고 그들 형제는 '金陵公寓'에 모여 마작을 놀고 계집을 희롱하고 있었다. 이러한 상황에서 高老太爷는 최후의 발악으로 이 국면을 유지하려 하지만 그것은 불가능한 것이었다. 克定과 克安은 봉건제도를 계승하기 위한 노력을 하는 것도 아니고 그렇다고 더 자유로운 삶을 살기 위해 투쟁하는 것도 아니며 다만 개인적인 향락을 위해 처신하는 인물들이다. 이 인물들이 타락한 일면을 보여 주는 동시에 봉건지주계급으로서의 비인간적이고 잔인한 면도 보인다. 그들의 잔학성은 음력설을 맞아 용등놀이를 구경하는 장면에서도 구체적으로 표현된다.

> 克定自己也拿着一筒花炮站在那里，看见人逼近，马上把花炮燃起来，向四面放射。那个玩宝的人是一个年轻小伙子，他走过来，正碰上克定的花炮，

---

278) 巴金,『家』, 北京: 人民文学出版社, 2012:282.

> 火花贴在他的身上烧, 他发出一声尖锐的哀叫, 急急地跑开了, 但又被文德的花炮烧得退回来, 狂乱地抖着身子, 一头都是汗珠。这时克定把花炮正对着另一个玩龙尾的人放, 忽然瞥见玩宝的人站在旁边发抖, 便笑道: "你冷吗? 我再来给你一把火!" 又把花炮转过来向着他猛射。他吃了一惊, 便用他的宝来抵御。279)

克定은 관중들더러 추운 겨울인데도 맨살을 드러내고 용등을 휘두르는 사람들을 향해서 폭죽을 쏘도록 권장한다. 그는 불꽃에 살이 타 비명을 지르는 용등놀이꾼을 보고 변태적인 쾌감을 느낀다. 이는 하층인들을 무시하고 인간 취급을 하지 않는 봉건지주계급의 잔인성을 보여 준다. 이처럼 克定에게 있어서 하층인들은 인간이 아닌 단순히 자신들의 놀잇감에 불과했다. 이런 잔인함과 타락상은 결국 이 가족의 몰락을 가속화하였으며, 高老太爷가 사망한 지 얼마 되지 않아 이들 형제들은 재산 분할을 위한 싸움을 벌이는 막장의 상황을 연출한다. 부친의 사망을 슬퍼하는 대신에 재산을 더 쟁취하기 위한 데만 관심을 보이고 있다.

> "高静之, 你凭良心说, 你哪点对得起我沈书玉? 我娘家哥哥刚刚搬到外州县去了, 省城里没有人, 你就不把我放在你眼睛里头! 你就欺负我一个人!" 沈氏的夹杂着愤怒和悲伤的声音在对面厢房里突然响起来。……(省略)……"你把我的金银首饰都出脱干净了, 我没有向你算过帐。你还不宜好。你在外面租了公馆, 讨了'监视户'做小老婆, 我也不管你。如今你胡闹得还不够, 你居然闹到家里头来了。你这个没有良心的东西!"……(省略)……

---

279) 巴金, 『家』, 北京: 人民文学出版社, 2012:130.

> "喜儿是跟我陪嫁过来的丫头。她是我的人。我早就不放心你这个色鬼，所以早早把她嫁出去。现在她丈夫才死几个月，你就来欺负她！喜儿又不是西施，亏你看得上？你是什么老爷？你把你们高家祖宗三代的德都丧尽了！"沈氏数数落落地骂着，这中间夹杂了克定的不断的"你敢再说"这一类的威胁。[280)]

> 中间一个长满野草的小天井。正面三间房屋。左右各有一间小小的厢房。正面房里都有灯光。他们就往有灯光的地方走去。他们走进当中那间厅堂，便闻到一股鸦片烟味。这是从右边屋里出来的。……(省略)…… 床上放着一个烟盘子，烟灯燃着，克安躺在一边，嘴里衔了烟枪用力吸着。张碧秀躺在他对面，左手拿着烟枪，戴着金戒指的右手捏了铁签子在按那个装在烟枪小洞上呼呼地烧着的烟泡。[281)]

첫 번째 예문은 심씨가 남편 克定에게 여성문제로 불만을 토로하는 장면이다. 그녀는 분노와 슬픔이 섞인 목소리로 남편한테 울분을 토로하였다. 克定은 첩치가를 위해 아내의 귀금속을 팔았으며, 심지어는 밖에 公馆을 마련해 놓고 기생과 방탕한 생활을 즐기고 있었다. 그 기생의 이름은 '월요일'이라고 불렀는데, 젊고 아름다운 여인이었다. 그녀는 갸름한 얼굴에, 가느다란 눈썹, 빨간 입술, 옥색의 치마를 입고 公馆에서 克定과의 부적절한 관계를 즐기고 있었다. 克定은 심지어 아내의 하녀까지 건드리기에 이른다. 화자는 비판적 시각으로 기생과 克定의 부화방탕한 관계를 그려 내었다.

두 번째 예문은 觉新과 觉英이 克安의 뒤를 밟아 기생과 함께

---

280) 巴金,『春』, 北京: 人民文学出版社, 2012:121-122.
281) 巴金,『秋』, 北京: 人民文学出版社, 2012:435.

거주하는 공간에 이르게 되는 부분이다. 克安과 기생이 거주하는 公馆에서 매캐한 아편 연기가 뿜어져 나오고 두 남녀가 침대에 누워 아편을 게걸스럽게 피워 대는 모습을 상세히 묘사하였다. 이처럼 두 형제는 公馆이란 공간에서 여성들과 지냈을 뿐만 아니라 대담하게도 집에까지 끌어들이는 행각을 드러낸다. 克定은 기생들과의 부화방탕한 생활을 이어가기 위해 땅을 적잖게 팔았으며, 克安은 주식을 팔겠다고 주장한다. 그들 형제의 이런 행위들은 제3세대와의 모순을 격화시키기에 이르지만, 觉新으로서는 어찌할 도리가 없었고 결국은 高氏 公馆을 팔아야 하는 지경까지 되었다. 파금이 『激流三部曲』을 창작한 목적은 고씨 집안을 대표로 하는 봉건 대가족의 멸망이 일종의 역사적인 필연이라는 것을 제시하는 데에 있다. 결국 제2세대와 기생과의 극도로 타락한 설정에서 작가는 가부장제 가족 질서에 대한 강한 비판의식을 드러내고 있으며, 따라서 1920-1930년대 중국 사회의 가부장제 가족 질서의 붕괴를 상징하기도 한다.

4.2.2. 개화기 지식인의 퇴폐적 향락의 공간—'화개농', '×농'

염상섭의 『삼대』에 등장하는 제2세대의 주요 인물인 조상훈은 도덕적으로 타락하는 부정적인 인물이다. 염상섭은 아버지 세대 인물을 정신적, 도덕적으로 타락한 인물로 형상화함으로써 당시 한국 사회의 과도기에 처했던 지식인의 이념적 혼란성 및 황폐성을 드러내고 동시에 한국의 식민지 시대에 대한 부정의식을 드러냈다.[282] 조상훈은 정신적 뿌리를 '개화기'라는 시대에 두고 있다. 개화기는 한국 사회가 봉건적 요소를 철폐하고 근대적인 국가로 급속히 발전되었던 시기라고 할 수 있다. 이 시기에 구한말 사회는 인습과 전통의 구속을 벗어나 새로운 지식을 받아들이고 일반 민중들에게 개화 계몽사상을 보급한다. 개화기는 새로운 것을 창조하겠다는 욕구보다는 낡은 것에서 벗어나려는 욕망이 선행되어 신-구세력이 대립한 가운데 낡은 것이 일단 부정되는 시기였다.[283]

이러한 시대적 배경 속에서 성장하고 미국에 유학까지 다녀온 조상훈은 근대적 문물과 사고방식에 눈을 뜬 지식인이다. 때문에 조의관의 눈에 비친 조상훈의 공간은 부정적인 공간이며 두 사람의 공간은 서로 대립적 상황에 놓여있을 수밖에 없다. 조의관의 공간은 철저한 가부장 제도의 절대적인 공간인 데 반해, 조상훈의 공간은 사회 현실에 대한 인식의 불철저성으로 하여 차츰 윤리적으로 타락해 가는 공간으로 나타난다.

일제 식민지 치하에 한국의 정치적인 지배층은 일본인이 독점하였으며, 한국인은 그 지배층에서 완전히 소외된 상황이었다. 때문에 합방 이전에 일본 등지로 유학한 개화기 지식인들은 나라가 식민지화되면서 유학 당시의 개화 의지와 포부를 실현할 수 없었다. 따라서 정치에로의 진출은 봉쇄될 수밖에 없었고 조상훈은 사회단체나 종교 단체를 통해 활동하게 된 것이다. 하지만 조상훈의

282) 호미, 「염상섭과 빠진(巴金)의 가족사소설 비교 연구」, 서울대학교 박사학위논문, 2009:73.
283) 국어국문학편찬위원회, 『국어국문학자료사전』, 서울: 한국사전연구사, 1995:155.

종교 입문은 전통적인 가치관에 대한 정확한 분석과 인식이 없이 전통을 무조건 거부하고 외래문화를 무비판적이고 피상적으로 받아들였기 때문에 그의 몰락은 처음부터 예고된 것이었고 우연이 아니라 필연적이다.

이처럼 조상훈은 기독교에 입문하지만 사회 현실에 대한 이념 체제를 확립하지 못하고 결과적으로 기독교를 내세우고 개인의 안일 추구에만 전념하다 보니 점점 더 나락으로 떨어질 수밖에 없는 부정적 인물로 되었기 때문에 그의 주체적 공간인 화개동 역시 부정적인 공간으로 비춰질 수밖에 없다. 화개동, 즉 조상훈이 주로 거주하는 공간은 첩을 끌어들이고 음주, 도박 등 퇴폐적 향락의 공간으로서, 타락의 나락으로 떨어진 나머지 완전히 파멸되어 가는 비극적 공간이다.

> 식사도 사랑, 잠도 사랑, 세수까지도 사랑에서 내다가 하는 것이었다. 남편의 코빼기도 못 보는 날이 많다. 그래도 남 보기에는 그리 의가 좋지 않은 것 같지도 않다. 검다 희다 말이 도대체 없기 때문이다. 그가 특별히 하느님의 아들 노릇을 하기 때문에 세속 일에 대범하고 초연해서 그런지? 도를 닦아서 여인에게는 근접을 안 하느라고 그런지? 어쨌든 사십에 한 둘 넘은 이 중년부인은 얼굴을 잊어버리게 된 남편을 미워하고 원망하는 것이나.284)

조상훈은 '사랑'에서 잠도 자고 세수도 하고 식사도 하면서 아내와의 공동 공간인 '안방'에는 거의 들어가지 않는다. 때문에 아

284) 염상섭, 『삼대』, 서울: 빛샘출판사, 2000:43.

내는 '남편의 코빼기도 못 보는 날이 많다'. 이 작품은 삼인칭 전지적 시점으로서, 이 부부의 내면을 들여다보면서, 아내가 '남편을 미워하고 원망한다'고 설명한다. 즉, 조상훈이 대부분 시간을 '사랑'에서 보내고 '안방'에 거의 출입하지 않는 부분에서 아내가 남편의 버림을 받았음을 보여 준다. 이처럼 아내에게 잔혹할 정도로 차가운 조상훈이 사랑에서 주로 하는 일은 조의관이 사랑에서 하는 일과 전혀 다른 성질을 띤다. 조의관은 '사랑'에서 가문을 위해, 금고를 지키는 일을 하는 반면에 조상훈은 가문을 위하는 일도 아니고 금고를 지키는 일도 아닌 소비만 하고 타락하는 생활 태도를 보인다. 그는 이곳을 마작 놀이를 하거나 술을 마시는 등 허송세월하는 공간으로만 이용한다.

> 덕기가 간 뒤부터 눈발이 날리기 시작하였다. 화개동 사랑에서는 손님들이 그저들 가지 않고 앉았다가 마작판을 벌이었다. 오늘은 금요일이라 여기 모인 사람들은 교회에 볼일들이 없는 판에 눈이 오기 시작하니까 한 판 놀자는 생각들이다. 누구의 머리에나 끝장에는 청요리 접시라도 나오거나 늘 가는 '그 집' ―숨은 술집에는 가게 되리라는 희망이 있는 것이다. 밖에서는 함박눈이 퍼부어서 삽시간에 하얗게 쌓이니 우중충하던 방안이 도리어 환하여졌다. 교인들의 놀이라 그런지 사랑문을 닫아걸어 버리고 조용히들 앉아서 노는 모양으로 수군수군할 뿐이요 마작 짝 부딪는 소리만 자그락댄다.[285)]

조상훈의 집은 폐쇄된 사회에서 정치적으로 좌절된 자가 교단

285) 염상섭, 『삼대』, 서울: 빛샘출판사, 2000:178-179.

에서 벗어나 이중생활을 즐기는 허구적 지식인의 장소로 탈바꿈하게 된다. 그는 이른바 이태 동안이나 미국에 다녀오고 도도한 웅변으로 설교하는 표면적으로 충실한 기독교인이다. 하지만 그는 "하느님 앞에서는 누구나 형제자매지만 집에 들어오면 양반이라 해라를 하는"286), 그런 봉건적 사고방식을 완전히 탈피하지 못했는바 과도기적 상황에서 벗어나지 못했다. 이처럼 그의 집은 마작꾼들의 집합 장소로 전락되어 갔으며 문지기 아범의 실수로 덕기를 만나러 온 김병화가 우연히 조상훈의 집에서 이들의 향락을 목격하게 된다. 마작을 즐기는 조상훈에 대한 김병화의 비판적 발언은 향락만 추구하는 부르주아계급의 타락성을 비판적으로 제시하고 있다.

> "하필 술을 먹고 논다 해서 말씀이 아니라 기분으로나 양심으로 말씀입니다. 술이나 먹고 마작이나 하고 농세상으로 지내니까 자유스럽고 유쾌하고 평화스러우리라는 그런 타락한 인생관이 어디 있겠습니까마는 지금 말씀하신 그 긴장한 정신, 긴장한 생활이란 것이 무엇을 위한 것이었던가를 생각하실 필요가 있겠지요. 종교생활보다도 더 긴장한 생활, 더 분투의 생활이 있는 것을 생각하셔야지요……"287)

이 부분에서는 조상훈의 공간에서 제삼자 인물 시각으로 조상훈의 타락한 상황을 제시하고 있다. 조상훈의 아들 친구한테 타락한 인생관을 지적당하리만치 그는 수치스러움 자체도 느끼지 못할 정도로 변해 버렸던 것이다. 그는 부친에게도 자식에게도 심지어는 자식 친구에게도 비판받는 부정적인 인물로 부각되어 있으

---

286) 염상섭, 『삼대』, 서울: 빛샘출판사, 2000:180.
287) 염상섭, 『삼대』, 서울: 빛샘출판사, 2000:184.

며, 그의 공간 역시 점점 파멸되어 가는 공간으로 된다. 이처럼 처음에는 마작이나 놀고 술이나 마시는 향락을 즐기는 공간으로써, 이중생활을 즐기는 공간으로부터 차츰 개인의 원초적인 본능을 즐기는 퇴폐적인 공간으로 변모되는 양상을 나타냈다.

> 경애는 다짜고짜 안으로 들어갔다. 주인마님은 안방에서 유리구멍으로 내다보다가, 고개를 오므라뜨리고 원삼이 처만 부엌에서 밥상을 보다가 그래도 어제 한번 보아서 낯이 익다고 반색을 한다.
>
> ……(생략)……
>
> "얼마나 속이 썩으십니까? 잠깐 지나는 길에 영감께 권고나 하고 갈까 하고 들어왔습니다." 경애는 얼마쯤 동정하는 소리를 남겨놓고 사랑으로 나와버렸다. 마루 위로 잡담 제하고 올라서며 문을 똑똑 두드리니 속살속살 이야기하는 소리가 뚝 그치고 상훈이가 마주 나오면서 몹시 당황해한다. 의경이는 세수대야를 곁에 놓은 채 체경 앞에 돌아앉아서 머리를 가리고 앉았고, 영감은 지금 막 일어난 모양이다.
>
> 체경 속에 비친 의경이는 잠깐 놀라는 기색이더니 시치미 떼고 빼쭉 웃으며 그대로 앉아서 빗질을 하고 있다. "신혼재미가 어떠신가요. 하지만 이게 뭐예요. 남의 집 귀한 따님을 데려다 놓고 곁방살이를 시키다니?"[288]

드디어 상훈이의 집에서 그의 부인과 첫 번째 첩 경애, 두 번째 첩 의경이가 맞닥뜨리게 된다. 조상훈은 "귓머리 맞풀고 이삼십 년을 살던 조강지처까지 내몰려고, 나이 오십 줄에 들어도 정신을 못 차리고 입에서 젖내가 나는 년을 집구석으로 끌어들"[289]여 새

288) 염상섭, 『삼대』, 서울: 빛샘출판사, 2000:559-560.
289) 염상섭, 『삼대』, 서울: 빛샘출판사, 2000:552.

살림을 차리게 된다. 이는 그가 이제 입에 발린 말로나마 가지고 있던 사회운동가 또는 종교인이라는 명칭을 상실하고 타락한 인간으로 나아가는 것을 의미한다.[290] 첫 번째 첩인 경애와의 일을 비밀에 부칠 때는 종교인으로서의 사회적 영향을 고려했다면, 김의경을 공공연히 자신의 집에 들여앉힌 행위는 사회적 영향도 전혀 고려치 않고 완전히 파멸의 길에 들어섰으며, 따라서 그의 집도 '파멸의 공간'으로 전환되었음을 말해 준다.

> 장전에 기별해서 화류 삼층장, 체경이 번쩍거리는 의걸이, 금침은 아직 없어도 금침장, 사방탁자, 문갑, 요강받침, 체경, 보료, 안석, 장침, 사방침, 무엇무엇…… 찬장, 뒤주는 찬간으로 들여 모시고 마루에는 양식으로 꾸밀 터이란다. 유기전이요, 사기전이요, 드팀전이요…… 삼백 석을 한 목에 팔아대라는지 정말 혼인집같이 며칠을 두고 엉정벙정 법석이다. 마누라가 홧김에 솥도 빼어가지고 갔기 때문에 부엌에서는 솥을 거는데 건너방에서는 이 집 저 집 침모 마누라가 모여 앉아서 금침을 꾸미기에 부산하다.[291]

상훈이는 조강지처를 내쳐버리고 아무런 죄의식도 없이 첩 의경이를 집안에 들여앉히고 집안을 아주 현란하게 장식한다. 그의 조강지처는 '홧김에 솥'을 빼어감으로써 남편에 대한 분노를 드러내 보이며 이 공간에 대한 분노도 분출한다. 상훈이가 부친이 자신의 앞으로 남겨준 재산을 마구 탕진해 가면서 첩 의경이와의 살림살이를 장만하게 된 직접적인 원인은 부친이 세상을 뜨면서 재

290) 염상섭, 『삼대』, 서울: 빛샘출판사, 2000:575.
291) 염상섭, 『삼대』, 서울: 빛샘출판사, 2000:566.

산 상속권을 손자 덕기에게 넘겨주는 바람에 완전히 재산 상속권을 박탈당하게 되는 것과 연관된다.

조의관이 세상 떴을 때 '상훈이의 존재는 완전히 무시되었다.' '덕기는 깃옷만 안 입었을 따름이지 승중상을 선 것이나 다름없었다. 조상꾼도 상훈이에게는 절 한 번 뿐이요, 덕기에게로 모여들어서 이야기를 하고' 구체적인 승낙을 덕기에게서 다 받았다. 상훈이는 조의관의 공간에서 무시되었을 뿐만 아니라 아들 덕기의 공간에서도 역시 무시되어 무력하고 소외된 존재로 비칠 뿐이었다. 이러한 무시와 소외는 그를 더욱 방종하게 만들었으며, 따라서 그의 공간도 파멸의 공간으로 가속화될 수밖에 없었다.

> 안방에서는 떠들썩하고 마루에서도 요란스레 도마질을 하는, 한편에서 상을 보고 무슨 잔칫집 같으나, 그보다도 덕기는 들어서면서부터 집을 잘못 찾았나? 하는 생각이 들만치 모두 눈 서투르다. 세간이 눈 서투르고 사람이 눈 서투르다. 마루 끝에 여자의 흰 고무신이 쭉 늘어놓인 것을 보고는 축대 위로 올라설 용기도 아니 났다. 뜰과 마루에서 오락가락하며 음식을 차리던 여편네들은 낯 서투른 남자손님을 흘금흘금 바라들만 보다가 누구인지 안방에 대고 소리를 치니까 방안이 잠잠해지며 최참봉이 내다본다. ……(생략)……
>
> 어떤 얼굴이 어떻게 생기고 누가 무엇을 입었는지는 눈에 하나도 보이지 않았으나, 그 여자들이 들어서는 자기와 바꾸어 행렬을 지어 마루로 나가는 것을 보니, 소리를 배우고 파해가는 기생들 같다.292)

292) 염상섭, 『삼대』, 서울: 빛샘출판사, 2000:568.

또한 이 공간(화개동)은 조의관이 살아있을 때 그의 재산을 노리던 수원집, 최참봉, 조창훈 등 기생형 인물들의 집결 장소가 되었다. 조의관 생전에 이 기생형 인물들은 조의관의 재산을 찬탈하려고 그의 공간에 모여들더니 조의관이 죽고 나서 덕기가 재산 상속자로 되면서 더 이상 그 공간에서 생존할 수 없음을 인식하고 조상훈의 공간에 다시 모이게 된다. 이 부분은 내적 초점화, 즉 덕기의 시각에서 사건을 인식하게 된다. 즉, 외적 초점화에서 인물 시각으로의 전환을 통해, 다시 말하면 덕기의 시각과 생각을 통해 조상훈 공간의 파멸성을 설명한다. 덕기의 눈에 비친 공간은 아주 낯설고 그 공간에서의 여성들은 기생 같았다. 이들이 조상훈의 공간에 모인 이유는 덕기에게로 넘어간 재산을 어떻게 하면 빼앗아낼 것인가를 획책하려는 것이다. 이 공간은 돈에 눈이 어두운 인간들이 같은 목적으로 모임으로써 제2의 사기꾼들이 모이는 장소로 탈바꿈되었다.

덕기는 이러한 아버지의 타락에 안타까워했고 또 "안방 치장 하나에 천여 원 돈을 몰아서 들인다는 것은 생돈 잡아먹는 것"[293]이고 또한 할아버지가 산소에 돈 쓴다고 반대한 일을 상기시키며 이러한 과도한 소비에는 지출해 줄 수 없음을 분명히 안다. 집안의 경제권을 장악한 덕기가 재산을 보존하기 위해 처한 온당한 행사인 것이다.[294] 하지만 덕기의 행동에 조상훈은 화를 버럭 내면서 사기꾼들이 모인 자리에서 덕기에게 손찌검을 하기에 이른다.

293) 염상섭, 『삼대』, 서울: 빛샘출판사, 2000:570.
294) 염상섭, 『삼대』, 서울: 빛샘출판사, 2000:575.

> 부친은 신경질이 일어났는지 별안간 달려들더니 주먹으로 빰을 갈기려는 것을 덕기가 벌떡 일어서니까 주먹이 어깨에 맞았다. 병적인지 벌써 망령인지는 모르겠으나 점점 흥분하게 해서는 아니 되겠다 하고 마루로 피해 나와 버렸다. 그러나 금시로 정이 떨어지는 것 같고, 그 속에 앉은 부친은 딴 세상 사람 같은 생각이 들었다. 신앙을 잃어버리고 사회적으로 활약할 야심이나 희망까지 길이 막히고 보면야, 생활이 거칠어가는 수밖에는 없을 것이라고 동정도 하는 한편에, 이미 신앙을 잃어버린 다음에야 가면을 벗어 버리고 파탈하고 나서는 것도 오히려 나은 일이라고도 하겠으나, 노래에 이렇게도 생활이 타락하여 갈까 하고, 덕기는 부친에게 반항하기보다도 다만 혼자 탄식을 하는 것이었다.[295]

이 공간은 덕기가 결혼하기 전까지 부모님들과 함께 살던 공간이다. 하지만 현재는 기생형 인간들로 들끓고 또한 그런 인간들 앞에서 부친이 자신에게 손찌검을 한 것이다. 덕기는 그런 부친의 모습에 실망하기도 하고 동정하기도 하고 심지어는 탄식하기까지 한다. 이 부분은 최소한의 인간적 모습을 지키고 있던 상훈이가 자신을 통제하던 부친의 사망과 함께 완전한 타락의 길로 들어섰음을 보여 주고 있다.[296] 결국 조상훈은 재산을 얻기 위해 덕기의 공간에 가서 금고를 빼앗는 지경에 이르게 된다.

이처럼 조상훈의 공간이 긍정적인 기능을 상실해 가는 과정은 그의 타락 과정을 말해 주기도 한다. 정치적인 출세의 길이 막히고 조의관에게 무시당하고 아들 덕기에게도 부친으로서의 존엄을

295) 염상섭, 『삼대』, 서울: 빛샘출판사, 2000:571-572.
296) 염상섭, 『삼대』, 서울: 빛샘출판사, 2000:575.

잃은 조상훈은 설 자리가 없게 된다. 이러한 조상훈의 인간적 파멸과 그 존재 의미의 부정은 개화기 과도기를 겪는 사람들이 겪지 않으면 안 되었던 시대적 비극이었다.

장편소설 『무화과』에서 제2세대에 해당하는 인물은 이정모이다. 이정모는 부친이 세상을 떠난 후 『삼대』와 마찬가지로 재산 상속에서 소외되고 오히려 아들 원영에게 금전적으로 의존하면서 가족 구성원에 대한 권위와 영향력을 상실한 인물로 부각된다. 이 작품에서 이정모와 첩과의 공간이 『삼대』에서처럼 구체적으로 제시되지 않아, 본고에서는 '×동'으로 칭한다.

> 이번에도 와서, 부친에게 두 번 갔었다. 도착하던 이튿날은 으레 문안으로 갔었지만 그다음 한 번은 인호가 동경에 떠날 때 시가에 다녀오다가 갔었다. 두 번째 간 것은 모친도 모른다. 모친은 거기 가는 것을 덜 좋아할 뿐 아니라, 어떤 때는 가지 말라고까지 하는 것이다. 부친에게 가는 것도 속이고 다녀야 할 신세가 가련하다고 생각할 때도 있었지만 그날 간 것은 아무쪼록 부친이 결정을 내줄까 하는, 그래도 믿는 마음이 있어 간 것이었다. 그러나 부친은 눈살만 찌푸리는 것이었다.
>
> "너 아다시피 내가 무어 아니? 오라범하고 의논을 하렴. 나는 죽은 사람이야, 산 송장이야, 내게는 올 것도 없다." 기껏 들으러 간 것이 이뿐이었다. 지금의 부친은 사실 이 집에 아무 권력도 없다. 그러나 야속하였다. 분하였다. 지기에 관한 일이면, 경우에는 닿든 안 닿든, 툭하면 오라비를 불러 세워 놓고 호령호령하고, 또 오라범은 속으로는 어떻게 생각하든지 간에, 말씀대로 시행 안 하는 터가 아니니, 이번 일에도 오라비를 불러다가 야단을 치든 의논을 하든 해서 구순히 일이 되게 해줄 줄 알았더니, 그것을 아니하는 부친이었다.[297)]

297) 염상섭, 『무화과』(상), 서울: 동아출판사, 1995:220-221.

이 부분은 원영이의 여동생 문경이가 부친의 공간을 찾아간 상황에서의 대화와 심리묘사이다. 문경이의 시집에서 일본에 유학 중인 아들 인호와 며느리 문경이를 불러들여, 친정에 가서 만 이천 원을 마련해 오라는 강압을 받은 상황이다. 오빠가 해결해 주지 않자, 아버지가 살고 있는 ×동에 찾아갔지만, 아무것도 해결할 수 없었다. 모친의 눈치를 봐 가면서 겨우 부친을 찾아갔지만, 아버지는 자신을 '죽은 사람', '산 송장'으로 칭하면서 오빠 원영이와 토론하라고 말한다. 문경이는 오빠가 원망스럽기도 하고 부친한테서 시원스러운 해답을 못 들으니 울화가 터지는 상황에 이른다. 이처럼 그녀의 부친은 이 집안에서 아무런 권력도 없으며 봉건적 가족의 질서가 해체되는 과정을 잘 보여 주고 있다. 이정모는 본가에 어떤 일이 있더라도 절대로 가지 않지만 '돈'이 필요할 때는 체면을 무릅쓰고 드나든다. 그는 일 년에 두세 번 정도 명절 때나 중요한 일이 있을 때만 본가에 가지만, 원영이가 '주의자'들에 연루되어 감옥에 간 틈을 타서 본가에 왔던 것이다.

> 예금통장이 셋이나 되고 거기 딸린 소절수책과 도장이 서넛 된다. 영감의 두 손과 두 눈은 당황하였다. 남의 물건을 임의로 만져보는 기쁨과, 인제는 탐욕이 지나쳐서 누가 뛰어들어 다시 뺏길까 보아 겁을 집어먹는 기색이다. ……(생략)……
>
> 시아버지는 그중에서 고운 때도 묻지 않은 통장 하나와, 한 장도 쓰지 않은 소절수책을 내놓고, 도장은 이것저것을 전등불에 비쳐 보더니 한 개만 호주머니에 쓸어 넣고 책 두 권도 넣어 버린다. "일본 애기 것을 잠깐

빌려 간다. 얼마도 없다만, 천원 하나만 꺼내 쓰고 내일 곧 너를 갖다 줄 테니 아무 말 말고 그대로 넣어 두거라"[298]

이 내용은 원영이의 부친인 이정모가 금고에 손을 대어 통장을 가져가면서 돈 천 원만 쓰겠다고 변명하는 부분이다. 이정모는 돈 앞에서 추악해지고 나약해지고 자신의 영혼까지 팔아먹을 준비가 되어 있는 인물이다. 그는 돈에 대한 탐욕이 지나쳐서 이미 돈의 노예로 전락되었으며, 이는 전반 사회의 타락한 면을 잘 드러내고 있다. 돈이라면 가족도 눈에 보이지 않을 정도로 타락된 탓에 그의 본처, 즉 원영이의 모친은 끝내 몸져누워 버린다. 모친은 "팔다리가 쑤시고 가슴이 결린다고, 가다가다 풍 들린 사람처럼 몸을 꼼짝도 못 하고 옆에서 볼 수가 없게 아파한다."[299] 문경이는 부친의 인간성을 상실한 행위에 분노하고 원통해하였다. 이정모에게 있어서 본가는 그저 돈을 갈취하기 위해 잠깐 다녀가는 곳이며 그에게 중요한 공간은 첩과 함께 거주하는 공간이었다. 이처럼 가부장의 권리는 이미 박탈되고 균열이 생겼음을 알 수 있다.

4.2.3. 공통점과 차이점

파금과 염상섭 두 작가의 소설에 등장하는 제2세대인 克定,

298) 염상섭, 『무화과』(상), 서울: 동아출판사, 1995:478.
299) 염상섭, 『무화과』(상), 서울: 동아출판사, 1995:486.

克安과 조상훈, 이정모는 모두 학식이 높은 편이지만, 사상 면에서 克定, 克安은 수구파에 속하고 조상훈은 개화파에 속한다. 하지만 제2세대의 공간은 모두 타락과 향락의 공간으로 도박과 주색에 빠져 퇴폐의 끝을 보여 주는 비극적인 공간으로 설정되어 있다.

『激流三部曲』의 克定, 克安은 중국 전통 봉건사회의 유교 경전에 훈련이 잘되어 있고 시와 문장을 짓는 능력에 대한 훈련이 중심 내용을 이룬 구식 지식인들이다. 그들은 전통 봉건사상을 수호하는 보수적인 인물인바 중국이 봉건사회에서 근대사회로 이행하는 과정에서 그들 봉건 사대부 계층의 몰락은 필연적인 것이다. 이들 형제는 겉으로는 高老太爷한테 복종을 잘하는 시늉을 하여 고씨 저택에 거주하지만 高老太爷 몰래 金陵公寓, 小公馆을 마련하여 주색, 도박에 빠져 향락적인 생활을 한다.

이 공간은 은밀한 공간이기 때문에 서술자는 이 공간 내에 직접 인물을 등장시키지 않고 이 공간으로 향하는 도로, 외부적인 환경 또는 등장인물들의 대화, 심리묘사로 克定, 克安 형제의 타락상을 보여 주고 있다. 경제권이 高老太爷한테 있기 때문에 그들은 장신구들을 저당 잡혀 그 돈으로 첩과의 방탕한 생활을 즐겼으며, 심지어는 아편까지 입에 대어 타락의 극치를 보여 주었다. 高老太爷가 가족의 영달과 운영을 위해 평생을 바친 반면에, 克定, 克安은 가족의 영달에는 전혀 관심이 없고 재산을 소모만 하는 기생충형 생활을 한다. 이러한 자식들의 모습에 高老太爷는 충격을 받아 병까지 얻었지만 그 아들들의 타락은 멈출 줄 모른다. 이처럼 克定, 克安은 봉건제도의 계승자임에도 불구하고 거기엔 아무런 미련이 없고 전혀 노력도 하지 않으며, 오직 개인적인 향락과 원초적인 본능을 충족시키기 위한 데에 정력을 허비하는 인간들이다.

『삼대』의 조상훈은 미국 유학을 다녀왔기에 근대적 문물과 사고방식에 눈을 뜬 지식인이다. 하지만 당시 일제 식민지 치하에 일본인이 정치적 지배층을 독점했기 때문에 한국인은 정치적으로 철저히 외면될 수밖에 없었다. 이런 상황에서 그는 사회단체나 종교단체를 통해 활동했는데 전통을 무조건 부정하고 외래문화를 무작정 받아들이게 되었던 것이다. 또한 기독교로의 개종은 조의관의 신뢰를 받지 못하는 원인으로 되었는바 이로 하여 조상훈은 희망도 없는 상황에서 타락의 길로 빠져들었으며, 그의 주요 공간은 주색과 도박으로 얼룩진 부정적인 공간으로 전락될 수밖에 없었다.

조의관이 '사랑'에서 가문을 위해 평생 금고를 지키고 재산을 불리는 일에 최선을 다했다면, 조상훈은 가문을 지키는 일도, 금고를 지키는 일도 아예 뒷전이고, 오직 소비만 하고 타락하는 생활 태도를 보였다. 따라서 상훈이의 공간, 즉 화개동은 정치적으로 좌절한 자가 교단에서 벗어나 퇴폐적인 이중생활을 즐기는 허구적 시식인의 장소로 변하게 된다. 이 공간은 처음에는 마작이나 놀고 술이나 마시는 향락의 공간으로 사용되다가 나중에는 개인의 원초적인 욕구를 충족시키는 퇴폐적인 공간으로 변모되는 양상을 보여 준다. 그는 첫 번째 첩 경애를 공개하지 않았으나 두 번째 첩 김의경을 공개적으로 화개동에 들여앉힘으로써 사회적 영향을 전혀 고려치 않아 이 공간의 파멸 속도를 가속화시켰다.

조상훈이 완전히 파멸의 길에 들어서게 된 원인은 조의관의 공간에서 완전히 무시되고, 덕기의 공간에서도 소외되었을뿐더러 재산 상속권도 아들에게 빼앗긴 데 있다. 또한 이 공간은 조의관이 살아생전에 그의 재산을 탈취하려고 음모를 꾸미던 수원집, 최참봉 등 기생형 인물들의 집결 장소로 되기도 했다. 결국 최소한의 인간적 모습을 지키고 있던 상훈이가 아버지 조의관의 사망과 그의 공간에서의 완전한 배제로 인하여 타락의 늪에 빠져들게 되었다. 서술자는 이러한 내면적 타락의 공간을 덕기, 병화, 경애 등 제삼자의 직접적인 관찰을 통해 조상훈의 몰락상을 독자들에게 드러내 보임으로써 객관성을 부여하려고 노력하였다. 이정모 역시 조상훈과 마찬가지로 재산 상속권을 아들에게 빼앗겼고, 결국에는 돈에 대한 탐욕이 지나쳐 돈의 노예로 전락되었으며, 금고의 돈을 갈취해 가는 극단에까지 이르게 된다.

克定, 克安과 조상훈, 이정모는 모두 향락과 원초적인 본능을 추구하는 면에서는 공통점이 있지만, 克定, 克安에게는 봉건지주계급으로서의 비인간적이고 잔인한 면이 더 추가적으로 그려지고 있다. 작가는 음력설을 맞아 용등놀이를 구경하는 장면에서 그들의 이런 추악한 모습을 보여 주었는바, 폭죽에 살이 타 비명을 지르는 용등놀이꾼을 보고 변태적인 쾌감을 느낀 데 대해 혐오감을 느끼게 한다. 이런 잔혹함과 비인간적인 모습은 봉건지주계급의 막장을 보여 주었으며, 이 구세대의 완전한 멸망만이 살길임을 제시하였다.

4.3. 『激流三部曲』과 『삼대』, 『무화과』의 제3세대 공간

4.3.1. 나약함과 무저항의 공간—'觉新'

파금의 『激流三部曲』과 염상섭의 『삼대』, 『무화과』는 1930년대 중·한 근대문학 리얼리즘 작품 가운데서 기념비적 작품으로 평가받고 있다. 이와 같은 평가에 걸맞게 이 두 작가의 가족사 작품은 1920-1930년대 중·한 양국의 사회적 변천양상을 매우 핍진하게 재현하고 있다. 이와 같은 성과를 거둘 수 있었던 이유 중 하나로, 이 두 작가의 가족사 작품들이 당시 두 나라 사회에서 첨예하게 대립한 각종 세력의 중간 지대에서 방황하는 '중도적 인물'의 성격화를 들 수 있다. 파금의 『激流三部曲』과 염상섭의 『삼대』, 『무화과』의 제3세대는 이러한 중도적 인물들이다.

이 인물들은 모두 고씨 가문과 조씨 가문을 계승할 장손이며 또한 작품의 주인공들이다. 이 주인공들은 가문 계승의 중책을 지니고 있는 만큼 어깨가 무거울 것은 당연한 거고 또한 작품의 주인공인 것만큼 그들이 차지하는 비중이 큰 것은 더 말할 나위 없다. 이처럼 주인공들이 작품에서 차지하는 위치가 유사하며 파금과 염상섭은 이 인물들의 복잡한 성격을 핍진하게 그려냈다. 본고에서는 이 주인공들의 성격을 그들이 처한 공간을 통해 분석하고자 한다. 우선 『激流三部曲』의 高觉新의 공간을 살펴본다.

『激流三部曲』의 제3세대 인물 高觉新은 이 작품의 주인공 가운데의 한 사람이다. 이 인물은 가문의 장손으로서 '중도적 인물'이라고 할 수 있다. 파금은 이 인물에 대한 나약한 면을 많이 부각하였기에 주인공에 대한 시선이 비판적이라고 할 수 있다. 작가는 觉新에 대해 비판도 하고 동정도 하면서 '읍례주의'와 '무저항주의'는 봉건세력과 타협하고 투항하는 길로 나아갈 수밖에 없다는 것을 독자들에게 알려주었으며 반면으로 봉건예교와 철저히 결렬해야 광명한 전도가 있다는 것을 제시하였다.[300]

『激流三部曲』의 주인공 觉新은 파금이 창조한 인물들 가운데서 가장 성공적이며 영향력이 큰 인물인 동시에 중국 현대문학사에 있어서 보기 드문 성공적인 예술전형[301]으로 평가되고 있다. 또한 가장 개성적이고 매력 있는 인물형상으로서 중국 신문학사에 등장하는 '쓸모없는 사람'(19세기 러시아문학 중의 한 부류의 전형인물)의 전형으로서, 파금이 현대문학에 공헌한 불후의 인물형상[302]이라고 평가되기도 한다. 파금은 중도적 인물을 작품의 주인공으로 설정하여 그 당시 중국 지식인들의 고뇌와 방황을 보여주었으며, 당시 사회적 변혁에 대한 상황을 고민하였다. 파금은 염상섭에 비해 觉新의 중간 입장, 즉 무저항주의에 대해 비판하는 입장을 취한다.

『激流三部曲』의 觉新은 봉건 세습 가족의 장손으로서 용모가 준수하고 어렸을 때부터 아주 총명하여 집에서는 부모의 사랑을 받았다. 하지만 중학교를 다니던 도중에 어머니를 여의게 되어 상

---

300) 김병활 주필, 『중국현대문학사』, 연길: 연변대학출판사, 2004:291.
301) 宋日家, 『巴金小说人物论』, 济南: 山东文艺出版社, 1992:205.
302) 김병활 주필, 『중국현대문학사』, 연길: 연변대학출판사, 2004:291.

해나 북경에 있는 유명한 대학에 들어가 연구를 계속하고 또 독일 유학까지 할 생각은 접었다. 또한 부친과 조부의 의사에 따라 가정에서 정해 준 여인과 혼인을 할 수밖에 없었다. 이런 상황에서 그는 반항하지 않았고 반항할 생각도 없었으며 오직 자신을 억제할 뿐이었다. 또한, 마음속으로 자기 자신을 위해 통곡하였고 자기가 사랑하는 여자를 위해 슬퍼할 뿐이었다. 이처럼 가족 내부의 서열 관계를 결정하는 가부장적 사회에서 장자는 태어나면서부터 가족의 권리를 수호하고 가족을 보호해야 하는 책임감을 부여받게 된다. 가족의 종통(宗统)을 잇는 존재로서 이들 장자들은 어릴 때부터 가족 내부의 교육을 통해서 가족에 대한 책임과 의무 등 관념을 받아들이게 되는데 점차 일종의 '가족적 인간'으로서 길들여지게 된다.[303]

따라서 高老太爷의 공간은 가부장제와 가문 보존의 부정적 공간으로 표현된다면, 주인공 觉新의 공간은 이러한 봉건사회의 피해로 인해 나약함과 무저항주의적 공간으로 표현된다. 이 공간은 원래 高老太爷의 공간이었다. '堂屋'는 高老太爷가 봉건 전제 가족을 수호하는 공간이며, 또한 이 공간은 가족들의 공간임에도 불구하고 여러 가지 첨예한 갈등이 존재하는 불안한 공간이다.

> 他的祖父本来有五个儿子，但是他的二叔很早就死了。在现有的四房中，除了他自己这一房外，三叔比较跟他接近，四叔和五叔对他不大好，尤其是四

303) 马晓丽，「论现代家族小说中的长子形象」，西南师范大学硕士学位论文，2004:44.

婶因为他的继母无意中得罪了她，在暗中跟他这一房闹得厉害，五婶受到四婶的挑拨，也常常跟他的继母作对。由于她们的努力，许多关于他或者他这一房的闲话就流传出去了。

他的奋斗毫无结果。而且他也疲倦了。他想，这样不断地跟长辈冲突有什么好处呢？四婶和五婶，再加上一个陈姨太，她们永远是那样的女人。他不能够说服她们，他又何必自寻烦恼，浪费精力呢？于是他又发明了新的处世方法，或者更可以说是处家的方法。他极力避免跟她们冲突，他在可能的范围内极力敷衍她们，他对她们非常恭敬，他陪她们打牌，他替她们买东西。……总之，他牺牲了一部分的时间去讨她们的欢心，只是为了想过几天安静的生活。304)

이 부분은 가족 내부에 대한 觉新의 심리묘사 부분이다. 高老太爷를 위주로 하는 가족의 공간임에도 불구하고 불신과 음모가 가득 차 있다. 觉新은 아버지와 어머니가 세상을 떠난 후, 이 가족을 위해 자신의 학업과 모든 미래를 포기하고 중간적 역할을 수행한다. 하지만 평화롭고 화목한 겉면 속에 증오와 질투가 숨어 있었으며, 그는 이러한 모순을 완화시키기 위해 숙모들과의 충돌을 피하려고 가능한 한 그들에게 양보하면서 고루하고 전제적인 高老太爷, 속된 삼촌, 숙모들의 비위를 맞춰 주었다. 이처럼 高老太爷가 주도권을 장악한 이 공간은 항상 질투와 갈등이 공존하는 불안한 공간이기에 觉新의 너그러움 뒤에 숨 막힐 듯한 답답함이 엄연히 존재하고 있었다.

이 공간에서의 가장 돌출한 모순은 高老太爷가 사망하기 전에는 高老太爷와 제3세대 간의 모순이다. 이러한 모순은 봉건 전제

---

304) 巴金, 『家』, 北京: 人民文学出版社, 2012:31.

가족을 수호하려는 高老太爷와 봉건질서에 저항하는 손자들 간의 충돌이라고 말할 수 있다. 이 충돌은 우선 觉慧가 학생운동에 참가한 것으로 더 돌출화되며 觉慧는 결국 이 공간에 갇히게 된다. 사실 觉新 역시 高老太爷의 봉건적 가족에 대해 불만을 갖고 있지만 직접적인 충돌은 피하고 '타협주의'와 '무저항주의'로 중도적 입장을 취하면서 가정의 안녕을 도모하려 하였다.

> "我把你三弟交给你, 你好好管他, 不要放他出去。倘若他跑出去了, 我就问你要人。"祖父的声音依然严厉, 但是比先前温和些了。觉新唯唯应着, 做出很恭顺的样子, 一面偷偷地看觉慧, 给他做眼色, 叫他不要开口。觉慧也没有什么表示。"好, 你带他出去吧, 我给他闹够了"祖父歇了半响才有气无力地说了一句, 又把眼睛闭上了。觉新依旧唯唯地应着, 一面向觉慧做了一个手势, 于是两个人悄悄地走了出来。[305]

이 장면은 셋째 손자 觉慧가 학생운동에 참가하는 바람에 조부의 훈계를 듣는 부분이다. 조부는 손자가 학생운동에 참가한 행위에 대해서 질책하면서 觉新을 보고 밖에 나가지 못하게 잘 단속하라고 명령한다. 觉新은 공손한 대도로 조부의 엄명에 따라 觉慧를 꾸짖고 타이른다. 조부가 주도권을 쥔 이 공간에서 觉新은 아무런 권리도 없기 때문에 타협하고 나약하고 무저항적인 행동을 취한다. 이 부분에서 서술자는 공손하다, 조심스럽다 등 단어들을 사용하여 이 공간에서 조부의 절대적인 지위를 잘 드러내 보인다.

하지만 觉新이 이 공간에서 읍례주의, 즉 타협성을 보인다고 해

305) 巴金, 『家』, 北京: 人民文学出版社, 2012:55.

서 그가 高老太爷의 봉건사상에 불만이 없는 것은 아니다. 그 당시 중국 사회의 일대 큰 변혁 사건인 5·4운동이 일어난다. 觉新은 두 동생과 함께 지방신문에 연재되는 북경 소식과 그 후의 상해 6·3운동의 기사들을 열심히 읽었다. 이처럼 觉新은 5·4운동에 관련된 각종 잡지와 신문들을 탐독하면서 새로운 사상을 접수하고 받아들인다. 그는 이러한 사상을 통해서 봉건 가부장제도의 불합리와 새로운 이상 추구에 대한 고민을 하게 된다. 하지만 그는 이러한 선진 사상의 이론을 받아들이는 동시에 낡은 제도의 환경 속에서 타협적으로 생활한다. 때문에 그는 이중인격자로 되어버린 것이다. 이처럼 觉新은 가족의 안녕과 발전을 위해서 자신의 자유와 미래를 포기하고 타협의 길을 선택할 수밖에 없었다. 이러한 장자의 비애를 서술자는 아주 부정적인 시각으로 바라보고 있다. 이러한 원인으로 그는 조부의 공간에서 주체성이 없는 무저항적 성격을 드러낼 수밖에 없다.

> 不知道从什么地方送来一丝一丝的哭泣，声音很低，似乎被什么东西压住了，却弥漫在空气里，到处都是，甚至渗透了整个月夜。这不是人的声音，也不是虫鸟的哀鸣，它们比较那些都更轻得多，清得多。有时候几声比较高亢一点，似乎是直接从心灵深处发出来的婉转的哀诉，接着又慢慢地低下去，差不多低到没有了，就好像一阵微风吹过一样，但是人确实觉得有什么东西在空中震荡，把空气也搅动了，使得空气里也充满了悲哀。“什么声音？”觉慧惊疑地问。“大哥在吹箫，他这几晚上都是这样晏地吹着，这几晚上我都听见的”觉民解释说。[306)]

306) 巴金，『家』，北京：人民文学出版社，2012:68.

이는 觉民, 觉慧의 청각을 통해 들려오는 觉新의 퉁소 부는 소리이다. 이를 통해 高老太爷의 공간은 손자 觉新으로 하여금 가슴이 답답할 정도로 슬프고 머물고 싶지 않은 공간임을 알 수 있다. 觉新의 시각으로 본 高老太爷의 공간은 자신의 정신을 마비시킬 정도로 환희도 없고 비애도 없는 공간에 불과하다. 봉건가정과의 관념상의 저촉과 행위상의 양보, 타협은 그로 하여금 수구적인 웃어른과 급진적인 동생들 사이에 끼어 양쪽에서 오는 압력을 다 받아야 하는 처지에 빠지게 한다.[307] 때문에 그를 구슬픈 비애에 빠지게 한다. 하지만 觉新은 高老太爷와의 직접적인 충돌을 피하고 타협하고 양보하면서 『삼대』의 덕기처럼 중간자적 입장을 취한다. 이처럼 중간자적 입장을 취하는 그에게도 괴로움과 고통은 늘 따라다녔는바, 이런 심리는 다음과 같이 그의 말에서도 재입증된다.

> "哎, 你不了解我, 你的环境跟我的不同"觉新推开算盘, 叹口气, 望着觉慧说:"你说得对, 我的确怕听见人提起幸福, 正因为我已经没有得到幸福的希望了。我一生就这样完结了。我不反抗, 因为我不愿意反抗, 我自己愿意做一个牺牲者。……我跟你们一样也做过美妙的梦, 可是都被人打破了。我的希望没有一个实现过。我的幸福早就给人剥夺了。我并不怪别人。我是自愿地把担子从爹的肩膀上接过来的。我的痛苦你们不会了解……"[308]

이처럼 이 공간은 觉新에게 있어서는 행복을 타인에게 빼앗긴 데에 불과하기 때문에 아주 불행한 공간이다. 하지만 가족을 이어

307) 김병활 주필, 『중국현대문학사』, 연길: 연변대학출판사, 2004:290.
308) 巴金, 『家』, 北京: 人民文学出版社, 2012:82.

나가야 하는 장손이기 때문에 高老太爷의 의견에 반기를 들지 않는다. 이는 할아버지와 손자들 사이, 즉 구세대와 신세대와의 모순을 와해시키려는 데 그 목적이 있다. 특히 손자 觉民은 觉慧와 마찬가지로 신식 교육을 받은 진보적 사상을 가진 청년이기 때문에 자신의 혼사 문제에 관해서는 아주 견결히 저항한다. 觉民 자신의 혼사에 대해 매우 큰 관심을 갖고 도처에 가서 진전 상황을 요해하고 대책을 대기도 한다. 觉民은 여자 친구와 觉慧와 함께 모여 어떻게 하면 이 혼사를 성사시킬 것인가에 대해 토론하였으며, 여자 친구와의 관계를 어떻게 공개할 것인가에 대해 토론하였다. 이처럼 觉民은 적극적으로 혼사 문제에 대처할 방도를 찾으러 큰형을 찾아가 도움을 청하기도 한다. 觉新은 봉건 전제주의를 고수하는 할아버지와 이에 격렬히 저항하는 동생 觉民 사이에서 진퇴양난에 빠진다.

> 他又去找觉新商量。他开口就说到正题，问道："事情究竟还有没有挽回的余地？""据我看没有办法了，"觉新忧郁地说。"你真是想尽办法了？"他绝望地问。"是的。""那么你说我现在应该怎么办？""你应该怎么办？你的心事我也晓得。然而我实在没法帮忙。我劝你还是顺从爷爷吧。我们生在这个时代，就只有做牺牲者的资格，"觉新慢吞吞地悲声说，他差不多要掉眼泪了。觉民冷笑地接连说了两句："好个无抵抗主义！好个作揖主义！"头也不回地走出房去了。他心里想："还是跟三弟商量去！"309)

309) 巴金,『家』, 北京: 人民文学出版社, 2012:249-250.

이 장면은 觉民이 觉新에게 도움을 청하는 부분이다. 큰형은 동생의 도움 요청에 처음부터 다른 방법이 없다고 잘라 말한다. 그도 동생의 마음을 모르는 것은 아니지만 할아버지가 시키는 대로 할 수밖에 없다고 생각한다. 봉건 전제주의 시대에서 자신들은 희생자밖에 될 수 없는 상황에, 우울해하면서 우유부단하고 무저항적인 모습을 보인다. 觉新의 타협주의 모습은 觉民이 가출한 후 할아버지 공간에서 훈계 당하는 부분에서도 여실히 보여 준다.

> 觉新刚刚回到自己的房里，祖父又差钱嫂来叫他去。他进了祖父的书斋，看见祖父恼怒地责骂觉慧。
>
> ……(省略)……
>
> “反了！居然有这样的事情！你去把老二给我找回来！”祖父看见觉新进来就沉下脸大声对他说，弄得觉新莫名其妙。……(省略)……
>
> “他敢不听我的话？他敢反对我？”祖父喘了两口气，接着挣红脸断续地说，“他不高兴我给他定亲？那不行！你一定把他给我找回来，让我责罚他！”觉新唯唯地应着，他已经明白一半了。“这都是给洋学堂教坏了的。我原说不要把子弟送进洋学堂，你们总不听我的话。现在怎么样！连老二也学坏了，他居然造起反来了。……我说，从今以后，高家的子弟，不准再进洋学堂！听见了没有？”他说了又咳嗽。“是，是”觉新答应着，他惶恐地站在那里，祖父的每一句话打在他的头上，就像一个响雷。310)

조부는 觉新을 연속해서 두 번이나 자신의 공간에 불러들인다. 高老太爷는 觉民의 가출 때문에 觉新, 觉慧를 아주 성난 목소리로 꾸짖는다. 자신은 이 가족에서 절대적인 권위자이기에 손자들이

310) 巴金, 『家』, 北京: 人民文学出版社, 2012:251-252.

자신을 감히 거역하는 것은 천명을 거역하는 거나 마찬가지라고 생각하였다. 高老太爷는 신식 교육이 자신들의 손자들을 소위 '나쁜 길'로 인도했다고 불만을 토로한다. 觉新은 조부의 공간에서 황송해서 어찌할 바를 모른다. 조부의 말 한마디 한마디가 마치 벽력 소리와 같이 그의 귀청을 울릴 정도였다. 이처럼 조부의 공간은 觉新으로 하여금 압박감을 느끼게 하며, 겁을 먹게 하는 공간에 불과하였다. 이런 난처한 입장에 처한 그는 어찌할 바를 몰랐다. 그도 觉民의 행동이 정당하다는 것을 인정하지만 동생에게 도움을 줄 수는 없었다. 도움을 줄 수 없을 뿐만 아니라 도리어 조부와 같은 입장에 서서 동생을 압박하였다.

이처럼 觉新은 동생의 행동이 정당하다고 생각하고 있었지만 조부의 절대적인 권위에 절대로 도전하지 못한다. 형의 이러한 행동은 동생들의 비난을 많이 받는다. 고씨 집안의 장자인 그는 '가족인간'으로서의 삶에 결국 순응하는데 전통적 가족 윤리관이 그의 의식 속에 뿌리 깊게 자리 잡고 있기 때문이다. 이처럼 파금은 고씨 집안의 내부적으로 대립되어 있는 양세력 간에 '양다리 걸친' 觉新이라는 매개적 인물을 통하여 당시 중국 사회의 '신-구' 대립 양상을 선명하게 재현하고 있다.[311] 이러한 신구 대립 양상은 高老太爷의 공간에서 뚜렷이 나타나며, 따라서 이 공간은 폐쇄적인 공간으로밖에 인정되지 못한다. 이러한 폐쇄적인 공간은 觉新에게 심한 정신적 고통을 주었으며, 애인 梅의 죽음은 그의 고통을 더욱 심화시켰다.

---

311) 호미, 「염상섭과 빠진(巴金)의 가족사소설 비교 연구」, 서울대학교 박사학위논문, 2009:103.

觉新走出房门，觉得头有点昏，身子没有力。他连忙提起精神走了几步。他忽然觉得心里有什么热辣辣的东西直往上冒，他极力忍住，但是喉管像被什么东西骚着似的发痒，他终于忍不住咳出了一口黏腻的又甜又腥的痰。他无意间把眼光往地上一扫，看见这是一口红红的痰。他好像落在冰窖里似的，身子马上冷了半截。他把手压在胸口上，正打算走回房去。但是他马上又改变了主意。他不作声，默默地用脚把那一口痰拭去，勉强支持着，继续往外面走。312)

觉新은 어려서부터 같이 자란 이종사촌 누이동생 梅를 깊이 사랑하고 또 행복한 미래를 꿈꿔 왔다. 하지만 이들의 사랑은 가장의 인정을 받지 못했으며, 결국 파탄에 이르고 집안 어른들에 의해 선택된 배우자와 결혼을 하게 된다. 이런 상황에 그는 슬퍼하면서도 가문의 계승을 위해 참아야만 했고 읍례주의로 자신의 정신을 마비시켜야 했다. 하지만 모든 것을 참고 살아야 했던 그는 사랑하는 여인의 죽음 앞에 무너지고 만다. 高老太爷가 권력자인 고씨 집안, 즉 이 공간은 가문의 계승자의 행복을 빼앗아 갔으며, 觉慧의 생각처럼 의외의 타격이 아니라 미리부터 짐작하고 있던 상황이 벌어진 것이다. 觉新은 하늘이 무너지는 듯한 충격에 현기증이 나고 몸이 나른할 정도였다. 그는 더 이상 참을 수 없어 폐쇄적인 공간에서 나와 버린다. 가슴이 답답하고 죽어 버릴 듯한 고통이 자신을 괴롭혔기 때문이다.

觉新은 조부와 자신의 형제들 사이에서 중재자 역할을 해 왔음

312) 巴金,『家』, 北京: 人民文学出版社, 2012:267.

에도 불구하고 나약한 성격으로 인해 高老太爷가 죽은 뒤에도 이 가정의 주도권을 쥐지 못하여 이 공간을 부정적인 공간에서 긍정적인 공간으로 바꾸지 못했다. 오히려 이 공간의 폐쇄적이고 부정적인 성향이 더욱 뚜렷해졌음을 보아낼 수 있다. 가출했다가 조부의 건강이 악화되어 집으로 돌아온 觉民의 눈에 비친 이 공간에 대한 묘사에서도 이 공간의 부정적인 면을 보아낼 수 있다.

> 觉民走进了公馆的大门, 家里并没有什么变化; 他走进二门, 进了大厅, 也没有什么变化; 他再由侧门进到里面, 也没有什么变化。还是从前那个家。觉民想: "我以为家里至少有些变化了, 怎么还是跟从前一样? "他疑惑地想到。313)

高老太爷의 죽음은 이 가정의 상황을 전변시키기보다는 봉건 가부장 가족의 멸망을 더욱 가속화시키는 역할을 하였으며, 이 공간에서 가정의 권리가 조부로부터 觉新에게로 넘어오지 못했다.

> 觉新神气沮丧地从房里走出来。"你们就在分家了! 这么快! "觉慧讥笑地说。"我和妈不过做个傀儡罢了。我得了爷爷遗命所给的三千元西蜀商业公司的股票, 四爸他们还不大肯承认"觉新痛苦地回答道。"姑妈呢? "觉民刚从外面走进来, 听见觉新的话, 就接口问道。
>
> "姑妈只得了一点东西, 还有五百块的股票, 这还是列在 '遗赠'里面的。陈姨太倒分得一所公馆, 是爷爷遗命给她的。你要晓得我们家里就只有我们这

313) 巴金,『家』, 北京: 人民文学出版社, 2012:290.

一房跟姑妈的感情好，哪个肯替姑妈讲话?"觉新感叹地说。"那么你为什么不讲话? "觉民责备道。[314]

조부가 세상을 떠난 후에 觉新은 이 공간의 주도권을 장악하지 못했다. 高老太爷가 사망한 즉시로 이 가족은 재산을 나눠 가지느라 여념이 없다. 하지만 큰손자는 주도권이 없이 '허수아비' 노릇밖에 하지 못한다. 심지어 그는 조부의 유언으로 서촉실업회사(西蜀商业公司)의 주권 3천 원을 가지기로 했지만, 그것마저 四爸의 불만을 자아내게 된다. 심지어 부당한 대우를 받은 고모조차도 도와주지 못하는 상황에 처한다. 한 가족임에도 불구하고 재산 상속을 둘러싸고 서로 아웅다웅하는 상황에 그는 우유부단한 태도로 일관한다.

이처럼 觉新은 무저항주의와 타협주의로 중간자적 입장에 서긴 했지만 점점 더 폐쇄적이고 내향적인 함정으로 빠져들어 가는 상황을 연출하고 있다. 觉新 공간의 부정적인 성향은 파금의 부정적 시선에서 연유된 것이다. 그는 집안에서 저항적인 인물인 동생들로부터 조부 高老太爷로 상징되어 있는 가부장적 권위에 맹목적으로 굴종하는 '사양 주의자' 및 '무저항주의자'로 조소받는다.[315] 觉新은 자신의 나약함과 주도권 상실 때문에 임신한 아내를 이 공간에서 다른 공간으로 옮길 수밖에 없는 최악의 상황에까지 가게 된다.

314) 巴金, 『家』, 北京: 人民文学出版社, 2012:295.
315) 호미, 「염상섭과 빠진(巴金)의 가족사소설 비교 연구」, 서울대학교 박사학위논문, 2009:107.

> 瑞珏生产的日子近了。这件事情引起了陈姨太、四太太、五太太和几个女佣的焦虑，起初她们还背着人暗暗地讨论。后来有一天陈姨太就带着严肃的表情对克明几弟兄正式讲起"血光之灾"来：长辈的灵柩停在家里，家里有人生产，那么产妇的血光就会冲犯到死者身上，死者的身上会冒出很多的血。唯一的免灾方法就是把产妇迁出公馆去。迁出公馆还不行，产妇的血光还可以回到公馆来，所以应该迁到城外。出了城还不行，城门也关不住产妇的血光，必须使产妇过桥。而且这样办也不见得就安全，同时还应该在家里用砖筑一个假坟来保护棺木，这样才可以避免"血光之灾"。316)

이 공간에서 觉新은 자신의 아내가 해산하는 일마저도 결정하지 못한다. 진씨는 어른의 영구가 집에 있는 동안에 가족들 중에서 해산하는 일이 있게 되면 산부의 피가 죽은 사람의 영혼을 건드리게 되고 죽은 사람에게서 피가 나온다는 미신을 핑계로 이 공간에서 觉新의 아내를 내보낼 것을 강력히 주장한다. 다른 가족 성원들도 다 찬성하는 태도였고 그는 나약함과 무저항주의로 결국 그들의 의견에 따를 수밖에 없었다. 속으로는 아무리 분하고 슬프고 속이 타들어 가더라도 다른 사람의 앞에서는 반항심을 절대 보이지 않고 모든 것을 참고 견뎠다. 이처럼 그는 무기력함이 지나친 탓에 자신의 아내조차 보호하지 못하는 결과를 초래하게 된다. 결국 그의 아내는 해산 도중에 죽음을 맞이하게 된다. 이 폐쇄적인 공간은 觉新 아내의 목숨마저 앗아간 공포의 공간이었다. 아내의 죽음 앞에 그는 분노와 비애에 빠져 있었다.

---

316) 巴金,『家』, 北京: 人民文学出版社, 2012:296.

> 他突然明白了，这两扇小门并没有力量，真正夺取了他的妻子的还是另一种东西，是整个制度，整个礼教，整个迷信。这一切全压在他的肩上，把他压了这许多年，给他夺取了青春，夺去了幸福，夺去了前途，夺去了他所最爱的两个女人。他现在开始觉得这个担子太重了，他想把它甩掉。他在挣扎。然而同时他又明白他是不能够抵抗这一切的，他是一个无力的、懦弱的人。他绝望了。他突然跪倒在门前。他伤心地哭着。这个时候他不是哭她，他是在哭自己。房里的哭声和他的哭声互相应和。但这是多么不同的两种声音！[317)]

이처럼 아내의 죽음은 전반 제도와 전반 예교 그리고 전반 미신의 힘이라는 것을 깨닫게 된다. 이 낡은 제도와 예교에 의해 지배되어 오던 고씨 집안, 즉 이 공간은 觉新의 청춘을 빼앗아 갔고, 그의 행복을 빼앗아 갔으며 그의 사랑하던 두 여인을 빼앗아 갔다. 순간 그는 이 낡은 제도가 지배하는 폐쇄적인 공간에서 벗어나려고 발버둥 치지만 결국 무기력하고 연약한 탓으로 자신의 힘으로는 해결할 방도를 찾아내지 못한다. 다시 말하면 이 공간은 그의 발에 족쇄를 채워 꼼짝하지 못하게 하는 그런 감옥 같은 존재임에 틀림없다. 觉新의 나약함으로 인해서 사랑하던 두 여인을 잃었을 뿐만 아니라,『春』에서 가장 사랑하는 아들 海臣의 죽음마저 마주하게 된다. 그의 아들은 이미 세상 뜬 어머니를 많이 그리워하다가 결국 어머니의 곁으로 간다.

317) 巴金,『家』, 北京: 人民文学出版社, 2012:310-311.

> 海臣顺从地坐下来。他坐在觉新的膝上，把眼睛往四面看了看，忽然做出庄重的面容问道：……(省略)……"爹爹，我想妈妈，她在天上很快活，做什么不回来看看我们？妈妈向来很喜欢我，我很想她。我晚上睡不着，我轻轻喊妈妈，我想妈妈听见我在喊她，她会回来看我。爹爹，妈妈真忍心不回来看我们？"海臣侧着身子挽住觉新的左膀，两只小眼睛瞪着觉新的堆满愁云地脸，他带着深思的样子正正经经地追问觉新道。318)

> 房里站着寥寥的三四个人，他们望着那个医生，等待他的吩咐而动作。海臣的衣服已经脱光了，身体显得很瘦而且很硬。他完全不省人事地躺在祝医官的怀里。祝医官挽起衬衫的袖口，光着两只生毛的膀子，把这个赤裸的小身体放进一个大瓷盆里去，用药水洗着。他洗了一阵，然后捧起来，把身子揩干，用被单包着放回到床上去。海臣静静地躺在床上，像一个没有生命的东西。祝医官一个人忙着。他从桌上那个大皮包里取出注射针和血清，把注射针搁进桌上放的消毒器里煮过了，用镊子钳起它来装置好，又从小玻璃瓶里吸满了血清，然后拿了注射针大步走到床前，使海臣侧卧着，用熟练的手腕把针头向海臣的腰椎骨缝间刺进去。319)

이 부분은 觉新이 아들과 함께 생활하는 주거공간에서 발생한 일이다. 비교적 상세하게 묘사된 이 부분은 觉新의 아들이 어머니를 그리워하는 내용과 海臣이 나중에 뇌막염에 걸려 의사의 치료를 받다가 결국 사망하는 내용이다. 어머니가 돌아간 후, 그들 세 식구가 살던 공간에는 아버지와 아들밖에 남지 않았다. 아들은 생전에 어머니를 사무치게 그리워하다가 밤이 되면 겨우 잠에 들곤

---

318) 巴金,『春』, 北京: 人民文学出版社, 2012:108.
319) 巴金,『春』, 北京: 人民文学出版社, 2012:178.

하면서 아버지에게 어머니가 보고 싶다고 호소한다. 그러다가 얼마 지나지 않아 아들 海臣이 중병에 걸려 의사를 급히 모셔 와서 치료를 받았지만, 결국 살리지 못하고 어머니 곁으로 보내게 된다. 한편 그는 이종사촌 누이 惠에게 사랑과 연민의 감정을 느끼지만 그녀의 혼사가 이미 어른들에 의해 결정되었다는 소식을 듣고 그녀에게 사랑을 고백하지 못한다. 결국에는 구속적인 결혼에 희생되어 젊은 나이에 사망하게 된다. 이처럼 작가는 가부장적 가족 질서 속에서 觉新이 보호해야 할 대상들을 지키지 못하게, 죽음을 맞이하게 하는 것을 통해 그의 비극적 성격을 더욱 강조하고 있다. 따라서 이 공간 역시도 비극의 색채를 강하게 띠는 공간일 수밖에 없다. 이런 비극적 색채는 『秋』에도 이어진다.

> 房间不住地往静寂的深渊里落下去。连灯光也渐渐地黯淡了。月光涂白了玻璃窗，窗帷的淡淡的影子躺在屋角。窗外相当明亮。窗内只有钟摆的单调的响声慢慢地吞食着时光。觉新偶尔发出一两声吁叹，但是声音也很低微，刚刚送进觉民的耳朵里就消灭了。……(省略)……他提起笔想写下去，但是电灯光开始变了颜色，纸上的字迹渐渐地模糊起来。他无可如何地叹一口气，又把笔放下，无聊地抬起头望着电灯。……(省略)……清油灯在方桌上孤寂地发亮，照不明整个房间。月光趁机爬进屋里。没有灯光的内房里黑地板上全是树影和窗帷影子，外屋里到处都有月光。320)

이 부분은 아들이 세상을 떠난 후 깊은 슬픔에 잠긴 觉新이 조용한 밤중에 자신의 공간에서 동생 觉慧에게 편지를 쓰는 장면이다. 화자는 조용하다, 희미하다, 달빛, 단조롭다, 한숨 소리 등 하

---

320) 巴金, 『秋』, 北京: 人民文学出版社, 2012:3.

강적 이미지를 나타내는 단어를 사용하여 그의 우울하고 암담하고 괴로운 심리를 잘 드러냈다. 그는 편지를 조금 써 내려가다가 슬픔에 잠겨 눈물을 흘렸는데 눈물이 편지지에 떨어져서 글씨가 희미하게 변하였으며 그는 무료한 마음으로 등을 바라보기만 한다. 등불조차 고독하게 느껴졌으며 빛이 없는 안방은 나무그림자가 어둡게 비쳐 있을 뿐이다. 화자는 집 안에 대한 환경묘사를 통해 觉新의 어둡고 암울한 심리를 잘 드러냈다고 할 수 있다.

이뿐만 아니라 그는 周家 枚少爷의 정략결혼을 막아 달라는 부탁도 들어주지 못하는 자신의 무저항주의에 대해 자책하기까지 한다. 그는 자신의 무능함을 자책하고 괴로워하며 도움을 주지 못한 것에 고통스러워하기에 이른다. 나중에 枚少爷 역시 사망하기에 이른다. 觉新은 젊은 남녀의 연이은 죽음에 직면하자, 사람을 잡아먹는 봉건적 예교에 분노하게 된다.

> "什么有心无心, 我实在受够了！"觉新迸出哭声, 打岔地说。"我赔了你们的存款, 赔了你们的股票, 我给你们的丫头买棺材, 我出钱在井里头捞你们女儿的尸首。你们害得我家破人亡, 你们害死我的妻子, 赶走我的兄弟, 难道你们还不够？我不怕你们。我迟早也是死, 我横竖只有这条命, 我就拿来跟你们拼掉也好！你们开家族会议, 我不怕！你们就是要打官司上法庭, 我也不怕！"他说到这里也不再理他们, 便掉转身子一个人往阶上跑。321)

이 부분은 작품의 마지막 부분에 고씨 집안이 망하고 公馆을 팔

321) 巴金,『秋』, 北京: 人民文学出版社, 2012:488.

아먹을 지경까지 이르러 제2세대와 제3세대의 모순이 극에 달했을 때, 觉新이 끝내 참지 못하고 폭발하는 장면이다. 그는 울면서 자신의 아내와 아들이 죽은 것, 많은 젊은 남녀들이 죽은 것, 동생이 참지 못하고 집을 탈출한 것 등 모든 상황을 쏟아 냈다. 그는 이 가문을 위해서 자신을 희생시키면서 최선을 다했지만, 결국은 가문의 몰락을 막을 수 없게 되며, 자기 자신도 가문의 몰락과 함께 몰락하게 된다. 觉新에 대한 작가의 비판적 태도는 당시 중국의 낡은 제도에 대한 비판으로 귀결된다.

4.3.2. 화해, 통합과 '심퍼사이저'의 공간—'덕기', '이원영'

염상섭은 '중도적 인물'을 작품의 주인공으로 설정하여 그 당시 한국 지식인의 방황과 고뇌를 표출하였으며, 사회변혁의 상황과 미래를 고민하였다. 염상섭은 조덕기의 이념에 동조하는 입장을 취한다. 이런 입장은 다음 문장에서 엿볼 수 있다.

> 이 조, 부, 손의 삼대를 다시 명획히 규정한다면(……) 손자의 대에 와서 비로소 새 길을 찾아들려고 허덕이다가 손에 잡힌 것이, 그 소위 '심퍼사이저'라고 하는, 즉 좌익에의 동조자 혹은 종정자라는 것이었다. 작품을 떠나서 실제로 보더라도 이것이 3·1운동 후 한 귀퉁이에 나타난 시대상이자, 동시에 인텔리층의 일부가 가졌던 사상적 경향이었으며, 어떠한 그룹에 있어서는, 대중을 끌고 나가는 지도이념으로 생각하였던 것이다. (……) 그때의 내가, 이 시사나 종용에 붙좇았던 것은 아니로되, 자기의 애국사상과 이에

> 따르는 모든 행동을 좌익에 동조하는 길로 돌리어, 독립운동을 잠행적으로 실천하는 길—요샛말로 하자면 지하공작이라 할까? 하여간 속에서 치밀어 내어뿜는 열과 울분을, 이 '심퍼사이저-동조' 하는 창구멍으로 내뿜으려 하였던 것이요, 또 이것이 실천의 수단, 방법이라고 믿었던 것이다.[322]

『삼대』의 덕기는 비교적 부유한 가정에서 성장한 젊은이이다. 그는 조부의 경제적 지원으로 일본에서 유학 중이다. 그는 조부의 의사에 따라 적당한 여자를 아내로 맞아들였고 아들도 보았으며, 비교적 안정되고 부유한 생활을 하는 가장이며 따라서 부르주아 계급의 자제를 대변하는 인물이기도 하다. 따라서 할아버지 조의관, 아버지 조상훈의 공간이 부정적인 면을 보여 준 반면에 조덕기의 공간은 타협과 통합이 가능한 공간이라고 할 수 있다. 이 공간은 앞에서 살펴본 바와 같이 원래는 조의관의 공간이었다. '사랑'은 조의관이 재산과 봉건 가족을 지키는 공간이었고 덕기의 공간은 아랫방, 즉 책장이 놓여 있는 공부를 할 수 있는 방이었다. 조의관이 살아생전에 이 공간은 조부의 부정적 공간이었기 때문에 덕기에게는 불편하고 불안하고 떠나고 싶은 공간에 불과했다.

> 덕기는 안마루에서 내일 가지고 갈 새 금침을 아범을 시켜서 꾸리게 하고 축대 위에 섰으려니까 사랑에서 조부가 뒷짐을 지고 들어 오며 덕기를 보고, "애, 누가 찾아왔나 보다. 그 누구냐? 대가리 꼴하고 …… 친구를 잘 사귀어야 하는 거야. 친구라고 찾아온다는 것이 왜 모두 그 따위뿐이냐?" 하고 눈살을 찌푸리는 못마땅하다는 잔소리를 늘어놓다가, ……(생략)…… 덕기는

322) 염상섭, 『염상섭전집 12』, 서울: 민음사, 1987:237.

조부의 꾸지람이 다른 데로 옮아간 틈을 타서 사랑으로 빠져나왔다.[323)]

이 장면은 유학 중인 일본으로 돌아가기 전날 짐을 싸는데 조부가 잔소리를 하는 부분이다. 조부는 '대가리 꼴'이 말이 아닌 덕기의 친구가 찾아오자, 못마땅한 듯이 잔소리를 늘어놓는다. 조부가 주도권을 쥔 이 공간은 항상 불안하고 불편한 공간이기 때문에 덕기는 '사랑'으로 빠져나온다. 사실 이 공간에서의 가장 첨예한 불화는 조의관과 조상훈 부자간의 모순이다. 이는 가부장적 봉건질서를 지키려는 조의관과 봉건질서를 타파하려는 조상훈 간의 충돌이다. 그 충돌은 조상에게 제사를 지내는 부분에서 첨예화되며 조상훈은 결국 이 공간에서 내쫓기게 된다. 사실 덕기는 조의관이 고수하고 있는 봉건 가족제도에 대해 불만을 갖고 있지만 조상훈처럼 조의관과 직접적으로 충돌하지 않고 타협점을 찾으려고 노력하며 중간자적 입장을 취한다.

덕기는 낮에 조부 몰래 빠져나와 총독부 도서관에 들어가 앉아서 반나절을 보냈다. 급히 참고하여야 할 것이 있는 것은 아니나 어디서 시간 보낼 데가 없기 때문이다. 제삿날 집에 들어앉았으면 영감님이 안팎으로 드나들며 잔소리하는 것도 듣기 싫고, 안에서는 여편네들이 법석들을 하는 통에 부쩝을 할 수 없는 데다가 생전 붙잡아보지 못하던 모필로 조부 앞에 꿇어앉아서 축문을 쓰기도 싫고 제물을 괴어 올리는데 시중을 들기도 싫었다. 하여간에 오늘은 조부의 분부가 내리기 전에 일찌감치 빠져나왔다가 어둡거든

323) 염상섭, 『삼대』, 서울: 빛샘출판사, 2000:18.

들어가자는 것이었다.[324]

이처럼 조의관의 공간은 손자 덕기로 하여금 머리가 지근거릴 정도로 머물고 싶지 않은 공간이다. 덕기의 시각으로 본 조의관의 공간은 조씨 집안의 재산을 탐내는 음흉한 인간들이 우글거리는 공간에 불과하기 때문에 그는 조씨 가문의 제사에 대해서 냉담한 태도를 취한다. 하지만 그는 조의관에게 직접적으로 대들지 않고 타협과 조화를 추구하는 중간자적 입장을 취한다.

이 공간은 덕기에게 있어서 지긋지긋한 공간이지만 조부의 분부대로 조상에 대한 예의를 차리는 것은 할아버지와 아버지와의 모순을 완화시키려는 데 그 목적이 있다. 조상훈 역시 타락한 인간이기 때문에 덕기는 "부친에 대한 인격적으로 존경할 수 없는 불쾌한 감정"[325]이 떠올랐으며 따라서 "부친에게 인격적으로 경의를 표할 수 없는 것을 몹시 괴로워하였다."[326] 하지만 부친에 대해서 전반적으로 부정하고 싶지 않은 것도 현실이다. 그는 부친도 역시 자신처럼 유학하여 개화사상을 받아들였으나 다만 부친은 봉건시대에서 지금 시대로 건너오는 외나무다리의 중턱에 섰기 때문에 사회적으로나 가정적으로나 또는 자기의 사상내용으로나 가장 불안정한 번민기에 있는 처지라고 생각하였다.

이처럼 덕기가 조부와 부친 사이에서 중재자 역할을 수행하는 과정에 조의관에게서 '열쇠꾸러미'를 전수받으면서 이 공간 역시

324) 염상섭, 『삼대』, 서울: 빛샘출판사, 2000:86.
325) 염상섭, 『삼대』, 서울: 빛샘출판사, 2000:50.
326) 염상섭, 『삼대』, 서울: 빛샘출판사, 2000:50.

조의관의 부정적 공간으로부터 조덕기의 타협과 조화의 긍정적 공간으로 탈바꿈하게 된다. 이 부분은 이 작품에서 가장 핵심적인 사건이며 가정의 권리가 조의관으로부터 조덕기에게로 전환됨을 의미한다.

> "공부가 중하냐? 집안일이 중하냐? 그것도 네가 없어도 상관없는 일이면 모르겠지만 나만 눈감으면 이 집 속이 어떻게 될지 너도 아무리 어린애다만 생각해 봐라. 졸업이고 무엇이고 다 단념하고 그 열쇠를 맡아야 한다. 그 열쇠를 붙들고 사당을 지켜야 한다. 네게 맡기고 가는 것은 사당과 그 열쇠-두 가지뿐이다. 그 외에는 유언이고 뭐고 다 쓸데없다. 이때까지 공부를 시킨 것도 그 두 가지를 잘 모시고 지키게 하자는 것이니까. 그 두 가지를 버리고도 공부를 한다면 그것은 송장 내놓고 장사 지내는 것이다. 또 공부도 그만큼 했으면 지금 세상에 행세도 넉넉히 할 게 아니냐."[327]

죽음에 임박하여 동경으로부터 불러들인 손자 덕기에게 열쇠를 넘기며 조의관이 하는 말이다. '돈'에 대한 집착으로 대표되는 중산층 현실주의와 아직도 완강하게 온존하고 있는 한국 사회 특유의 봉건적 가족주의를 확인하거니, 조의관의 이 같은 이념은 그가 봉건적 가부장제의 맨 윗자리에 앉아 집안 전체를 압도적으로 다스렸듯 조씨 가문을 일관하여 지배하는 기본 이념으로 작용한다. 이 중에서도 전자가 보다 지배적인데 '핏줄'에 대한 돈의 우월성을 이 작품이 견지하고 있음을 보여 주는 것이다.[328]

327) 염상섭, 『삼대』, 서울: 빛샘출판사, 2000:427.
328) 김윤식・정호웅, 『한국소설사』, 서울: 문학동네, 2005:185-186.

조의관은 일생을 '사당'과 금고를 지키는 일에 바쳤다. 손자 덕기를 유학시키는 목적도 자신의 유지를 이어 이 사당과 금고를 지키게 하기 위함이다. 조의관은 그 열쇠 하나에 덕기의 평생 운명이 달렸고 이 집안의 운세가 달렸다고 생각하기 때문에 어떤 일이 있어도 반드시 이 사당을 지켜야 한다고 재차 강조한다. 앞에서 살펴보았듯이 덕기 역시 조부와의 모순이 존재하지만 조상훈처럼 직접적인 충돌을 피면하였기 때문에 조부의 신임을 얻게 되었고 따라서 조부의 죽음과 함께 조부의 공간이 자연스럽게 덕기의 공간으로 변하게 되었다. 이는 덕기가 "조부와 부친 등 두 세대의 대립과 갈등을 화해하는 합리적인 현실주의자"329)이기에 가능했던 것이다. 하지만 조의관이 금고와 사당을 지키던 공간은 덕기에게 전면적으로 받아들여질 수 없는 공간에 불과하다. 덕기는 조부에게서 금고 열쇠를 넘겨받는 순간 자신이 맞닥뜨릴 문제가 한두 가지가 아님을 이미 인식하고 있었다.

덕기는 수원집이 들어오는 것을 보자 앞에 놓인 열쇠를 얼른 집어 들고 일어서버렸다. "애 아범, 잠깐 거기 앉게." 수원집의 얼굴에는 살기가 돌면서 나가려는 덕기를 붙든다. 수원집은 열쇠가 놓였으면 우선 그것부터 집어놓고서 따지려는 것이라서 덕기가 성큼 넣어버리는 것을 보니 이제는 절망이다.

……(생략)……

"내 말이 그른가? 자네도 생각을 해보게. 할아버지만 돌아가시면 이 집안에서 나를 누가 끔찍이 알아줄 사람이 있겠나?" 수원집은 코멘 소리를 하며 눈물을 씻는다. 덕기도 아닌 게 아니라 그렇기도 하다는 생각을 하였으나 어

329) 이재선, 『한국문학의 해석』, 서울: 새문사, 1981:380.

> 쩌면 눈물이 마침 대령하고 있었던 것처럼 저렇게도 나올까 싶었다. 그러나 지어 우는 것이 아니라 계획이 틀린 데에 분통이 터져 나오는 진짜 울음이다.330)

이 부분은 덕기가 조부에게서 열쇠를 넘겨받는 순간 수원집이 엿듣다가 시비를 거는 장면이다. 수원집은 자신의 계획이 수포로 돌아가자 악에 받쳐 덕기한테 다짜고짜 걸고 든다. 덕기는 수원집을 쫓아내고 싶은 것을 참고 할아버지가 알아서 처리할 거라면서 조용히 타이른다. 덕기는 이러한 상황에서 조부가 돌아가게 되면 자신이 이 공간을 책임지지 않으면 안 됨을 실감하게 된다. 돈을 위해 모여든 모든 잡당들이 어떤 수작을 써서 이 공간 나아가서 전반 조씨 가문을 무너뜨릴 수 있기 때문이다. 덕기로서는 선택할 문제가 아니라 반드시 중임을 떠맡아야 하는 상황이 아닐 수 없다. 조부의 병이 악화되어 병원에 입원하게 되자, 역시 이 공간은 극적으로 불안한 공간으로 되었다. 여러 사람들이 재산 상속을 둘러싸고 서로 아귀다툼을 벌이는 음흉한 공간으로서의 극치를 보여 준다.

> 어멈은 무슨 반가운 손님이나—반가운 손님이라느니보다도 이 집 주인이 따버리라고 한 불길한 손님이 들어오는 것을 못 들어가게 하느라고 막아 내려는 듯이 앞장을 서서 허둥지둥 뛰어 들어간다. "미친년두 다 많다. 제가 어째 앞장을 서누?" 누구나 이런 생각을 하고 쫓아 들어가니 대청이 텅 빈 것 같이 인기척 하나 없고, 금방 뛰어들어온 어멈도 어디로 갔는지 눈에 안 띈다. 수상하다는 생각에, 마치 도둑이 들어와서 집안을 돌아다닐 때 느끼는

---

330) 염상섭, 『삼대』, 서울: 빛샘출판사, 2000:428-429.

것과 같은 섬뜩한 마음이 들며 마주들 쳐다보았다.[331)]

얼굴이 비칠 듯이 얼른거리는 금고 속에 손자국이 몹시 난 것을 자세자세 들여다보다가, 덕기는 별안간 겁이 버쩍 났다. 사랑문이 열린 것을 보면 어떤 놈이든지 뻥소니를 쳤을 것 같기는 하나, 이 넓은 속에 또 누가 어디 숨어서 엿보고 있는지도 모든 것 같다. 뒤로 달려들어서 깩소리도 못 치게 하고 나면 금고만이 멀뚱히 서서 모든 사실, 모은 비밀을 알 것이다. 이 자리에서 자기가 없어지면 역시 영원한 비밀이고 말 것이다. 돈이란—재산이란 이렇게도 무서운 것이요, 더러운 것인 줄을 덕기는 비로소 깨달은 것 같다.[332)]

이 금고 앞에서 덕기는 돈의 부정적인 힘을 재차 인식하고 두려움을 갖게 된다. 그는 이러한 재산을 무섭고도 더러운 존재라고 생각한다. 조부가 아직 세상도 떠나기 전에 돈을 위해서 서로 헐뜯는 잡당들의 행위가 봉건 가족을 지켜오던 조부의 이 공간에서 벌어진다는 것에 대해서 실망하고 원망하지 않을 수 없다. 이런 실망감은 조부가 세상을 떠난 다음에 안방에 앉아 있던 덕기의 심리를 통해서도 잘 드러난다.

덕기는 안방이 싫증이 나서 자리를 걷어치우고 사랑으로 나왔다. 지주사와 노인 축은 젊은 주인을 경원하여 건너방으로 몰리고, 넓은 방에 혼자 앉았으니 공부라도 될 것 같으나, 책상이 놓인 자기 방—아랫방만 못하다. 할아버지 자리에 앉았기에 죄송스럽고 어색한 점도 있거니와 문갑, 연상, 탁자

331) 염상섭, 『삼대』, 서울: 빛샘출판사, 2000:443.
332) 염상섭, 『삼대』, 서울: 빛샘출판사, 2000:446-447.

…… 고색이 창연한 할아버지 쓰시던 모든 제구가 골동품으로는 값이 나갈지 모르고, 가보로 대나 물릴지 몰라도 자기에게는 어울리지도 않고, 눈에 띄는 것마다 할아버지 생각이 나서 기분이 가라앉지를 않는다.[333)]

덕기에게 있어서 사랑은 자신의 공간인 아랫방만 못한 공간으로밖에 보이지 않는다. 할아버지가 쓰던 물품은 그저 골동품으로밖에 생각되지 않고 자신에게는 전혀 어울리지 않는다고 생각한다. 즉, 이 공간은 조부가 한평생 가문을 지키고 계셨던 과거의 공간일 뿐이며 자신에게는 별로 큰 희망과 의미를 부여하는 공간이 아니다. 조부에게는 아주 소중한 공간임에도 불구하고 덕기한테는 구속스럽고 불안한 또는 떠나고 싶은 그러한 공간으로밖에 생각되지 않았던 것이다. 때문에 덕기는 "재산은 상속하였을망정 조부의 유지도 계승할 것인가?"[334)] 또는 "금고 문지기는 될 수 있을지언정 사당 문지기로서도 조부가 믿듯이 그처럼 충실할 것인가?"[335)] 하는 의문을 가지듯이 그는 사당 문지기로서의 조부의 이념성에 대해 비판적 계승을 보이고 있다.

조부가 인생의 대부분을 봉건 가족의 지속과 영달을 위해 돈을 지키는 일에 소모한 반면에, 덕기는 조부의 신분 상승을 위한 이런 비정상적인 재산 지킴이가 돈의 비열함을 더 두드러지게 함을 인식하고 가족과 사회를 위하여 유용하게 쓰일 수 있는 길이 무엇일까 하는 문제를 깊이 고민하게 된다. 즉, 가족과 사회의 조합과

333) 염상섭, 『삼대』, 서울: 빛샘출판사, 2000:622.
334) 염상섭, 『삼대』, 서울: 빛샘출판사, 2000:450.
335) 염상섭, 『삼대』, 서울: 빛샘출판사, 2000:450.

통합을 위해 중간자적 입장에 서서 융통성 있게 잘 해결해 나감으로써 조의관의 공간과는 다른 독자적이고 합리적인 공간을 구축해 나가려고 시도함을 엿볼 수 있다. 우선 그는 이 공간 내에 잠입되어 있던 모순과 갈등을 하나하나 해결해 나간다. 물론 타협적인 중간자적 입장에서 윤활하게 해결하는 데에 요점을 두었다.

> 어린애를 데리고 본가로 갑네 하고 나가 앉았으니, 트집은 트집이요 하여간 집이 급하다. 태평동 집을 급히 내게 하고 들어앉게 하여 놓으니까, 수원집은 이사할 분별은 꿈도 안 꾸고 손부터 내민다. 자기 몫을 어서 내라는 것이다. 그러나 여자들의 몫은 삼년상이 끝날 때까지 맡아두라는 것이 조부의 유언이다.
>
> ……(생략)……
>
> 이 모양으로 이틀을 두고 실랑이를 한 끝에 수원집이 아주 집을 든다는 날 부친이 와서 금고문을 열라는 엄명에 열고 말았다.
>
> ……(생략)……
>
> 부친의 의견대로 수원집 모녀 몫을 내주는 길에 부친의 삼백 석도 가져갔다. 나눌 것을 다 주고 나니 덕기는 한시름 잊었다. 지주사만은 오백 원을 주니까, 도리어 맡아두라 한다. ……(생략)…… 부친의 첩치가에 과용을 하였으니 큰마누라를 내몰았으니, 수원집의 하는 소위가 가능하다느니 말은 많았어도 모친을 모시게 되고 부친이나 수원집도 소원대로 자리를 잡고 나니 일이 모두 제 자국에 들어선 셈이다.336)

덕기는 우선 조부의 첩인 수원집을 이 공간에서 다른 공간으로 이동시킨다. 비록 조부의 유언에 따르면 삼년상을 치르기 전에는

---

336) 염상섭, 『삼대』, 서울: 빛샘출판사, 2000:572-573.

재산을 내주지 말라고 했지만, 덕기는 이 혼란한 상황을 해결하려면 지금이라도 재산을 내주는 게 맞다고 판단한 것이다. 수원집이 이 공간에서 태평동으로 이동함으로써 부친의 첩치가로 모순이 발생한 어머니가 이 공간으로 순조롭게 옮겨 올 수 있다. 그렇게 함으로써 수원집과 모친과의 모순이 어느 정도 해결될 수 있는 것이다.

또한 타락의 끝자락까지 간 부친이 자신의 공간에 첩인 의경이를 끌어들임으로써, 첩치가에 필요한 돈을 덕기한테서 빼앗아 가듯이 하는 상황에서 덕기는 비록 한심스러웠지만 자신의 부모인 까닭에 부친의 의견을 따라 주었다. 부친이 재산을 훔쳐다가 팔고 저당 잡히는 일을 저질러서 취조당할 때도 덕기는 가정의 평화를 위하여 부친을 대신하여 변명해 주었다.

> "그런게 아닙니다. 빚에 졸리시는 조건이 있어서 곧 현금을 드리려 했었는데 별안간 제가 이리로 들어오게 되니까, 예금통장을 꺼내다가 쓰시려던 것이 이렇게 뒤 것이겠지요. 도대체 손금고열쇠를 집에 두고 다니거나, 예금통장을 손금고 속에 넣어두었더면 이 지경은 아니 되는 것을, 통장과 도장은 안에 맡겨두고 또 어머니께서는 감시가 심하시고 야단을 치시니까, 이렇게 되었나 봅니다. 그 외에는 아무 일 없습니다.……"[337]

그리고 어머니,[338] 누이동생, 원삼이 내외 등이 이 공간에 합류함으로써 조화와 믿음의 공간을 구축하게 된다. 이처럼 덕기의 공

337) 염상섭, 『삼대』, 서울: 빛샘출판사, 2000:673-674.

338) 집안살림이나 금전출납의 전 책임을 모친에게 맡기면 그만이다. 그편이 도리어 모친을 위하여도 좋을 것이다. 돈을 만지고 살림에 재미를 붙여서 몸이 바쁘면 히스테리도 나을 것이라는 생각이 든다.(염상섭, 『삼대』, 서울: 빛샘출판사, 2000:622.)

간은 점차 조화와 믿음의 공간으로 변모되어 가면서 사회주의 운동가인 김병화 등이 자유롭게 드나들 수 있는, 개방적인 공간으로 탈바꿈하였다. 이 점은 덕기가 사회주의 운동을 통해 일제의 식민 통치 체제에 저항하는 '주의자'들에 대한 동정과 연대의식을 반영한다. 그의 이런 동정과 연대의식은 "무산운동에 대하여 무관심으로 냉담히 방관만 할 수 없고 그렇다고 제 일선에 나서서 싸울 성격도 아니요 처지도 아니니까 차라리 일간호졸 격으로 변호사나 되어 뒷일이나 보면 좋겠다는 생각"339)에서도 재차 확인할 수 있다.

> "서방님 계신가요?" 병화는 사랑마루 끝에 와서 소리를 치다가, 큰 사랑 아랫목에 앉은 서방님이 유리로 내다보니까, 허리를 굽실한다. 그래도 덕기는 미처 못 알아보았는지 내다보던 고개가 없어지고는 두런두런 자기네들 이야기 소리만 난다. "식료품상이올시다. 댁에 용달을 터주셨으면 하는뎁쇼……?" ……(생략)…… "정말인가? 허허허……사람두!" 덕기뿐 아니라 방안 사람이 번갈아 가며 내다보고는 빙긋빙긋 웃으나 병화는 반죽 좋게 버티고 서서 조른다.340)

이처럼 덕기의 공간에 사회주의 운동을 하는 김병화가 우스갯소리를 해 가면서 자유롭게 드나들 수 있는 개방적인 공간으로 되었다. 덕기는 자신의 공간에 자유롭게 드나드는 김병화를 비롯한 사회주의 운동가들에 대해 관심을 가지고 효자동 부근에 있는 그들의 '산해진'이란 상점에 찾아가 보기도 하며 그들이 운동으로 인

---

339) 염상섭, 『삼대』, 서울: 빛샘출판사, 2000:165.
340) 염상섭, 『삼대』, 서울: 빛샘출판사, 2000:475-476.

해 경찰에 붙잡혀 맞았을 때도 자기 집의 단골 의사를 불러 치료를 해주기도 한다. 뿐만 아니라 필순이의 아버지가 병원에 입원했을 때에도 할아버지가 덮던 담요를 가져다주거나 돈봉투를 건네어 병원비에 보태 쓰라는 등 사회주의 운동에 동조하는 모습을 보여 주고 있다.

조의관이 주체가 되던 공간이 그의 죽음으로 인해 덕기의 공간으로 교체되면서 부정적인 공간으로부터 타협과 조합의 공간으로 구축되어 간다. 덕기는 조의관과 조상훈이 서로 대립하고 충돌하던 이 공간에서 가정의 모순을 타협과 화해의 자세로 하나하나 해결해 나갔으며, 따라서 사회와의 모순도 민족의 통합이라는 전제하에 중도적 입장에서 민족을 위해 힘을 보태려 하였다. 이처럼 두 대에 걸쳐 첨예하게 대립되던 모순이 제3세대에 와서는 차츰 완화되는 추세를 보였으며, 덕기의 공간 역시 폐쇄적인 공간으로부터 개방적이고 희망적인 공간으로 바뀌어 나가는 추세를 보였다.

『무화과』의 이원영도 역시 『삼대』의 조덕기에 해당되는 인물로서 중도적 인물에 속한다. 이 작품은 원영이 조부로부터 막대한 재산을 상속하여 사회사업 신문사에 투자하는 이야기로부터 시작된다. 이 작품에서는 수직적 가족 시스템이 사라짐에 따라 이원영이 가족 내부 '신-구' 간의 갈등의 중간 지대에 위치하면서 이 갈등을 완화시키고 가족의 화합을 위해 노력하는 모습이 재현되지 않는다. 그리고 이 작품의 배경 공간은 조씨 가문에 한정되어 있던 『삼대』와 달리, 식민지 조선 사회로 확대된다.[341] 우선 『삼대』

341) 호미, 「염상섭과 빠진(巴金)의 가족사소설 비교 연구」, 서울대학교 박사학위논문, 2009:98.

에서와 마찬가지로 금고가 놓여 있는 사랑이란 공간도 존재한다. 하지만 조부로부터 금고지기와 함께 사랑지기의 역할도 상속받았지만, 전반 작품에는 그에 대한 내용은 거의 없다. 조부로부터 물려받은 금고는 조부의 뜻과 달리, 가문의 유지, 번영이라는 목적을 위해서 열리지 않고, 신문사 운영, 사회사업, 타인에 대한 후원 등 원영 당대를 위해서만 열린다.342)

이 작품에서 이원영의 주요한 공간으로는 식민지 조선 사회 공간의 하나인 신문사라고 할 수 있다. 원영이가 신문 사업을 시작한 원인은 일본 유학을 통해서 매체로서 지니는 신문의 영향력을 충분히 알고 있었기 때문일 것이다.

> ×신문사 이층 이사실에서는 지금 막 아래층 기계간에서 올려온 자기 신문의 호외를 보느라고들 이야기를 중단하고 잠잠하여졌다. 호외는 한 달 전부터 일어난 OO사변에 관한 것이었다. ……(생략)……
>
> 이원영이의 귀에는 아무 소리도 들어오지 않았다. 그는 신문이나 호외를 열심히 보기는 하나 OO사변을 정치 흥미로 보는 것은 둘째요, 다른 생각이 언제나 앞서는 것이었다. 백만의 재만동포의 신상에 대하여서 아주 무관심한 것도 아니요, 더욱이 올여름에 무지가 낳은 조선의 충돌사건 이후로 비로소 동포가 받는 박해를 생각하면 딱하고 한심하기는 하나 ……(생략)……343)

이처럼 이원영은 박해를 받는 동포들을 생각하여 신문사업을 시작하게 된 것이다. 그는 돈 일만 오천 원으로 ×신문사 영업국장

---

342) 김성연, 「염상섭 가족사소설 연구」, 동덕여자대학교 박사학위논문, 2012:98.
343) 염상섭, 『무화과』(상), 서울: 동아출판사, 1995:13-14.

의 자리에 오르게 되었으며, 영업국장을 하기 전에 이미 돈 삼만 원을 내어 이사가 되기도 하였다. 그가 돈 삼만 원을 내고 신문사의 이사가 된 데는 그럴 말한 이유가 있었다.

> 삼익사—문제 많은 삼익사다. 이원영이의 이름이 널리 알려진 것은 신문사에 관계하기 때문이라느니보다도, 이 삼익사사건 때문이었다고 하는 게 옳을 것이다. 거기다가 또 김동국이 사건이라는 것이 엎친 데 덮쳐서, 한참 동안은 이원영이란 이름이, 신문에 오르내렸던 것이다. 김동국이 사건이라는 것은 세상에서 부르기를 제×차 ○○당사건이라 하는 것이니, 올봄에 김이 사 년 징역의 반기가 되어 나온 것으로 끝이 났거니와, 삼익사사건이라는 것은 원영이의 부자를 중심하고 생긴 것이니 만치, 또는 원영이의 부친 이정모가 생존하여 있느니 만치, 가정풍파나 부자간 반목이 그전보다는 퍽 꺼졌다 해도 아직까지 뭉싯뭉싯 속으로 타고 있는 것이다. 가정풍파는 조부가 재산을 아들 정모에게 상속하지 않고 외손자인 원영이에게 물려준 데에 원인된 것이지마는, 직접 원인은 삼익사를 누구에게 준다는 유언이 없이 죽은 데서 시작된 것이었다. ……(생략)…… 어쨌든 유산을 아들에게 빼앗긴 정모가 가만히 있을 수 없고, 정모를 에워싸고 충동이는 축들이 겉몸이 달아서 날뛰노라니, 세상을 짝자그르하게 만들던 삼익사사건이라는 것이 생겼던 것이다.344)

이원영이 신문사의 이사가 된 이유는 ×차 ○○당 사건도 있지만, 더욱 중요한 것은 '삼익사사건' 때문이었다. 조부가 세상을 떠나면서 유산 처분을 할 때 삼익사를 누구한테 물려준다는 유언 한마디도 없었기 때문에 부친 정모와 아들 원영의 사이에 모순이 생겼다. 각 신문사에서는 ×차 ○○당 사건에 대해서는 마

344) 염상섭, 『무화과』(상), 서울: 동아출판사, 1995:57-58.

음대로 기사를 쓰지 못했지만 '삼익사사건'에 대해서는 전력을 다해 기사를 썼다. 이런 상황에서 이원영은 기자와 간부들을 매수하기에 애를 썼으며, 일만 오천 원을 안 내놓으면 영업국장 자리는 고사하고 이사 자리까지 위협을 받는다. 때문에 어쩔 수 없이 '돈'으로 영업국장 자리를 사게 된다. 이 부분은 당시 신문사 영업국장이나 이사 자리를 돈으로 사고파는 상황을 짐작할 수 있는 대목이다. 이원영은 어떤 방법을 써서라도 신문사를 잘 경영해 보려는 각오를 다지지만 결국은 실패할 수밖에 없는 운명이었다.

이 공간은 식민지 조선 사회에 얽혀 있는 각종 모순과 갈등이 상징적으로 제시하는 공간이다. 여기서 가장 첨예하게 대립되는 두 세력은 일제 식민지 통치 체제에 동조하면서 조선 사회에 정착된 자본주의 '돈'의 원리에 따르는 '모리배'들과 이에 저항하고 일제 식민지 치하 진정한 가치를 추구하는 젊은 세대들이다. 전자를 대변하는 부정적 인물은 토지 투기를 통해서 재부를 얻는 '벼락부자'인 이탁, 돈을 얻기 위해서 사기, 협작 등 수단을 가리지 않는 김홍근, 자신의 이익을 위해 남을 해치고 모략을 일삼는 신문사 사장 등이다. 후자를 대변하는 인물은 '주의자' 원태섭과 김봉익 및 긍정적인 인물인 박종엽이다.[345] 때문에 복잡다단한 이 공간에서 모순이 격화되고 거기에다가 주의자 김동국과 얽히면서 파산해 갈 수밖에 없는 것이다.

345) 호미, 「염상섭과 빠진(巴金)의 가족사소설 비교 연구」, 서울대학교 박사학위논문, 2009:98.

> "신문사두 내일부터 고만두기로 하였지." 하고 내던지듯이 한마디 불쑥 한다. "예? 왜요?" "왜라니? 돈이 없으면 물러나는 거지"……(생략)……
> "툭 털어놓고 말하면 난 지금 파산지경일세. 내가 쓴 것도 있지만 삼익사를 내일이라도 문을 닫는 날이면 나는 거리에 나앉네. 이렇게 급히 결말이 올 줄은 몰랐네마는 목전의 사실인데야 어쩌는 수 있나! ……(생략)……[346]

이 부분은 원영이가 채련이에게 신문사가 파산의 지경에 이르렀음을 말하는 상황이다. 9.18사변(만주사변) 이후의 한국 정세 속에서는 민족 자본은 지속할 수도, 성장할 수도 없었다. 이원영이 인수한 민족 자본의 신문사도 내분을 겪을 수밖에 없다. 김유식에 의하면 그 원인을 두 가지로 분석할 수 있다. 하나는 신문이 갖고 있는 대외적인 이념, 즉 민족지로서의 사명감이다. 이러한 이념의 순수 정도가 높으면 높을수록 현실적인 경영은 감당하기 어려워진다. 민족 자본이 아니고는 이러한 이념의 순도가 보장되지 않는데 민족 자본의 지속과 성장은 일제와의 야합 없이는 불가능하다. 그러므로 민족 자본으로 신문사 경영에 임한다는 것 자체가 일종의 모순이다. 다른 하나는 사회주의 운동에 대한 '심퍼사이저'가 그 증거이다. 더욱이 20년대와는 달리 9.18사변까지 겪은 30년대의 현실 앞에 그러한 '심퍼사이저'는 더한층 시적인 것이었다. 이럴 경우 신문사도 망하고, 삼익사도 망하는 것이다. 그러므로 이원영의 신문사 경영의 실패는 예고된 것이었다.[347]

---

346) 염상섭, 『무화과』(하), 서울: 동아출판사, 1995:822-823.
347) 김윤식, 『염상섭연구』, 서울: 서울대학교 출판부, 1987:593-595.

4.3.3. 공통점과 차이점

『激流三部曲』과 『삼대』, 『무화과』의 제3세대인 高觉新과 조덕기, 이원영은 모두 첨예하게 대립한 각종 세력의 중간 지대에서 방황하는 '중도적 인물'이지만, 덕기와 원영이는 긍정적인 면이 더 부각되고 觉新은 부정적인 면이 더 부각되었다고 할 수 있다. 따라서 觉新의 공간은 나약함과 무저항적 공간으로 그려져 있는 반면에 덕기와 원영이의 공간은 화해와 '심퍼사이저'의 공간으로 그려져 있다.

觉新과 덕기의 공간은 원래 각각 제1세대인 조부들의 공간이었다. 高老太爷의 공간 '堂屋'은 봉건 전제적 가족 질서를 수호하는 공간이며, 가족의 공간임에도 불구하고 각종 첨예한 갈등이 존재하는 불안한 공간이었다. 조의관과 이의관의 공간, 즉 사랑은 재산과 봉건 가족을 지키는 공간이었고, '아랫방'이야말로 덕기 자신의 공간이었다. '사랑'은 조의관의 부정적인 공간이었기 때문에 덕기에게는 불편하고 불안하고 떠나고 싶은 공간이었다. 이처럼 제1세대들의 공간은 가족의 공간임에도 불구하고 불신과 음모가 가득한 음험한 공간에 불과했다.

앞에서 살펴봤듯이 『激流三部曲』의 공간에서의 가장 뚜렷한 모순은 高老太爷와 제3세대 간의 모순이다. 이러한 모순은 봉건 가족을 수호하려는 高老太爷와 봉건질서에 저항하는 손자들 간의 충돌이라고 할 수 있다. 『삼대』, 『무화과』에서 '사랑'을 비롯한 조씨, 이씨 가문에서의 가장 첨예화된 모순은 부자간의 모순이다.

『삼대』에서 조부가 주도권을 쥔 이 공간에서 덕기는 조의관이 고수하는 봉건 가족제도에 대해 불만을 갖고 있지만 조상훈처럼 조의관과 직접적으로 충돌하지 않고 타협점을 찾으려고 노력한다. 『무화과』에서는 조부가 세상을 떠나면서 작품이 시작되기 때문에 조부와 손자와의 모순이 뚜렷하지 않다. 『激流三部曲』의 觉新은 조부와 직접적으로 충돌하지 않고 타협하며 적극적으로 대안을 찾기보다는 나약하고 무저항적인 행동을 취함으로써 이 공간에서 조부의 절대적인 지위를 더 잘 드러내 보인다.

제1세대의 부정적인 공간은 그들의 죽음을 통하여 새로운 국면을 맞이하게 된다. 『激流三部曲』의 觉新은 나약한 성격과 읍례주의로 인해 高老太爷가 죽은 후에도 이 가정의 주도권을 잡지 못하고 이 공간을 부정적인 공간으로부터 긍정적인 공간으로 변화시키지 못했다. 오히려 이 공간의 폐쇄적이고 내향적이며 부정적인 성향이 점점 뚜렷해졌다. 반면에 『삼대』, 『무화과』에서 조부의 사망과 더불어 열쇠꾸러미가 덕기, 원영이에게로 옮겨지게 되면서 조부의 공간은 자연스럽게 덕기, 원영이의 공간으로 전환하게 되며, 그들은 이 공간을 부정적인 공간으로부터 차츰 긍정적인 공간으로 탈바꿈시킨다. 이 두 작가의 작품에서 조부의 죽음은 하나의 핵심적인 사건으로서, 『激流三部曲』은 이 가정의 상황을 더욱 내향적으로, 봉건 가부장제 가족의 멸망을 더욱 가속화시켰다면, 『삼대』, 『무화과』에서는 이 가정의 상황을 외향적으로 변화시켰다고 볼 수 있다.

『激流三部曲』의 觉新은 자신의 나약함과 부정적인 사고방식 때문에 임신한 아내가 이 공간을 떠나는 것을 막지 못해 결국 아내가 목숨을 잃고 마는 최악의 상황에까지 치닫게 된 반면에, 『삼대』의 덕기는 조부가 사망한 후, 이 공간 내에 도사리고 있던 모순과 갈등을 차츰 해결해 나가는 모습을 보여 주면서 이 공간을 조화와 믿음의 공간으로 구축한다. 결국 觉新은 무기력함과 읍례주의에서 벗어나지 못해 소중한 아내와 아들의 목숨마저 빼앗긴 공간에 극심한 공포를 느낀다. 다시 말하면 이 공간이 주인공에게 있어서 숨이 막히고 극도의 고통을 느끼는 감옥과도 같은 존재로 느껴졌기 때문에 이 폐쇄적인 공간 속에서 완전히 탈출하는 것만이 새로운 길임을 피력하고 있다. 반면에 『삼대』의 덕기는 2대에 걸쳐 첨예하게 대립되던 모순을 자신의 세대에 와서 완화시켰으며, 따라서 이 공간을 폐쇄적인 공간으로부터 차츰 개방적이고 희망적인 공간으로 전변시켜 갔다. 『무화과』의 원영이는 이 공간을 개방적이고 수평적인 공간으로 바꿔 놓았을 뿐만 아니라, 사회적 공간인 신문사로까지 확대시켰다. 비록 그 시대의 상황과 경영상의 문제때문에 이 공간이 나중에 파산되기에 이르지만 '심퍼사이저'로서의 역할을 시도한 것만은 사실이다.

결론적으로 『激流三部曲』의 觉新의 공간은 나약함과 무저항적 공간으로 인식된 반면에 『삼대』, 『무화과』의 덕기와 원영이의 공간은 화해와 '심퍼사이저'의 공간으로 인식되었다. 觉新과 덕기, 원영이의 공간은 모두 제1세대의 공간이었다가 그들의 죽음으로 인해서 제3세대의 공간으로 대체된다. 제1세대의 공간이었을 때, 두 공간은 모두 부정적으로 그려졌으며, 제3세대에 와서는, 觉新의 경우에는 점점 더 폐쇄적이고 부정적인 공간으로 변하였으나, 덕기와 원영이의 경우에는 차츰 긍정적인 공간으로 탈바꿈하였다. 이는 최종적으로 작가의 세계관과 밀접한 연관성을 지님을 보아낼 수 있다.

4.4. 『激流三部曲』과 『삼대』, 『무화과』의 신여성 공간

4.4.1. 혼인과 인격적 자유 추구의 공간—'张蕴华'

파금은 『家』에서 여성 인물들이 가부장적 가족 질서에 적극적으로 저항하는, 근대의 주체적 자아를 형성하는 과정에 초점을 맞추어 신여성의 성장 과정을 묘사하고 있다.348) 『家』에서 당시 중국의 신여성을 대표하는 인물로는 고씨 형제의 고종사촌누이 张蕴华(琴)를 들 수 있다. 이 부분에서는 이 인물의 공간인 어머니와 함께 살고 있는 집을 통하여 신여성 형상의 특성을 살펴보고자 한다.

张蕴华는 『家』에서 중요한 여성 인물로서, 중국 5·4신문화운동을 배경으로 신여성으로 성장한 가장 대표적인 인물이다. 张蕴华는 고씨네 일가친척들 가운데서 제일 이쁘게 생겼고 또 활발한 처녀이다. 그녀는 자신이 처한 주변의 보수적인 분위기에 적극적으로 저항하면서 여성으로서의 배울 권리와 자유를 쟁취하기 위해 노력해 왔다. 이러한 그녀와 어머니가 거주하는 공간은 아주 조용한 분위기였다.

---

348) 호미, 「염상섭과 빠진(巴金)의 가족사소설 비교 연구」, 서울대학교 박사학위논문, 2009:145.

> 张家显得很冷静，空空的大厅上燃了一盏煤油挂灯。这一所并不十分大的公馆里分住了三家人家，有三个不同的姓。三家的主人中间有两个寡妇，只有两三个成年的男丁。虽然是三家人同住在一个院子里，也没有热闹的气象，日子过得很清闲，甚至在除夕，也比平时热闹不了多少。
>
> 在这个公馆里张家算是最清静的，唯一的理由就是没有男丁，全家就只有母女两人。琴有一个住在尼姑庵里不常回家的祖母。此外，一个男仆和一个女佣，都是在这个家里做了十年以上的“老家人”。
>
> ……(省略)……
>
> 从张太太的话里，他们知道克明和觉新已经先后来过，坐了片刻就走了。张太太跟他们谈了许多话。他们请她回娘家住几天，她答应年初二去，她明天要带琴到尼姑庵去给琴的祖母拜年。她又说自己喜欢清静，这次也许住不了几天，不过可以让琴多住些时候。这番话更使他们高兴。[349)]

장씨네 집, 즉 张蕴华(琴)의 공간은 몹시 적적하고 고요하였다. 이처럼 적적하고 조용한 공간은 새해를 맞이하는 섣달그믐날조차 활기라곤 조금도 없이 그들 모녀 둘뿐이었으며, 하나밖에 없는 조모조차 절간에 거주하고 이 집에 자주 오지 않는다. 또한 설날이 다가옴에도 불구하고 克明과 觉新 삼 형제가 찾아올 뿐 다른 손님은 거의 찾아볼 수 없다. 장씨 부인 역시 자기가 조용한 것을 좋아하기 때문에 친정에 가도 오래 머무르지 않는다는 것을 보아 고씨 집안과도 그렇게 가깝게 지내는 사이가 아님을 보아낼 수 있다. 즉, 이 공간은 고씨 집안을 비롯한 친척 간의 왕래가 뜸하고 폐쇄되고 고독한 공간임을 엿볼 수 있다. 봉건 가부장제도하에서 남자

349) 巴金, 『家』, 北京: 人民文学出版社, 2012:107-108.

는 절대적인 권위를 지니고 있으며, 따라서 이러한 권위적 인물의 사망은 그 가정의 권위적 지위의 상실을 의미한다.

이러한 고독하고 폐쇄적인 공간 내에 거주하는 두 여성은 사회적 압박을 심하게 받을 수밖에 없다. 이러한 상황에서도 琴은 전통적인 여성관을 탈피하고 교육을 받을 권리를 쟁취하기 위해 저항함으로써 고독하고 고통스러운 공간을 자유롭고 열린 공간으로 만들려고 투쟁을 한다. 그녀는 근대적인 교육을 받음으로써 근대적인 자아의식을 갖춘 여성으로 각성할 계기를 갖게 된다. 그녀가 어느 정도 전통적인 여성상에서 벗어날 수 있었던 것은 5·4신문화운동의 사조와 觉民, 觉慧 형제의 영향과 갈라놓을 수 없다.

> 琴也站起来，激动地说："三表弟，我也不该笑你，我也要同你们永远在一起。我更应该奋斗，我的处境比你们的更困难。"他们两个都掉头去看她，她那双美丽的大眼里射出来一股忧郁的光。好像有什么东西在她的眼里荡漾。她平日的活泼的姿态看不见了，沉思的、阴郁的脸部表情表示出她的内心的激斗。他们第一次看见她的这种表情，马上就明白了是什么东西在苦恼她，她说得不错，她的处境比他们的更困难。她的忧愁时的面容因为不常见，所以比平日欢乐时的姿态更动人。这时他们有了一种愿望，愿意牺牲自己的一切，只为着使这个少女的希望早日实现。但这愿望是空泛的， 他们并没有什么具体的办法，他们只觉得这是他们的义务。[350]

觉民과 觉慧는 琴이 전통적인 여성상에서 탈피하는 과정에서 정신적 지주 역할을 많이 하였으며 또한 그들 역시 琴을 도와 자아의식을 길러주는 것이 자신들의 의무이자 책임이라고 간주하였

---

350) 巴金,『家』, 北京: 人民文学出版社, 2012:13-14.

다. 하지만 이 과정에서 그녀는 두려움과 나약함에 고민하는 등 미숙한 상태를 완전히 벗어나지는 못하였다.

> "你们不知道为了我进一女师，妈受到了不少的闲气。亲戚们都说，这样大的姑娘天天在街上走，给人家看见像什么样子，简直失了大家的闺范。五舅母去年就当面笑过我一次。我一点也不觉得什么。然而妈却苦了。妈的思想完全是旧式的，虽然比另外一般人高明一点，但也高明不了多少。妈爱我，所以肯把责任担在自己的肩上，不顾一般亲戚的闲言闲语。这并不是因为她相信进学堂是对的。……进学堂已经够了，还要进男学堂，同男学生一起上课！你们想，我们的亲戚中间有哪个敢说这件事是对的？"琴愈说下去愈激动，伸直身子，两眼发出光芒，射在觉民的脸上，似乎要从他那里找到一个回答。351)

그녀의 어머니는 그가 학교를 다니는 등 반항적인 행동을 하는 것 때문에 친척들에게 비난을 받았다. 이런 상황에서 그녀는 어머니에게 미안함과 죄책감에서 벗어나지 못했다. 게다가 이제 남자 학교에까지 다니겠다고 하면 어머니가 더욱 친척들의 비난을 받을 것을 생각하니 두렵기도 했다. 이는 그녀의 나약성 때문이기도 하지만 여성에 대한 사회의 편견이 뿌리 깊이 박혀있는 것과 갈라놓을 수 없다. 봉건제도하에서 전통적인 여성상만이 그 정당성이 인정되는 반면에, 전통적인 여성상에 도전장을 내미는 신여성상은 사회의 저애를 받기 마련이고, 그런 압박은 그녀에게 고통을 안겨줄 수밖에 없다. 그녀의 복잡한 심경은 다음과 같은 심리묘사에서도 잘 보인다.

---

351) 巴金,『家』, 北京: 人民文学出版社, 2012:14-15.

琴跟她的母亲相反，她异常兴奋。她想着不久就要发生的、她有生以来的第一件大事。那件大事正像一个可爱的东西似的放在她面前，光彩夺目。她决定要拿它，但是她又知道她的手伸出去就会被人拦阻，她还不能确定她是否就可以把这件东西拿到手。她决定要拿它，虽然决定了，但是她仍旧有一点对于失败的顾虑。所以她还有些胆怯，她还害怕伸出手去。于是复杂的思想来到了她的脑子里，使她时而高兴，时而忧郁。她并不注意到周围的一切。她沉溺在自己的思想里，一直到轿子进了大门放在大厅上的时候。352)

그녀는 저항을 하려고 결심했다가도 또 제지당할까 저어하는 나약함을 보여 준다. 단발머리 문제에서도 똑같이 어머니에게 제지를 당하는 상황에 이르러 자신의 나약성에 대해 혼란을 겪기도 한다. 따라서 그녀가 거주하는 공간은 나약하고 혼란스러운 공간으로 작용할 수밖에 없다. 하지만 가부장적 혼인제도에 순응하여 고난을 겪고 있는 梅와 접촉하고 또한 梅를 자신의 공간으로 들여오면서 그녀들의 비극을 간접적으로 체험하게 된다. 琴은 梅에 대해 불쌍하고 안타까운 생각을 가지게 되는데 그녀의 사회의식도 더욱 확고한 변화를 가져오게 되며, 그녀의 공간 역시 나약하고 혼란스러운 공간으로부터 인격 자유와 혼인 자유를 추구하는 공간으로 탈바꿈하게 된다.

"她昨天到我们家里来过，" 琴低声回答。"梅表姐到你们家里去过？她还是跟从前一样罢？" 觉民关心地问。

352) 巴金,『家』, 北京: 人民文学出版社, 2012:21-22.

"她有点憔悴，不过人并不十分瘦，而且比从前更好看些。只是那双眼睛，水汪汪的，里面似乎含了不少的东西。我不敢多向她问话，我害怕使她记起了往事。她跟我谈了一些话，谈的只是宜宾的风土人情和她自己的近况。她并不曾提起大表哥。"琴的声音变得忧郁了，说到最后一句，她忽然换过语调问觉民道："大表哥现在对她怎样？"

"大哥好像早把梅表姐忘记了，他从来不曾提过梅表姐的名字，而且他对嫂嫂也很满意，"觉民直率地答道。

琴把头微微一摇，略带感伤地说："可是梅表姐不见得就容易忘记他。单看她那双眼睛，我就知道她至今还记得大表哥。…… 妈叫我不要把这个消息告诉大表哥。"353)

『家』에서 저항적 성격의 소유자인 琴과 대조적으로 등장하는 순응적인 여성 인물은 梅이다. 梅는 琴과 마찬가지로 미모와 지혜를 겸비한 귀족 출신의 규수이다. 그녀는 어릴 때 함께 자란 고씨 집안의 장손 觉新과 서로 사랑하는 사이이지만, 두 집안 모친 간의 불화로 혼인에 이르지 못했다. 觉新은 조부가 정해 준 배우자와 결혼하며 그녀 역시 모친의 주선으로 출가한다. 하지만 그녀는 남편과 일 년 동안 애정이 없는 혼인 생활을 이어가다가 과부가 되어 친정에 돌아온다.

이러한 상황에서 琴은 梅를 자신의 집으로 초대한다. 梅의 슬픈 현실은 琴에게 우울감과 감상적인 기분을 갖게 하며, 당시의 불공평한 혼인제도에 대해서도 깊은 고민을 하게 된다. 그 후, 설날에도 梅를 자신의 집에 초대하여 觉民, 觉慧 형제와 함께 만나 슬퍼하고 비관하는 그녀를 위로하기도 한다. 봉건 혼인제도에 순응적

---

353) 巴金,『家』, 北京: 人民文学出版社, 2012:38-39.

인 그녀와 마음을 나누는 가운데서 그 불공평한 점을 더욱더 실감하게 되며, 따라서 그녀의 공간은 나약하고 무기력한 공간으로부터 저항적이고 열린 공간으로 변할 수밖에 없다.

> 一种渴欲诉诸正义的感情在琴的身体内发生了。几个大问题在她的脑子里盘旋:"牺牲, 这样的牺牲究竟给谁带来了幸福呢?""难道因为几千年来这条路上就浸饱了女人的血泪, 所以现在和将来的女人还要继续在那里断送她们的青春, 流尽她们的眼泪, 呕尽她们的心血吗?""难道女人只是男人的玩物吗?"354)

그녀가 더욱 성숙되고 독립적인 주체로 거듭나게 된 결정적인 계기는 혼인 자유에 대한 추구이다. 그녀는 梅의 비극적인 삶에서 가부장적 혼인제도의 비도덕성과 불합리성을 철저히 인식하게 되었으며, 따라서 자신은 그러한 비극적인 인생을 살지 말아야겠다고 다짐한다. 어머니가 부유한 집안의 자세에게 시집을 보내려는 의도를 보이자, 완강하게 거부하고 자신의 길을 개척하려고 노력한다. 觉民 역시 高老太爷가 정해 준 혼인에 거부하여 급기야 가출까지 하게 된다. 琴과 觉民은 사랑하는 연인을 위해서 서로 합심하여 저항하는 가운데, 그녀의 모친이 없는 틈을 타서 집에서 재회하게 된다.

그 후에 觉慧의 도움으로 그녀의 집에서 만난다. 두 연인은 비통해하지도 않고 울지도 않았으며 자신들의 앞날에 대해서 희망

354) 巴金, 『家』, 北京: 人民文学出版社, 2012:193.

으로 가득 차 있었다. 그들의 사랑에서 불가항력적인 힘을 엿볼 수 있으며, 암흑에서 광명으로의 전환을 보아낼 수 있다. 이러한 긍정적인 만남은 琴의 집에서 이루어졌으며, 이 공간은 나약하고 어두운 공간으로부터 희망적이고 낙관적인 공간으로 탈바꿈하게 된다. 그녀는 자신의 사랑을 쟁취할 뿐만 아니라, 高淑英이 가부장적 정혼제에 반항하여 집으로부터 탈출하도록 많은 도움을 준다.

> "你以前整天关在家里，自然不晓得外面的事情。你以后多出来看看、走走，你的世界就会渐渐大起来的"琴高兴地解释道。
>
> "我真不懂：同是一样的人，为什么外国女子就可以自由自在地做出那些事情，而中国女子却当作礼物或者雀鸟一类的东西……送出去……关起来？我们连自己的事情也不能作一点主，只有眼睁睁地看着别人把我们送进火坑里去……"淑英苦恼地说，不过她仍然将她的怨愤极力压下，不让它在她的声音里泄露出来。355)

> 淑英非常热心地接受新的知识。她好像一个乞丐， 对着面前的山珍海味，只图狼吞虎咽地大嚼，不知道节制。倒是琴和觉民有时候看见她用功过度反而劝她休息。她常常笑着回答他们道；"我知道的东西太少了。我正应当多多学习。"她把那些新的知识看作唯一可以拯救她的仙方灵药，所以她牢牢地抓住它们不放松。356)

첫 번째 예문은 琴을 포함한 젊은이들이 淑英과 함께 극장에 와서 극을 보는 장면이다. 극을 보는 과정에서 琴은 淑英에게 가부

---

355) 巴金,『春』, 北京: 人民文学出版社, 2012:332.
356) 巴金,『春』, 北京: 人民文学出版社, 2012:336.

장적 혼인의 폐해를 깨우쳐 주며 그녀로 하여금 불행에서 빠져나오는 것을 도와주는 역할을 하고 있다. 두 번째 예문은 그 후에도 고씨 집에 찾아가서 그녀에게 새로운 길을 찾도록 인도하는 부분이다. 琴의 끊임없는 설득을 거쳐 淑英은 마침내 무지에서 빠져나와 암흑 같은 이 공간에서 탈출하여 상해로 가게 된다. 그 이듬해에 琴은 상해에서 잘 지낸다는 淑英의 편지를 받고 안도감을 느낀다. 琴은 다른 여성들을 도와 불행을 강요하는 공간에서 벗어나게 할 뿐만 아니라, 자신도 사랑을 지키기 위해 觉民과 함께 고향을 떠날 준비를 한다.

> 琴迟疑一下, 才说出话来: "我有件事情不能够解决。你已经毕业了, 我在省城里又没有学堂好进去, 我们为什么不可以早点到外面去呢? 在这个地方住下去, 我也厌烦了。我近来有点担心, 我们的事情固然不会有问题, 不过我们的办法跟妈同大舅母的希望还差得远, 妈不赞成你的办法。……(省略)……
>
> 琴忽然痛苦地插嘴低声说: "我们两个还是早点到上海去罢, 三表弟, 二表妹都在那儿等我们。"她的声音微微地在抖动。……(省略)……她有一点害羞, 不过她还勇敢地、柔情地对他表白: "二表哥, 我的心里就只有你。我永远是你的。我只希望永远同你做那些工作。"357)

이 부분은 琴과 觉民의 대화 부분이다. 그녀는 부모님도 자신들의 사랑을 반대하기 때문에 하루라도 빨리 이곳을 떠나 상해에 가고 싶어 한다. 이처럼 그녀는 가부장적인 혼인제도에 완강히 저항하는 여성으로 그려져 있다. 작가는 가부장적 혼인제도에 순응하

357) 巴金, 『秋』, 北京: 人民文学出版社, 2012:313-315.

는 여성과 혼인제도에 저항하는 여성을 대비함으로써 그 결과가 완전히 달라진다는 것을 지적하고 있다. 즉, 봉건적인 혼인제도에 순응하는 여성의 결말은 비극적으로 끝날 수밖에 없고, 반대로 봉건적인 혼인제도에 저항하는 여성의 삶은 긍정적으로, 희망적으로 변할 수밖에 없음을 보여 주려 한다.

4.4.2. 자아 각성과 민족주의 각성의 공간—'홍경애', '이문경'

파금의 『激流三部曲』과 염상섭의 『삼대』, 『무화과』는 모두 현실에 순응하여 봉건 가부장제도의 피해를 보는 여성들에 대해 다룬 반면에, 현실의 불평등에 저항하여 새로운 길을 모색하는 신여성에 대해서도 다루었다. 이러한 신여성들은 보통 전통적인 여성관을 거부하고 반항적인 성격을 띠고 있다. 염상섭이 1920년대 초기에 창작한 작품을 보며 신여성에 대한 시각이 부정적인 경우가 긍정적인 경우보다 많다. 기존의 연구자들이 지적한 바와 같이 "그의 초기 작품에 등장하는 신여성은 대부분 근대라는 미명하에 자유분방한 자유연애를 탐닉하고 나아가서 돈으로 성을 거래하는 부정적 양상을 띠고 있다."[358]

하지만 『삼대』에 와서는 신여성의 긍정적인 부분과 부정적인 부분을 동시에 그리고 있어 신여성에 대한 이중적 시각을 지니고

---

358) 柳利须, 「有島武郎과 염상섭 문학의 '근대적 자아' 비교 연구」, 한국외국어대학교 박사학위논문, 2004:213.

있음을 보아낼 수 있다. 그러나 파금은 초기작품부터 시종일관하게 긍정적인 시각으로 신여성을 그리고 있다. 그의 작품에 등장하는 대부분의 신여성들은 새로운 사회질서를 창출하기 위해 기존의 불합리한 사회체제와 맞서 싸우는 용감한 여성 혁명가로 형상되어 있다.359) 『삼대』에서 홍경애란 인물이 처음으로 등장하는 공간은 바커스이다. 그만큼 바커스는 홍경애란 인물에게 있어서 중요한 공간이다. 병화의 주선으로 일본으로 유학을 떠나기 전에 덕기는 바커스에 술 마시러 가게 된다. 그 공간에서 홍경애와 대면하게 된다.

> "암 그렇고 말고요! 퍽 유쾌하신 모양입니다그려?" 별안간 이런 소리를 치면서 '아이상'이란 여자가 내달아서 주부 옆에 와 서며 덕기에게는 눈도 거들떠보지 않고, "긴상(김씨), 저런 도련님과 무얼 그렇게 설교를 하고 앉으셨소? 자- 술이나 잡수세요." 하고 주부 앞에 놓인 술통을 들고 달려든다. "사실 아이상 말이 옳지? 자- 당신부터 한 잔 ……" 하고 경애는 선뜻 잔과 술통을 바꾸어 받는나. 병화는 선 채 내미는 경애의 잔에 술을 따랐다. 경애가 컵 술을 받아서 마시는 것을 보고 덕기는 외면을 하였다. 처음에 소리를 치며 해롱해롱하며 내닫는 그 꼴에도 가슴이 내려앉듯이 놀랐지만, 그 술 마시는 데에 한층 더 놀라고 밉고 너럽고 가엾고 한 복잡한 감정을 참을 수가 없었다.360)

'바커스'란 공간에서 덕기와 홍경애의 대면 부분이다. 조상훈의

359) 호미, 「염상섭과 빠진(巴金)의 가족사소설 비교 연구」, 서울대학교 박사학위논문, 2009:107.

360) 염상섭, 『삼대』, 서울: 빛샘출판사, 2000:33.

첩 홍경애는 그에게 농락당하고 버림받은 후, 그와의 사이에 태어난 딸을 부양하기 위해 바커스의 여급으로 일한다. 딸을 출산한 후에 조상훈은 '허위의 갑옷'을 완전히 벗어 버리고 부친이 소유한 북창동(북미창정)의 집을 경애에게 은신처로 제공해 주고는 몇 년간 발길을 뚝 끊어 버린다. 남녀의 정상적인 자유 교제에 대해서도 근시안으로 바라보는 1920-1930년대의 보수적인 분위기 속에서 '미혼모'인 경애가 어린 딸과 노모를 부양할 책임을 짊어진 삶이 얼마나 힘겨웠을지는 쉽게 상상할 수 있다.[361)]

이러한 상황은 홍경애로 하여금 주점의 여급으로 일할 수밖에 없게 만들었다. 이 공간에서의 홍경애가 술을 망탕 마시는 모습이 덕기에게는 타락한 여인으로 비춰 보인다. 덕기는 경애에게 "놀라고 밉고 더럽고 가여"울 정도로 복잡한 감정을 느꼈으며, 이런 상황을 초래한 "부친에게 대하여 이때껏 느껴 보지 못한 반항심이 부쩍 머리를 들어오는 것을 깨달았다."[362)] 덕기의 심리를 들여보기라도 하는 듯 홍경애는 다음과 같은 말을 던진다.

> "내가 이렇게 술을 먹는다고 누구든지 타락하였다고 하겠지? 하지만 타락하였으니까 술을 먹는다는 말도, 술을 먹으니까 타락하였다는 말도 안 될 말이지. 또 여자가 술을 먹는다고 타락하였다면 술 먹는 남자는 모두 타락하고 술 안 먹는 목사님 같은 사람은 모두 천당 가신다는 말이지? 네? 긴상(김씨) 정말 그런가요?" 하고 병화의 무릎을 탁 친다. 경애는 술이 도니까

361) 호미, 「염상섭과 빠진(巴金)의 가족사소설 비교 연구」, 서울대학교 박사학위논문, 2009:146.

362) 염상섭, 『삼대』, 서울: 빛샘출판사, 2000:33.

점점 웅변이 되고 하느적거리는 교태가 여자의 눈에도 한층 더 아름다워 보였다.363)

"난 결단코 타락하지 않았어요! 설사 내가 타락하였더라도 그것이 남의 탓이라고 칭원을 하지는 않지만, 내가 타락하였다면 이 세상 연놈은 어떻게 하게요! 난 천당에 자리를 비워 놓았대도 가지 않겠지만……"364)

덕기의 눈에 비친 바커스는 홍경애의 타락의 공간으로 비쳐 있지만, 홍경애의 눈에는 결코 타락의 공간이 아니다. 바커스에서는 술이 등장하고 술 마시는 여자는 단연코 타락의 늪에 빠졌다고 보는 관점이 일반적이다. 하지만 경애는 자신과 조상훈 사이에 생긴 딸과 어머니를 부양하기 위해, 즉 생계를 위해 어쩔 수 없이 이 공간에서 술을 마실 수밖에 없는 상황에 처해 있다. 경애는 불행한 상황에 놓인 자신에 대해 결코 타락하지 않았다고 말한다. 그녀는 조상훈에 의해 불행한 여자로 전락되었지만 결코 자포자기하지 않고 불행의 흙탕 속에서 헤어 나오려고 모진 애를 쓴다. 그녀는 당시의 사회구조 속에서 타락할 수밖에 없었지만, 사회를 원망하는 것보다는 자신의 수동적이고 나약함에서 그 원인을 찾으려 한다. 때문에 '바커스'란 공간은 표면적으로는 타락의 공간으로 비춰지지만 실제로는 자아 성찰을 통해 불행의 늪에서 빠져나오려는 여성의 몸부림을 보여 주는 공간이다.

홍경애가 그의 딸과 모친을 부양하기 위해 바커스에서 여급으

---

363) 염상섭, 『삼대』, 서울: 빛샘출판사, 2000:38.
364) 염상섭, 『삼대』, 서울: 빛샘출판사, 2000:39.

로 일하는 만큼, 그녀에게 있어서 바커스만큼 중요한 공간인 북미창정 집을 언급하지 않을 수 없다. 그녀의 집은 사랑하는 딸과 모친이 거주하고 있는 공간이며 또한 그녀의 타락을 허용하지 않는 원인을 제공하는 공간이기도 하다.

> 경애의 집은 북미창정 쑥 들어가서였다. 덕기는 처음 오는 길이라 다시 찾아 나가기도 어려울 만큼 구석지다. "약이나 좀 지어 가지고 왔니?" 모친은 기다렸다는 듯이 내달으며 소리를 치다가 덕기가 뒤에 섰는 것을 보고 물끄러미 내려다본다.
>
> 집은 비교적 오똑한 얌전한 기와집이라 전등을 환히 켠 마루 안을 들여다보아도 살림이 군색하지는 않은 것을 알 수 있다. '누구하고 사나? 아버지가 차려준 것일까?' 이런 생각을 하면서 덕기는 마루 위로 뒤따라 올라섰다. 누웠던 어린아이는 엄마를 보고 금시로 캥캥거린다. 하루에 한 번씩 보지만이 엄마에게 안겨보는 일은 드물다. 그렇기 때문에 누워서 짜증을 낼 뿐이지 엄마더러 안으라고는 아니한다.365)

덕기의 눈에 비친 홍경애의 집에 대한 묘사이다. 경애의 집은 다시 찾아가기 어려울 만큼 구석진 곳에 위치해 있다. 이 집은 상훈이가 경애를 위해 마련했기 때문에 당연히 구석진 곳에 위치할 수밖에 없다. 사생아와 첩은 사회구조적으로 떳떳하지 못한 존재이기 때문에 될수록 타인의 눈에 잘 띄지 않는 곳에 정할 수밖에 없다. 이처럼 홍경애는 조상훈에게 있어서 떳떳하지 못한 존재이고 그의 공간도 역시 떳떳하지 못한 존재이지만, 홍경애는 타락하

365) 염상섭, 『삼대』, 서울: 빛샘출판사, 2000:93-94.

지 않고 또 타락할 수 없는 유일한 원인은 사생아 딸 때문이다.

"내가 어째서 그렇게 되었는지 또는 어째서 지금 이렇게 되고 말았는지 그건 혹시 덕기 씨도 알지 모르지만 알면 알고 모르면 모르는 대로 내버려 두고 내게 물을 것도 못 될 거요. 또 내가 말을 내놓고 시비를 따지고 싶지 않지만 어쨌든 그 애나 한번 가서 만나 보아 주시구려. 가만히 생각하면 그 역시 쓸데없는 일이요, 덕기 씨로서는 성가신 군일이겠지만 그래도 그 애 쪽으로는 일 년 열두 달 한번 들여다보는 사람도 없으니까. 아무리 어린 것일지라도 너무 가엾어서……"366)

홍경애는 자신의 나약함과 허영심, 사회적 편견 등 여러 가지 원인 때문에 불행한 상황에 놓여 있지만 원망도, 슬퍼도 하고 싶어 하지 않는다. 부질없는 짓이라고 생각하기 때문이다. 오직 불쌍한 자신의 딸에 대한 애처로운 마음을 갖고 있기에 덕기에게 좀 만나달라고 부탁을 한다. 당연히 미혼모로서 겪은 수모와 사회적 편견 때문에 많은 아픔을 겪은 것은 불 보듯 뻔한 일이다.

"왜 말 못할 게 무어냐? 무슨 죄 졌니? 부자간이면야 부친에게 당한 듣기 싫은 소리라도 듣는 것이지……당신이나 이 애(어미 무릎에 안긴 애를 가리키며)나 아버지 잘못 만난 탓이지. 어쨌든 인제는 이 애를 데려가슈. 당신두 이제는 공부 다 하고 나온 모양이니 아버지가 안 데려다 기른다면 당신이라도 데려다 기르슈. 어엿한 누이동인데 데려다 기르기로 억울할 건 조금도

366) 염상섭,『삼대』, 서울: 빛샘출판사, 2000:92-93.

없을 게니?"367)

이 부분은 홍경애의 모친이 집에 찾아온 덕기에게 불만을 털어 놓는 장면이다. 그동안 조상훈이 발길을 뚝 끊은 뒤로 힘들게 생계를 유지해 왔음을 보여 준다. 조상훈의 비인간적인 행위로 인해 경애는 바커스의 여급으로 일할 수밖에 없으며, 이 공간은 쉽게 타락할 수 있는 공간임에도 불구하고 결코 타락하지 않았으며, 그의 딸이 거주하는 공간인 집은 그녀가 타락할 수 없는 원인을 잘 보여 준다. 그녀가 감옥에 갔다 온 아버지의 병 치료 때문에 조상훈의 도움을 받으면서부터 그녀의 불행이 시작되었다.

"우리 아버지는 너무 호활하시고 살림에 등한하셔서 삼사백 하던 재산을 모두 학교에 내놓으시고 소작인에게 탕감해주어 버리시고 감옥에 들어가시기 전에는 무슨 장사를 해서 다시 번다고 하시다가 삼일운동이 덜컥 나서 감옥에 들어가시게 되니까 옥바라지하고 변호사 대고 어쩌고 한다고 자꾸 끌려들어 가기만 해서 나중에는 집까지 팔아가지고 올라왔었지요. 지금 생각하면 서울로 올라온 것이 내 신상에도 좋은 건 조금도 없건마는……368)

홍경애의 아버지는 수원의 유명한 재산가이고 애국지사이다. 하지만 성격이 "너무 호활하시고 살림에 등한하셔서 삼사백 하던 재산을 모두 학교에 내놓으시고 소작인에게 탕감해 주어 버려서"

367) 염상섭, 『삼대』, 서울: 빛샘출판사, 2000:97.
368) 염상섭, 『삼대』, 서울: 빛샘출판사, 2000:101.

가세가 점점 기울기 시작했다. 특히 감옥에 갔다 온 후로는 더욱 가난해지고 병세도 점점 악화되어 결국 조상훈의 경제적 도움을 받기에 이른다. 상훈이가 경애에게 도움을 준 것은 "결단코 자기 학교에서 길러내고 또 교회 안에서도 재색이 겸비하다고 손꼽"[369]혀서가 아니며, 만약 그렇다고 한다면 이는 "그의 명예와 인격을 위하여 큰 모욕"[370]일 것이다. "적어도 모든 사람이 그렇게 보지도 않았고, 또 조상훈 자신도 그렇게 생각해 본 일은 없었다".[371] 그는 다만 애국지사에 대한 존경이고 그의 유언에 따라 힘자라는 데까지는 두 모녀를 잘 돌봐주기로 맹세했을 뿐이다. 교회 안에서도 애국지사의 유가족을 돌보는 상훈이의 독지에 대해 칭송이 자자하였다. 그러나 그 칭송이 어느덧 시기와 의심으로 변해 가기 시작하였다.

> 경애로서는 조상훈을 대할 때 그는 다만 존경과 흠모의 대상일 뿐 아니라 은인이다. 부친의 생전 시후를 통하여 은인일 뿐 아니라 자기의 현재와 앞길이 그의 지도에 달렸다고 생각하는 것이다. 이 사람이 살라면 살고 죽으라면 죽어도 아까울 것 없을 만치 마음을 턱 실리려는 믿음과 애정을 느꼈고 또 그 모친도 친오라비 이상으로 믿은 것이다. 그러나 경애의 그 믿음과 그 애정은 부친이나 오라비나 혹은 친한 동무에게 느끼는 소녀다운 그런 애정이었다.[372]

369) 염상섭,『삼대』, 서울: 빛샘출판사, 2000:104.
370) 염상섭,『삼대』, 서울: 빛샘출판사, 2000:105.
371) 염상섭,『삼대』, 서울: 빛샘출판사, 2000:105.
372) 염상섭,『삼대』, 서울: 빛샘출판사, 2000:111.

이처럼 조상훈에 대한 경애의 마음은 부친에 대한 믿음과 애정과 같았다. 그는 조상훈이 자신들에게 도움을 준 데 대해 아주 감사하게 생각하고 심지어는 은인이라고까지 생각하며 자신의 현재와 앞날이 그의 지도에 달렸다고까지 생각할 정도였다. 이처럼 경애는 상훈이에 대한 의존도가 점점 높아지게 된다. 그렇게 순수하던 그들의 관계가 급변하게 된 데는 여러 가지 요인이 있지만, 그 중에서 조상훈이 자신의 애욕을 절제하지 못한 것이 가장 큰 원인으로 작용한다. 이들의 관계를 불륜으로 급변시킨 또 다른 요인으로 조상훈과 홍경애 사이의 관계를 왜곡하여 바라보는 주변 사람들의 편견을 들 수 있다. 조상훈과 홍경애는 교회에서나 학교에서 자신들의 관계에 대한 뒷공론이 나오자 깊은 고민에 빠져 더 이상 정상적 교제를 진행할 수 없게 된다. 드디어 경애가 상훈이의 집에 찾아가 두 사람의 관계를 의논하려다가 오히려 두 사람의 관계를 불륜으로 전환시키는 계기를 갖게 된다.373)

> 상훈이는 이래저래 홧김에 술을 먹는 모양이었다. 그러나 두 병이나 먹고도 그리 취기가 없는 것을 보고 이제 알았더니 술을 퍽 먹는구나 하고 경애는 어이가 없었다.
>
> 신성에 대한 환멸을 느꼈다. 예수교인이라면 으레 술 담배 안 먹는 사람이요, 계집은 자기 아내밖에 모르는 사람—자기 아내기로 성경을 읽고 기도를 드리고 친미가를 부르는 사람이 어찌 한자리에 누울꼬? 하는 어렴풋한 생각을 혹시 하여도 그런 더러운 일은 상상할 수조차 없는 경애가 그 신

---

373) 호미, 「염상섭과 빠진(巴金)의 가족사소설 비교 연구」, 서울대학교 박사학위논문, 2009:145.

성하여야 할 조 선생님이 술을 마시고 얼굴이 벌게진 것을 보고는 딴사람 같아서 마주 보기가 도리어 겸연쩍었다.

……(생략)……

이 두어 시간 동안에 경애의 눈에 비친 세상은 금시로 변하였다. 조상훈이의 세상이 아니거든 조상훈에게 대한 관찰이 변하였다고 세상까지 돌변해 보이랴마는 세상이 우스꽝스럽다 할지, 무섭다 할지 더럽다 할지, 재미있고 희망에 가득하다 할지, 형용할 수 없는 것이 이 세상인 듯하였다.[374]

그녀는 부친이 세상을 뜨고 또 사회적 편견으로 힘들어하면서 점점 조상훈에게 의지하는 시기에, 순간 그의 종교적 위선자로서의 다른 일면을 보게 된다. 이런 상황에서 경애는 신성에 대한 환멸을 느끼며 이 세상에 대해서도 혼란스러워한다. 그녀가 처음에 타락하게 된 원인은 순수한 여성에 대한 사회적 편견과 나약함과 수동적인 성격 때문이다. 그녀는 상훈이의 종교적 위선자의 모습에서 실망을 갖게 되고 원망의 복수를 하게 된다. 그 복수의 장소가 바커스이다.

담배 재떨이가 병화의 뺨 옆으로 날며 맞은 벽에 우지끈 딱 하고 악살이 되는 것을 군호로 하고 세 사람은 맞달라붙었다. 어느덧 한 놈은 벌써 나둥그러졌다. 상훈이도 일어서려니까 나둥그러진 자가 일어나서 상훈이에게 달려든다.

……(생략)……

상훈이는 단박에 고꾸라져서 외투는 흙투성이가 되고 오른쪽 엄지손가

374) 염상섭, 『삼대』, 서울: 빛샘출판사, 2000:119-123.

> 락을 깨물었는지 짓찧었는지 피가 줄줄 흐르는 것을 추켜들고 씨끈거리며 앉았으나 경애는 못 본 척할 뿐이다. 밖에서는 길 가던 사람이 우중우중 모여 서서 두런두런하는 모양이나 아무도 문을 열고 들어오지는 못하였다.375)

바커스에서 상훈이와 장정들과의 싸움이다. 경애는 자신과 딸을 몇 년간 방치한 그에 대한 복수를 한다. 사회적 편견에 짓눌린 상훈이의 비겁한 행위에 대한 분노와 원망을 마음속 깊이 묻어왔을 것이다. 그 시대의 미혼모로서의 압박감과 고통은 이루 말할 수 없었을 것이다. 이러한 분노의 표출 장소가 바커스이다. 이처럼 바커스는 그녀의 원망과 복수와 타락의 복잡한 마음을 표현한 공간이고, 또한 원망과 분노의 표출이 없이는 타락의 늪에서 헤어나올 수 없다. 바커스는 이런 분노의 표출을 통해 위선자에 대한 원망을 다 털어 버리고, 사회에 대한 적개심을 털어 버리고 마음의 문을 열 수 있는 계기를 마련하는 공간으로 변모된다. 홍경애의 이런 다각적이고 복잡한 마음은 병화의 심리묘사를 통해서도 잘 드러난다.

> 생각할수록 경애란 이상한 계집애다. 지금 말눈치로 보아서는 노는 계집과 다름없고, 자기에게 성욕적으로 덤비는 것 같이 밖에는 보이지 않았다. 그뿐 아니라 어제 상훈이에게 끌려간 것이라든지, 또 전일에 상훈이 앞에서 키스를 한 것이라든지, 혹은 자기와 상관한 남자들을 모두 서로 대면

---

375) 염상섭, 『삼대』, 서울: 빛샘출판사, 2000:201-202.

> 시키려는 말눈치로 보면 일종의 변태성욕을 가진 색마나 요부 같기도 하다. 그러나 또 이렇게 호령을 하고 윽박지르는 것을 보면 그것이 혹시는 히스테리증의 발작인지는 모르겠으나, 어떻게 생각하면 불량소녀의 괴수로서 무슨 불한당의 수두목 같아도 보인다. 옛 책이나 탐정소설에서 볼 수 있는 강도단의 여자두목이라면 알맞을 것 같다.[376]

병화에게 비쳐진 홍경애의 복잡다단한 성격을 보여 주는 부분이다. 병화의 눈에 비쳐진 그녀는 '이상한 계집애', '일종의 변태성욕을 가진 색마나 요부 같기도' 하고 '불량소녀의 괴수로서 무슨 불한당의 수두목'같기도 한 것이다. 이는 제삼자의 심리를 통해 조상훈에 대한 분노와 사회에 대한 분노의 마음을 잘 그려낸 부분이라 할 수 있다. 때문에 병화는 음험함과 불안함을 느낄 정도였다. 병화의 불안감은 북미창정에 위치한 경애의 집에 가서야 해소된다.

> 경애 집 문전에 왔을 때, 병화는 이때까시의 자기의 종적 없는 공상을 속으로 웃었다. 조촐한 기와집이 문간부터 깨끗하고 얌전한 것이 도리어 의외이었다. 중문간에 고르게 팬 장작을 가득 쌓고 비스듬히 들여다보이는 장독대가 겨울철이건만 앙그러져 보이는 것을 보니 불한당이나 불량소녀의 소굴은커녕 사실 이놈 저놈 함부로 드나드는 뜨내기의 난봉살림은 결코 아니다. '너무 픽 신경쇠약이 되었나 보다'고 병화는 공연한 겁을 집어먹었던 자기를 또 한 번 웃었다. 경애는 안방으로 병화를 데리고 들어가서 외투와 모자를 벗어던지고 아랫목에서 자는 아이 옆에 가만히 앉는다. 그러나 아이는 눈을 반짝 뜨고 캥캥댄다. "응, 응, 엄마 몸 녹여가지고! 엄마 몸이

376) 염상섭, 『삼대』, 서울: 빛샘출판사, 2000:281.

차요." 하며 달래는 경애를 병화는 이상스러이 쳐다보고 앉았다.

바커스의 경애, 상훈이 앞에서 보는 경애—아니, 그는 고사하고 지금 대문 밖에서의 경애와 이 방안에서의 경애가 이렇게도 다를까 싶었다. 여자란 그런 것인지 모르지만 이 여자 같이 다각형으로 자유자재하게 변화하는 성격을 가진 여자는 없으리라고 생각하였다.377)

앞부분에서 덕기가 경애의 집을 찾아왔을 때에도 덕기의 눈에 비친 경애의 모습을 살펴보았다. 이 부분은 병화의 눈에 비쳐진 그녀의 집에 대한 묘사이다. 그처럼 앙탈스럽고 타락했다고 여긴 여인의 집 문간은 매우 깨끗하였다. 장작, 장독대 등이 아주 가지런히 정리가 잘 되어 있는 모습은 '뜨내기의 난봉살림'은 아님을 인식하게 된다. 집 안에 들어온 경애가 감기에 걸려 칭얼거리는 아이를 달래는 모습에서 병화는 이 공간 밖에서의 그녀와 이 공간 안에서의 그녀의 모습이 너무 다르기 때문에 '다각형으로 자유자재하게 변화하는 성격을 가진 여자'라고 생각하기에 이른다. 이처럼 경애는 어린 딸과 모친을 부양하기 위해 바커스에서 여급으로 일하지만, 결코 타락하지 않았다. 바커스와 북미창정 집은 한 여인이 도덕적 타락에서 벗어나 자신의 길을 개척하려고 방황하고, 또한 방황과 분노, 슬픔에서 벗어나 자신의 비참한 현실을 능동적으로 개척해 나가려는 각성의 과정을 보여 주는 하강적 공간보다는 상승적, 열린 공간의 기능을 수행하는 장소이다.

『무화과』의 신여성에는 홍경애의 후신인 최원애, 이원영의 누

377) 염상섭, 『삼대』, 서울: 빛샘출판사, 2000:281-282.

이동생 이문경 등이 등장한다. 최원애는 『삼대』의 홍경애의 후신이긴 하지만 이 작품에서 활약이 크지 못하다. 반대로 이문경은 『삼대』의 조덕희의 후신으로서, 이 작품에서 상당히 큰 비중을 차지한다. 그녀 역시 홍경애와 마찬가지로, '시련기-전환기-성숙기' 등 삼 단계를 거쳐 순진하고 미숙한 여성으로부터 독립운동에 가담하는 성숙한 민족적인 자아로 성장한다. 이문경의 시련기는 그녀가 서울의 타락한 부르주아계급의 자제인 한인호와 혼인의 실패를 경험한 때이다. 이 공간은 주로 일본이란 공간이다. 문경이는 동경에서 유학을 하던 도중에 인호를 만나 사랑에 빠졌던 것이다.

> 인호는 동경고등사범에서 어학에는 천재라고 일, 이 학년 시대부터 금을 쳐놓았더니 만큼 졸업하자 애 안 쓰고 소원대로 동경에서도 중류는 가는 A 중학교 영어선생으로 학교에서 소개해 준 것이었다. 올봄의 일이라, 아직 초대지만 학교 평판도 좋다. 그렇게 동경에 서둘러 주저앉은 것은 어려서부터 동경에서 자라나다시피 하여 일본 생활을 떠나기가 싫은 관계도 있지만 약혼한 문경이가 기쿠사카여자미술학교에 대학 중이니까, 혼자 떨어져 나와 있기가 싫었던 것이 중대 원인이었다. 문경이는 지금 이년생. 결혼은 올봄에 서울에 돌아와서 하고 다시 건너가서 살림을 차린 것이다. 378)

문경이와 인호는 일본이란 공간에서 서로 만났고, 졸업한 후 일본에서 취직하여 살림을 꾸렸기 때문에 동경은 문경 부부에게 있어서 매우 중요한 공간이라고 할 수 있다. 하지만 이들의 혼인은 인호가 문경이의 재산을 탐내서 성사된 것만큼, 일본에서의 결혼생활은 불안정할 수밖에 없다. 문경이의 시부모님은 결혼한 지 얼

378) 염상섭, 『무화과』(상), 서울: 동아출판사, 1995:20.

마 되지 않아 문경이더러 친정에 가서 만 이천 원의 돈을 구해오라는 통보를 한다.

> "너는 이때껏 공부하느라고 집안일이라고는 모르다가 불시에 이런 소리를 들으면 놀랄 것이다마는, 인제는 정말 살아가는 도리가 없다. 저희에게는 알려서 소용도 없겠기에, 기별도 안 했다마는 상점문은 닫으려고 벌써 일주일 전부터 염매를 시작하였고, 이 세간은 차압당한 것을 간신히 돌려놓았으나, 집은 기예 내놓게 되고 말았다. ……(생략)……결국 상점편으로는 일만 오천 원을 불일 내로 들여놓아야 사기횡령에 몰리지 않게 되었다. 그런데 만 원 하나는 네 형이 처가에서 끌어대게 되었으나 오천 원은 아주 가망이 없다. 우선 급한 문제로 이것을 너희 내외의 힘으로 꾸어달라는 것이다."[379]

시부모님의 통보에 남편 인호는 아무런 말도 하지 않았고 문경이는 어찌할 바를 몰라 했다. 그녀는 친정에 가서 상황을 설명했지만, 오빠 원영이 시집의 요구를 냉정하게 거절하였으며, 문경이는 오빠에게 서운한 마음을 가진다. 그녀는 오빠가 신문사에는 많은 돈을 투자하면서 자신의 요구를 들어주지 않는 것에 불만스러워한다. 이 부분에서 문경이는 남편의 탐욕과 시집의 뻔뻔한 태도에 순응적인 태도를 보인다. 심지어 인호는 일본으로 가기 전에 원영이를 찾아와서 돈을 요구한다. 이런 상황에서 "원영이는 뺨따귀는 칠 수 없으나, 소리라도 버럭 질러보고 싶은 것을 참았다."[380] 원영이한테 거절을 당하자 아내의 반지와 시계를 뺏은 상황에서 문경

379) 염상섭, 『무화과』(상), 서울: 동아출판사, 1995:33.
380) 염상섭, 『무화과』(상), 서울: 동아출판사, 1995:81.

이는 야속하기도 하지만 그에게 줄 수밖에 없었다. 인호는 동경에 돌아간 후에도 밖으로 나돌기만 한다. 동경이란 공간은 문경에게 있어서 불안하고 불행한 공간에 지나지 않는다.

> 요새 난봉이 나셔서 날마다 자정이 넘어서야 들어오신다우. 어떤 때는 언제 들어와 주무시는지도 모르지만, 카페를 가시는지, 다마쓰키(당구)를 가시는지, 마작을 하러 다니시는지, 요새 동경은 마작도 한풀 꺾였다 하지만…… 어쨌든 염려가 되거든 한시바삐 오실 일이오. 당신이 난봉이 나시니까, 애꿎은 처남님—매부님이요, 처남놈이라 하지만—어쨌든 오라버님까지 끌어넣어서 당신 발뺌하느라고, 거짓 말씀하신 듯도 하기는 하오.[381]

이처럼 문경이의 남편은 동경에 돌아가서도 집에 붙어 있지 않고 밖으로 나돌기만 한다. 문경이는 이 편지를 받은 후, 남편도 원망스럽고 오빠도 원망스럽지만 아무런 해결 방법이 떠오르지 않아 울화만 가득 치밀어 올랐다. 어쩔 수 없이 문경이는 남편한테 편지를 써서 남편에게 불만을 토로한다. 이처럼 가부장적 가족 질서의 속박하에 문경이는 순응적인 삶을 살다가 '주의자'인 김봉익을 만나면서 점점 변화하게 된다. 문경이의 눈에 비친 봉익은 "기름기름하게 생기고 허여멀쑥한 얼굴이라든지 부드러운 말소리가, 소경더러 만져 보라 하여도 순한 사람"[382]처럼 보였다. 봉익 역시 처음으로 문경이를 만났을 때, "청초하고 단아하며 품위 있는 모던 걸" 같다면서 그녀에 대한 호감을 느꼈다. 봉익이

381) 염상섭, 『무화과』(상), 서울: 동아출판사, 1995:200.
382) 염상섭, 『무화과』(상), 서울: 동아출판사, 1995:303.

와 문경이가 서로 알아가는 과정에서, 그는 그녀를 위해서라면 일생을 바쳐도 아깝지 않겠다고 생각한다. 하지만 문경이가 이미 결혼한 상태이기 때문에 그는 겉으로 내색하지 않는다. 다만 그녀는 봉익이와 접촉하는 가운데서 사회의 부조리를 조금씩 깨닫기 시작한다.

> "지금 사람값 찾는 세상인가요. 통틀어 말하면 있는 놈과 없는 놈의 싸움인데, 싸우는 수단이 여러 가지거든요. 미인은 얼굴로 싸우고, 김홍근이는 입심으로 싸우고, 노름꾼은 마작으로 싸우고 …… 하하하." 하며 봉익이는 웃어 버리다가 다시 정색으로 결론을 맺는다.
>
> "하지만 나는 그 사람들을 미워하거나 놀리거나 흉보지는 않아요. 요새 청년—소위 인텔리 분자로서 할 일이 있어야지요. 먹을 도리가 있어야지요. 그 사람들만 나무라겠습니까. 공창을 허락한 이 사회에서 사창을 묵허하듯이, 그럼 좀팽이도 사회적으로 묵인해 두는 수밖에 없지 않습니까."383)

이 부분은 문경이와 봉익이의 대화 부분이다. 봉익이는 '공창을 허락한 사회', '사창을 허락한 사회', 즉 부패 타락한 사회와 부조리한 사회를 묵인하는 상황에 대해 분노하고 있다. 봉익이의 거주공간은 삼청동 막바지에 위치한 절간의 아래채에 달린 방 한 칸이다. 경제적으로 어렵기 때문에 절에 방 한 칸을 빌려 거주할 수밖에 없다. 그녀는 봉익이가 감기에 걸렸다는 소식을 듣고 종엽이와 함께 그의 거주공간에 찾아간다. 그의 거주공간은 "시골집같이 담도 판장도 없는 벌거벗은 방이 덧문을 한 짝은 닫고 한 짝은 젖뜨려 놓았"고, "법당인지 비둘기장같이 앙상히 지어 논, 단청이 새로

---

383) 염상섭, 『무화과』(상), 서울: 동아출판사, 1995:351.

운 한 모퉁이가 산 밑으로 높직이 올려다"보였으며, "우수수하고 눈발을 머금은 북악산 바람이 내리질린" 상태였다.[384] 뿐만 아니라 방안은 바닥이 써늘하고 외풍이 심했으며, 벽에는 양복과 두루마기가 어지러이 걸려 있었지만 책상 위는 깨끗했고 책꽂이에도 책이 많이 끼워져 있었다. 이러한 묘사는 하강적 이미지를 강조하여 그의 좋지 못한 상황을 잘 드러내 보이지만, 반면에 봉익이는 '주의자'로서 많은 책들을 탐독하면서 '주의자'로서의 인생을 살고 있음을 보아낼 수 있다. 또한 문경이는 카페에서 김봉익의 '요즘 사람'에 대한 강연을 듣고 그를 존경하고 사랑하고 싶은 마음이 생겼다. 그리고 장질부사에 걸려 병세가 위급한 상황에서 형사들한테 끌려간 광경을 통해서 민족이 처해 있는 억압적인 현실을 절실히 깨닫게 된다. 이러한 상황에 처한 문경이는 "얼이 빠졌다. 무엇에 홀린 것 같다. 세상이 차고 무서운 것도 처음 안 듯싶다. 그것을 생각할 때 분한 것을 지나서, 쥐구멍이라도 있으면 쏙 들어가 버리고 싶었다."[385] 문경이는 봉익에게 치료비를 대줬다는 원인 때문에 경찰에게 붙잡혀 유치장에 다녀오기도 하고 협잡꾼 김홍근에게 위협받아 돈을 잃기도 한다. 또한 남편이 자신과 봉익이의 관계를 의심하는 편지를 받고 분노를 금할 수 없었다.

설혹 남성과 교제를 하더라도 남편의 체면이 깎이지 않게 하여 줄 의무와 책임이 있는 것은 명심하여야 할 것이오. 더욱이 사실의 유무는 고사하

384) 염상섭, 『무화과』(상), 서울: 동아출판사, 1995:365.
385) 염상섭, 『무화과』(상), 서울: 동아출판사, 1995:407.

> 고 세상 사람들이 지목을 하고 소문을 낼만치 된다면, 개인의 불명예는 물론이거니와 부부생활에 파탄이 생길 것은 정한 일이 아니겠나요? 그러면 그대는 벌써 그만한 각오와 결심을 가지고 그동안 모든 일을 해 나왔는지 분명한 대답이 듣고 싶소. 김 모란 사람이 하허인인지 나는 모르오. 또 얼마큼 깊은 정도로 교제를 하는지 반드시 남의 말을 열이면 열 다 옳다고 곧이듣는 것도 아니요.386)

남편 인호의 터무니없는 중상모략에 문경이는 입술과 눈이 떨릴 정도로 분노가 차올랐고 괴로운 나머지 끝내 눈물을 흘리고 만다. 남편의 터무니없는 질책에 문경이는 임신한 상태에서 불행하게도 낙태하게 된다. 낙태한 상태에서 또 한 번 자신을 책망하는 남편의 편지를 받은 장면은 그들 부부의 혼인이 파경을 맞이함을 암시한다고 할 수 있다. 문경이는 남편을 만나 결론을 내려고 동경으로 떠난다. 동경이란 공간은 문경이에게 있어서 고통과 불행의 추억만 주는 가슴 아픈 공간으로 부각된다. 그들 부부의 셋방은 좁은 골목에 자리 잡고 있으며, 그 골목은 여전히 조용하기만 하다. 집 안은 먼지가 뿌옇게 쌓여 있었고 생기라곤 찾아볼 수 없었으며, 남편 인호의 그림자조차 보이지 않는다.

그녀는 책상 위에서 남편의 편지를 발견하게 되었는데, 그 편지에는 요즘 자신이 동경을 떠나기 때문에 그녀더러 이 집에서 나가라는 것이다. 남편의 편지를 본 문경이는 한편으로는 자신의 신세가 가엽고 한편으로는 분해서 치가 떨릴 지경이었다. 남편에 대한 애정이 조금이라도 남아 있지 않았기 때문에 이 편지는 과거의 자

---

386) 염상섭, 『무화과』(하), 서울: 동아출판사, 1995:559.

신과 결별하고 새로운 인간으로 태어나게 된 계기가 된다. 남편 인호는 고물상과 전당포를 오가면서 집의 물건을 처리하였다. 동경에 온 지 십 년 만에 그들 부부는 끝내 파경을 맞이하고 말았다. 작품의 결말 부분에서 이문경은 박종엽 및 김봉익과 함께 일본으로 떠난다. 식민지 사회의 억압적 현실에 각성한 이문경이 김봉익과 함께 불행한 기억이 있는 일본으로 떠난다는 것은 그녀가 더욱 성숙된 민족적 주체로서 성장할 것을 의미한다.387)

4.4.3. 공통점과 차이점

본 절에서는 주로 파금의『激流三部曲』과 염상섭의『삼대』,『무화과』에 등장하는 신여성들의 공간을 다루었다. 신여성들의 공간은 전통적인 여성관에서 벗어나 독립적인 인격과 개성을 추구하는 공간이라는 점에서 공통성을 지닌다. 파금의『激流三部曲』에서 琴은 신문화운동을 배경으로, 신여성으로 성장한 대표적인 인물이다. 그녀는 자신이 처한 가부장적 환경에 맞서 투쟁하면서 여성으로서 교육을 받을 권리와 자유를 쟁취하기 위해 최선을 다했다. 하지만 그녀와 모친이 거주하는 집은 몹시 적적하고 고요한 공간으로 비친다. 즉, 그들 모녀가 거주하는 공간은 고씨네를 비롯한 친척들 간의 왕래가 뜸하고 폐쇄적이고 고독한 공간이다. 남존여비 사상이 강한 가부장적 제도하에서 여성들만 거주하고

387) 호미,「염상섭과 빠진(巴金)의 가족사소설 비교 연구」, 서울대학교 박사학위논문, 2009:149.

있는 공간은 권위적 지위를 상실할 수밖에 없다. 이러한 상황에서도 琴은 전통적인 여성관에서 벗어나 고독하고 권위를 잃은 공간을 자유롭고 열린 공간으로 만들려고 노력해 왔다. 이 과정에서 그녀 역시 미숙하고 두려운 일면도 보여 줬지만 觉民, 觉慧 형제의 영향과 도움으로 콤플렉스를 이기고 성장하는 모습도 보여 줬다.

또한 가부장적 혼인제도의 피해자인 梅를 자신의 집으로 들여오면서 그녀의 비극과 고통을 간접적으로 느끼게 된다. 따라서 琴은 梅를 안타까워하며 가부장적 혼인제도를 타파하고 이에 저항해야 한다는 의지를 확고히 한다. 뿐더러 觉慧의 도움으로 琴은 사랑하는 연인 觉民과 집에서 재회할 뿐만 아니라, 淑英이 정해진 혼인에서 벗어나게끔 상해로 떠나게 적극적으로 도와주었다. 그들 자신들도 역시 사랑의 불가저항적인 힘을 보여 주었으며, 그들의 만남은 그녀의 공간에서 이루어졌고 이 공간 역시 어둡고 고독하고 폐쇄적인 공간으로부터 희망적이고 낙관적인 공간으로 변하게 된다. 이처럼 파금은 가부장적 질서에 철저히 저항하여 주체적 자아를 형성하는 과정에 초점을 두었다면, 염상섭의 『삼대』는 홍경애가 순진하고 성숙하지 못한 상태에서 조상훈에게 농락당하고 버림을 받는 과정을 통해 민족독립운동에 참여하여 성장하는 부분에 초점을 맞췄다. 또한 『무화과』에서 이문경 역시도 순응적이고 미숙한 상태에서 남편 인호에게 희롱당하는 과정을 통해 성숙된 민족적 주체로 성장하는 부분에 중점을 두었다.

염상섭의 『삼대』, 『무화과』에서 홍경애, 이문경이 등장하는 주요 공간은 바커스와 북미창정, 동경과 절에 위치한 김봉익의 집이다. 한때 조상훈의 첩이었던 홍경애는 그에게 농락당하고 버림받은 후, 그들 사이에 생겨난 딸과 모친을 부양하기 위해 어쩔 수 없이 바커스에 일한다. '바커스'란 공간은 향락적이고 퇴폐적인 공간이지만 경애는 결코 자포자기하지 않는다. 그에게 있어서 바커스는 표면적으로는 타락의 공간으로 비치지만, 실제로는 자아 성찰을 통해 불행에서 헤어 나오려는 여성의 처절한 노력을 보여 주는 공간이다. 이 공간은 또한 경애가 상훈이에게 분노를 표출하고 복수를 다짐하는 장소이기도 하다. 사회적 편견과 상훈이의 비겁한 행위로 하여 경애는 깊은 상처를 받았을 것이며, 그로 인한 고통은 이루 말할 수 없었을 것이다. 때문에 그녀는 이 공간을 통해 조상훈에 대한 분노와 원망을 드러냈으며, 또한 사회적 편견에 대한 적개심을 털어 버리려 했다.

그녀가 타락의 늪에 빠지지 않으려고 안간힘을 쓰는 것은 자신의 딸과 모친을 부양하기 위해서이다. 그녀의 주요 거주공간인 북미창정을 언급하지 않을 수 없다. 병화의 눈에 비친 그녀의 집은 타락했다고 여겼던 것과는 달리 아주 깨끗했으며 살림살이도 잘 정돈되어 있었다. 뿐더러 감기에 걸려 칭얼대는 아이를 달래는 경애의 모습에서 그녀의 또 다른 면모를 발견하게 된다. 때문에 이 두 공간은 경애가 도덕적 타락과 분노, 방황에서 벗어나 자아 각성의 길을 개척하려는 상승적, 열린 공간의 기능을 수행함을 엿볼 수 있다.

『무화과』의 이문경도 마찬가지이다. 그녀가 남편과의 결혼 생활을 유지하던 '동경'이란 공간은 중요한 공간임에도 불구하고 인호 집안에서 그녀의 집안 재산을 탐내 맺어진 혼인으로 하여 불안정하고 행복이란 운운할 수도 없는 공간에 불과했다. 그 후에 조선에 돌아온 후 김봉익과의 만남을 통해 특히 절에 위치한 김봉익의 집을 드나들면서 이문경은 순응적인 여성으로부터 '주의자'들의 사상을 받아들이면서 더욱 성숙된 민족주의자로 거듭나게 된다.

지금까지 본고에서는 1930년대 중·한 가족사를 그려낸 장편소설 파금의 『激流三部曲』과 염상섭의 『삼대』, 『무화과』의 신여성들을 공간의 시각으로 분석함으로써 그들의 작품이 중·한 문학사에서 차지하는 위치를 점검해 보았다. 소설에 있어서 공간은 시간과 마찬가지로 작가의 상상력이나 주제의식을 이해하는 데 아주 중요한 요인임이 틀림없다. 작가의 주제의식은 공간의식과 긴밀히 연결되어 있기 때문에 공간 분석으로 두 작가의 작품의 공통성과 차이점을 찾아볼 수 있다. 결과 두 작가가 다룬 신여성들의 주요 공간은 전통적인 여성관에서 벗어나 독립적인 인격과 개성을 추구하는 공간이라는 공통성이 있다. 『激流三部曲』의 琴의 공간은 간접적인 체험을 통해 가부장적 혼인제도의 비극과 고통을 느끼면서 낡은 혼인제도에 저항하는 공간이었다면, 『삼대』, 『무화과』의 경애와 문경이의 공간은 단순하고 미숙한 상태에서 연애와 혼인의 직접적인 경험을 통해 민족독립운동에 참여하는 자아 각성의 공간임을 보여 주었다.

4.5.『激流三部曲』과『삼대』,『무화과』의 사회주의적 공간

4.5.1. 무정부주의 유토피아적 공간

필자는 이미 앞에서 소설의 공간이 작가의 세계관과 인생관을 드러낸다는 논의를 한 바 있다. 파금의『激流三部曲』에서 高老太爷를 중심으로 한 고씨 가문은 봉건 가부장적 가족 질서가 팽배하여 젊은 세대들의 개성과 자유를 억압하는 장소이자 그들의 행복을 빼앗아 가는 공간이다. 반대로 觉慧 등 진보적 청년들이 자발적으로 조직하고 건립한 신문사는 그들에게 희망과 앞날을 제시하는 열린 공간이다. 1911년 중국의 자산계급은 신해혁명을 영도하여 청조를 뒤엎고 중화민국을 건립하였다. 그러나 원세개를 대표로 하는 북양군벌은 국가 정권을 탈취하고 국내에서 독재정치를 실행하며 봉건제도를 회복하려고 음모하였다. 대외적으로 제국주의 침략 수요를 만족시키고, 국가 주권을 팔아먹으며 굴욕적인 조약들을 체결하였다.[388] 신해혁명은 비록 봉건제도를 뒤엎었지만 반제반봉건 임무를 완전히 수행하지 못했다.

이러한 정세에서 중국의 일부 지식인들이 봉건주의를 반대하는 사상해방운동—신문화운동을 일으키기 시작한다. 1915년 9월 진독수가 상해에서『신청년』잡지를 발간하였는데 이는 신문화운동 시작의 계기가 된다. 잡지는 인권, 평등, 자유사상과 과학의 중요

388) 김병활 주필,『중국현대문학사』, 연길: 연변대학출판사, 2004:28.

성을 제창하였으며 서방의 인도주의, 진화론, 사회주의 등 사조를 받아들였다.[389] 이러한 형세는 파금에게 커다란 영향을 끼쳤고 따라서 작품『家』에서도『신청년』,『매주평론』,『신조』,『소년중국』등 잡지들이 등장한다. 觉慧 등 진보적 청년들은 활력이 넘치는 공간에서 여러 가지 잡지들을 탐독하고 자신들의 견해를 피력한다.

> "《新青年》这一期到得很少，我们去的时候只剩了一本，再要晏几分钟，就给别人拿走了，"觉慧在窗前一把藤椅躺下去，翻开那本十六开本的杂志，像捧着宝物似地带笑说。
>
> ……(省略)……
>
> "其余的不久也会到，陈老板不是说过邮包已经在路上吗？这三包是加快的，"觉民刚坐下去，就插嘴说。他又从座位上站起来，在写字台上取了一本《少年中国》，拿回到自己的座位上翻看。
>
> ……(省略)……
>
> 进来的正是陈剑云，他招呼了觉新弟兄以后，便从桌上拿了一张当天的《国民公报》，在觉民旁边一把椅子上坐了。[390]

이처럼 이 공간에서 신사상의 영향을 받은 청년들이 모여 진보적인 사상을 앞다투어 습득하고 또한 자신들의 힘으로 잡지를 창간하여 자신들의 견해와 주장을 펼침으로써 사회상의 불합리한 현상을 비판, 폭로하였다. 그들이 운영하는 주간 잡지사는 신문화를 연구하고 신문화를 전파하는 장소로 발전하였다. 일요일마다 소성공원 연못가에 있는 찻집에서 주말 회합을 가졌고, 120명의

---

389) 김병활 주필,『중국현대문학사』, 연길: 연변대학출판사, 2004:2-6.
390) 巴金,『家』, 北京: 人民文学出版社, 2012:34-35.

청년들이 모여 각종 사회문제를 열렬히 토론하기도 하였으며, 매주 한두 번씩 저녁에 4, 5명의 동인들이 어느 동창생의 집에 모여 각자 장래계획과 다른 사람을 도울 데 대해 논의하곤 하였다. 이때 이들은 이미 사회주의 사상을 받아들이고 있었던 것이다. 비록 이 잡지사에서 출간하는 『黎明周报』가 당지 정부의 압박에 의해 제지를 당했지만, 이는 당시의 시대적 조류를 막을 수 없었다. 『家』의 결말 부분에서 觉慧는 가문의 붕괴와 해체가 불가피하다는 것을 인지하고 새로운 삶을 찾아 당시 중국 신문화운동의 중심지인 상해로 떠난다. 그는 상해로 떠난 후에, 『春』, 『秋』에서 형제들과 편지 방식으로 사회주의 사상을 선전하였으며, 이는 기타 형제들의 의식 변화에 큰 영향을 미쳤다. 『春』에서 사회주의자들의 공간은 공원이나 극장도 포함되지만, 가장 중요한 공간은 利群周报社라고 할 수 있다.

> 在这些日子里觉民算是幸福的。觉新和淑英们的苦恼，他分担的并不多。琴和利群周报上的事情更牵系住他的心。他从琴那里得到的是温柔、安慰与鼓舞。利群周报社的事情进行得很顺利；周报按期出版，销数也逐期增加。他每星期二下午照例去参加编辑会议。翻阅一些稿件，有时也带去自己的文章。……(省略)……每个青年都沉溺在乐观的幻梦里。他们常常聚在一起，多少带一点夸张地谈到未来的胜利。那些单纯的心充满了快乐。这快乐又给他们增加了 些憧憬。……(省略)……同时觉慧又从上海寄来一些同样性质的书报如《社会主义史》、《五一运动史》、《劳动杂志》、《告少年》、《夜末央》等等, 都是在书店里买不到的。[391]

391) 巴金, 『春』, 北京: 人民文学出版社, 2012:278.

觉民을 포함한 청년들은 利群周报社에서 신문을 발간하였는데 그 판매량도 점점 늘어나는 추세이기 때문에 그들은 미래를 낙관적으로 바라보고 있다. 뿐만 아니라 觉慧가 상해에서 『사회주의사』, 『5·1운동사』 등 많은 책과 잡지들을 보내왔기 때문에 신문화운동의 새로운 사상을 끊임없이 받아들였다. 이어서 사회주의 혁명단체를 만들고 사회주의 사상을 반영하는 극을 만들기에 이른다. 이 극은 많은 젊은이들의 사상을 변화시키는 데 도움을 줬으며, 특히 淑英이 집을 탈출하는 데도 많은 영향을 주었다고 할 수 있다. 觉民도 역시 예전에는 낡은 사회 제도에 대해서 조금이라도 미련을 갖고 있었지만, 지금에 와서는 아무런 희망도 없다는 것을 느끼게 된다. 利群周报社의 활동은 『秋』에 와서도 계속 이어지는바, 그들은 혁명은 노동계급에 의지해야만 승리할 수 있다는 신념을 굳히게 된다. 뿐만 아니라 觉民은 연인 琴과의 사랑을 지키고 새로운 사상을 모색하기 위해 집을 떠난다.

> 整个房间都充满了光辉，热情带给他的是喜悦，是满足，是感激，是透彻全身的温暖，是准备做一件献身工作时候所需要的创造力。这是纯洁的爱，里面并没有激情，没有欲望。他的眼光看入她眼睛的深入(不，应该说是心灵的深入)；她的眼光也同样看入了他的。两个人真可以说是达到完全的相互了解了：每个人再没有一点秘密，再没有一个关得紧紧的灵魂的一隅。两颗心合在一起，成了一颗心，一颗更明亮、更温暖、充满着活力的心。[392]

이처럼 두 남녀는 사회주의적 공간에서 새로운 사상을 접하면

---

392) 巴金, 『秋』, 北京: 人民文学出版社, 2012:386.

서 드디어 봉건 혼인제도를 정면으로 돌파하여 집에서 탈출하는 결과를 가져온다. 이는 파금의 문학론에도 부합되는 결론이라고 할 수 있다. 그의 문학론은 궁극적으로 인간의 생활을 더욱 나아지게 하며, 더욱 좋은 인간이 되게 하며, 독자에게 도움이 되고 사회와 대중에게 공헌을 하는 목적으로 귀결된다. 이러한 목적성은 파금이 무정부주의의 '무정부상태'라는 유토피아를 건설하고, 자유, 평등, 박애를 실천함으로써 인류애를 최대한 발양시키려는 이상을 실현하려고 하는 한 방도로서 문학을 이용했음을 드러내 준다.393) 이런 의미에서 열정으로 넘치는 청년들이 운영하는 잡지사는 정부의 탄압에도 불구하고 완강한 생명력을 과시하며 따라서 혁명 노선이 정확하고 희망이 넘치는 공간으로 설정되어 있다. 이는 분명히 파금의 무정부주의 방법론과 맞먹는 공간임을 확인할 수 있는 부분이다.

4.5.2. 민족주의와 사회주의 절충적 공간

정신적 지향으로서의 리얼리즘은 사실상 거의 모든 문학에 적용될 수 있는 보편적 개념이라고 해도 과언이 아니다. 실제로 소설은 어떤 특정한 문학적 관점에 들어맞는 경험뿐만 아니라 인간 경험을 이루는 것이라면 무엇이든지 다 그리려고 한다. 그리고 그러한 경험 속에는 어떤 형태로든 현실에 대한 해석이 담겨져 있기 마련이다. 따라서 넓은 의미에서의 소설의 리얼리즘은 그것이 어

393) 김진경, 「빠진과 무정부주의 및 무정부주의 문학론」, 『梨花馨苑』, 1998(10):54.

떤 종류의 삶을 어떻게 표현하느냐의 문제보다는, 작품을 관류하는 작가의 세계관과 밀접한 관련을 가지는 것이라고 할 수 있다. 이때 사실주의는 단순한 소재나 기법이 아닌, 바로 작가적 세계관의 영역과 직결되는 것이다.[394]

따라서 염상섭의 『삼대』는 조의관, 조상훈, 조덕기 삼대를 수직축으로 하는 가족사적 의미와 김병화, 홍경애, 피혁, 장훈을 수평축으로 하는 사회주의적 이념 문제를 리얼리즘 수법으로 형상화한 1930년대 걸작이다.[395] 소설의 공간은 작가의 세계관 혹은 이데올로기를 반영한다. 다시 말하면 작가가 작품 속에서 드러내보이는 공간에 대한 분석을 통해 그 작가의 세계관, 인생관, 사회적 인식 등을 도출해 낼 수 있다. 『삼대』에서 우선 덕기의 친구 김병화가 거주하고 있는 공간, 프롤레타리아의 공간이며 사회주의자들의 공간인 '하숙집'을 살펴보기로 한다.

> 덕기는 지나가는 전차에 뛰어올랐다. 서대문에서 내려서 몇 번이나 물어 홍파동에까지 와가지고 수첩을 꺼내보고, 이 골목 저 골목을 꼬불꼬불 빵빵 돌아야 하는 양의 창자다. 서울서 이십여 년을 자랐건만 이런 동네에는 처음 와보았다. 반시간 턱이나 휘더듬어서 짧은 해가 뉘엿뉘엿 넘어갈 때나 되어서 바위 위에 대롱 매달린 일각대문 앞에 와서 딱 서게 되었다. 이 동네를 휘더듬는 동안에는 이런 집도 많이 보았지만 그래도 하숙이라 하니 웬만한 집인 줄 알았다. 덕기는 참 정말 이런 집은 처음 본 것 같았다. 쓰러져 가는 일각대문이라도 명색이 문이 있으니 물론 움은 아니다. 그러

394) 한용환, 『소설학 사전』, 서울: 고려원, 1992:207.
395) 김종균, 『염상섭소설 연구』, 서울: 국학자료원, 1999:185.

나 마치 김칫독을 거적으로 싸듯이 꺼멓게 썩은 거적으로 빽 둘러싼 집이다.[396]

이때까지 들쓰고 누웠던 이부자리는 어디가 안이요 어디가 거죽인지 알 수가 없다. 발바닥에서부터 찬 기운이 스며 올라오건마는 퀴퀴한 기름때 냄새 같은 사내 냄새가 코를 찔러서 비위를 뒤흔들어놓는다. 덕기는 담배를 하나 꺼내 물고 책상 위의 성냥 통을 집었다. 책상에는 잡지 여러 권이 되는 대로 흐트러져 있고 잉크병 밖에는 눈에 띄는 것이 없다. 머리맡에는 신문이 헤갈을 하여 있다. '이런 생활도 있나.'고 덕기는 속으로 놀라면서 병화가 가엾은 생각이 들었다. 이런 궁극에 달한 생활을 하면서도 남에게 굴하지 않고 자기 주의를 위하여 싸운 것이 말하자면 수난자의 굳건한 정신이 있기 때문이려니 하는 동정이 한층 더 깊어졌다.[397]

이 부분은 덕기의 시각으로 살펴본 병화의 '하숙집'에 대한 묘사이다. 덕기는 서울에서 이십여 년을 자랐건만 이런 동네에는 처음 와 보았다. 여러 골목을 돌아서 구석진 곳에 자리 잡은 곳이 바로 자신의 질친인 김병화가 거주하는 공간이며 또한 독립운동가인 필순이의 일가가 거주하고 있는 공간이다. 그의 집은 '움'에 비유할 정도로 어두컴컴하고 칙칙한 곳이었다. 집 안은 찬 기운이 스며 올라오고 '퀴퀴한 기름때 냄새'마저 코를 진동할 지경이었다. 이런 묘사를 통해 작가는 한편으로는 사회주의자들의 생활의 빈궁함과 극한의 상황을 보여 주려 하였고, 다른 한편으로는 이런 극한의 상황에서도 남에게 굽히지 않고 자신들의 신념을 위해 싸

396) 염상섭, 『삼대』, 서울: 빛샘출판사, 2000:62.
397) 염상섭, 『삼대』, 서울: 빛샘출판사, 2000:65-66.

우는 사회주의자들의 굳건한 정신을 서로 대조시킴으로써 그들에 대한 경의를 표하기도 하였다. 이 공간은 김병화를 비롯한 사회주의자들이 자주 드나드는 곳이고, 좌익 단체 혁명가들이 자신들의 신분을 노출시키지 않기 위해 은거해 있기도 하는 곳이었다.

하지만 작가는 사회주의자들을 새로운 공간인 '산해진'으로 이동시킴으로써 작가의 세계관을 그려 내고 있다. 공간 이동은 단순한 공간의 이동을 의미하는 것이 아니라 사회주의자들의 생활 태도와 사상적인 변화를 암시하고 있다.

> "서방님 계신가요?" 병화는 사랑마루 끝에 와서 소리를 치다가, 큰 사랑 아랫목에 앉은 서방님이 유리로 내다보니까, 허리를 굽실한다. 그래도 덕기는 미처 못 알아보았는지 내다보던 고개가 없어지고는 두런두런 자기네들 이야기 소리만 난다. "식료품상이올시다. 댁에 용달을 터주셨으면 하는뎁쇼……?"
>
> ……(생략)……
>
> "백만장자와 반찬장수와 너무 왕청 떨어지기도 하지만, 장사꾼의 분수를 잊어야 되겠습니까. 서방님! 이 김병화는 어제까지의 김병화가 아니라, 산해진 식료품 상점 배달꾼 김병화입니다. 그쯤만 통촉해 주시고 물건이나 많이 팔아주십쇼. 소인은 물러갑니다."[398]

어쨌든 필순이 집은 이리 옮겨왔다. 필순이를 공장에서 들여앉히기 위하여 이 장사를 하는 것만도 아니요, 필순이 집에서 없는 살림에 공밥을 이 삼 년 먹고 신세를 진 값으로 이 집 세 식구에게 살 도리를 차려주느라고 급히 벌인 장사도 아니다. 그러나 필순이 집 세 식구는 다시 살아난 것 같

---

398) 염상섭, 『삼대』, 서울: 빛샘출판사, 2000:475-477.

> 았다. 또 필순이는 가게를 보게 하고 부모는 안에서 살림을 하며 뒷배를 보아달라 하기에 십상 알맞았다. 경애는 처음에는 필순이네는 식구가 많다고 반대하였으나, 남의 사람보다는 나은 점이 쓸모라고 찬성하고 말았다.
>
> 필순이는 요새 같은 깊은 겨울에도, 첫차가 나오는 소리가 뚜르르 나면 일어나서 가겟방에서 자는 병화가 깰까 보아 조심조심 빈지를 열고 가게는 내노라면, 병화도 지지 않고 일어나서 남대문 장으로 서투른 자전거를 빙판 위에 달리는 것이다. 그러노라면 필순의 부친도 조선옷은 안 어울린다 하여 고물상에서 주워 온 헌 양복바지에 재킷을 푸근히 입고, 가게 속에 놓인 화로 앞에 나와 앉는다. 모든 것이 아직 초대요 연습이었으나, 평화롭고 전도에 빛이 보이는 것 같아서 흥이 났다.399)

이 부분에서 병화와 필순이의 가족이 활기에 찬 모습을 보아낼 수 있다. 필순이의 부친을 놓고 보더라도 이 공간으로 이동하기 전에는 어린 딸 필순이가 고무공장에서 벌어다 주는 돈으로 근근이 생계를 유지해 나가는 무능력한 가장에 불과했다. 하지만 산해진으로 옮긴 다음에는 '조선옷은 안 어울린다 하여 고물상에서 주워 온 헌 양복바지에 재킷'을 입고 적극적으로 생활 제 일선에 뛰어든다. 필순이의 아버지는 사회주의 운동을 한다는 명의로 집안의 생계는 전혀 돌보지 않던 데로부터 가정을 책임지려는 노력을 한다. 필순이도 역시 '요새 같은 깊은 겨울에도 첫차가 나오는 소리가 뚜르르 나면 일어나'고 병화도 '지지 않고 같이 일어나서 남대문 장으로 서투른 자전거를 빙판 위에 달리'면서 배달을 한다. 이처럼 그들은 생활에 대한 의욕에 차 넘치고 따라서 생활수준도 높아지며 사회주의 운동만 부르짖던 '주의자'들이 보수적인 데로

399) 염상섭, 『삼대』, 서울: 빛샘출판사, 2000:483-484.

부터 융통성이 있는 데로 변화된다.

그들이 이런 변화를 보여 준 데는 당시 일제의 탄압으로 인한 사회주의자들의 몰락과 갈라놓을 수 없다. 때문에 김병화 역시 사회주의 운동을 위한 자금을 돌려 홍경애와 토론한 후, 가게를 얻어 식민지 현실을 적절하게 타개해 나갈 수 있는 방도를 강구하게 된다. 따라서 돈의 중요성이 강조되고 돈을 벌기 위해 노력할 수밖에 없다. 염상섭은 덕기를 제외한 모든 인물들의 가치관이나 이데올로기가 이 시대를 살아가기에는 적절하지 못하다는 것을 말하고 있다. 사회주의에 대해서는 정면으로 부정하지는 않지만, 현실대응 방법론으로는 효과적인 것이 되지 못하는 공소한 관념으로 파악하고 있다.400)

작가는 사회주의 운동의 대표 인물인 김병화를 비롯한 필순네 가족을 '산해진'으로 이동시키고 홍경애 역시 주요 활동공간을 여기로 옮김으로써 급진적인 사회주의가 식민지 현실을 대응해 가는 데 있어서 적합한 방식이 아님을 암시하고 있다. 이는 당시 식민지 사회 사회주의 운동 조직의 혼란성에 의해 빚어낸 결과임을 시사한다. 염상섭은 당시의 리얼리즘 방법론을 부정하면서 이 방법론에 대한 대응으로 리얼리즘 방법론과 민족주의 방법론의 절충론을 제기하고 있다. 작가가 사회주의자들을 급진적 사회주의 공간인 하숙집으로부터 두 가지를 절충시킨 공간인 산해진으로 이동시킴으로써 새로운 현실대응의 가능성을 시사하고 있다. 이처럼 염상섭의 문학은 절충성이 있다고 할 수 있다. 실제로 사회주의 공간에 있는 인물들이 곤경에 처할 때마다 그들을 도와 문제

---

400) 김종균, 『염상섭소설 연구』, 서울: 국학자료원, 1999:110.

를 해결해 주는 역할을 담당해 왔다. 이처럼 작가는 민족주의자 덕기를 사회주의자들의 주위에 등장시키면서 『삼대』의 주요한 사회주의적 공간이 산해진이라면, 『무화과』의 주요한 사회주의적 공간은 조일사진관이라고 할 수 있다. 조일사진관이란 공간은 정애가 찾아가면서 처음 등장한다.

> 파고다공원 앞에서 내린 정애는 장충교 다리를 향하고 청인의 거리로 들어섰다. 옆구리에는 감숭한 비단 보자기에 싼 과자 상자를 끼었다. 옷은 어제와는 딴판으로 여학생 양복이다. 문경이에게서 오늘 아침에 가져온 양복은 아니다. 정애는 중턱쯤 오더니 D청요릿집에서 비스듬히 마주 보이는 담뱃가게 옆댕이의 사진관을 쳐다본다. 사진관은 이층이다. 이층 지붕 위에 간판이 서 있다. 간판에는 조일사진관이라 씌였고 일본 글자까지 썼다. 좌우 옆에 선 '예술사진' '고객본위'라는 너저분한 잔소리도 씌여 있다. 정애는 잠깐 쳐다보고는 문을 밀치고 들어섰다. 들어서자 코에 닿듯이 좁다란 층계가 맞닥뜨리었다.401)

이 부분은 오빠의 부탁을 받고 정보를 진달하러 간 정애의 눈에 비친 조일사진관에 대한 묘사이다. 일본의 감시를 받기 때문에 '조일사진관'이라고 간판을 달고 일본 글자까지 썼다. 정애의 눈에 비친 이 공간은 '코에 닿듯이 좁다란 층계'라고 묘사되었는바, 사회주의자들이 활동하는 공간이기 때문에 은닐하고 내면적인 공간으로 비칠 수밖에 없다. 이원영은 당연히 이러한 사회주의 공간과 긴밀히 연결될 수밖에 없고, 그는 사회주의자들이 하는 일을 세심히 돌봐 준다. 그는 상해에 있는 김동국에게 원태섭을 신문사 특

401) 염상섭, 『무화과』(하), 서울: 동아출판사, 1995:509.

파원으로 보내 사회주의 운동에 필요한 자금을 보냈었는데, 이 일 때문에 그는 처음으로 검거된다. 또한 이원영은 조정애가 일본에 가서 유학하는 데 필요한 자금을 지원해 주기도 한다. 그녀의 부친은 제×차 ○○당 사건 때 김동국과 연루되어 검거되게 된다. 그 인연으로 인해 그녀는 김동국의 심부름을 하러 조일사진관에 찾아갔던 것이다. 그녀의 심부름으로 하여 원영이는 또 한 번 곤경에 빠지게 되는데 역시 이 공간 때문이다.

> '……홍군이 조일사진관을 사들이는 모양인데 어디로 보든지 자네가 가만있을 처지는 못 될 모양이니, 천 원 하나만 보태 주도록 하게. 만일 자네가 모른 척한다면 그런 인사가 없을 것이요, 또 그때는 나부터 절교일세. 자세한 이야기는 홍군에게 듣게." 대게 이러한 뜻이었다. 그리고 그 끝에는 날짜도 없이 '석천제'라고 별나게 서명을 하였다. 석천이란 김동국이의 아호이라. 더구나 수결 두듯이 이상하게 쓴 것으로 보아서 원영이도 틀림없는 김동국이의 편지인 것을 믿는 것이겠지만, ……(생략)……402)

홍군이는 조일사진관에서 일하는 사람이고 김동국은 조일사진관 인수에 필요한 돈을 원영이에게 부탁한다. 이 공간이 '주의자'에게 너무나도 간절한 공간이었는지, 김동국은 이번 일을 도와주지 않으면 관계를 끊겠다고 하면서 부탁한다. 이 사진관은 이들 '주의자'들의 접선 장소이며 은신처이기도 하다. 그들은 사진을 찍고 찾으러 오는 과정에서 암암리에 계획을 진행시키고 있는 것이다. 이처럼 이 조일사진관이 '주의자'들이 접선하는 장소라면, 그

---

402) 염상섭, 『무화과』(하), 서울: 동아출판사, 1995:547.

뒷집에는 그들의 은신처가 있다.

> 암실에 오른편 휘장을 걷고 바닥에 깐 양장판의 한 귀퉁이를 들치고 어물어물하니까, 마루판이 사람 하나 드나들 만큼 아래로 푹 꺼져 내리고 발 하나 붙일 만한 가냘픈 쇠사닥다리가 컴컴한 속에 들여다보인다. 조수가 앞장을 서면서, "내가 거진 다 내려가거든 뒤따라 내려오세요." 하고 이르는 대로 내려가 보니까, 거기도 사람 하나 기어 들고 기어 나갈 만한 장판문이 열리고 그 밖은 반 평가량의 빈터였다.[403]

이 부분은 지하로 향하는 은신처에 대한 묘사이다. 정애는 어두컴컴한 쇠사닥다리를 따라 내려가 지하에서 며칠을 보낸다. 이원영에게 김동국의 편지를 전한 것 때문에 검거될까 두려웠던 것이다. 그녀는 '모든 것이 감옥에 들어온 것 같고 여간수의 찬바람 도는 눈총을 맞은 것 같으나, 그래도 그 여자의 얼굴빛과 입가에는 십분 반기는 표정이 떠도는 것을 보고 안심이 되었다'.[404] 정애는 그 공간에서 사흘 밤을 지냈다. 은신처는 '비 맛을 몇 해나 못 보았는지 더께가 앉은 흙마루, 거미줄에 철매가 호리병 수세미처럼 매달린 천장, 짠짓 빛이 된 찢어진 창, 마당 구석에는 어느 해년 분에 누가 먹은 비루병인지 유리병 나부랭이가 이 구석 저 구석에 몰려 쌓인 쓰레기 더미 속에 디굴디굴한다'.[405] 이처럼 사회주의자들의 공간은 지저분하고 어둡고 내면적인 특성을 지니고 있다. 이는 당시 사회주의자들의 힘든 처지를 잘 보여 주는 부분이라고

403) 염상섭, 『무화과』(하), 서울: 동아출판사, 1995:764.
404) 염상섭, 『무화과』(하), 서울: 동아출판사, 1995:764.
405) 염상섭, 『무화과』(하), 서울: 동아출판사, 1995:764-765.

할 수 있다.

제×차 ○○당 사건이 일어나자 일본은 조선공산당을 해산시켰으며, 따라서 '주의자'들은 각지로 흩어져 지하활동을 할 수밖에 없었다. 이 조직의 수장 김동국은 상해에 가 있었고 조정애의 부친의 친구 조명식은 동경에서 활동하였으며, 김동국의 동생 김동욱은 이들 사이를 오가면서 연락을 하였고 조정애까지 참여하게 되었다. 조정애 외에 보도나무의 경영자 최원애 등 여성들도 사회주의자들과 얽혀 있다. 이 여성들은 사회주의자라기보다는 사회주의조직에서 활동하는 남성들과의 애정을 바탕으로 그들을 돕는다고 말할 수 있다.

이 작품에서 이원영은 김동국의 간절한 부탁을 받고 결국은 조일사진관의 운영비와 구입비를 대준다. 처음엔 그도 또다시 검거될 것이 우려되어 잠시 망설였지만 결국은 도움의 손길을 내민다. 그가 검거된 상황에서 모친이 충격을 받고 사망하게 되면서 소설은 파국으로 치닫게 된다. 이원영이 막대한 자금을 신문사 운영과 조일사진관 인수에 사용했기 때문에 결국은 삼익사가 파산하게 된다. 결국 소설 속의 주인공은 사회주의에 동조하면서 파산의 지경에 이르고 자아실현도 수포로 돌아간다. 그리고 조일사진관은 폭발물에 의해 파괴되고 만다. 원영이는 또다시 검거의 곤경에서 벗어날 수 없었다. 그럼에도 불구하고 작가는 이원영이란 인물을 통해 자신의 이념을 드러내 보이고 있다. 자신의 이념을 실현할 수 있는 구체적인 공간이 없었기에 염상섭은 자본주의 모순성을 극복할 가능성과 잠재성을 지닌 사회주의 운동에 협력하는 한편, 사회주의 운동이 지니는 논리적 모순을 바로잡아 자신이 추구하는 운동 방향으로 이끌고자 했던 것이다.[406] 이러한 결말에서 당시 일제 치하에서의 암울한 현실과 나약한 지식인의 허물어져 가는 모습, 그 옆에서 '돈'에 혈안이 된 인간들의 행태가 여실히 드러난다고 할 수 있다.

4.5.3. 공통점과 차이점

앞에서 서술한 바와 같이 두 작가의 작품은 가족 내 3세대의 갈등을 수직축으로 한 가족사적 갈등과 사회주의적 이념문제에 대한 갈등을 드러내 보이고 있다. 작가가 작품 속에서 드러내 보이는 공간 특히, 사회주의 이념적 공간에 대한 분석을 통해 자신의 세계관, 인생관, 사회적 인식을 표출한다. 이 두 작가의 작품은 모두 사회주의적 이념에 관한 인식을 다룸에 있어서 사회주의적 공간인 신문사, 산해진, 조일사진관 등 공간들을 등장시켜 작가의 세계관을 드러냈다.

『激流三部曲』에서는 진보적인 청년들이 자발적으로 조직하고 건립한 신문, 잡시사가 시종일관 그들에게 희망과 앞날을 제시해 주는 열린 공간으로 설정되어 있다. 『家』에서 비록 그들이 창간한 잡지가 폐간되고 觉慧가 가출하여 상해로 이동했지만, 이 공간은 앞으로도 건재해 있을 것이라는 주장이다. 이 공간은 신사상의 영향을 받은 젊은 청년들이 모여 진보적인 사상을 앞다투어 습득하고 또한 자신들의 힘으로 잡지를 운영하여 자신들의 견해와 주장

406) 염상섭, 『무화과』(하), 서울: 동아출판사, 1995:862.

을 펼쳐 사회상의 불합리한 현실을 비판, 폭로하여 나중에는 신문화를 전파하는 장소로까지 발전한다. 『春』, 『秋』에서 또 다른 신문사를 운영하면서 신문화를 지속적으로 전파한다. 이는 당시의 시대적 조류를 막을 수 없음을 말해 줄 뿐만 아니라 파금의 문학론에도 부합된다. 즉, 파금은 무정부주의의 유토피아를 건설하고 자유, 평등, 박애를 실천하고자 문학을 이용했던 것이다. 때문에 그의 이런 세계관은 작품에서, 특히 사회적 공간인 신문, 잡지사에서 체현된다.

이와 달리 『삼대』, 『무화과』의 작가 염상섭은 사회주의자들의 공간을 어두컴컴하고 비좁고 빈궁한 공간으로 보여 주며, 사회주의 이념은 일제의 탄압하에 새로운 길을 찾지 않으면 안 됨을 보여 준다. 이런 상황에서 조덕기와 이원영은 사회주의 운동에 직접 가담하지 않으나 김병화, 김동욱을 비롯한 사회주의자들에게 경제적으로 도움을 준다. 이처럼 작가는 자신의 이념을 실현할 수 있는 구체적인 공간이 없었기에 자본주의 모순성을 극복할 가능성과 잠재성을 지닌 사회주의 운동에 협력하는 한편, 사회주의 운동이 지니는 논리적 모순을 바로잡아 자신이 추구하는 운동 방향으로 이끌고자 했던 것이다. 하지만 일제의 탄압 속에서 사회주의적 공간은 꽃을 피울 수 없게 된다. 파금과 염상섭은 문학창작에서 리얼리즘을 추구하는 방법론에서 다소 차이점을 보이지만, 궁극적인 목적은 같다고 볼 수 있다. 사회주의와 민족주의의 절충론을 견지하든, 유토피아적 사회주의를 견지하든 불합리한 현실에서 벗어나 진보적이고 자유로운 생활을 추구하는 면에서는 서로 공통점이 있다고 생각한다.

5. 결론

본고는 1930년대 중국과 한국의 대표적 가족사소설 파금의 『激流三部曲』과 염상섭의 『삼대』, 『무화과』에 대한 시공간적 구조양상에 대해 비교, 분석하였으며, 그 텍스트로는 중국 인민문학출판사(2012년)에서 출판한 『家』, 『春』, 『秋』(『激流三部曲』)와 한국도서출판 빛샘(2000년)에서 출판한 『삼대』, 동아출판사(1995년)에서 출판한 『무화과』를 연구 대상으로 선택하였다.

제1장에서는 연구 목적과 연구사 검토, 연구 방법과 연구 범위를 고찰하였다. 우선, 소설에서 시간의 구조가 중요한 위치에 있다는 것은 대부분 연구자들이 인정하는 부분이다. 왜냐하면 서사에서 시간의 문제는 가장 근원적인 문제이기 때문이다. 시간은 인간 경험의 가장 기본적인 범주의 하나로써 서사의 근간을 이룬다고 할 수 있다. 모든 이야기의 근원 상황에는 시간이 제기되고, 이것은 이야기의 형상화 작업이 이루어져야 한다는 것을 의미한다. 한용환의 『소설학 사전』에 의하면 시간은 소설의 내용적 차원인 이야기의 현상을 가능케 하는 원인일뿐더러 이야기의 의미를 결정하고 조정하기도 하는 결정적 요인이다. 시간이라고 하는 인식의 틀 혹은 소설적 요소를 제거해 버리고 나면 소설은 구조적으로 와해되어 버리기 때문에 시간과 서사는 동전의 양면과 같은 것이다.

다음, 소설에서 공간은 일반적으로 사건이 일어나고 행동이 벌어지는 장소를 의미한다. 다시 말하면 집, 아파트, 길 등 인물이 행동하는 구체적이고 정확한 지점을 말할뿐더러 지방, 사막, 섬, 대륙 등 가시적인 장소들도 가리킨다. 소설에서의 공간은 인물의 행위와 사건이 전개되는 그러한 배경이나 장소만을 나타내는 것이 아니라 그럴싸한 핍진성이 뒷받침되어야 한다. 사건들의 시간적, 인과적 흐름을 깨뜨리는 균열과 틈새들을 메울 단서들을 제공함으로써 의미의 재구축이 가능하게 되는 것은 이런 공간이 존재하기 때문이다. 소설이 외부 현실에서 관찰된 행위를 모방하는 것이 아니라 오히려 행위의 요소들을 창조하고, 기록된 역사의 지면이 아니라 독자의 상상력 내에서 시간과 시퀀스, 인과관계에 의존해서 전개된다는 것은 바로 이를 지적한 것이다. 따라서 소설에 있어서 공간은 부차적이거나 불필요한 요소인 것이 아니라 중요한 요소, 즉 존재의 이유이기도 하다.

앞의 연구사 검토에서 살펴본 바와 같이 이왕의 연구들은 주로 주제 분석, 인물유형 분석, 페미니즘, 사회학적 분석, 서사구조적 분석방법으로 파금과 염상섭의 가족사소설을 비교하여 중・한 소설문학의 공통점과 차이점을 규명하였기에 그 나름대로의 의미가 있다. 본고는 상술한 연구 방법과 다른 시간적 구조와 공간적 구조 차원에서 두 작가의 공통성과 차이점을 분석하여 그들의 내면세계에 한 걸음 다가가는 데에 중점을 두었다.

제2장에서는 현대소설의 시공간적 구조에 관련된 이론을 시간적 구조와 공간적 구조로 나누어 고찰하였다.

우선, 현대소설의 시간구조를 서사학적 방법론, 해석학적 방법론 두 가지 측면에서 접근하여 작품의 시간적 구조에 대해 해석하였다. 소설에서 시간적 구조는 공간적 구조와 마찬가지로 중요한 위치에 있다. 이런 의미에서 본고는 서사의 서술 순서에 따라 전진적 시간구조, 역진적 시간구조, 복합적 시간구조 세 가지로 나누며, 시간문제를 구체적으로 분석할 때는 시간구조의 대표적 이론가 쥬네뜨의 이론을 거론하였다. 쥬네뜨는 스토리에서 사건이 일어나는 순서와 서술에서 사건이 일어나는 순서는 어떻게 다른가, 둘 사이에서 사건이 일어나는 빈도수는 어떤가 하는 관점에서 등장인물과 서술자의 관계를 서술한다. 그리고 서사학적 이론을 리쾨르의 '긴장'과 '이완'이라는 해석학적 이론을 결부시켰다. 리쾨르는 체험된 시간은 불협화음을 이루고 균열된 시간의 체험이며 균열은 무의미와 혼돈을 의미하는바, 이것을 '이완'이라고 주장하였다. 하지만 인간에게는 그러한 균열과 혼돈과 불협화음을 이겨내려는 의지가 있다. 이러한 의지에 따른 체험은 인간으로 하여금 정신의 긴장을 다시 체험하게 한다. 때문에 인간은 현재를 중심으로, 과거와 미래에 대한 긴장과 이완의 체험을 하게 된다.

다음, 공간적 구조에 대한 이론에 대해서는 공간의식과 현대소설의 공간개념과 그 특성을 고찰하였다. 고대에는 공간 이론을 형성하는 데 신학이 중요한 요소로 작용했다. '유대신학'에서는 장소를 신의 이름으로 대신하였다. 윌리엄 길버트는 "공간은 자연 안에 어떤 것이 될 수 없고 아무것도 아니며, 힘을 가지고 있지 않다"고 주장하면서 공간과 신학을 분리시켰다. 후에 뉴턴이 공간의 독립성과 자율성을 내세운 절대공간의 개념을 세웠다. 뉴턴은 절대공간은 그 본성 때문에 어떤 외적인 것과는 관계하지 않으며 언제나 움직이지 않으며, 상대적 공간은 절대적 공간들의 움직일 수 있는 차원이나 움직일 수 있는 척도라고 말했다. 이어 칸트는 공간을 객관적이거나 실재적이지 않고 주관적이고 관념적인 공간이라고 주장한다. 이러한 공간 이론을 소설에서도 적용하기 시작하여 많은 소설가들은 소설이 공간에 의존하는바, 작가가 소설 곳곳에 공간을 설정해 놓는다고 주장한다. 때문에 소설 분석에서 공간적 구조 분석은 매우 중요한 의미를 지닌다.

제3장에서는 파금의 『激流三部曲』과 염상섭의 『삼대』, 『무화과』의 시간적 구조양상에 대한 비교, 고찰을 진행하였다. 두 작가의 작품 모두 서사구조에서 전진적 시간구조양상에 속하며, 이 작품들을 쥬네뜨의 이론에 따라 시간의 순서, 지속, 빈도 등 측면에서 분석, 고찰한 후 발화자, 즉 서술자의 각도에서 초점화의 다양화 여부 등을 고찰하여 작품의 긴장과 이완 여부를 밝혀냄으로써 작품의 화음 혹은 불협화음 여부를 고찰하였다.

이 두 작가의 작품들은 각각 중요한 이야기 줄거리와 부차적인 이야기를 중심으로 하여 모두 시간의 역전 현상이 자주 일어남을 볼 수 있는바, 기본적인 서사는 담론시간이 몇 개월 내지 1, 2년에 달하지만, 서술 편폭이 400-900페이지에 달해 서술시간이 훨씬 더 많이 소요되었음을 보아낼 수 있다. 이는 사건이 전개되면서 회억, 예시, 반복 그리고 서술자의 직접적 또는 간접적인 간섭에 의해 과거와 미래의 일들이 많이 삽입되기 때문이다. 또한, 이 작품들은 모두 장편소설이기 때문에 단편소설에 비해 등장인물이 많고 인물들 간의 갈등이 복잡다단하며 현재에 대한 서술도 비교적 상세히 되었기에 작품의 잉여성이 존재할 수밖에 없다. 또한 발화자의 관점에서 보면, 두 작가 모두 서사를 전개함에 있어서 비교적 복잡한바, 전지전능한 서술자의 제어하에 발화가 이루어짐을 보아낼 수 있다. 다양한 초점자가 등장하기 때문에 전반적으로 봤을 때 불협화음의 결과를 초래했다고 할 수 있다.

제4장에서는 파금의 『激流三部曲』과 염상섭의 『삼대』, 『무화과』의 공간적 구조양상에 대해 비교, 분석하였다. 두 작가의 작품의 공간을 ① 제1세대 공간, 즉 봉건 대가족의 창달 추구와 사치함의 공간(堂屋) / 신분 상승과 재산 보존의 공간 및 가부장 권리의 박탈 공간(사랑) / 권력 다툼과 환멸의 공간(안방) / 암투와 불안의 무질서 공간(안방); ② 제2세대 공간, 즉 봉건 사대부 계층의 기생충적 공간(金陵公寓, 小公馆) / 개화기 지식인의 퇴폐적 향락의 공간(화개동, ×동); ③ 제3세대 공간, 즉 나약함과 무저항의 공간(觉新) / 화해, 통합과 '심퍼사이저'의 공간(덕기, 이원영); ④ 신여성의 공간, 즉 혼인과 인격적 자유 추구의 공간(张蕴华) / 자아각성과 민족주의 각성의 공간(홍경애, 이문경); ⑤ 사회적 단면인 사회주의적 공간, 즉 무정부주의 유토피아적 공간 / 민족주의와 사회주의 절충적 공간 등 5가지 공간으로 나누어 각 공간의 공통점과 차이점을 규명하였다.

제1세대, 즉 高老太爷와 조의관, 이외관은 모두 자신의 노력을 통해서 많은 재부를 축적함으로써 가문을 위해서 경제적 토대를 마련하는 동시에 가문의 높은 명성과 사회적 지위를 얻는 창조적인 세대들이다. 또한 이 인물들은 가족의 융성과 번영을 자신의 최대의 욕망으로 삼기 때문에 이를 위해서 기타 가족 구성원의 욕망을 억압하는 전제적 군주와 같은 존재들이다. 따라서 '사랑'이란 공간은 제1세대들이 자신의 가부장적 지위와 가정의 융성을 추구하는 절대적인 공간으로 될 수밖에 없다. '사랑'은 이러한 절대적 공간임에도 불구하고 서로 다른 특징을 지닌다. 즉, 高老太爷의 공간은 중국 봉건 신사 계급에 속한 봉건적 가부장제의 절대적인 권위의 공간으로 비쳐진다. 『삼대』, 『무화과』의 공간은 1930년대에 새롭게 부상한 신흥 지주-자본가 계층의 신분 상승과 재산 축적의 공간으로 비쳐진다.

두 작가의 작품에서 '사랑'이란 공간이 가부장적 가족의 영위와 영달을 위한 중요한 공간인 반면에, '안방'은 제1세대들이 '첩', 즉 수원집과 陈姨太와 함께 생활하는 공간이다. 염상섭의 『무화과』는 작품이 시작될 때 이미 조부가 사망한 상태이기 때문에 첩에 대한 언급이 없다. 이 첩들은 모두 하층민 출신이며 재산이 많은 지주, 자본가에게 팔려 후실로 들어간 공통성이 있다. 이러한 공통성 때문에 '안방'이란 공간은 안온함보다는 불길함과 불안으로 엉클어진 공간, 즉 가족 내 모순이 첨예화되는 공간으로 될 수밖에 없다. 이 안방에서 수원집과 陈姨太는 모두 제1세대들의 본처가 세상을 뜬 상황에서 후실로 들어오긴 했지만, 가족 내에서 지위가 높지 못하며 가족구성원들의 천대를 받아 왔다. 결국 다년간 안방을 차지하던 두 여인은 제1세대의 사망과 함께 지위가 하락하여 점점 더 불안해지는 비참한 결과에 이르게 되며, 따라서 안방은 비극적인 색채를 다분히 내포하고 있다.

파금과 염상섭 두 작가의 소설에 등장하는 제2세대인 克定, 克安과 조상훈, 이정모는 모두 학식이 높은 편이지만, 사상 면으로는 克定, 克安은 수구파에 속하고 조상훈, 이정모는 개화파에 속한다. 하지만 제2세대의 공간은 모두 타락과 향락의 공간으로, 도박과 주색에 빠져 퇴폐의 끝을 보여 주는 비극적인 공간으로 설정되어 있다. 克定, 克安 형제는 高老太爷가 살아있을 때는 겉으로는 복종을 잘하는 시늉을 하였지만, 그가 세상을 뜬 다음에는 공개적으로 주색과 도박에 빠져 향락적인 생활을 하였다. 조상훈과 이정모는 재산상속권을 아들에게 빼앗겨 집에서 쫓겨나 화개동, ×동과 같은 다른 공간에서 생활하였다. 특히 이정모는 탐욕이 지나쳐 돈의 노예로 전락되었으며, 금고의 돈을 갈취해 가는 극단에까지 이르게 된다.

제3세대들은 모두 첨예하게 대립한 각종 세력의 중간 지대에서 방황하는 '중도적 인물'이지만, 『激流三部曲』의 觉新은 부정적인 면이 더 부각된 반면에, 『삼대』, 『무화과』의 조덕기, 이원영은 긍정적인 면이 더욱 부각되었다고 할 수 있다. 觉新의 공간이 점점 더 폐쇄적이고 나약한 공간으로 그려져 있다면 조덕기, 이원영의 공간은 화해와 통합 및 '심퍼사이저'의 공간으로 부각되어 있다.

신여성들의 주요 공간은 전통적인 여성관에서 벗어나 독립적인 인격과 개성을 추구하는 공간이라는 공통성이 있다. 『激流三部曲』의 琴의 공간이 간접적인 체험을 통해 가부장적 혼인제도의 비극과 고통을 느끼면서 낡은 혼인제도에 저항하는 공간임을 보여 주었다면, 『삼대』, 『무화과』의 경애와 문경이의 공간은 단순하고 미숙한 상태에서 연애와 혼인의 직접적인 경험을 통해 각성하여 민족독립운동에 참여하는 자아 각성의 공간임을 증명하였다.

마지막으로 작가가 작품 속에서 드러내 보이는 공간 특히, 사회주의 이념적 공간에 대한 분석을 통해 자신의 세계관, 인생관, 사회적 인식을 표출한다. 이 두 작가의 작품은 모두 사회주의적 이념에 관한 인식을 다룸에 있어서 사회주의적 공간, 즉 신문 잡지사, 산해진, 조일사진관 등 공간들을 등장시켜 작가의 세계관을 드러냈다. 『激流三部曲』에서는 진보적인 청년들이 운영하는 신문 잡지사가 시종일관 그들에게 희망과 앞날을 제시해 주는 열린 공간으로 설정되어 있다. 파금은 무정부주의의 유토피아를 건설하고 자유, 평등, 박애를 실천하고자 문학을 이용했던 것이다. 때문에 그의 이런 세계관은 작품에서 특히 사회주의적 공간인 신문 잡지사에서 체현된다. 이와 달리, 『삼대』, 『무화과』의 작가 염상섭은 사회주의자들의 공간을 어두컴컴하고 비좁고 빈궁한 공간으로 보여 주며, 사회주의 이념은 일제의 탄압하에 새로운 길을 찾지 않으면 안 됨을 보여 준다. 파금과 염상섭은 문학의 리얼리즘을 추구하는 방법론에서 다소 차이점을 보이지만, 궁극적인 목적은 같다고 볼 수 있다. 사회주의와 민족주의의 절충론을 견지하든, 유토피아적 사회주의를 견지하든 불합리한 현실에서 벗어나 진보적이고 자유로운 생활을 추구하는 면에서는 공통점이 있다.

필자는 앞으로의 보다 진전된 파금과 염상섭에 대한 연구를 위해서 다음과 같은 연구 과제가 필요하다고 생각한다. 먼저 본 연구에서 텍스트를 파금의 『激流三部曲』과 염상섭의 『삼대』, 『무화과』에 초점을 맞추었기 때문에 연구 범위를 확대하여 전반적인 작품 내에서 두 작가의 의식 세계를 파악할 필요성이 있다고 생각한다. 또한 이 작품들을 대상으로 한 근현대 중・한 소설의 비교 연구이기 때문에 기타 작가들과의 비교 연구도 필요한 부분이다. 더 나아가서 중・한 근현대 작가들의 영향 관계를 전반적으로 조명할 필요도 있다고 본다.

참고 문헌

기본 자료

[1] 바진. 가(家)(1-2). 박난영 역. 서울: 황소자리출판사, 2006.
[2] 염상섭. 삼대. 서울: 빛샘출판사, 2000.
[3] 염상섭. 무화과(상). 서울: 동아출판사, 1995.
[4] 염상섭. 무화과(하). 서울: 동아출판사, 1995.
[5] 염상섭. 염상섭전집 12. 서울: 민음사, 1987.
[6] 파금. 집. 권상철 역. 북경: 민족출판사, 1980.
[7] 巴金. 家. 北京:人民文学出版社, 2012.
[8] 巴金. 春. 北京:人民文学出版社, 2012.
[9] 巴金. 秋. 北京:人民文学出版社, 2012.

단행본

[1] 국어국문학편찬위원회. 국어국문학자료사전. 서울: 한국사전연구사, 1995.
[2] 김상태. 한국현대소설론. 서울: 학연사, 1993.
[3] 김윤식. 염상섭 연구. 서울: 서울대학교 출판부, 1987.
[4] 김윤식. 염상섭. 서울: 문학과지성사, 1977.

[5] 김종균. 염상섭연구. 서울: 고려대학교 출판부, 1974.
[6] 김천혜. 소설구조의 이론. 서울: 문학과지성사, 1990.
[7] 권영민. 염상섭문학연구. 서울: 민음사, 1987.
[8] 성현경 · 김경수. 전환기의 서사담론. 서강대학교 문과학연구소, 1998.
[9] 송명희. 현대소설 이론과 분석. 서울: 푸른사상, 2006.
[10] 신상성 · 유한근. 한국문학의 공간 구조. 부산: 양문출판사, 1985.
[11] 유인순. 현대소설의 이해. 서울: 문학사상사, 2003.
[12] 유종호. 염상섭. 서울: 서강대학교 출판부, 1998.
[13] 이경희 외. 문학 상상력과 공간: 서정주 · 이용악 · 박상륭 · 이태준의 작품 읽기. 서울: 창작과비평, 1992.
[14] 이재선. 한국문학의 해석. 서울: 새문사, 1981.
[15] 이재인 등. 현대소설의 이해. 서울: 문학사상사, 1996.
[16] 이호. 공간의 시학. 서울: 예림기획, 2002.
[17] 한국소설학회 편. 공간의 시학. 서울: 예림기획, 2002.
[18] 한국현대문학연구회. 한국의 현대문학: 한국근대장편소설연구. 서울: 모음사, 1992.
[19] 한용환. 소설학 사전. 서울: 고려원, 1992.
[20] 현길언. 한국 현대소설론. 서울: 태학사, 2002.
[21] 周策纵. 5 · 4운동: 근대 중국의 지식혁명. 조병한 역. 서울: 광민사, 1981.
[22] AA 멘딜로우. 시간과 소설. 최상규 역. 서울: 대방출판사, 1983.

[23] 프랭크 커머드. 종말의식과 인간적 시간: 허구이론의 연구. 조초희 역. 서울: 문학과지성사, 1993.

[24] Gasto Bachelard. 공간의 시학. 곽광수 역. 서울: 민음사, 1990.

[25] 제라르 쥬네뜨. 서사담론. 권택영 역. 서울: 교보문고, 1992.

[26] Meyerhoff Hans. 문학과 시간현상학. 김준오 역. 서울: 심상사, 1979.

[27] riedrich Kuemmel. 시간의 개념과 구조. 권의무 역. 대구: 계명대학교 출판부, 1986.

[28] 롤랑 부르뇌프 · 레알 웰레. 현대소설론. 김화영 역. 서울: 문학사상사, 1989.

[29] 막스 야머. 공간개념: 물리학에 나타난 공간론의 역사. 이경직 역. 파주: 나남, 2008.

[30] 이베타 케라심추쿠 등. 시간으로부터의 해방. 류필하 역. 서울: 자인, 2000.

[31] 폴 리쾨르. 시간과 이야기 1. 김한식 · 이경래 역. 서울: 문학과지성사, 1999.

[32] 폴 리쾨르. 시간과 이야기 2. 김한식 · 이경래 역. 서울: 문학과지성사, 2000.

[33] 피어시라복크. 소설기술론. 송욱 역. 서울: 일조각, 1984.

[34] Roland Bourneuf · Real Oueller. 현대소설론. 김화영 역. 서울: 현대문학, 1996.

[35] 위르겐 슈람케. 현대소설의 이론. 원당희 · 박병화 역. 서울: 문예출판사, 1995.

[36] Yi-Fu Tuan. 공간과 장소. 정영길 역. 서울: 태림문화사, 1995.
[37] 陈丹晨. 巴金评传. 石家庄: 河北人民出版社, 1981.
[38] 李存光. 巴金民主革命时期的文学道路. 银川: 宁夏人民出版社, 1982.
[39] 林贤治. 巴金：激流一百年. 北京: 中国大百科全书出版社, 2023.
[40] 龙迪勇. 空间叙事学. 北京: 三联书店, 2015.
[41] 乔志强. 中国近代社会史. 台北: 南天书局, 1998.
[42] 邵伏先. 中国的婚姻与家庭. 北京: 人民出版社, 1989.
[43] 史凤仪. 中国古代的家族与身份. 北京: 社会科学文献出版社, 1999.
[44] 宋日家. 巴金小说人物论. 济南: 山东文艺出版社, 1992.
[45] 谭兴国. 巴金的生平和创作. 成都: 四川人民出版社, 1983.
[46] 王玉波. 中国家庭的起源与演变. 石家庄: 河北科技出版社, 1992.
[47] 王一川. 中国形象诗学. 上海: 上海三联文库, 1998.
[48] 汪应果. 巴金论. 上海: 复旦大学出版社, 2009.
[49] 夏志清. 中国现代小说史. 上海: 复旦大学出版社, 2005.
[50] 徐扬杰. 中国家族制度史. 北京: 人民出版社, 1992.
[51] 杨义. 中国现代小说史. 北京: 人民文学出版社, 1993.
[52] 张慧珠. 巴金创作论. 成都: 四川人民出版社, 1983.
[53] 张民权. 巴金小说的生命体系. 上海: 上海文艺出版社, 1989.
[54] 爱德华 W 苏贾. 后现代地理学——重申批判社会理论中的空

间. 王文斌译. 北京: 商务印书馆, 2004.
[55] 詹明信. 晚期资本主义的文化逻辑. 陈清侨等译. 北京: 三联书店, 1997.

학술논문

[1] 강경구. 가족, 돈과 권력의 삼중주—巴金의 『家』와 염상섭 『삼대』의 비교연구. 한국중국학회. 중국학보, 1999, 40(1).
[2] 강경실. 巴金의 『家』에 나타난 인물형상 연구. 원광대학교 석사학위논문, 2004.
[3] 강귀자. 염상섭의 『삼대』연구. 명지대학교 석사학위논문, 1996.
[4] 강수길. 염상섭의 『삼대』연구. 경희대학교 박사학위논문, 1990.
[5] 강영아. 巴金 『家』 연구: 觉新의 인물형상을 중심으로. 성균관대학교 석사학위논문, 2005.
[6] 김경희. 염상섭 소설의 갈등구조 연구: 『삼대』를 중심으로. 단국대학교 석사학위논문, 1986.
[7] 김교금. 염상섭 『삼대』연구: 등장인물의 성격과 관계를 중심으로. 연세대학교 석사학위논문, 1996.
[8] 김성. 염상섭과 바진(巴金) 문학의 비교연구—가족 서사로의 변모 양상을 중심으로. 인하대학교 박사학위논문, 2020.
[9] 김성연. 염상섭 가족사소설 연구. 동덕여자대학교 박사학위논문, 2012.
[10] 김성옥. 염상섭의 『삼대』와 巴金의 『家』에 대한 비교 연구.

고려대학교 석사학위논문, 2000.
[11] 김승환. 염상섭의 가족주의정신과 家사상. 염상섭문학연구. 파주: 민음사, 1987.
[12] 김인철. 『激流三部曲』이 반영한 사회문제. 한국중국소설학회. 중국소설논총. 1996.
[13] 김정희. 염상섭소설에 나타난 인물연구: 『삼대』를 중심으로. 연세대학교 석사학위논문, 1980.
[14] 김종구. 염상섭 『삼대』의 多聲性 연구. 한국언어문학회. 한국언어문학. 2006, 59(4).
[15] 나상우. 염상섭의 『삼대』와 巴金의 『家』에 나타난 지식인상 비교 연구. 중앙대학교 석사학위논문, 2015.
[16] 등려봉. 중・한소설 『家』와 『삼대』의 인물형상 및 갈등구조 비교 연구. 숭실대학교 석사학위논문, 2021.
[17] 류보선. 전망부재의 공간으로서의 『삼대』. 한국근대장편소설 연구. 서울: 모음사, 1992.
[18] 박난영. 巴金의 『家』에 나타난 주제사상 연구. 고려대학교 석사학위논문, 1984.
[19] 박난영. 巴金의 삼부작 연구: 작가의 아나키즘과 작품의 관계를 중심으로. 고려대학교 박사학위논문, 1991.
[20] 박난영. 巴金의 『격류삼부곡』에 나타난 신세대의 형상 연구. 혜전대학교 논문집. 1991, 13(1).
[21] 박영숙. 巴金의 『家』에 대한 분석적 연구. 숙명여자대학교 석사학위논문, 1992.
[22] 박주택. 염상섭의 『삼대』에 나타난 공간 연구. 건국대학교

석사학위논문, 1993.

[23] 박지혜. 巴金『家』의 인물형상 연구. 울산대학교 석사학위논문, 2004.

[24] 서유미. 巴金의『家』에 나타난 인물갈등 구조 연구. 경희대학교 석사학위논문, 2006.

[25] 서해인. 巴金의『家』연구: 인물의 성격분석을 중심으로. 공주대학교 석사학위논문, 1993.

[26] 선우금. 巴金의『激流三部曲』과 廉想涉의『三代』비교 연구. 숙명여자대학교 석사학위논문, 2003.

[27] 송경호. 염상섭의『삼대』연구: 갈등양상을 중심으로. 호남대학교 석사학위논문, 1995.

[28] 송성실. 동아시아 전통가정의 현대로의 변화: 바진(巴金)의『집(家)』과 염상섭의『삼대』를 중심으로. 수원대학교 석사학위논문, 2012.

[29] 수해국. 염상섭『삼대』와 巴金의『家』대비 연구. 충남대학교 석사학위논문, 2008.

[30] 이동화. 巴金연구: 소설『家』를 중심으로. 서울대학교 석사학위논문, 1985.

[31] 왕서. 염상섭의『삼대』와 巴金의『家』의 비교 연구. 부산대학교 석사학위논문, 2015.

[32] 유성희. 廉想涉소설의 인물연구:『三代』를 중심으로. 경북대학교 석사학위논문, 1988.

[33] 윤설. 巴金의『家』와 염상섭의『삼대』주제사상 비교 연구. 경원대학교 석사학위논문, 2009.

[34] 이병호. 巴金의 『家』의 가족사소설에 나타난 인물형상과 주제사상. 육사논문집. 1999, 55(1).
[35] 이용군. 염상섭의 『三代』 연구—부성과 자식들의 관계를 중심으로. 숭실어문학회. 숭실어문(제17집). 2001.
[36] 이은정. 巴金 소설 『家』의 인물형상과 주제사상 연구. 울산대학교 석사학위논문, 2006.
[37] 이정애. 염상섭의 『삼대』와 巴金의 『家』 리얼리즘 비교 연구: 인물 행적을 중심으로. 울산대학교 석사학위논문, 2004.
[38] 장병호. 염상섭소설 연구—식민지 시대의 갈등 양상 변모를 중심으로. 한국교원대학교 석사학위논문, 1990.
[39] 장호익. 염상섭의 『삼대』에 나타난 성격 연구. 조선대학교 석사학위논문, 1985.
[40] 정재석. 현대소설의 시간구조 연구—긴장과 이완의 효과를 중심으로. 서강대학교 박사학위논문, 2000.
[41] 정혜선. 1920년대 한국사실주의문학에 나타난 사회변동과 세대문제에 대한 일고찰. 서울대학교 석사학위논문, 1983.
[42] 최선동. 廉想涉의 『三代』연구: 등장인물의 성격, 갈등 양상과 문학교육 모색. 아주대학교 석사학위논문, 2004.
[43] 최연수. 巴金 『家』의 주요인물형상 연구. 경희대학교 석사학위논문, 2006.
[44] 최재경. 염상섭의 『無花果』 연구. 경희대학교 석사학위논문, 2002.
[45] 호미. 염상섭과 빠진(巴金)의 가족사소설 비교 연구. 서울대학교 박사학위논문, 2009.

[46] 홍성암. 소설의 공간 설정과 작가의식. 한국현대소설학회. 현대소설 연구, 1996.
[47] 崔英姬. 中韩家族小说比较研究. 吉林大学博士学位论文, 2011.
[48] 董满. 廉想涉小说『三代』中的人物形象分析. 四川外国语大学硕士学位论文, 2019.
[49] 郝君峰. 30年代中韩家族小说的叙事比较: 以巴金的『家』和廉想涉的『三代』为中心. 对外经济贸易大学硕士学位论文, 2006.
[50] 黄昱蘅. 论巴金小说中的公馆文化. 四川师范大学硕士学位论文, 2019.
[51] 黄长华. 巴金小说叙事研究. 福建师范大学博士学位论文, 2011.
[52] 李多文. 时代的产儿——试论觉新的形象. 延边大学学报, 1984(7).
[53] 李王华. 建国前巴金小说中『家』的空间书写. 河北师范大学硕士学位论文, 2022.
[54] 刘婷. 巴金『激流三部曲』词汇研究. 河北大学硕士学位论文, 2013.
[55] 马晓丽. 论现代家族小说中的长子形象. 西南师范大学硕士学位论文, 2004.
[56] 时萍. 巴金『激流三部曲』中的女性意识与女性书写. 黑龙江教育学院学报, 2019, 38(7).
[57] 辛慧. 论巴金小说的死亡悲剧艺术——以『激流三部曲』为例. 丝绸之路, 2010(4).
[58] 熊婷. 巴金小说的空间研究. 西安工业大学硕士学位论文, 2022.
[59] 许祖华. 作为一种小说类型的家族小说(上). 重庆三峡学院学报, 2005, 21(1).

[60] 吴阳. 中韩现代家族小说比较研究——以巴金的『家』和廉想涉的『三代』为中心. 黑龙江大学硕士学位论文, 2012.
[61] 严丽珍. 论巴金小说中的人物形象. 复旦大学博士学位论文, 2008.
[62] 姚健. 试论觉新形象研究中的几个问题. 中国现代文学研究丛刊, 1982，12(2).
[63] 于美娜. 论巴金『激流三部曲』里的家长形象. 西部学刊, 2020, 47(8).
[64] 张民权. 巴金"激流三部曲"中的反面人物形象及其塑造. 社会科学研究, 1983(5).
[65] 张明健. 谈鸣凤之死. 山西师范学院学报, 1980, 21(3).
[66] 张挺. 试论『家』的艺术成就. 东岳论丛, 1981, 3(1).
[67] 赵德利. 长子情结与人格悲剧：二十世纪家族小说人物论之一. 社会科学, 2001(1).
[68] 赵祖武. 论高老太爷的临终发善. 复旦学报，1981(1).

책임편집: 전춘매
책임교정: 리경숙
표지설계: 김　엽
출판발행: 민족출판사
주　　소: 북경시 화평리북가 14호　우편번호: 100013
홈 페 지: http://www.mzpub.com
인　　쇄: 북경중석유채색인쇄유한책임회사
판　　매: 각지 신화서점
출판회수: 2025년 2월 제1판 2025년 2월 북경 제1차 인쇄
절　　지: 880mm×1230mm　1/32
전　　지: 10.75
자　　수: 261천자
　　　값: 52.00원
ISBN 978-7-105-17442-3/I · 3327(조 369)

편집실전화: 010-58130534　발행부전화: 010-64224782

图书在版编目（CIP）数据

时空结构视域下的巴金与廉想涉小说比较研究 : 朝鲜文 / 崔美兰著. -- 北京 : 民族出版社, 2025. 2.

ISBN 978-7-105-17442-3

Ⅰ. I207.42; I312.074

中国国家版本馆CIP数据核字第2025G0R943号

责任编辑：全春梅

责任校对：李京淑

封面设计：金　晔

出版发行：民族出版社

地　　址：北京市和平里北街14号　邮编：100013

网　　址：http://www.mzpub.com

印　　刷：北京中石油彩色印刷有限责任公司

经　　销：各地新华书店

版　　次：2025年2月第1版

印　　次：2025年2月北京第1次印刷

开　　本：880毫米×1230毫米　1/32

印　　张：10.75

字　　数：261千字

定　　价：52.00元

ISBN 978-7-105-17442-3/I · 3327(朝 369)

该书若有印装质量问题，请与本社发行部联系退换。

朝文室电话：010-58130534　发行部电话：010-64224782